PETER STROTMANN
ANNETTE NEUBAUER

Die Kommissarin und der lange Tod

Über die Autoren:

Annette Neubauer lebt als freie Kinderbuchautorin in Köln. Ihre Titel wurden in über 20 Sprachen übersetzt. DIE KOMMISSARIN UND DER LANGE TOD ist ihr erster Krimi für Erwachsene.

Peter Strotmann lebt ebenfalls in Köln. Er arbeitet als Journalist, Redakteur, Deutschdozent, Dreh- und Jugendbuchautor. Auch für ihn ist dies sein erster Kriminalroman.

PETER STROTMANN
ANNETTE NEUBAUER

Die KOMMISSARIN und der lange TOD

KRIMINALROMAN

lübbe

Dieser Titel ist auch als E-Book erschienen

MIX
Papier aus verantwortungsvollen Quellen
FSC® C014496
www.fsc.org

Originalausgabe

Einband-/Umschlagmotiv: © arcangel: Roy Bishop
Umschlaggestaltung: www.buerosued.de
Satz: Dörlemann Satz, Lemförde
Gesetzt aus der Bembo
Druck und Verarbeitung: GGP Media GmbH, Pößneck
Printed in Germany
ISBN 978-3-404-18436-1

2 4 5 3 1

Sie finden uns im Internet unter luebbe.de
Bitte beachten Sie auch: lesejury.de

TEIL I

DAMALS (1)

Ein Windstoß fährt durch den Busch am Eingang, bringt die leuchtend grünen Blätter zum Erzittern. Letzte Sonnenstrahlen fallen herein, auf den Felsblock, der sich in der Mitte erhebt wie ein Altar, bereit für ein Opfer, auf den Schiefer dahinter, lassen das alte Gestein lebendig werden und aufleuchten, in Rot und Gelb und Ocker. Ein Salamander sitzt auf der erflammten Wand, den Kopf nach unten, und wärmt sich in der Sonne. Ein Feuersalamander. Weiter hinten, dort, wo kein Licht mehr hin dringt, tropft es in einen Tümpel. Wieder und wieder und wieder, stetig und unentrinnbar, wie eine Uhr, die tickt. Ansonsten ist es still – noch …

1

Obwohl Rudi Seidel in den Text auf seinem Bildschirm vertieft war – eine Zeugenaussage, die er heute noch zu den Akten geben wollte –, bemerkte er, wie am Schreibtisch gegenüber Bewegung entstand. Seine Kollegin, nominell Chefin, hatte sich erhoben und nahm ihren Parka von der Stuhllehne. Erstaunt schaute er Antje Servatius an.

»Kiras Geburtstag«, erklärte die Kriminalhauptkommissarin. »Hatte ich doch gesagt, oder? Ich muss kochen.«

»Was gibt's denn?« Seidel grinste. »Tiefkühlpizza?«

Die 38-Jährige lächelte, was sie, wie ihr Kollege fand, viel zu selten tat. »Ist nicht jeder so ein Drei-Sterne-Koch wie du.«

»Anderthalb. Höchstens. Jedenfalls viel Spaß.«

Servatius schlüpfte in ihren Parka. »Euch auch einen schönen Feierabend.«

Nun tat sich auch am dritten Arbeitsplatz etwas, am Schreibtisch neben der Tür zum Flur. Heiner Gaarst stand auf. »Kann ich dann auch –?«

»Ist schon okay«, sagte Antje Servatius.

Der Neue, der erst seit wenigen Tagen zum Team gehörte, antwortete mit einem unvermittelten Niesen, das ihn komplett durchschüttelte.

»Nicht, dass Sie auch noch krank werden.« Rudi Seidel zog die Stirn in Falten. Im Präsidium wütete eine erste, überraschend frühe Grippewelle.

»Ich werde nie krank«, versetzte Gaarst trocken. Dann grüßte der 35-Jährige mit einer knappen Handbewegung und schob seinen hageren Körper durch die Tür.

Seidel und Servatius wechselten einen Blick.

»Er muss ein tolles Immunsystem haben«, staunte der Kriminalkommissar.

»Sieht man ihm gar nicht an«, entgegnete Servatius und verabschiedete sich mit einem flüchtigen Winken.

Minuten später war Seidel gerade dabei, seinen Computer herunterzufahren, als das Telefon klingelte. Ein Anruf aus dem Haus, wie er an der Nummer im Display erkannte. Seidel witterte Ungemach, dennoch nahm er ab. »Ich will's gar nicht wissen, Tillmann.«

»Ich sag's dir trotzdem.« Tillman Drehmel war ein Kollege aus dem KK 62 (Vermisstenfälle), in dem Seidel gearbeitet hatte, bevor er vor einem guten Jahr zum KK 11 (Tötungs-, Sexual-, Raubdelikte, Erpressung) gewechselt war. »Ich hab hier einen jungen Mann, der seinen Freund vermisst. Und der Chef findet, das kannst du übernehmen.«

»Und warum findet er das?« Seidel verzog unwillig den Mund. »Zu viele Fälle?«

»Zu viele Fälle. Und zu wenig Leute, weil zu viel Grippe. Und es gab eine informelle Regelung, du erinnerst dich.«

Diese informelle Regelung besagte, dass Rudi Seidel in Ausnahmesituationen auf einen Vermisstenfall angesetzt werden konnte. Eine solche Situation war allerdings noch nie eingetreten. Bis jetzt.

»Na schön, schick den Mann rüber.« Seidel schaute, während er wartete, in die herbstliche Dunkelheit jenseits des Fensters. In einer Viertelstunde war er mit Frau und Kindern zum Abendessen verabredet, »All you can eat« im Köln Triangle. Das würde nun eng werden. Er schickte einen stummen Stoßseufzer an die frisch gestrichene Bürodecke.

Der fast zierlich zu nennende Mann, der keine Minute später die

Tür aufriss, war nicht so jung wie angekündigt, sondern eher Ende 30. Aber er kleidete sich jugendlich: schwarze Lederjacke, weißes T-Shirt, tadellos sitzende Jeans. Allein die hektischen Flecken im Gesicht störten den coolen Gesamteindruck.

»Jack ist weg! Er ist weg!!«

»Wer ist Jack?«

»Mein Freund. Mein Partner. Sie müssen ihn finden!«

Seidel streckte seinem Besucher, um die Situation etwas unaufgeregter zu gestalten, erst einmal die Hand hin.

»Rudi Seidel. Seit wann ist Jack denn verschwunden, Herr …?«

»Henning, Frank Henning. Seit gestern.« Henning schien die ausgestreckte Hand gar nicht zu sehen; er setzte sich einfach. »Seit gestern Abend. Wir waren zum Essen eingeladen, und Jack ist einfach nicht aufgetaucht!«

»Seit gestern Abend.« Seidel ließ einige Sekunden verstreichen, ehe er fortfuhr: »Das sind noch nicht einmal 24 Stunden.«

»Hören Sie, mir ist scheißegal, wie viele Stunden das sind!« Die Flecken im Gesicht des Besuchers schienen noch dunkler zu werden. »Ihm muss etwas zugestoßen sein! Er ist nicht zu diesem Essen gekommen und nachts auch nicht zu Hause gewesen. Er hat nicht angerufen, und ich habe ihn nicht erreicht. Dabei telefonieren wir mehrmals am Tag. Und heute war er auch nicht im Büro.«

»Was arbeitet er denn?«

»Jack ist Architekt. Und dass er verschwunden ist, hat mit seinem Job zu tun! Ich bin mir absolut sicher.«

»Haben Sie irgendwelche Anhaltspunkte dafür?«, fragte Seidel.

»Da war dieser Anruf, vorgestern.«

»Von wem?«

»Das weiß ich nicht. Als ich in die Wohnung kam, legte er gerade sein Handy weg. Aber Jack war total geistesabwesend.«

»Wenn dieser Anruf wirklich eine Rolle bei seinem Verschwinden gespielt hat – kann er nicht auch privater Natur gewesen sein?«

»Ausgeschlossen! Privat haben wir keine Probleme und keine Geheimnisse.«

»Und das war gestern.«

Henning nickte heftig. Also keine 24 Stunden. Seidels Finger der rechten Hand spielten ein kleines Trommelsolo auf der Schreibtischplatte. Sein Magen meldete sich mit einem vernehmlichen Knurren. Er sah Juliane und seine drei Kinder vor sich, wie sie am Eingang des Restaurants im LVR-Turm standen und frierend auf ihn warteten, während er einem Vermisstenfall nachging, der möglicherweise gar keiner war. Er unterdrückte ein Seufzen.

»Gut. Ich nehme Ihre Anzeige auf. Aber mehr kann ich vorerst nicht tun.« Er fuhr seinen Computer wieder hoch und schaute nach draußen. Das Licht der Straßenlaternen war nur noch schemenhaft zu sehen. Nebel zog auf.

2

Sie liebte den Nebel.

Der Nebel verschluckte alles. Die Geräusche, die Dinge, die Menschen. Auch sie selbst. Im Nebel hatte sie das Gefühl, sich verstecken, verschwinden zu können. Ein befreiendes Gefühl.

Und er machte alles gleich. Oder zumindest gleicher. Wenn er dicht genug war, wusste man nicht einmal, ob man gerade in einer Straße mit Reihenhäusern unterwegs war oder, wie jetzt, in einem Villenviertel.

Sie liebte den Nebel. Daher hatte sie auch den Bus zurück vom Stadtzentrum genommen und kein Taxi. Sie hätte eins nehmen können, er hatte ihr das Geld dafür in die Hand gedrückt, als er am Morgen aufgebrochen war. Sie hatte es nicht benutzt. Taxifahren war in ihren Augen Verschwendung. Und da der Bus das Villenviertel nur streifte und die nächste Haltestelle zehn Minuten entfernt lag, kam sie in den Genuss eines spätabendlichen Spaziergangs durch die Schicht aus schmutzig gelber Watte, die sich über die Stadt gelegt hatte.

Mittags, auf dem Weg in die Stadt, hatte sie einmal mehr die Nase gerümpft über die Größe der Grundstücke, an denen sie vorbeigekommen war, über die protzigen Villen, die auf ihnen standen. Jetzt war kaum etwas von ihnen auszumachen, und die kunstvoll gestutzten Büsche in den Vorgärten sahen aus wie Monster in einem Horrorfilm.

Sie bog in die kurze Sackgasse ein, an deren Ende das Anwesen ihres Vaters lag. Ein unvermittelter Windstoß fuhr durch die Hecke zu ihrer Linken und ließ die welken Laubreste rascheln. Fröstelnd zog sie die Bomberjacke fester um ihren Oberkörper, spürte dabei das kleine Päckchen in der Innentasche. Ihr Abschiedsgeschenk für ihn. Der kitschige Dom aus Schokolade und Marzipan, erstanden in einer kleinen Seitenstraße im Windschatten der Kathedrale, in einem der unzähligen Touristenläden, was in gewisser Weise passend war für ihre Situation. Sie fühlte sich immer noch als Touristin hier, als Gast, auf Besuch bei einem entfernten Verwandten. Und morgen war sie wieder weg.

Aber er hat ein kleines Geschenk verdient, dachte sie, während ihre klammen Finger die Tür aufschlossen, die in das stählerne Doppeltor eingelassen war, und sie den Weg zum Haus betrat. Stumpf knirschten die Kiesel unter ihren Stiefeln. *Sie beide* hatten sich ein Geschenk verdient. Sie lebten immer noch in zwei grundverschiedenen Welten. Er lästerte über ihre Piercings, sie lästerte über seine Sendung, die in ihren Augen noch überflüssiger war als der Rest des Fernsehprogramms. »Finde ich manchmal auch«, hatte er gesagt und gegrinst. Sie hatten häufiger gegrinst in den letzten Tagen. Es gab so etwas wie Zeichen von Annäherung. Man hatte nur einen Vater, und den konnte man sich nicht aussuchen. Auch wenn er ein Großkotz ist, dachte sie mit Blick auf die Säulen, die das breite Eingangsportal trugen. Säulen. Wie bei den alten Römern. Wer brauchte so was?

Sekunden später stand sie in der Halle des Gründerzeitbaus. Leise fiel die Tür hinter ihr ins Schloss, dann umfingen sie Stille und Dunkelheit. Nur aus einem Raum hinten links drang Licht. Das Wohnzimmer. Sie ließ das Display ihres Handys aufleuchten. Viertel nach elf. Natürlich, er guckte seine Sendung. Er guckte seine Sendung jeden Abend – um dazuzulernen, wie er behauptete. Aus purer Eitelkeit, wie sie vermutete. Im gleichen Moment fiel ihr auf, dass zu dem Szenario etwas fehlte. Der Ton. Hatte er den Fernseher leise gestellt, um seine Mimik besser zu studieren? Oder war er sogar dazu übergegangen, die Sendung mit Kopfhörern zu verfolgen, um seine sonore Stimme besser zu hören? Beides wäre ihm zuzutrauen.

Sie beschloss, ihn zu überraschen. Also schaltete sie das Licht nicht ein und tastete sich mit vorsichtigen Schritten über die Marmorfliesen der Halle. Er würde ihr Vorwürfe machen, dass sie so spät zurückkam. Sie würde sie abperlen lassen. Für Vorwürfe war die Annäherung noch nicht weit genug. Sie zippte den Reißverschluss ihrer Jacke auf und fingerte das Geschenk aus der Innentasche. Vielleicht konnten sie den Dom, dieses Monstrum von Kirche, ja mal zusammen besteigen, bis ganz oben in den Turm? Vielleicht beim nächsten Mal, dachte sie.

Als sie in die Tür trat, ging ihr erster Blick zur gegenüberliegenden Wand. Der große Bildschirm war dunkel. Und ihr Vater saß auch nicht in seinem schwarzledernen Fernsehsessel, wie gewohnt.

»Papa?« Sie wollte sich schon abwenden, um in der Küche nachzuschauen, da fing ihr Blick einen Gegenstand auf, der hinter der Polstergruppe hervorragte. Zögernd trat sie näher.

Es war kein Gegenstand. Es war ein Fuß. Sie merkte, wie ihr der Atem stockte. Ihr Vater lag mit angezogenen Beinen auf dem Teppich, die schwarzen Haare am Hinterkopf rot und weißlich-gelb verfärbt. Sein leerer Blick hatte etwas Verwundertes und zugleich Vorwurfsvolles. Er würde keinen Kirchturm der Welt mehr besteigen.

Ihr Mund öffnete sich zu einem Schrei.

***

Leise Gitarrenmusik holte Antje Servatius mitten aus ihrem Traum in die Realität zurück. Benommen tastete sie im Dunkeln nach ihrem Handy, stieß es dabei vom Nachttisch und fand es zwischen Jeans und Unterwäsche. Sie blickte aufs Display, stöhnte, zögerte, atmete tief die kalte Luft ein, die durch das geöffnete Fenster kam, um schließlich die grüne Taste zu drücken.

»Morgen, Antje!«, hörte sie die freundliche Stimme ihres Kollegen. »Wie war die Geburtstagsfeier?«

Sie hatte nicht die geringste Lust auf Konversation, und sie wusste, dass es darum auch nicht ging. »Wer ist es?«

»Circa 45 Jahre, männlich«, drang es in ihr Ohr, während sie auf den Wecker blickte. Erst kurz vor ein Uhr, gerade mal zwei Stunden Schlaf. Sie spürte die Kopfschmerzen, die sich blitzartig in ihrer Stirn ausbreiteten. Sie kamen nicht oder nicht allein vom Wein, den sie am Abend getrunken hatte, und würden sie den ganzen Tag über begleiten. »Ein Mann namens Torben Grönewald.« Seidels Stimme hatte etwas Erwartungsvolles.

»Ja und?« Sie richtete sich auf und knipste das Licht der Nachttischlampe an. Die plötzliche Helligkeit stach wie Messerstiche in ihre Augen. Geblendet warf sie die Bettdecke zur Seite und griff nach ihren Kleidern auf dem Boden.

»Du kannst mit dem Namen nichts anfangen? Klar, du guckst im Fernsehen ja auch nur die Nachrichten.«

»Und die auch nur am Wochenende. Also, was sollte mir der Name sagen?«

»Torben Grönewald war bis gestern jeden Abend im Fernsehen

zu bewundern, unter der Woche jedenfalls. Als Talkmaster. Die Sendung hieß schlicht *Grönewald*. Sagt wohl einiges über seine Popularität. Auf jeden Fall liegt er nun tot in seinem Wohnzimmer.«

»Wer hat ihn gefunden?«

»Seine Tochter.«

»Gib mir 30 Minuten.«

Sie zog Jeans und Pullover über und ging in die Küche. Obwohl sie sich so kraftlos fühlte, als sei der letzte Funke Energie aus ihr herausgesaugt worden, verspürte sie wie so oft in letzter Zeit eine innere Unruhe, ein unangenehmes Kribbeln im ganzen Körper. Sie stellte die Kaffeemaschine an, legte eine Kapsel in die Mulde und nahm einen Becher aus dem Schrank. Dann ging sie zu Kiras Zimmer und öffnete die Tür einen Spalt. Ein schmaler Lichtstrahl fiel auf das Gesicht ihrer Tochter, die in ihrem Bett lag und friedlich schlief. Wie schön sie war. Jedes Mal, wenn sie Kira sah, wollte Antje sie vor allem Bösen dieser Welt beschützen. Leider gelang ihr das in letzter Zeit immer seltener und würde in Zukunft nahezu unmöglich werden. Kira musste allein ihren Weg im Leben finden, der für sie noch viel steiniger sein würde als für andere Mädchen in ihrem Alter. Das Licht fiel auch auf das Geburtstagsgeschenk, das Kira im Schlaf umschlungen hielt wie ein Schmusetuch: einen Pullover aus Kaschmirwolle, weinrot und etwas weit ausgeschnitten, wie Antje eigentlich fand, als sie das Ding im Geschäft in den Händen hielt. »Das ist eher was für eine Frau«, hatte sie zweifelnd bemerkt. »Na eben«, hatte Dunja gesagt, ihrer beider beste Freundin, »Kira *wird* langsam eine Frau.«

Leise schloss Antje die Tür und trank hastig ihren Kaffee. Dann schrieb sie eine Nachricht für den Fall, dass Kira aufwachen und sie suchen würde, und legte den Zettel gut sichtbar auf den Küchentisch. Sie wollte den Becher in die Spüle entsorgen, aber da standen noch die schmutzigen Teller vom Vorabend, drei an der Zahl, Dunja war der einzige Geburtstagsgast gewesen. Sushi to go, Seidel hatte also danebengelegen. Hastig stellte sie den Becher am Rand ab, doch er glitt ihr aus der Hand. Die Stille der Nacht wurde durch einen lauten Knall durchbrochen. Dann wieder absolute Stille, die Ruhe einer ländlichen Umgebung, bis sich eine Tür öffnete.

»Mama?« Kira stand mit ihren Krücken unter den Achseln im Türrahmen. In ihrem Schlafanzug wirkte sie noch verlorener als sonst, fiel Antje auf, während sie die Scherben von den Küchenfliesen sammelte.

»Ich muss noch einmal los, meine Süße.« Antje ging zu ihrer Tochter und küsste sie auf die Stirn. »Willst du dich nicht wieder ins Bett kuscheln und weiterschlafen?«

»Wo…« Kiras Gesichtsmuskeln verkrampften sich. Dann, plötzlich, stieß sie das Wort ruckartig hervor. »Wohin?« Wieder öffnete sich der Mund, ohne einen Laut von sich zu geben, bis sie fast explosiv fragte: »Hat es wieder jemanden erwischt?«

»Erraten!« Antje drängte ihre Tochter sanft zurück in ihr Zimmer.

»Kann waaaaa…« Sie brach ab, um erneut anzusetzen. »Kann warten.«

»Die Leiche schon.« Antje musste lächeln. So schwer ihrer Tochter das Sprechen fiel, so schnell war sie im Kopf. »Aber der Tatort nicht. Das weißt du doch.«

»Wer … ist es?« Kira setzte sich auf den Bettrand und stellte die Krücken griffbereit an ihrem Nachttisch ab. Als Antje ihr helfen wollte, stieß sie die Hand der Mutter zur Seite. Was Kira allein konnte, machte sie auch allein.

»Das verrate ich dir morgen.« Antje wollte nicht, dass Kira weitere Fragen stellte.

»Beim … Früh… Frühstück?«, fragte Kira, wobei sie Antjes Blick auswich. Ihrer Tochter fiel es oft schwer, allein zu sein. Das würde sie natürlich nie zugeben. Die Frage nach dem gemeinsamen Frühstück war im Grunde die umschriebene Bitte »Bleib nicht zu lange weg«. Antje hoffte inständig, dass sie rechtzeitig zurück sein würde, um Kira zur Schule zu bringen, obwohl ihre jetzt 14-jährige Tochter immer öfter darauf bestand, mit dem Bus zur Schule zu fahren.

Antje deckte sie behutsam zu. »Wenn ich wiederkomme, bringe ich Brötchen mit. Dann frühstücken wir. Einverstanden?«

»Bloß keinen Stress!« Kira rollte sich unter der Decke zusammen.

»Versprochen!«, antwortete Antje und strich Kira lächelnd eine dunkle Strähne aus der Stirn. »Jetzt wird geschlafen.«

Nachdem Kira die Augen geschlossen hatte, schlich Antje aus dem Zimmer in den Flur. Dort stieg sie in ihre Stiefel, nahm den Wollmantel vom Haken und trat in die kalte Nacht. *Rabenmutter!* Sie schüttelte sich, um den Gedanken zu verscheuchen, und zog tief die Luft ein. Ihr schlechtes Gewissen verfolgte sie genauso penetrant wie die permanente Angst, dass Kira etwas passieren könnte. Aber jetzt musste sie sich auf das konzentrieren, was vor ihr lag, sich darauf einstellen, bald vor einer Leiche zu stehen und damit am Anfang eines neuen Falls, der dazu noch in der Öffentlichkeit breitgetreten würde. Der kriminalistische Jagdtrieb vertrieb die letzte Müdigkeit. Sie eilte durch den verwilderten Garten des alten Bauernhofs zu ihrem Auto – ein Gebrauchtwagen, den ihre Freundin Dunja ihr überlassen hatte, als sie sich letzten Sommer ein neueres Modell gekauft hatte. Antje zog den Schlüssel aus der Manteltasche, öffnete die Tür und schob ihren hochgewachsenen Körper zwischen Sitz und Lenkrad. Sie fuhr sich mit den Händen durch ihr kurzes schwarzes Haar, ehe sie zum Sicherheitsgurt griff und die Anlage aufdrehte. Sekunden später dröhnte Led Zeppelin aus den Boxen.

Ein Polizeibeamter stand vor dem offenen Tor zu Torben Grönewalds Grundstück und versuchte, die Schaulustigen zurückzuhalten. Einige trugen nur Hausschuhe und Morgenmantel, Nachbarn wahrscheinlich. Die Nachricht, dass etwas in Grönewalds Haus passiert war, musste sich wie Lauffeuer in den sozialen Netzwerken verbreitet haben. Antje Servatius drängte sich durch die Menge, nickte dem

Beamten knapp zu und schlüpfte durch die Absperrung. Sie konnte die Größe des Anwesens nur erahnen, der Nebel lag schwer zwischen den Büschen und Bäumen. Sie hüllte sich tiefer in ihren Mantel und zog unwillkürlich die Schultern hoch, als sie auf die Eingangstür zuging, aus der helles Licht drang. Kniebsch von der Spurensicherung kam ihr entgegen und grüßte mit einem Nicken. Dahinter, in der Tür, zeichnete sich eine vertraute, etwas dickliche Gestalt ab. Rudi Seidel lächelte, gut gelaunt und hellwach. Dabei hatte er sogar drei Kinder zu Hause – allerdings allesamt kerngesund. Rudi hielt ihr den Schutzanzug hin. Sie hängte ihren Mantel an die Garderobe und schlüpfte in die weiße Ganzkörperhülle, und ihre innere Verwandlung begann. Sie gewann Distanz zu dem, was sie gleich sehen würde. Sie gewann auch Distanz zu sich selbst; so konnte sie zum Opfer werden. Und zum Täter. Während sie die Einmal-Handschuhe überstreifte, schaute sie sich um: In diesem Haus hatte Torben Grönewald gewohnt, gelebt, gearbeitet, geliebt. Und an genau der Stelle, an der sie jetzt stand, hatte der Täter das Opfer vielleicht beobachtet. Vielleicht hatten sie sich hier sogar begrüßt. Vielleicht waren die beiden auch befreundet gewesen.

»Geradeaus durch.« Als ihr Kollege sich abwandte, sah sie, dass eine widerspenstige Locke unter der Kapuze seines Anzugs hervorlugte. Sie war grau. Antje Servatius hatte sie vorher noch nie bemerkt. Anscheinend hinterließ sein glückliches Familienleben doch Spuren, registrierte sie mit einem Anflug von Genugtuung. Sie folgte Seidel durch eine ausladende, rundum mit Holz vertäfelte Halle. An der Tür zum Wohnzimmer blieb sie kurz stehen, um tief einzuatmen. Jeder neue Tatort war eine Herausforderung für sie, immer noch. Dann trat sie ein.

Wie gewohnt tastete sie als Erstes mit schnellen Blicken den Raum ab. So groß das Wohnzimmer auch sein mochte, die Einrichtung war auf das Wesentliche reduziert. Zwei, drei Bücherregale, eine Polstergruppe (schwarzes Leder), ein Lese- und Fernsehsessel, an der Wand gegenüber ein Großbildfernseher, der den Raum jedoch nicht dominierte. In der hinteren Ecke des Zimmers, nahe der Tür zur Terrasse, stand eine große chinesische Vase mit einer einzelnen weißen Lilie. Die Einrichtung atmete den souveränen Geschmack eines Menschen, der viel Geld hatte, so viel Geld, dass er nicht damit protzen musste. Die Säulen am Eingang gingen bestimmt auf das Konto der Vorbesitzer. Auch der Teppich, auf dem die Leiche lag, wirkte schlicht in seinem fast schmutzigen Grau. Dabei war er mit Sicherheit handgeknüpft.

Grönewald lag auf der Seite, die Beine dicht an den Körper gezogen, den Kopf bis an die Knie gedrückt. Wie ein Embryo, dachte sie unwillkürlich. Der Talkmaster trug legere Abendkleidung, ein Sakko, schwarze Jeans, ein weißes Hemd, das allerdings teilweise aus der Hose gerutscht oder gezogen worden war. Am Hinterkopf waren Blut und Hirnmasse ausgetreten, hatten sich mit dem Grau des Teppichs zu einer undefinierbaren Farbmelange verbunden. Normalerweise gestattete sich die Kommissarin keine Empfindungen von Ekel und Übelkeit, und sie hatte schon blutigere Tatorte gesehen. Aber der wenige Schlaf und die Kopfschmerzen rissen ein klaffendes Loch in ihr professionelles Abwehrsystem. Sie merkte, wie sie unsicher auf den Beinen wurde, und fixierte Hinrichsmeyer, den glatzköpfigen Rechtsmediziner, der am Fernsehsessel stand.

»Schwere Schädelverletzungen. Todeszeitpunkt zwischen acht und zehn gestern Abend.« Hinrichsmeyer ließ seinen Koffer zuschnappen.

»Irgendwelche Spuren von der Tatwaffe?«

»Nein. Aber wenn man nach der Art der Verletzungen geht, muss es sich um einen scharfkantigen Gegenstand gehandelt haben. Näheres dann morgen früh.« Der Rechtsmediziner verabschiedete sich mit einem müden Nicken.

Antje Servatius ging langsam um die Leiche herum und betrachtete sie von allen Seiten. »Wo ist das Mädchen?«

»Oben«, erklärte Seidel. »Im Arbeitszimmer.«

»Merkwürdig. So wie das Blut und Hirn auf dem Teppich verteilt sind, sollte man von einem Kampf ausgehen. Aber jetzt liegt er so friedlich da.«

Grönewalds Kinn schien regelrecht auf seiner linken Hand zu ruhen. Die Kommissarin ging in die Hocke.

»Ein Muttermal an der Stelle hat auch nicht jeder«, warf ihr Kollege ein.

»Was für ein Muttermal?« Sie beugte sich vor. Grönewald hatte einen großen, fast herzförmigen braunen Fleck unter dem Kinn. Antje Servatius beugte sich noch weiter vor, um das Gesicht sehen zu können. Und plötzlich meldete sich die Übelkeit von eben zurück. Unter den erstaunten Blicken ihrer Kollegen schaffte sie es gerade noch zur Gästetoilette direkt gegenüber vom Wohnzimmer, ehe das Sushi hochkam.

Nina Außem saß im Arbeitszimmer im ersten Stock, auf dem Schreibtischstuhl, die Arme auf die breiten Lehnen gestützt, die Beine in einer Art Schneidersitz unter sich verschränkt. Sie wirkte angespannt, bis in die letzte Faser ihres Körpers. Immer wieder fuhr sich die 15-Jährige durch die verwuschelten schwarzen Haare. Am Mittelfinger ihrer Hand glänzte ein etwas klobiger Ring. Die schwarzen Kajalstriche unter ihren Augen waren verwischt. Sie hatte geweint. Jetzt versuchte sie, es nicht zu tun. Auch Nina hatte einen Schutzanzug übergestreift – einen unsichtbaren. Antje Servatius fragte sich, wie lange der halten würde. Sie schaute auf den Personalausweis in ihrer Hand. »Sie wohnen nicht bei Ihrem Vater.«

Nina schüttelte den Kopf. »Bei meiner Mutter, in Bremen. Ich bin zu Besuch hier.«

»Wann sind Sie nach Hause – ich meine, in die Villa gekommen?«

»So um Viertel nach elf.«

»Ist Ihnen irgendetwas aufgefallen, als Sie ankamen?«

Nina schüttelte den Kopf.

»Sind Sie auf der Straße vielleicht jemandem begegnet?«

Erneutes Kopfschütteln.

»Wann haben Sie Ihren Vater das letzte Mal gesehen oder gesprochen?«

»Heute Morgen, bevor ich losgefahren bin.«

»Losgefahren? Wohin?«

»In die Stadt.«

»Und was haben Sie in der Stadt gemacht, den ganzen Tag?«

»Rumgelaufen, paar Sachen angeguckt, das Schokoladenmuseum, mit der Seilbahn über den Rhein gefahren …« Das Mädchen zuckte unbestimmt die Achseln.

Teenager hatten noch eine eigene Vorstellung von Zeit und davon, wie man sie ausfüllte. Antje Servatius hätte nicht sagen können, wann sie selbst den letzten Tag nur mit Rumlaufen und Sachen angucken verbracht hatte. Das war ewig her.

»Und heute Morgen, als Sie sich verabschiedeten, war da irgendetwas anders? Hat ihr Vater sich merkwürdig benommen?«

»Eigentlich nicht. Er war wie immer.« Nina fuhr mit der Zunge über ihr Lippenpiercing. Mit ihren hohen Wangenknochen, mit den hellblauen Augen, die zum Schwarz ihrer Haare in auffälligem Gegensatz standen, strahlte die 15-Jährige eine widerspenstige Schönheit aus; eine Schönheit, die durch das Piercing für Antjes Empfinden entstellt wurde. Aber Nina, das ahnte die Kommissarin, wollte sich entstellen. Sie wollte nicht schön sein. Das Mädchen suchte sich noch.

»Sie sagen, Sie haben Ihren Vater besucht?«

»Nur für ein paar Tage. Morgen will – wollte ich wieder weg.«

»Ihr Vater lebt also allein hier?«

»Torben Grönewald ist verheiratet.« Rudi Seidel schaltete sich ein, er lehnte an der geschlossenen Tür. »Seine Frau macht einen Kurzurlaub in der Schweiz. Wir haben sie bis jetzt noch nicht erreicht. Berit Grönewald wird aber ohnehin morgen zurückerwartet.«

Die Tochter besuchte ihren Vater also, während die Ehefrau in Urlaub war. Und wenn die Ehefrau zurückerwartet wurde, packte die Tochter ihre Sachen. Antje Servatius wandte sich wieder Nina Außem zu.

»Hatten Sie regelmäßig Kontakt zu Ihrem Vater? Wie war Ihre Beziehung zu ihm?«

»Ich habe ihn lange gar nicht gekannt. Ich wollte keinen Kontakt. Erst in den letzten zwei Jahren haben wir uns ab und zu getroffen. Eine Beziehung? Die entstand gerade erst …« Nina verstummte und senkte den Kopf. Der Schutzanzug des Mädchens wurde rissig.

»Gut möglich, dass ich Ihnen noch ein paar Fragen stellen muss«, sagte Antje Servatius. »Aber wir machen morgen weiter. Gibt es in Köln jemand, bei dem Sie vorübergehend bleiben können?«

Nina schüttelte den Kopf.

»Was ist mit Ihrer Mutter? Könnte die –«

»Die ist auf einer Fortbildung in Estland. Noch bis übermorgen.«

Servatius wandte sich an ihren Kollegen. »Haben wir eine Betreuung für sie?«

»Ich brauche keine Betreuung«, erwiderte Nina trotzig. Sie hob den Kopf. Tränen glitzerten in ihren Augen.

»Doch, die brauchen Sie.« Die Kommissarin schaute Seidel an, der nickte und öffnete die Tür. Eine Beamtin erschien und führte Nina aus dem Zimmer.

Servatius sah sich um. Auch hier wirkte alles unberührt und aufgeräumt, wie unten im Wohnzimmer, wenn man einmal von der Leiche und dem unmittelbaren Drumherum absah. Keine Anzeichen, dass der Täter etwas gesucht oder entwendet haben könnte. Wenn, dann wusste er sehr genau, wo er suchen musste. Aber hinter dieser Sache steckte mehr als ein Raubmord. Wer machte sich die Mühe, sein Opfer erst zu töten und dann so aufwendig zu drapieren?

»Sind die Nachbarn schon befragt worden?«, fragte die Kommissarin ihren Kollegen.

»Wir müssen sie erst mal aussortieren. Das werden ja immer mehr da draußen.«

»Mit anderen Worten, wir sehen morgen weiter. Beziehungsweise heute, in sechs Stunden.«

»Was war eben?«, erkundigte sich Rudi Seidel.

Antje Servatius hob fragend die Augenbrauen.

»Deine kleine Kotzattacke«, erklärte ihr Kollege. »Passiert dir doch sonst nicht.«

»Ach, die. Das Falsche gegessen.« Sie unterdrückte ein Gähnen und erhob sich. »Und zu früh aufgestanden.«

»Werd mir ja nicht auch noch krank.« Seidel musterte sie argwöhnisch.

Antje schüttelte energisch den Kopf. »Alles gut.«

3

Dunkelheit. Totenstille. Schmerz.

Die Kette um den Hals zog seinen Kopf nach unten. Er kroch auf dem Boden wie ein verwundetes Tier. Stehen konnte er nicht, dafür war die Kette zu kurz, deren anderes Ende in die Wand eingelassen sein musste. Genauso wie die Ketten, die seine Handgelenke und Füße miteinander verbanden. Wenn er sich dicht an die Wand legte, konnte er seine Gliedmaßen ausstrecken. Aber die Unebenheiten des nackten Betons bohrten sich nach wenigen Minuten in seinen Rücken.

Das Schlimmste jedoch war die Stille, waren die schweren Lärmschützer, die seine Ohren dicht umschlossen. Er hatte sie direkt zu Anfang aufgesetzt bekommen. Sie hielten jedes Geräusch fern.

Die Dunkelheit ließ sich gerade noch ertragen, mit seinem Körper konnte er das Außen zumindest erfühlen. Die Stille jedoch nahm ihm jegliche Orientierung. In dieser Stille war er allein mit seinem Atem, mit seinem Herzschlag. Mit seiner Panik.

Also hörte er auch nicht, wenn die Schritte kamen. Aber er spürte es. Kleine Erschütterungen im Boden.

Jetzt kamen sie wieder. *Tack. Tack, Tack. Tack.* Er begann am ganzen Körper zu zittern. Schweiß tropfte von seiner Stirn. Die Klappe ging auf, ein Lichtstrahl fiel in das Loch, in dem er vegetierte. Für den Bruchteil einer Sekunde meinte er, etwas zu sehen. Ein Stück von einer Landkarte. Dann traf ihn das gleißende Licht der Taschenlampe, direkt in den Augen. Die Lärmschützer wurden ihm abgenommen, dann der Knebel im Mund. Die ersten Male hatte er noch geschrien. Als Antwort wurde ihm der Mund wieder gestopft, und er hatte damit aufgehört.

Er hörte, wie der Napf auf den Boden gestellt wurde, daneben die Flasche. Er hörte, wie beides näher gerückt wurde. Näher, aber außer Reichweite.

Er hatte das Prinzip verstanden. Wenn er essen und trinken wollte, wenn er nicht verhungern oder verdursten wollte, musste er reden.

Also begann er zu reden.

Von damals.

4

»Der Goldene Hohlkopf?!« Antje riss ungläubig die Augen auf.

»Der Goldene Hohlkopf.« Hinrichsmeyer, der Rechtsmediziner, saß am Kopfende des ovalen Besprechungstisches und nippte an seinem Morgenkaffee. »Für die dümmste Sendung im deutschen Fernsehen.«

»Wird von einer Vereinigung von Fernsehkritikern verliehen«, ergänzte Kniebsch und fuhr sich durchs nicht vorhandene Haupthaar. Der Mann von der Spurensicherung saß neben Hinrichsmeyer. »Jedes Jahr.«

»Grönewald hat ihn schon vor längerer Zeit bekommen«, fügte der Pressesprecher hinzu. Sie hatten zur Einsatzbesprechung alle zusammengetrommelt, die verfügbar waren. Dennoch klafften Lücken am Tisch, große Lücken. Die Grippewelle. Außer Antje Servatius, Seidel und den bereits Genannten war noch der Aktenführer zugegen, Kniebsch hatte einen weiteren Kollegen von der Spusi rekrutiert. Die kleine Runde komplettierte Heiner Gaarst, der Neue. Gaarst war für die Kollegen kein Unbekannter; vor seinem Wechsel zum KK 11 war er im Kommissariat für Banden- und Rauschgiftkriminalität tätig gewesen. Servatius' Bekanntschaft hatte sich bis dahin jedoch auf grüßendes Kopfnicken im Flur beschränkt. Das gestrige vereinzelte Niesen hatte sich bei Heiner Gaarst zu einem Dauerschniefen entwickelt. Aber er tat beharrlich so, als ob nichts wäre.

»Und was spricht dafür, dass dieser Hohlkopf die Tatwaffe ist?« Antje hatte sich von ihrer Überraschung erholt.

»Einmal, dass er nicht mehr da ist«, sagte Kniebsch.

»Beziehungsweise sie«, ließ sich Rudi Seidel von seinem Platz aus vernehmen. »Die Statue oder Statuette oder der Pokal – oder wie immer man das nennen will – stand immer in einem Regal im Wohnzimmer. Das wissen wir von Nina, der Tochter.«

»Dann, dass wir Spuren von Goldlack in den Schädelverletzungen gefunden haben«, sagte Hinrichsmeyer.

»Mit dem wurde das Holz lackiert«, sagte Kniebsch. »Alles sehr billig, aber das sind die preisgekrönten Sendungen ja auch. Nur der Sockel ist aus Metall.«

»Womit wir bei Punkt drei sind. Die Art der Verletzungen. Der Täter – oder die Täterin – muss das Ding an der schlanksten Stelle, also am Hals genommen und zugeschlagen haben …«

»Mehrmals«, ergänzte Kniebsch. Hinrichsmeyer und er waren alles andere als befreundet. Auch als Kollegen sahen sie sich nur selten. Aber wenn sie zusammen aufliefen und Bericht erstatteten, dann war es, als griffen plötzlich zwei Zahnräder ineinander. Information Overkill. Der geballte Sachverstand, kaum zu bremsen und schon im Normalzustand kaum auszuhalten. An einem Morgen wie diesem erst recht nicht.

Antje schaute aus der Fensterfront des Besprechungsraums auf das schon seit Längerem brachliegende Grundstück gegenüber. Über die dahinter liegende Bahntrasse schlich gerade ein Regionalzug. Sie stützte die Arme auf den Schreibtisch und massierte ihre Schläfen mit den Fingerspitzen. Die Kopfschmerzen hatten nachgelassen, ohne ganz zu verschwinden. Kein Wunder – die Nacht war sehr kurz gewesen.

»Und man kann – wir können – davon ausgehen, dass Grönewald sich überhaupt nicht gewehrt hat?«, näselte Heiner Gaarst. Seine frühen Geheimratsecken wirkten wie blank poliert. Er saß mit durchgedrücktem Rücken am Tisch. Antje hatte noch niemanden gesehen, der sich steifer durchs Leben bewegte. Und das galt nicht nur für das Äußere. Auch seine gelegentlichen Wortbeiträge ließen auf tiefe Verunsicherung schließen: Gehöre ich schon dazu oder nicht? »Man« oder »wir«?

»Allem Anschein nach gab es keine Gegenwehr.« Hinrichsmeyer schüttelte den Kopf. »Der erste Schlag muss ihn völlig überraschend getroffen haben.«

»Möglicherweise ist er davon nur in die Knie gegangen«, sagte Kniebsch. »Aber dann kamen die nächsten Hiebe.«

»Da lag er dann schon auf dem Boden«, sagte Hinrichsmeyer. »Außerdem hatte Grönewald einen Blutalkoholgehalt von 1,9 Promille.«

»Champagner und Whiskey. Alle Flaschen frisch angebrochen oder geleert.«

»Und die Tatwaffe ist also verschwunden?«, schaltete sich Antje wieder ein.

Rechtsmediziner und Spurensicherer nickten in gewohnter Einträchtigkeit.

»Auch sonst keine Spuren vom möglichen Täter?«

»Vielleicht doch …« Kniebsch hielt der Kommissarin einen ZIP-Beutel hin. »Haben wir gefunden, als wir den Garten abgesucht haben. In einer Lücke in der Hecke, die das Grundstück umgibt. Von da kommt man auf einen Fußpfad, der zwischen den Grundstücken verläuft.«

Antje studierte den Inhalt des Beutels, einen großen, schwarz glänzenden Knopf.

»Abgerissen. Oder einfach abgefallen, weil er vorher schon lose war. Ein paar Stofffasern hingen auch noch dran. Baumwolle, ebenfalls schwarz.«

»Wie lange kann er da schon gelegen haben?«

»Nicht lange. Sonst wäre er schmutziger, bei dem Wetter, das wir in den letzten Tagen hatten.«

Antje nickte. »Danke.«

Die Experten verließen das Büro. Sie hätte sich nicht gewundert, wenn sie sich bei der Hand genommen hätten.

Minuten später saßen die drei vom KK 11 in ihrem Büro auf der anderen Seite des Gebäudes, in das sie erst vor zwei Wochen umgezogen waren. »Sie sollen es endlich schöner haben«, hatte Scheffler, der Kriminaldirektor, gesagt, »und größer.« Größer war das Büro, wenn auch nur minimal. Aber schöner? Hier ging der Blick auf das Parkdeck der Köln Arcaden. Sie hätten es vorher wissen, sie hätten sich den Raum anschauen können. Aber für so etwas hatte Antje keine Zeit.

Sie rollte ihren Stuhl zurück und merkte, wie sie gegen einen der Umzugskartons stieß, die sich hinter ihr an der Wand stapelten.

Ein Großteil ihrer Sachen wartete immer noch darauf, ausgepackt zu werden. Seidel, ihr gegenüber, hatte das am ersten Tag erledigt. Nach kurzer Zeit hatte sein Schreibtisch so ausgesehen, als wäre er nie umgesetzt worden. Die Familienfotos, der Plüschtiger, den ihm sein Jüngster vermacht hatte und der seit zwei Jahren neben der Telefonanlage saß, die Ansichtskarte des Ältesten aus dem Ferienlager in diesem Sommer – alles war an seinem Platz. Auch der lachende Buddha stand wieder dort, wo er vor dem Umzug gestanden hatte: oben auf dem Rand des Computerbildschirms. Seidel beschäftigte sich seit einigen Jahren mit Zen-Buddhismus. Sein gesamtes Leben schien geordnet und in Ordnung zu sein. Er war Anfang 40, glücklich verheiratet, hatte drei Kinder, die ihm aber allesamt keinen Stress machten, wie er gern durchklingen ließ. Manchmal fragte sich Antje, ob Seidel eine Lüge lebte, die ihresgleichen suchte, oder ob er wirklich in einer solchen Harmonie schwebte. Eigentlich erinnerte er sie selbst an einen Buddha, mit seinem gedrungenen Körper und dem fleischigen Nacken. Aber Antje wusste, dass hinter den freundlichen braunen Augen, um die sich Lachfalten für zwei Leben kringelten, ein messerscharfer Verstand arbeitete.

Anders als bei ihrem Gegenüber war Antjes Arbeitsplatz nur Arbeitsplatz und nichts anderes. Die Askese des Workaholics. Das Telefon, der Bildschirm, eine Zwischenablage – in der Antje allerdings kaum etwas ablegte, weil sie es hasste, wenn die Dinge Staub ansetzten –, vor ihr Berichte und Protokolle und sonstiger Papierkram zum jeweils aktuellen Fall.

Und das Handy, das gerade vibrierte.

»Schule ätzt«, textete ihre Tochter. »Hol mich hier raus, noch bin ich ein ganz normaler Teenager.«

Simsen, mailen, twittern, seit einiger Zeit whatsappen. Für ihre Tochter waren diese Kommunikationswege ein Segen. Manchmal wünschte Antje sich, es könnte immer und nur so sein. Kein schwerfälliges Haspeln, kein Langziehen der Silben, kein immer neues Neuansetzen. Die Selbstverständlichkeit, mit der sie sich als »ganz normaler Teenager« bezeichnete.

Ein schöner Traum.

Vom Schreibtisch an der Tür erklang eine mittlere Detonation. Heiner Gaarst verbarg sein Gesicht schnell in einem Taschentuch, um jedes weitere Niesen abzudämpfen.

»Entschuldigung«, sagte er halb erstickt.

»Gesundheit«, sagte Seidel.

Antje legte das Mobiltelefon beiseite und widmete sich wieder dem Knopf im Beutel der Spurensicherung. So überdimensional, wie er war, kam eigentlich nur ein Kleidungsstück infrage. »Von einem Mantel, oder? Er könnte also unserem Täter gehören. Was bedeutet, dass er durch die Hintertür verschwunden ist.«

»Aber als er gekommen ist, dürfte er den Haupteingang genommen haben. So wie es aussieht, war er mit Grönewald bekannt. Oder sogar verabredet.«

»Auf den einen oder anderen feinen Tropfen«, ergänzte Antje.

Auch Rudi Seidel und sie verstanden es, sich die Bälle zuzuwerfen. Solange private Dinge außen vor blieben. Wenn Seidel mal wieder einen Verbesserungsvorschlag für ihr Leben hatte, dann konnte bei Antje durchaus der Geduldsfaden reißen.

Sie schaute ihren Kollegen an. »Bis wann ging die Aufzeichnung der Show?«

»Bis 18 Uhr. Dann hätte er frühestens um sieben herum zu Hause sein können.«

»Um sieben. Bleibt ein Zeitfenster von maximal drei Stunden bis zu seinem Tod. Hat die Befragung der Nachbarn was ergeben?«

»Was ist das Typische an Villengegenden?« Seidel beantwortete seine Frage selbst: »Die Villen sind vor Blicken von der Straße abgeschirmt. Was umgekehrt leider bedeutet, dass die Straßen auch vor Blicken von den Villen abgeschirmt sind. Und dann der Nebel …« Er seufzte. »Niemand hat etwas beobachtet. Bis auf einen Pharma-

Millionär, der mit seiner Dogge Gassi gegangen ist. Ein Wagen soll vor Grönewalds Haus geparkt haben. Allerdings um 18.30 Uhr. Also deutlich vor der möglichen Tatzeit.« Er begann etwas in seinen Computer einzugeben.

»Deswegen muss der Wagen auch nichts bedeuten. Es sei denn, der Fahrer hat gewartet, bis Grönewald kommt.«

»Oder er hatte einen Schlüssel zum Haus.«

»Und eine Möglichkeit, die Alarmanlage von draußen abzuschalten.«

Was unwahrscheinlich war, aber nicht unmöglich. Mit der entsprechenden Fernbedienung.

»Was für ein Wagen?«, fragte Gaarst, der sich wieder einigermaßen gefangen hatte.

»Typ, Kennzeichen nicht bekannt. Kleinwagen. Jedenfalls kleiner, als sie in Villengegenden normalerweise herumfahren.«

Antjes Handy vibrierte wieder unter einem Summen. Sie achtete nicht darauf. Ihr Kollege drehte seinen Bildschirm um 180 Grad in ihre Richtung. »Bitte schön: der Goldene Hohlkopf.«

Antje starrte auf ein Antlitz mit geschlechtslosen Konturen. Nun gut, es sollte halt auf jeden Preisträger passen. Der Goldüberzug ließ sie an einen frühen James-Bond-Film denken. Und der Kopf war tatsächlich hohl. Man hätte ihn gut als Blumenvase benutzen können.

»Warum stellt man sich so was ins Wohnzimmerregal?«

»Vielleicht hat Torben Grönewald das Ganze als Kompliment genommen.«

»Oder er hatte Sinn für Humor.«

Seidel lächelte amüsiert. »Du hast Grönewald wohl wirklich nie gesehen.«

»Nein, verdammt!«, gab sie zurück, schärfer als gewollt.

»Schon klar, dass du ihn nicht gesehen hast.« Ihr Kollege streifte sie mit einem leicht erschrockenen Blick. »Ich meine *Grönewald*. Die Sendung.«

»Die auch nicht.« Antje atmete durch. »Entschuldige.«

»Du musst dich nicht entschuldigen. Du hast nicht viel verpasst.« Seidel drehte den Bildschirm zu sich zurück. »Ich lasse gerade sein Smartphone checken, auf ungewöhnliche Kontakte.«

Antje nickte, griff zu ihrem Handy und las, was Kira geschrieben hatte. »Zu. Spät. Löbner. Ist da. Mathe. Hat angefangen.« Wenn der Frust ihrer Tochter besonders groß war, dann textete sie, wie sie redete.

Antje fuhr sich nachdenklich über die Nase, die auffallende Stelle, wo sie gebrochen gewesen war, bleibende Erinnerung an einen Fahrradunfall in ihren jungen, wilden Jahren. Nach der OP war ein deutlicher Knick zurückgeblieben. (Kein Knick, meinte Seidel immer, ein Winkel sei das, perfekt rechteckig und kunstvoll. »Das muss ein Chirurg erst mal hinkriegen«, hatte er einmal gesagt. »Das war nicht der Chirurg«, hatte sie entgegnet, »das war der Bordstein.« – »Trotzdem kunstvoll.«) Sie erhob sich mit einem auffordernden Blick zu Gaarst. Vielleicht tat ihm ein bisschen Luftveränderung gut. »Wir fahren mal zu seiner Produktionsfirma. Aber noch was: Begibt sich jemand, wenn ihm gerade der Schädel zertrümmert wird, bereitwillig in eine friedliche Embryo-Lage?«

»Wohl kaum«, bemerkte Seidel.

»Eben. Und das bedeutet, der Täter hat ihn nach vollbrachter Tat so hindrapiert.«

»Schon eher.«

»Fragt sich nur, warum.«

»Wohin möchten Sie?« Die Frau am Empfang passte perfekt in die Halle der Produktionsfirma, für die Grönewald seine Talkshows moderierte, zu aktuellen Themen, die die Nation bewegten und zu denen jeder glaubte, etwas sagen zu müssen. Jetzt bleckte sie die weißen Zähne. Sie wirkten so glatt wie das funktionale Gebäude.

»Zu Silvia Wendt.« Antje Servatius und Heiner Gaarst zeigten ihren Ausweis, und das gestylte Gesicht bekam Risse. Die Mundwinkel zuckten leicht nach unten, zwei Falten an der Oberlippe wurden sichtbar.

»Zur Assistentin von Torben Grönewald? Moment!«

Wenige Minuten später fuhren die Ermittler im Aufzug zur sechsten Etage. Servatius bemerkte ihre Müdigkeit und den pelzigen Geschmack im Mund, verursacht durch Schlafmangel und zu viel Kaffee. Verstohlen betrachtete sie ihr Gesicht im Spiegel, der dem Besucher die Platzangst im engen Aufzug nehmen sollte. Nachdem sich die Tür geöffnet hatte, standen die beiden auf einem langen Gang, dessen Wände mit Fotos von Stars und Sternchen geschmückt waren. Sie bogen nach rechts und folgten den Hinweistafeln, bis sie eine Glastür erreichten. »Silvia Wendt« stand auf einem schlichten Schild. Antje Servatius klopfte, und sie traten ohne abzuwarten ein. Ihre Schritte wurden von einem hellbraunen Teppich verschluckt, und es dauerte einen Augenblick, bevor die Assistentin von ihrem Computer hochblickte.

»Sie sind die Kommissarin, nehme ich an?« Silvia Wendts Gesicht wirkte trotz der Schminke grau und eingefallen, die roten Augen schauten genauso verzweifelt wie traurig und passten nicht zu ihrem gepflegten Äußeren. Die enge Jeans, die hohen Pumps und die blonden, halblangen Haare entsprachen genau dem Klischee, das Antje Servatius von der Assistentin eines Fernsehstars hatte. Und das ihr direkt den Gedanken in den Kopf trieb, Assistentin und Talkmaster habe mehr miteinander verbunden als nur gemeinsames Arbeiten.

Sie verspürte keine Lust auf falsche Rücksichtnahme. »Antje Servatius, Kriminalhauptkommissarin, das ist mein Kollege Heiner Gaarst.« Mit dieser Begrüßung trat sie an den Schreibtisch, während sich Gaarst im Hintergrund hielt. »Wie gut kannten Sie Torben Grönewald?«

»Wir haben seit fünf Jahren zusammengearbeitet.« Bei der Erinnerung biss sich die Assistentin auf die Unterlippe, als ob ein körperlicher Schmerz von dem Verlust eines vertrauten Menschen ablenken könnte.

»Und wer könnte ihn Ihrer Meinung nach umgebracht haben?« Die Kommissarin steckte die Hände in die Manteltaschen.

»Torben war nicht bei allen beliebt. Zum einen hatte er viele Neider. Und genauso viele Fans wie Feinde.« Silvia Wendts Stimme versagte. Sie räusperte sich. »Er polarisierte durch seine Sendung und durch sein Auftreten. Entweder wurde er für sein Selbstbewusstsein bewundert oder für seine Arroganz gehasst. Es gab nichts dazwischen.« Sie strich sich mit rot lackierten Fingern eine Strähne aus der Stirn. »Torben wählte immer Fragen aus, die stark provozierten. Das machte ja den besonderen Reiz seiner Show aus. Wie viele Flüchtlinge die EU verträgt, Radfahren – Amok im Straßenverkehr, wann Kinderarbeit erlaubt ist, um nur einige Themen zu nennen.« Obwohl die Assistentin offensichtlich trauerte, sprach sie wie in einer Pressemitteilung. Antje wusste nicht, ob sie die Professionalität bewunderte oder verabscheute.

»Welches war denn die letzte Sendung, die solche Wellen schlug?«

»Fragen Sie lieber, welche *keine* Wellen schlug. Egal, der Sender war zufrieden, sogar mehr als zufrieden.«

»Und im Moment?« Heiner Gaarsts Stimme ließ sich aus dem Hintergrund vernehmen. »Würden Sie uns sagen, woran er gerade arbeitete?«

»An einer Sendung über Folter. Ob in Extremsituationen die Folter durch staatliche Verfolgungsorgane gerechtfertigt sein könnte.«

Antje Servatius drehte sich um und zeigte auf eine Durchgangstür. »Geht's hier zu Grönewalds Büro?«

Silvia Wendt nickte und stand auf. »Ich habe mit der Geschäftsführung geklärt, dass Sie sich gerne umsehen können.« Sie öffnete die Tür. Kurz darauf standen die drei im Allerheiligsten des Talkmasters.

Ein kurzer Blick genügte Antje, um sich ein Bild zu machen. Alles wirkte glatt, kalt. Der Computer stand verloren auf dem Schreibtisch. Nichts ließ auf Grönewalds Privatleben schließen. »Und sonst?«, fragte sie. »War er beliebt?«

»Wie man es nimmt. Er ... mochte die Frauen, und die Frauen liebten ihn. Sie ahnen nicht, wie viele Anrufe ich von Frauen mit gebrochenem Herzen bekommen habe. Besonders hartnäckig war eine, die nach der Aufzeichnung sogar öfter auf ihn wartete.«

»Und was sagte seine Frau zu den Affären?«

»Ich bin nicht sicher, ob sie sich wirklich damit abgefunden hat oder ob sie nur so tat, als wäre ihr das Liebesleben ihres Mannes gleichgültig.« Silvia Wendt, die jetzt direkt neben Antje stand, schniefte unerwartet laut in ihr Taschentuch. »Letztendlich hatte sie nur die Wahl, die Demütigungen über sich ergehen oder sich scheiden zu lassen. Torben hätte ihretwegen nie auf etwas verzichtet.«

»Kennen Sie seine Frau gut?« Gaarst war in der Nähe der Durchgangstür geblieben, als sei das Betreten des Büros für ihn unbefugtes Eindringen. Ich muss ihm eine etwas offensivere Gangart beibringen, schärfte sich Antje ein.

»Nicht besonders«, antwortete Silvia Wendt. »Aber sie hat mich heute Morgen angerufen. Sie war in einem Wellness-Hotel in der Schweiz und ist jetzt auf dem Rückweg.«

Antje betrachtete das einzige Bild an der Wand, das Grönewald bei Dreharbeiten zeigte. »Und haben Sie mit Herrn Grönewald ausschließlich zusammen ... gearbeitet?«

»Was sonst?« Auf Silvia Wendts Stirn bildeten sich tiefe Unmutsfalten. »Ich weiß nicht, welche Klischeebilder gerade in Ihrem Kopf herumspuken.«

Zu viele, dachte Antje missmutig. Sie merkte, dass sie sich gleich im Ton vergreifen würde, also ging sie wortlos um den Schreibtisch herum und zog die oberste Schublade auf, in der Bleistifte, Blocks und Autogrammkarten durcheinanderlagen.

»Torben hat sich mir gegenüber immer korrekt verhalten.« Silvia

Wendt nickte entschieden. »Mehr noch. Ich habe ihm sogar viel zu verdanken. Als ich ihn kennenlernte, war ich arbeitslos und hatte noch nicht einmal eine Berufsausbildung. Trotzdem gab er mir die Chance, bei ihm anzufangen.«

»Sehr menschenfreundlich.«

Grönewalds Assistentin ließ die Ironie an sich abperlen. »Er erwähnte einmal, dass ich seiner Tochter ähnlich sei.«

Vor ihrem geistigen Auge stellte Antje Servatius das Mädchen mit dem Zungenpiercing und den verlaufenen Kajal-Strichen neben die gepflegte Eleganz der Assistentin. »Aber nicht äußerlich.«

»Sie kennen Nina?« Silvia Wendt wirkte ehrlich erstaunt.

»Sie hat ihren Vater gefunden, heute Nacht.«

»Nina war bei Torben?!« Das Erstaunen wich offener Verblüffung.

»Auf Kurzurlaub. Was ist daran so verwunderlich?«

»Ich wusste nicht, dass sie wieder Kontakt hatten.« Silvia Wendts Lippen wurden zu einem dünnen Strich, dann besann sie sich. »Umso schlimmer, dass ausgerechnet sie –« Die Assistentin schüttelte den Kopf.

Antje spürte das Vibrieren ihres Handys und schaute aufs Display. Rudi Seidel. Er würde nicht ohne wichtigen Grund stören, also nahm sie das Gespräch an.

»Wir haben Grönewalds Handy gecheckt. Die letzten Anrufe waren überwiegend geschäftlich, nichts Auffälliges. Kurz vor seinem Tod hat er noch mit seiner Frau telefoniert. Allerdings können wir einen Namen nicht zuordnen: Svenja Gessner.«

»Danke.« Antje ließ ihr Handy zurück in die Hosentasche gleiten und wandte sich wieder der Assistentin zu. »Kennen Sie eine Svenja Gessner?«

Silvia Wendt dachte nach, dann erhellte sich ihr Gesicht von der Erinnerung. »Das ist die Frau, die für die Tiersendung interviewt wurde. *Die Deutschen und ihre Tiere.* Die hatte enorme Einschaltquoten. So mancher Hunde- oder Katzenliebhaber wird sich da gefühlt haben wie ein gedankenloser Egoist, wenn er abends gern Bratwurst aus Massentierhaltung futtert.«

»Und weswegen wurde diese Svenja Gessner interviewt?« Heiner Gaarst blickte von dem Notizbuch auf, in das er fleißig hineingeschrieben hatte.

»Sie hat eine Tierpension.«

»Wann lief die Sendung?«

»Vor zwei, drei Wochen.«

Antje Servatius krauste die Stirn. »Svenja Gessner hat danach noch mal Kontakt zu Grönewald gehabt. Persönlichen Kontakt. Können Sie sich vorstellen, warum?«

Die Assistentin schüttelte den Kopf. »Da müssen Sie sie schon selbst fragen.«

Svenja Gessner wohnte am südwestlichen Ende der Stadt, eine halbe Autostunde von dem Bürokomplex in Ossendorf entfernt, der bis gestern noch Torben Grönewalds Arbeitsplatz gewesen war.

Während Antje den Wagen durch den zähen Vormittagsverkehr lenkte, dachte sie über die Begegnung mit Silvia Wendt nach. »Was stimmt da nicht?«, fragte sie schließlich Heiner Gaarst, der gerade, erschöpft von seinem letzten Niesanfall, mit tränenden Augen durchs Seitenfenster blickte.

»Bei wem, Silvia Wendt?«

»Ja, beziehungsweise bei dem, was sie gesagt hat. Wusste sie wirklich nicht, dass Grönewald und seine Tochter wieder Kontakt hatten? Und: Torben Grönewald eine Vaterfigur? Können Sie sich das vorstellen?«

»Äh, ja, warum nicht?«

»Weil eine Vaterfigur mit vielen Affären für mich kein stimmiges Bild ergibt.« Antje Servatius vertiefte den Punkt nicht weiter und konzentrierte sich auf den Verkehr. Der junge Kollege war keine große Hilfe. Sie hoffte, das war nur seinem gegenwärtigen Zustand geschuldet.

Das Viertel, in dem Svenja Gessner lebte, lag jenseits der Militärringstraße und auch noch hinter dem westlichen Autobahnring. Wobei – von einem Viertel zu reden, war eigentlich eine Übertreibung. Ein paar alte, hohe Mietshäuser aus dunklem Backstein lagen wie hingewürfelt an der zweispurigen Ausfallstraße, jeweils fünf, sechs auf jeder Seite. Die Autobahnböschung war mehr als nur eine räumliche Grenze. Wer hier lebte, schnürte sich ab vom Leben jenseits der dunklen Unterführung. Noch dazu standen die Häuser wie vereinzelt, durch breite grauaschige Fluchten und krüppelige Hecken getrennt, als ob die Bewohner so viel Abstand wie möglich voneinander suchten.

Svenja Gessners Haus war das letzte auf der linken Seite. Hier zog sich die Straße einen kleinen Hang hinauf und wurde zur Allee. Antje Servatius lenkte den Wagen auf den schwarzen Schotter des Seitenstreifens. Sobald sie den Motor abstellte, vernahm sie ein vielstimmiges Konzert der Missklänge: heiseres Hundegebell, leiser darunter gemischt das Klagen von Katzen. Für sie klang es jedenfalls wie Klagen. In Svenja Gessners Ohren hörte es sich bestimmt anders an.

Servatius ging, während Gaarst unten wartete, die wenigen Steinstufen zum Eingang hoch. Aber auch nachdem sie mehrmals auf den abgewetzten Klingelknopf gedrückt hatte, rührte sich nichts. Im Fenster links neben der Tür hockte eine Katze vor einer schmuddeligen Gardine und starrte sie regungslos an. »Wir sehen uns mal hinten um«, beschloss Antje.

Mit jedem Schritt Richtung Hof verstärkte sich die tierische Kakophonie. Als sie schließlich um die Hausecke bogen, erblickten sie ein weitläufiges Labyrinth von Zwingern, Verschlägen und kleinen Gehegen. Über dem gartengroßen Gelände erhoben sich ein paar Buchen, die bereits einen großen Teil ihres Laubs verloren hatten.

Antje trat vorsichtig an die ersten Gehege. Die auf der linken Seite beherbergten Hunde, die zur rechten Katzen; Vierbeiner in allen Lebenslagen, die einen herumstreunend, die anderen faul in einer trockenen Ecke dösend. Svenja Gessners Tiere mochten in einfachen Verhältnissen leben – unglücklich oder gar schlecht behandelt sahen sie nicht aus.

Die Anwesenheit der fremden Besucher schien sich schnell herumzusprechen. Weiter hinten reckten einige Hunde kläffend die Hälse. Die Kommissare wagten sich nicht weiter in das Labyrinth hinein und blieben an einem Geviert stehen, in dem zwei junge Katzen untergebracht waren. Die eine, weiß mit schwarzen Einsprengseln, versuchte einen in Hüfthöhe abgesägten Baum zu erklimmen, rutschte aber immer wieder ab. Die andere – klassisch graumeliert – wälzte sich auf einer alten Wolldecke und verlor dabei reichlich Haare.

»Was wollen Sie hier?«

Antje Servatius fuhr herum. Vor ihr stand eine groß gewachsene Frau mit einem Eimer, einem Müllsack und einer Schaufel. Sie mochte Anfang 40 sein. Ihre rostbraunen Haare hatte sie nachlässig hochgesteckt. Sie trug schwere, schlammverkrustete Gummistiefel, den Körper versteckte sie in einem weiten schmuddeligen Arbeitsoverall; einen Körper, der, ihren Händen nach zu urteilen, athletisch und schlank sein musste. Der ganze Aufzug aber machte sie zur klassischen grauen Maus, so wie der herbe Zug um den Mund und die Falten, die sich um die Augen kräuselten, sie möglicherweise älter machten, als sie war. Aber der Mund und die Augen selbst verrieten noch etwas von der Schönheit, die Svenja Gessner als junge Frau gewesen sein musste. Die Lippen waren voll und von einem sinnlichen Schwung, und das strahlende Grün der Augen … wenn es jetzt selbst Antje in den Bann zog, wie mochten früher einmal die Männer darauf reagiert haben?

»Normalerweise klingelt man.« Die Inhaberin der Tierpension stellte den Eimer ab.

»Normalerweise macht dann jemand auf«, erwiderte die Ermittlerin.

»Ich höre das Ding nicht immer«, sagte Svenja Gessner, eher erklärend als entschuldigend. »Je nachdem, wo ich im Haus bin.«

»Nicht gut. So verliert man potenzielle Kunden.«

Der herbe Zug um Gessners Mund vertiefte sich unmerklich. »Die verliere ich in letzter Zeit auch so.«

»Deswegen sind wir hier. Indirekt.« Servatius und Gaarst zückten ihre Dienstausweise.

Svenja Gessners Gesicht blieb ausdruckslos. »Und?«

»Torben Grönewald wurde letzte Nacht ermordet.«

»Ach!« Mehr als einen Anflug von Überraschung gestattete sich Svenja Gessner nicht.

»Sie wussten noch nichts davon?« Heiner Gaarst war inzwischen so heiser, dass man ihn kaum noch verstehen konnte.

»Fernsehen habe ich nicht.« Svenja Gessner öffnete die Pforte zum Gehege der beiden Katzen und schlüpfte hinein. »Und zum Zeitunglesen fehlt mir die Zeit.« Sie begann das Katzenklo zu reinigen. Antje beobachtete, wie die Katzen um ihre Beine strichen.

»Die Nachricht scheint Sie jedenfalls nicht besonders zu treffen.«

»Gestern musste ich Jason einschläfern lassen. Glauben Sie mir, so was geht mir näher.«

»Jason?«

»Ein Deutscher Schäferhund. Elf Jahre. Den wollte deswegen schon keiner mehr. Und dann auch noch Nierenversagen …« Svenja Gessner griff sich die Graumelierte, so energisch und zugleich zärtlich, dass es Antje einen Stich der Rührung versetzte, und klaubte ihr etwas aus dem Fell.

»Was mit Torben Grönewald passiert oder nicht passiert, ist mir demgegenüber herzlich egal.«

»Trotz dieser Sendung?« Antje Servatius runzelte die Stirn. »Der

Beitrag über Ihre Tierpension muss Ihnen doch das Geschäft kaputt gemacht haben.«

»Shit happens. Ich hab schon andere Sachen überlebt.« Svenja Gessner setzte die Graumelierte mit einem Klaps ab und verließ den Zwinger.

Die Kommissarin sah sich um, ohne einen Leerstand zu entdecken. »Ganz schön was los hier.«

»Drinnen sind auch noch ein paar.« Svenja Gessner nickte zum Haus hinüber. »Nicht jeder, der sein Tier in Pflege gibt, holt es nachher auch wieder ab. Die Menschen kommen auf komische Gedanken, wenn sie in Urlaub sind. Wie ist Grönewald eigentlich zu Tode gekommen?«

»Er wurde erschlagen«, sagte Gaarst.

»Mit einer Art Pokal«, fügte seine Chefin an. »Eine Auszeichnung.«

»Oh, er hat mal eine Auszeichnung bekommen?« Kaum hatte Svenja Gessner den Satz beendet, schüttelte sie den Kopf. »Entschuldigung. Das war nicht sehr pietätvoll.«

»Keine Ursache. Wir haben Grönewalds Handy überprüft. Sie haben gestern Morgen noch telefonischen Kontakt mit ihm gehabt.«

»Daher Ihr Besuch. Ja, stimmt.«

»Worum ging es da?«

»Er wollte mich noch einmal sprechen. Sagte, ihm täte das alles leid und er würde sich gerne entschuldigen.« Svenja schnaubte. »Bisschen spät.«

»Also haben Sie seine Entschuldigung nicht angenommen.«

»Ich habe ihm gesagt, er kann sie sich sonst wohin stecken.«

»Frau Gessner, wo waren Sie denn gestern zwischen 19 und 22 Uhr?«

»Zwischen – ach, Sie meinen, ob ich ein Alibi habe?« Svenja Gessner lachte lautlos. »Ich habe 36.«

»36?«

»22 Katzen, 14 Hunde.« Sie breitete die Arme aus, als wolle sie ihr Reich umspannen. »Die können alle bezeugen, dass ich hier war. Den ganzen Abend.«

»Leider können Ihre Kuscheltiere vor Gericht nicht aussagen.«

»Es sind keine Kuscheltiere!«

»Schon gut. Jedenfalls haben Sie kein Alibi.«

»Ich brauche auch keins. War es das? Ich habe zu tun.«

Antje Servatius nickte. »Aber es kann sein, dass wir uns noch mal bei Ihnen melden.«

»Sie wissen ja, wo Sie mich finden«, sagte Svenja Gessner mit schiefem Grinsen. »Lange Fernreisen sind bei mir eher die Ausnahme.« Sie griff zu dem Eimer, der bis obenhin mit feuchtem Torf gefüllt war, und hob ihn mühelos an. Sie war tatsächlich nicht nur schlank, sondern sicher auch muskulös. Dann verschwand sie in den Gassen des Labyrinths. Die Kakophonie verstummte für einen Moment. Jetzt hörte Antje nur noch die Autobahn und das verlorene Krächzen einer Krähe. Die schwarz gesprenkelte Katze versuchte sich ein weiteres Mal erfolglos an dem Baumstamm.

Sie saßen gerade wieder im Wagen, da meldete sich Rudi Seidel. »Wart ihr schon bei Svenja Gessner?«

»Wir fahren gerade von ihr los.«

»Irgendwelche Erkenntnisse?«

»Ja. Ich habe keine Katzenhaarallergie. Und sie hat kein Alibi. Aber auch kein richtiges Motiv. Dick befreundet waren die beiden allerdings nicht. Ich werde mir die Aufzeichnung heute Nachmittag mal anschauen. Die und ein, zwei andere.«

»Vorher solltest du einen Abstecher machen. Grönewalds Frau hat sich gemeldet. Sie ist jetzt in Köln.«

5

Eine Dreiviertelstunde später standen Servatius und Gaarst vor Berit Grönewalds Zimmer im vierten Stock eines Innenstadthotels, in dem Angehörige untergebracht wurden, solange eine Wohnung oder ein Haus als Tatort versiegelt war. Die Unterbringung mochte nicht den Ansprüchen der Witwe entsprechen – mit Sicherheit war sie keine Schweizer Wellness-Oase – aber das spielte momentan keine primäre Rolle.

Seidel hatte ihren Besuch angekündigt, aber nachdem Antje Servatius an die schwere Holztür geklopft hatte, tat sich erst einmal nichts. Die Kommissarin massierte ihre immer noch pochenden Schläfen und verspürte plötzlich Hunger. Sie hatte seit dem Frühstück nichts mehr gegessen. Neben ihr krümmte sich Heiner Gaarst unter einem Hustenanfall. Ihm standen Schweißperlen auf der Stirn.

»Nach der Vernehmung hier packen Sie sich sofort ins Bett«, erklärte seine Vorgesetzte. »Und Sie packen sich erst wieder aus, wenn Sie zu was zu gebrauchen sind.«

»Mir geht es gut«, erwiderte Gaarst.

»Ja. Und ich bin die Spaßmacherin vom Dienst.« Sie musterte den jungen Kollegen. »Haben wir uns verstanden?«

Er nickte schwächlich. Durch die Zimmertür drangen jetzt zwei Stimmen, die sich laut und schrill überlagerten. Ein abgehacktes »– endlich still!« hörte Antje Servatius heraus, aber auch »Miststück!« Sie überlegte kurz, dann öffnete sie ohne weiteres Klopfen die Tür.

Nina Außem hatte sich vor der Witwe aufgebaut, die Hände erhoben und krallenartig ausgefahren, als wolle sie Berit, einem schwarzen Raubvogel gleich, im nächsten Moment packen und zerfleischen wie ein Stück Beute. Dabei sah sie, weil sie ungeschminkt war, viel jünger aus als noch vor ein paar Stunden. Der schwarze Minirock und die Springer-Stiefel standen dennoch in krassem Gegensatz zur

Aufmachung Berit Grönewalds: High Heels, grauer Hosenanzug und lila Bluse. Statt der vielleicht zu erwartenden Perlenkette trug sie lange silberne Ohrringe, zweifellos elegant, aber vielleicht ein bisschen zu aufreizend für eine Witwe. Berit Grönewalds Haltung war nicht minder aggressiv als die des Mädchens. Im Übrigen schienen die beiden Kombattantinnen den polizeilichen Besuch überhaupt nicht wahrzunehmen.

»Du Parasit!«, giftete Nina. »Du lebst doch nur auf seine Kosten!«

»Raus!«, brüllte Berit Grönewald. »Geh auf dein Zimmer!«

»Du hast mir gar nichts zu sagen!« Das Mädchen zog den Speichel im Mund zusammen, als wolle sie gleich vor der Witwe ausspucken. Für den Moment gefroren die beiden zu einem Stillleben.

Antje Servatius sah den Zeitpunkt gekommen, sich bemerkbar zu machen. »Guten Tag, Frau Grönewald.« Sie zückte ihren Dienstausweis, Gaarst tat es ihr nach. »Stören wir?«

Nina löste sich als Erste aus ihrer Erstarrung. Mit demonstrativer Gelassenheit ging sie zur Minibar, nahm ein Wasser aus dem Türfach und trank direkt aus der Flasche, dass die Flüssigkeit übers Kinn und an ihrem Hals hinunterlief. Wie in einem amerikanischen Spielfilm, dachte Antje Servatius. Sie hätte wetten können, dass das Mädchen viel lieber aus einem Glas getrunken hätte. Aber sie lieferte die perfekte Show. Berit Grönewald starrte sie sprachlos an.

»Entspann dich«, sagte Nina höhnisch. »Oder hast du nicht genug gefickt letzte Nacht? Kam dir der Tod meines Vaters dazwischen?«

»Raus!!!« Die Witwe wies mit ausgestrecktem Arm an den Kommissaren vorbei zur Tür. Nina wischte sich im Hinausgehen das nasse Kinn mit dem Handrücken ab. In der Tür drehte sie sich noch einmal um. Ihr hübsches Gesicht verzog sich zu einer Grimasse, dann fiel die Tür mit einem lauten Knall hinter ihr zu.

Berit Grönewald wandte sich endlich ihren Besuchern zu. »Tut mir leid, dass Sie das mit ansehen mussten.« Sie ließ sich erschöpft in einen Sessel fallen und rieb sich mit den Händen über das Gesicht.

»Es ist einfach zu viel. Für uns alle.« Sie blickte Antje Servatius mit geröteten Augen an. »Haben Sie … haben Sie schon etwas über den Täter herausgefunden?«

»Leider noch nicht.« Die Kommissarin nahm ungefragt den zweiten Sessel in Besitz, ihr Kollege lehnte sich an eine alte Anrichte. »Wir haben die Leiche Ihres Mannes ja erst vor ein paar Stunden gefunden. Haben Sie denn einen Verdacht?«

Berit Grönewald schüttelte den Kopf. »Mein Mann hatte viele Neider und leider die Angewohnheit, einfach jeden vor den Kopf zu stoßen. Er war ein faszinierender Mensch. Aber wer ihm näherkam, wurde gedemütigt und verletzt.«

Antje Servatius ließ ihren Blick durch das Zimmer schweifen, von den Fenstern, die durch eine Baulücke hindurch sogar einen Blick auf die Türme des Doms erlaubten, über halb ausgepackte Koffer bis zu den Kleidern auf dem Bett, allesamt, wie sie vermutete, aus den besten Modehäusern der Stadt. »Wo waren Sie eigentlich gestern Nacht?«

»In einem Hotel in der Schweiz.«

»Und warum haben wir Sie da nicht erreicht?«

»Ich stelle mein Handy aus, wenn ich schlafe. Und die Rezeption ist ab 23 Uhr nicht mehr besetzt. Nachdem ich heute Morgen meinen Anrufbeantworter abgehört habe, habe ich mich direkt ins Auto gesetzt und bin nach Hause gefahren.«

»Was war das gerade eben?« Antje Servatius wechselte das Thema. »War Ihr Verhältnis zu Nina schon immer so schlecht?«

»Welches Verhältnis?« Berit Grönewald stieß ein bitteres Lachen aus. »Torben hatte nach seiner Scheidung keinen Kontakt mehr zu Nina. Die Mutter wollte nicht, dass die beiden sich sehen.« Sie drehte nervös an ihrem Ehering. »Und er … er hatte immer schon andere Frauen, auch während seiner ersten Ehe. Deswegen nahm Ninas Mutter ihm am Ende das, was er am meisten liebte: die Tochter. Und aus irgendeinem Grunde hasst das Mädchen mich für alles. Ich bin einfach ihr Sündenbock.«

»Wenn Ihr Mann, wie Sie sagen, auch während Ihrer Ehe andere Frauen hatte und wenn er alle verletzt hat, die ihm näherkamen – warum waren Sie dann noch mit ihm zusammen?«

Berit Grönewald zögerte mit der Antwort, sie strich sich durch die halblangen braunen Haare. »Er war ein –« Sie stockte, das Wort, das ihr über die Lippen wollte, passte nicht zu einer trauernden Witwe. Stattdessen lächelte sie nur, flüchtig und bedauernd. »Aber er war eins mit Charisma. Eine Scheidung kam für mich nie infrage.«

Antje Servatius fragte sich, ob ein Arschloch mit Charisma genug war, um eine Ehe durchzuhalten. Oder waren es doch eher die maßgeschneiderten Kleider, von denen jedes wahrscheinlich einen guten Teil ihres jährlichen Shopping-Budgets aufgefressen hätte? Die Kleider und all der restliche Luxus in der Villa? War das Motivation genug? Sie erhob sich und wandte sich an Heiner Gaarst: »Sie nehmen die Angaben von Frau Grönewald auf. Ich möchte noch einmal mit dem Mädchen sprechen.«

»Bin nicht da!«, rief Nina, nachdem Antje Servatius laut geklopft hatte. Die Kommissarin war einfach der lauten Musik gefolgt, die aus einem der benachbarten Zimmer drang. Sie öffnete die Tür und stand im vollendeten Chaos. Auf dem ganzen Boden verstreut lagen Kleider, Schuhe, Kosmetikartikel. Nina kniete vor einem Rollkoffer und stopfte hinein, was sie in die Hände bekam, wohl für ihre Rückfahrt nach Bremen. Plötzlich spürte Antje Servatius die tiefe Einsamkeit des Mädchens, und eine Welle des Mitleids durchfuhr sie. »Was sollte deine Bemerkung eben?«, fragte sie laut und ein wenig schroffer als beabsichtigt.

Nina stellte die Musik ab. »Ob Berit nicht genügend gefickt hat?«, fragte sie zurück und schaute die Kommissarin grinsend an. Diese fischte einen roten BH vom Boden und warf ihn in den Koffer. »Schickes Teil, solltest du nicht vergessen.«

»Meinen Sie, mein Vater war der Einzige, der fremdging?« Nina stand auf. »Wellness-Urlaub in der Schweiz! Wer glaubt denn so was? Berit ist doch nur scharf auf die Kohle von meinem Vater. Außerdem ist es verdammt cool, mit einem Promi verheiratet zu sein und selbst jede Menge Aufmerksamkeit zu bekommen.«

Ob Berit Grönewald das auch so sah? Sie wirkte nicht so mediengeil, wie Nina sie gerade schilderte.

»Bist du dir sicher, dass sie einen Liebhaber hat? Weißt du, wer das sein könnte?«

»Nein! Aber sie hat einen, garantiert.«

»Was hat Berit dir getan?«, fragte Antje Servatius, die sich über den offensichtlichen Hass des Mädchens wunderte.

»Ihre selbstherrliche und verlogene Art kotzt mich an!«

»Kann ja sein. Trotzdem wäre ich an deiner Stelle vorsichtiger mit solchen Anschuldigungen. Das ist nämlich auch ziemlich selbstherrlich.«

Meine Tochter ist offensichtlich nicht die Einzige, die Probleme mit sich und ihrem Leben hat, dachte Antje, während sie wieder auf den Flur ging.

***

Vier. Fünf. Sechs.

Kira zählte jede Stufe mit. Setzte die Gehstützen – die sie störrisch »Krücken« nannte, obwohl oder weil ihre Mutter das nicht wollte – auf die nächsthöhere Stufe, zog sich hoch, setzte die Krücken neu an, zog sich hoch.

Ihre Krankheit würde von diesem Sondertraining, das sie sich selbst auferlegte, nicht weggehen. Aber es war gut für ihr Selbstwertgefühl. Ihr Ego wuchs mit jeder Stufe. Außerdem hatte sie Zeit. Die letzten beiden Unterrichtsstunden fielen aus; eine Schulkonferenz, die Kira völlig vergessen hatte. An ihrem Leben änderte sich nicht viel, wenn die Schule ausfiel. Jedenfalls reichte es, wenn sie den Bus in einer halben Stunde nahm. Für den Heimweg nahm sie immer den Bus. Ich kann dich nicht auch noch abholen, hatte ihre Mutter geklagt – und nicht gemerkt, dass es darum gar nicht ging. Sie *sollte* Kira nicht abholen. Dass sie von ihr gebracht wurde, jeden Morgen, war schon peinlich genug. Dazu noch diese unerträgliche Musik, die sie die ganze Zeit laufen hatte. Immer die gleiche CD. Nein, danke.

Neun. Zehn. Elf.

Es war still am Hinterausgang der Schule. Vielleicht hatte sich Kira deswegen entschlossen, ihre kleine Trainingseinheit hier einzulegen. Die Außentreppe, die, vom Keller ausgehend, bis ins Obergeschoss führte, wurde kaum benutzt. Zwischen den Treppenfugen wuchs Moos, in den Ecken sammelte sich das Laub. Das Gelände, das sich hinter einer mannshohen, struppig grauen Böschung an das Schulgrundstück anschloss, lag brach; Bauland, für das sich noch kein Käufer gefunden hatte. Die Schule selbst war verwaist. Mit dem letzten Klingeln waren alle fluchtartig aus den Klassenräumen gestürzt, aufgekratzt quatschend, einige Mädchen Arm in Arm, wie sich das gehörte für beste Freundinnen. Kira hatte noch keine Freundin hier. Und drei Monate nach dem Schulwechsel wuchsen in ihr die Zweifel, dass sie eine finden würde. Nicht, dass sie besonders intensiv gesucht hätte.

Nachdem die entscheidenden Lehrer empfohlen hatten, dass Kira von der Förderschule auf ein »normales« Gymnasium wechseln sollte – »sie hat das Zeug dazu, sie kann das packen«, war der einhellige Tenor –, hatte sich ihre Mutter darangemacht, die passende Schule für sie zu finden. Tagelang hatte sie im Internet gesucht, endlose Telefonate geführt, in denen »Inklusion« das Zauberwort war, hatte Erkundigungen eingezogen über Lehrer, Unterricht, Ruf. Über mögliche Freundinnen nicht.

Achtzehn. Neunzehn. Und der nächste Absatz. Kira machte ein paar tiefe Atemzüge, stellte die Krücken neben sich an der Mauer ab und lehnte sich mit der Hüfte gegen den kalten Waschbeton.

Sie hatte schon vor langer Zeit aufgehört, ihre Krankheit zu verfluchen. »Infantile Zerebralparese« lautete die offizielle medizinische Bezeichnung. Eine spastische Lähmung, bedingt durch einen starken Sauerstoffmangel während ihrer Geburt. Wenn sie mal wieder davon erzählte, erzählen musste, und die betroffene Miene der Leute sah, sagte sie nur: »Schlechtes Timing.«

Kira schaute den nächsten, den letzten Treppenabsatz hoch. Oben hob sich eine Gestalt gegen den Nachmittagshimmel ab.

Mirko. Er hieß Mirko. Der Name fiel ihr erst ein, als er die Hälfte der Stufen heruntergekommen war, zögernd, als wüsste er selbst nicht genau, was er hier sollte. Mirko war ein dicklicher Junge mit einem sichtlichen Hautproblem. Er besuchte die gleiche Stufe, aber Kira konnte sich nicht erinnern, in der ganzen Zeit mehr als ein paar Sätze mit ihm gewechselt zu haben. Er war einer von denen, die sich im Hintergrund halten.

»Hi, Mirko!« Kira zwang sich zu einem gelassenen Tonfall, der ihr zu ihrer eigenen Überraschung fast reibungslos gelang. »Was ma… machst du denn hier?«

Mirko blieb vor ihr stehen und starrte sie ausdruckslos an. Aus der Nähe erkannte Kira, dass sogar seine Wimpern nahezu farblos waren. »Warum interessiert dich das?«, sagte er. Im nächsten Augenblick packte er eine der Krücken und warf sie die Treppe hinunter. Die Röhre aus Leichtaluminium tanzte klappernd über die Stufen, ehe sie unten auf dem Absatz zu liegen kam.

Kira schluckte. Wie immer, wenn sie in Panik geriet, hatte sie das Gefühl, dass sich ihr ganzer Mund mit Speichel füllte. Trotz ihrer Angst versuchte sie zu verstehen, was gerade passierte. Ja, es hatte seit dem ersten Schultag Blicke gegeben, blöde Bemerkungen, grinsende Gesichter. Nicht besser als anderswo, aber auch nicht schlimmer. Und Mirko war nie dabei gewesen. »Waaa… waa –«

»Wa-wa-wa!« Mirko äffte sie nach. »Bis du fertig bist, bin ich längst auf der Uni. Du willst wissen, warum? Warum, warum, scheißegal warum!« Er baute sich vor ihr auf. Kira merkte, wie sie zu zittern begann, und neben der Panik stieg ein zweites Gefühl in ihr auf. Wut. Wut auf den Jungen. Wut darüber, dass er ihre Angst sah. Und dass sie nicht wusste, wie sie sich wehren sollte. Sie öffnete ihren Mund, er bedeckte ihn mit der Hand, bevor ein Laut herauskam. »Dich hört hier sowieso keiner.«

Kira versuchte blind nach der zweiten Krücke zu greifen. Zur Not, hatte ihre Mutter ihr mehr als einmal eingebläut, zur Not musst du dich körperlich wehren. Mirko war schneller. Er packte die Gehhilfe mit der freien Hand und warf sie der ersten hinterher. »Viel Spaß noch beim Treppensteigen! Spasti-Schlampe!«

Mirko lief mit schnellen Schritten nach unten, trat noch einmal die Krücken zur Seite und war verschwunden. Kira schaute ihm nach. Sicher, sie konnte sich nach unten zu ihren Gehhilfen arbeiten. Am Geländer festhalten oder auf dem Po runterrutschen, Stufe für Stufe. Es wäre kein großes Problem gewesen. Was ihr fehlte, war die innere Kraft. Sie ließ sich mit dem Rücken am Waschbeton zu Boden sinken. Spasti. Wie oft hatte sie das schon gehört. Mittlerweile war es fast langweilig. Und in Verbindung mit Schlampe wurde es auch nicht origineller. Trotzdem kamen die Tränen. Sie hasste dieses Gefühl von Ohnmacht. Kurz überlegte Kira, ihre Mutter anzurufen. Aber die hatte bestimmt schon genug Stress mit der Leiche von heute Nacht. Außerdem würde sie aus dem Vorfall mit Mirko eine Staatsangelegenheit machen. Und das wollte Kira auch nicht. Es wäre noch peinlicher, als jeden Tag von der Schule abgeholt zu werden.

Sie wusste nicht, wie lange sie auf dem klammen Boden gehockt hatte, als sie wieder Schritte hörte. Wieder von oben. Ihre Wirbelsäule vereiste. Aber es war jemand anders. Es war der, den die anderen Mädchen den Märchenprinz nannten. Drei Stufen höher, er war bestimmt schon sechzehn; groß, gut aussehend, immer mit einem Lachen, immer gut für einen coolen Spruch. Und trotzdem ohne Freundin, wie es aussah. Wenn er eine hatte, versteckte er sie jedenfalls sehr gut. Alle Mädchen himmelten ihn an. Kira traute sich das Anhimmeln nicht. Wenn die anderen glotzten, dann schaute sie verlegen zur Seite. Sein richtiger Name war Arthur. Sie glaubte nicht, dass der Märchenprinz sie jemals wahrgenommen hatte. Aber vielleicht hatte sie sich getäuscht. Jedenfalls lächelte er sie offen und vertrauensvoll an.

»Hi …« Er zögerte, fast schuldbewusst.

Sie half ihm. »Kira.« Ihr Name kam ohne Stolperstein über ihre Lippen, wie immer. In diesem Punkt war das ansonsten erbarmungslose Schicksal »Zerebralparese« gnädig zu ihr gewesen.

»Hi, Kira.« Sein Lächeln erstarb, als er die Krücken erblickte und begriff, dass sie nicht ganz freiwillig hier saß.

»Sind … sind mir run… runtergefallen.« Sie hatte keine Lust, ihm die peinliche Wahrheit aufzutischen. Nicht um Mirko zu schützen, sondern das Bild der Unverletzlichkeit, das sie anderen vermitteln wollte.

Sein Blick ging noch einmal zu den Krücken, dann wieder zu ihr. Kira sah den Zweifel in seinen Augen aufschimmern, Zweifel an dem, was sie erzählte. Aber er ließ es gut sein.

»Könn…«, setzte sie wieder an, »könntest du sie ra… rauf …«

»Raufholen?«, ergänzte er.

Es gab ihr einen kleinen Stich. Dass sie oft länger brauchte fürs Sprechen, gehörte zum Krankheitsbild, aber sie hasste es, wenn man sie nicht ausreden ließ. Andererseits, das konnte er ja nicht wissen. »Wo musst du denn hin?«

»Nach unten«, erklärte sie, plötzlich ganz flüssig. »Und dann nach Hause.«

Sein Lächeln kehrte zurück. »Da weiß ich was Besseres.« Er nahm sie hoch, mühelos, wie es schien, und trug sie in seinen Armen die Stufen hinab. Kira verkrampfte, diesmal nicht wegen der Hilflosigkeit: Sie war es nicht gewohnt, dass Menschen sie einfach so anfassten. Außer ihrer Mutter natürlich, und der Ärzte und allen anderen natürlich, die medizinisch mit ihr zu tun hatten. Sonst niemand.

Vor allem keine Jungs.

»Ungewohnt, was?« Anscheinend konnte er Gedanken lesen. Sein Grinsen wurde noch etwas breiter. Er umfasste sie neu, plötzlich lag seine rechte Hand halb auf ihrer Brust, Kira konnte die Finger deutlich durch den Stoff ihres BHs spüren. Sie zuckte zusammen. Darauf zuckte seine Hand ebenso schnell zurück. »Für mich auch ungewohnt. Sorry.«

Er hielt sie jetzt an der Schulter. Kira merkte, wie sie sich wieder entspannte. Alles fühlte sich gut an.

6

»Sie würden also sagen, dass sich die Tiere hier bei Ihnen wohl fühlen?« Die Stimme des Reporters war von einer gleichbleibenden, scheinheiligen Freundlichkeit.

Für ein paar Sekunden stand Svenja Gessner auf eine nicht sehr telegene Art der Mund offen. Jetzt geht sie, dachte Antje; jetzt lässt sie den Reporter und den Kameramann, und wer sonst noch bei dem Dreh dabei war, einfach stehen.

Die Frau mit der Tierpension ging nicht. Sie zwang sich zu einer Antwort. »Ja – also, ja, das meine ich«, erklärte sie mit einem schrillen Überhang in ihrer Stimme. »Ich meine, die Tiere sind gut aufgehoben bei mir. Besser als bei den ganzen Hunde- und Katzenliebhabern, die eigentlich gar keine sind. Da sollten Sie mal filmen.«

Antje rutschte unruhig auf dem Stuhl hin und her. Nicht nur weil die harte Kunststoffschale so unbequem war; mit anzusehen, wie Svenja Gessner sich von dem *Grönewald*-Team vorführen ließ, bereitete ihr fast körperlichen Schmerz. Es war nicht das erste Mal, dass Svenja Gessner nach Worten rang. Bei Antjes Besuch am Mittag hatte sie viel selbstsicherer gewirkt. Aber Antje war auch ohne Kamera und Mikro aufgetaucht.

Silvia Wendt hatte umstandslos einen Mitschnitt von *Grönewald. Die Deutschen und ihre Tiere* aufgetrieben. Ebenso umstandslos hatte sich ein Sichtungsraum gefunden, in dem Antje sich die Sendung ungestört anschauen konnte. Von draußen drangen kaum Geräusche in die karge Zelle, deren Einrichtung nur aus einem Stuhl, einem Tisch und einem Monitor bestand. Bei *Cut 100*, der Produktionsfirma, für die Grönewald seine Sendungen gemacht hatte, war die Arbeit zum Erliegen gekommen, zumindest für diesen Tag. Der Tod des Starmoderators, Aushängeschild der Firma, war tatsächlich ein Cut, ein Schnitt.

Antje biss in das Schinken-Sandwich, das sie sich auf dem Weg besorgt hatte, und verfolgte weiter den Einspielfilm. Sie wünschte, Svenja Gessner hätte doch einen Fernseher im Haus gehabt. Dann hätte sie möglicherweise gewusst, dass die Inquisition heutzutage von den Medien betrieben wurde, und wäre den Fragen nicht so schutzlos ausgeliefert gewesen. Sie war nicht gewitzt genug, um es dem TV-Mann mit annähernd gleicher Münze heimzuzahlen, nicht souverän genug, um alles abzubrechen.

Hinzu kamen die Bilder. Irgendwie wirkte der Hof mit den Tierbehausungen noch düsterer, als sie ihn am Mittag erlebt hatte. Der Kameramann musste am Licht manipuliert haben. Und er hatte mit den Abständen gespielt. Die Zwinger und Verschläge schienen in den Aufnahmen des Einspielers dicht an dicht zu stehen, viel dichter zusammen, als es in Wirklichkeit der Fall war. Es sah aus, als würde Svenja eine eigene Art von Massentierhaltung betreiben.

»Wollen Sie denn darauf hinaus, dass alle Haustierbesitzer Sadisten sind?«, ließ sich die Reporterstimme gerade vernehmen, als die Tür zum Sichtungsraum aufgerissen wurde, von einem Mann, der geistesabwesend auf sein Handy blickte. Antje Servatius erkannte ihn, weil sie ihn eben noch im Mitschnitt gesehen hatte. Florian Heck, der Mann, mit dem sich Grönewald anscheinend regelmäßig geschliffene Wortduelle lieferte. Besser gesagt: geliefert hatte. Er wirkte etwas kleiner als auf dem Bildschirm, aber seine unveränderlichen Kennzeichen stachen ins Auge: eine Brille mit dickem schwarzem Gestell, wie sie wieder in war, und ein Vollbärtchen, wie sie – leider – auch wieder Konjunktur hatten.

Der Endzwanziger brauchte nicht viel länger, um die Situation einzuordnen. »Sie sind die Kommissarin«, sagte er, steckte das Handy weg und stellte das Lächeln ab.

»Antje Servatius.« Sie reichte ihm die Hand. »Und Sie waren Grönewalds intellektueller Sparringspartner.«

»Ja«, seufzte Heck und schaute auf den Monitor. »Ah, der Friedhof der Kuscheltiere. Das war allerdings keins unserer Highlights.«

»Hatte trotzdem Quote.«

»Ach, wissen Sie, Quote wird allgemein überbewertet.«

»Deswegen trage ich auch so wenig wie möglich dazu bei«, entgegnete die Kommissarin. »Wenn Sie den Raum brauchen – ich bin in ein paar Minuten durch.«

Heck hob abwehrend die Hände und trat den Rückzug an. »Lassen Sie sich Zeit. Ich habe nur jemanden gesucht.«

»Was werden Sie jetzt machen, Herr Heck?«, fragte Antje, bevor er die Tür hinter sich zuziehen konnte. »Mit der Sendung ist es vorbei. Und damit auch mit Ihrer Gastrolle.«

»Als ob es nur darum ginge«, sagte Heck fast vorwurfsvoll. Seine Miene verdüsterte sich. »Ich weiß es noch nicht. Ich bin noch nicht dazu gekommen, darüber nachzudenken.« Sein Blick ging wieder zum Monitor, das Standbild fing Svenja Gessner gerade in einer besonders nachteiligen Mimik ein. Ihr Gesicht wirkte wie eine Fratze. »Warum schauen Sie sich das an? Glauben Sie, Sie haben da eine Tatverdächtige?«

»Ich darf keine Möglichkeiten ausschließen. Kann lästig sein, ist aber Teil meines beruflichen Anforderungsprofils.«

»Shows wie *Grönewald* leben davon, dass sie verhasst sind. Auch eine Art Quote.« Heck winkte ab. »Wenn Sie wollen, hole ich Ihnen noch 100 weitere Sendungsmitschnitte, und Sie haben 100 weitere Tatverdächtige. Mindestens.«

»Irgendwo müssen wir mit den Ermittlungen ja anfangen. Wo hätten Sie es denn gern? Hier im Haus? Vielleicht bei Ihnen?«

»Bei mir?!« Heck lachte trocken. »Sie sagen ja selbst, mit meiner Gastrolle ist es jetzt vorbei. Also, warum sollte ich den Ast absägen, auf dem ich sitze?«

»Manchmal gibt es Dinge, die sind wichtiger als der Ast, auf dem man beruflich sitzt.«

»Im wirklichen Leben – vielleicht. Aber nicht im Fernsehgeschäft.«

»Das bezweifle ich. Herr Heck, ich würde jetzt gern weiter sichten.«

»Dann viel Spaß noch, Frau Kommissarin.«

Sanft fiel die Tür hinter Grönewalds Ex-Dauergast zu, und Antje vertiefte sich wieder in die Aufzeichnung. Die Kamera schwenkte von Svenja nach unten, auf einen Schäferhund, der mit stumpfem Fell und matten Augen auf dem gestampften Boden seines Verschlags lag.

»Würden Sie diesen Hund als gesund bezeichnen?«, fragte der Reporter.

»Natürlich nicht«, sagte Svenja schnippisch, »deswegen behandle ich ihn ja. Weil er krank ist.«

Heck hatte recht. Die Sendung war bestimmt keine gute Reklame für die Frau mit den 22 Katzen und 14 Hunden, aber ein Mordmotiv war sie andererseits auch nicht.

Ein Widerhaken setzte sich in ihrem Gedankengang fest, das unbestimmte Gefühl, gerade etwas übersehen oder überhört zu haben.

Sie fuhr den Mitschnitt zurück und schaute sich die letzten Sekunden noch einmal an: der Schäferhund, die Frage des Reporters, die Antwort Svenja Gessners, Nachhaken des Reporters, Gessners Erklärung, dass viele Tiere bereits krank bei ihr ankämen, dazwischen Schnittbilder von der Rückseite des Backsteinhauses. Nichts Auffälliges.

Antje Servatius ließ die Aufzeichnung bis zum Ende weiterlaufen und legte eine weitere DVD ein. »Sexuelle Belästigung – Wer belästigt hier wen?« Der provokante Titel allein sorgte dafür, dass sich bei ihr die Nackenhaare aufrichteten, und das war wohl auch die Absicht. In der Sendung ging es um die Frage, wo der Flirt aufhört und die Belästigung anfängt und wo wiederum die Belästigung aufhört und die Gewalt anfängt. Aber es wurde auch die alte Platte aufgelegt (von einem C-Promi, dessen Gesicht Antje von irgendwelchen Titelseiten kannte); die Leier, dass manche Frauen es ja gar nicht anders wollen, dass sie es geradezu darauf anlegen, begrapscht zu werden, so wie sie sich anziehen. Natürlich wies Grönewald, ganz der pflichtschuldige Talkmaster, den Redner in die Schranken. Das fast anzügliche Lachen, das er dabei hören ließ, strafte seine politisch korrekten Worte jedoch Lügen; ein Lachen, bei dem er den Kopf so weit zurückwarf, dass man das herzförmige Muttermal sehen konnte. Antje konnte es nicht ertragen, weder den Anblick noch das Lachen, noch das doppelbödige Gerede. Sie schaltete auf Fast Forward.

Wenig später war sie auch mit dieser Sendung fertig. Während sie ihre Sachen zusammenkramte, warf sie einen Blick auf ihr Handy. Seit einer Stunde keine Nachricht von Kira. Das war ungewöhnlich. Kira schrieb immer, auch wenn es nichts zu schreiben gab. Sie drückte die Nummer ihrer Tochter. Nach dem achten Klingeln hatte sich Kira immer noch nicht gemeldet. Antje klopfte nervös mit den Fingern auf den Tisch.

Kira meldete sich nach dem zehnten Klingeln. »Hi, Mama!!«

»Wo steckst du, Kleines?«

»Zu Hause, wo so… sonst!«

Antje meinte eine leichte Anspannung in der Stimme ihrer Tochter zu hören. »Alles in Ordnung, war irgendwas?«

»Nein, wa… was sollte gewesen sein?«

»Gut. Im Kühlschrank steht noch Carbonara von vorgestern. Ich denke, ich bin pünktlich zu Hause.«

Wenn ein 14-jähriges Mädchen, egal ob krank oder behindert oder auch nicht, keine besonderen Vorkommnisse meldete, dann hatte es mit allergrößter Wahrscheinlichkeit genau das gegeben: besondere Vorkommnisse. Mit einer tiefen Furche auf der Stirn steckte Antje ihr Handy weg und verließ den Sichtungsraum.

»Und, wie war's in der Bildungsanstalt?« Antje schlug bewusst einen beiläufigen Ton an. Und ebenso bewusst wählte sie die bürokratische begriffliche Alternative zu »Schule«. Es war ein Code, in den sich Kira und sie gern flüchteten: sprachlich Distanz zu den Dingen schaffen, die einem tendenziell auf die Nerven gingen. Also »Bildungsanstalt«. Und »Ermittlungsbehörde«, wenn es um die Polizei ging.

»Wie immer«, antwortete ihre Tochter gelangweilt. Betont gelangweilt? Kira stellte ihren Teller mit dem Rest Carbonara auf dem Beistelltisch ab und streckte sich wieder auf dem Sofa aus. Sie hatte auch auf dem Sofa gegessen, halb liegend, über die gesamte Länge ausgestreckt. So sei es für sie am bequemsten, hatte sie erklärt, als sie mit dieser Ess-Sitte angefangen hatte. Wenn es um kleine Annehmlichkeiten ging, nahm Antjes Tochter gern den Behindertenbonus in Anspruch.

Auch Antje hatte daraufhin einen neuen Platz gefunden, auf dem schon etwas abgewetzten Teppich vor dem Sofa, die Beine ausgestreckt, den Rücken gegen das leicht vorstehende Sitzpolster gelehnt, Kira hinter sich, ihre Stimme, ihren leisen Atem. Den Blick richtete sie allerdings nie auf den Fernsehbildschirm, sondern in ein Buch. Und das auch nur so lange, bis sie die aufgekratzten TV-Stimmen so entnervten, dass sie freiwillig in die Küche wechselte. Wenn Torben Grönewald in den Chor der Nervtöter einstimmte, lag sie meist schon im Bett.

Heute aber schaute auch Antje ausnahmsweise zum Fernseher, in dem mit gedämpftem Ton die Nachrichten liefen, und nippte an dem Brandy, den sie sich eingegossen hatte, nachdem sie, wie üblich, alles in sich hineingeschlungen und ihren Teller deutlich vor Kira geleert hatte. Der Brandy war ihre Methode, nach einem langen Tag wieder runterzukommen. Und die Kopfschmerzen abzutöten, die sich diesen ganzen langen Tag nicht ganz verabschiedet hatten und von irgendwo in ihrem Inneren weiter leise Schmerzwellen aussendeten. Andere besorgten sich Medikamente aus den USA oder Südamerika, die hier nicht zugelassen waren. Sie trank einen Brandy. Auch das wurde von hiesigen Ärzten nicht unbedingt empfohlen.

Antje legte kurz den Kopf zurück und schaute ihre Tochter an, wie so oft in letzter Zeit. Es gab eine Phase der Pubertät, da trat der Körper eines Mädchens – wahrscheinlich auch der eines Jungen – in ein Experimentierstadium. Dann entschied sich, wie der junge erwachsene Mensch aussehen würde. Aber der Ausgang des Experiments war eine Zeit lang offen. Bei Kira schien die Entscheidung gefallen. Die Gliedmaßen hatten noch etwas Knochiges, aber der Oberkörper entwickelte weibliche Kurven. Sie war in den letzten Monaten fast zur Frau gereift. Und die glänzenden dunkelblonden Haare, die graugrünen Augen – die Antje an den Vater des Mädchens erinnerten, mehr als sie wollte – und der ausdrucksvolle Mund ließen die Schönheit erahnen, die sie in zwei, spätestens drei Jahren sein würde. Ein Model – solange sie nicht stehen oder gehen musste.

Kira bekam nicht mit, dass sie beobachtet wurde. Oder sie ließ es sich nicht anmerken. Ihr Blick hing unverwandt am Bildschirm. So lustlos ihr eigener Bericht von der Schule war, so interessiert hatte sie sofort nach Antjes Tag in der »Ermittlungsbehörde« gefragt. Am Morgen hatte Antje erzählt, dass es sich bei dem nächtlichen Toten um Torben Grönewald handelte. Kira hatte eher aufgekratzt als betroffen reagiert. Ein Fernsehprominenter, den sie jeden Tag sah bzw. gesehen hatte und über den sie anscheinend alles wusste (was Antje einmal mehr vor Augen führte, wie wenig sie ihrerseits über ihre Tochter wusste). Und ihre Mutter sollte nun den Mord aufklären. Wow! Als sie sich auf bzw. vor dem Sofa zum Essen niederließen, war das Verbrechen Top News in den Nachrichten. Kollegen kondolierten, Gaffer gafften vor der Villa – obwohl es außer dem Absperrband, das müde im Herbstwind hing, kaum etwas zu gucken gab. Kira wollte alles wissen, was nicht in den Nachrichten kam. Und Antje hatte erzählt. Aber nicht alles. So hatte sie ausgelassen, dass Grönewald von seiner Tochter gefunden worden war. Antje stellte sich für einen Moment vor, wie es Kira ergehen würde, wenn sie die Leiche ihres Vaters finden würde. Was nach Lage der Dinge unwahrscheinlich war, allein schon, weil ihr Vater gerade überall sein mochte, nur nicht hier. Trotzdem, die Vorstellung trieb Antje einen Schauder über den Rücken, also hatte sie davon geschwiegen.

Jetzt schwieg Kira.

»Probleme bei Mathe?« Antje schwenkte den mahagonifarbenen Brandy in seinem bauchigen Glas.

»Nicht mehr als sonst.« Die Mathematik-Nachhilfe war inzwischen ein fester Posten in Antjes Erziehungs-Etat. Und so würde es wohl bis zum Abitur bleiben.

»Du erzählst mir doch, wenn es Stress gibt, oder?«

»Stress? Wo … wooo?«

»Na, in der Schule. In der Bildungsanstalt.«

»Kein Stress. Ehrlich.« Kira schüttelte den Kopf, dann nickte sie zum Fernseher. »Guck mal. Wa…Wahnsinn!«

Kira wandte sich um. Die Nachrichten zeigten Bilder aus den Alpen. Eine Welt in Weiß. Schneewehen. Bäume, die unter der feuchten Last eingeknickt waren. Eingeschneite Wagen. Räumfahrzeuge. Ein früher Wintereinbruch.

Antje kippte den Rest Brandy. Bei Kira stieß sie an ihre Grenzen als Ermittlerin. Sie durchschaute die Ablenkungsmanöver, ahnte die Lügen – aber sie scheiterte bei dem Versuch, die Wahrheit dahinter aufzudecken. In letzter Zeit hatte sie das Gefühl, dass sie immer weniger über die Wahrheiten ihrer Tochter wusste. Mit einem Gefühl von Resignation erhob sie sich und nahm ihren und Kiras Teller.

»Oh, danke!« Kira grinste erleichtert. Erleichtert worüber – nur über den Spüldienst? Antje war schon fast in der Tür, da stutzte sie. Sie wandte sich zurück zum Sofa: »Was haben sie da eben gesagt, wo ist der ganze Schnee gefallen?«

7

Markus Fenstermann rieb sich mit beiden Händen Stirn und Augenhöhlen. Sein Kopf bestand aus einem einzigen höllischen Schmerz. Die Morgensonne schien durch die halb geöffneten Vorhänge, und die Helligkeit vergrößerte das Stechen in den Schläfen. Fenstermann kroch von seiner Matratze und versuchte sich aufzurichten. Halb blind taumelte er zum Bad und schaffte es gerade noch zum Klo. Das Kotzen war anstrengend, aber aus Erfahrung wusste er, dass es ihm anschließend besser gehen würde. Mit leerem Magen fühlte er sich auch innerlich leer. Das war besser als die Unruhe, die ihn sonst überfiel und nicht mehr losließ. Dann konnte er weder liegen noch stehen noch sitzen, geschweige denn arbeiten. Als er wieder zur Matratze zurücktaumelte, stieß er an die leeren Flaschen Schnaps, die zwischen seinen Kleidungsstücken auf dem Boden lagen. Er bückte sich, wobei er das Gleichgewicht verlor. Trotzdem gelang es ihm, schwankend nach einer Flasche zu greifen. Er setzte an. Aber die Flasche war so leer wie sein Magen. Dann griff er nach dem Beutel Tabak, der neben dem überfüllten Aschenbecher auf dem Stuhl lag.

Er zerknüllte den Beutel, in dem nur noch ein paar Krümel waren, und warf ihn in eine Ecke.

Fahrig suchte er seine Trainingshose und seinen Pullover, nahm den Mantel vom Haken und fühlte erleichtert, dass noch Münzen in den Taschen waren. Er hasste sich für das Leben, das er führte. Wann hatte es angefangen, vollkommen aus dem Ruder zu laufen? Sein Abstieg hatte so harmlos begonnen. Saufen mit Kumpels, das Übliche eben, was junge Männer machen, bevor Frau und Kinder versorgt werden müssen. Aber der Alkohol wurde von Jahr zu Jahr mehr, bestimmte irgendwann sein Leben. Dabei war er einer der besten Studenten bei den Literaturwissenschaftlern gewesen, er hatte vor einer akademischen Karriere am Seminar gestanden. Stattdessen schleppte er sich jetzt zum Kiosk, um sich die Drogen zu besorgen, die ihn und seine Schmerzen für kurze Zeit betäuben würden. Er stolperte die Treppenstufen hinunter und wankte am Briefkasten vorbei, den er seit Tagen ignorierte. Die Rechnungen, die dort auf ihn lauerten, konnte er ohnehin nicht bezahlen. Ihm fiel ein, dass er sich bald auf dem Sozialamt zeigen musste, sonst würde seine Stütze endgültig gestrichen. Selbst die wenigen Meter bis zum Kiosk schienen Fenstermann heute wie ein Angriff auf seinen Körper. Doch irgendwie erreichte er sein Ziel.

»Moin!«, grüßte der Kioskbesitzer. »Das Übliche?«

Fenstermann nickte, und der Mann hinter dem Verkaufstresen drehte sich um, um nach einem Flachmann und einer Packung Tabak zu greifen. Fenstermann hielt sich an der Ablage fest, auf der die Zeitungen auslagen. Die Übelkeit kroch wieder in ihm hoch und breitete sich aus. Da stach eine Schlagzeile durch sein benebeltes Denken: »Torben Grönewalds Tod bleibt rätselhaft!« Und noch eine: »Grönewalds Fans trauern«. Und: »Talkmaster vergiftet?«

»Die hier auch noch.« Fenstermann, plötzlich hellwach, warf noch ein paar mehr Münzen in die Schale und klemmte sich die Zeitungen unter den Arm.

Der Kioskbesitzer zog verwundert eine Augenbraue in die Höhe. Entweder tranken seine Kunden oder sie lasen. Dass sie beides taten, war die absolute Ausnahme.

Als Markus Fenstermann nach Hause ging, pochten seine Schläfen nicht mehr. Dafür raste sein Herz.

***

»Danke vielmals … Ja, ade!« Antje Servatius legte auf.

Seidel war mit seinem Anruf fast zeitgleich fertig, anders als sie warf er den Hörer aber unwillig auf den Apparat.

»Was ist los?«

»Dieser Vermisstenfall.«

»Vermisstenfall?«

»Du kennst doch unsere informelle Regelung. Wenn Not am Mann ist, können die ehemaligen Kollegen bei mir anklopfen. Und vorgestern ist der Notfall eingetreten.«

Antje Servatius zog die Stirn kraus. »Und warum weiß ich nichts davon?«

»Du warst gerade aus der Tür. Dann ist die Sache mit Grönewald passiert, das ging vor … Ich habe bisher auch nur die Anzeige aufgenommen. Aber der Lebensgefährte lässt nicht locker.« Seidel deutete auf das Telefon. »Frank Henning. Das war er wieder.«

»Wie ist seine Freundin denn verschwunden?«

»Sein *Freund*. Jack Trosien. Trosien nicht mit langem ›i‹. ›I‹ und ›e‹ werden leicht separat gesprochen. Trosi-en wie in Fantasi-en.« Rudi Seidel lehnte sich zurück und berichtete: der mysteriöse Anruf, den der Architekt erhalten hatte, sein Nichterscheinen am nächsten Abend, Frank Hennings beharrlicher, aber durch Fakten nicht zu erhärtender Verdacht, dass Trosiens Verschwinden mit seiner Arbeit zu tun habe, ansonsten: keine Medikamente, von denen der Verschwundene abhängig war, keine Lebensgefahr, keine Suizidabsichten. »Mit anderen Worten«, schloss Seidel ab, »keine Veranlassung, eine Fahndung zu veranlassen.«

»Möglicherweise sitzt er inzwischen in einem japanischen Kloster.« Antje nickte in die Richtung von Seidels Buddhastatuette. Sie schien heute noch breiter zu lachen als sonst. »Und dort meditiert er jetzt von morgens bis abends.«

Das Gesicht des Kollegen verfinsterte sich kurz. Dann lachte er laut, und es klang echt. »Am Ende ist Trosien wirklich nur bei einem neuen Lover untergekommen. Trotzdem, ich muss der Sache ein bisschen nachgehen.«

Antje warf einen bedeutsamen Blick auf den Zettel, der vor ihr auf dem Schreibtisch lag: Heiner Gaarsts Krankmeldung, bis zum Ende der Woche. »Du weißt, dass das gerade sehr ungelegen kommt?«

»War der junge Kollege bis jetzt eine große Hilfe?«

»In seinem Zustand? Sag mal, ist Gaarst im KK 23 auch öfter mal ausgefallen?«

»Nicht, dass ich wüsste.«

»Hm.« Selbst wenn Gaarst über eine chronisch schwache Konstitution verfügen sollte – angesichts der ebenso chronisch dünnen Personaldecke fiel das wohl nicht ins Gewicht. »Um auf deine Frage zurückzukommen: Nein, er war keine große Hilfe.«

»Na also«, sagte Seidel. »und ich kann auch auf zwei Hochzeiten tanzen.«

»Du und tanzen?!«

»Fast so gut wie kochen. – Und dein Anruf eben?«

Antje lehnte sich zurück und starrte fragend ein Loch in die Luft. »Was zum Teufel meint der Schweizer, wenn er ›Kupferdeckel‹ sagt?«

»Du meinst ›gopferteckel‹«, verbesserte Seidel.

Jetzt starrte Antje ihren Kollegen direkt an. »Von mir aus gopferteckel.«

»Damit meint er ›verdammt‹.«

»Und – krü-krüsi---?«

»Chrüsimüsi?«

»Oder das.«

»Durcheinander. Ein verdammtes Durcheinander, hat der Mann vom Hotel gesagt.« Die Sonne, die durch das Fenster auf Seidels Gesicht fiel, ließ sein Lächeln noch fröhlicher erscheinen.

»Herrgott, Seidel, woher weißt du so was?«

»Irgendwo aufgeschnappt. Hat er auch was auf Hochdeutsch gesagt, der Mann vom Hotel?«

»Nicht Hotel, sondern ›Design Residence & Spa Göschliwil‹. Er sagt, der Schnee wäre am Abend vorher gekommen.«

»Also vorgestern.«

Antje Servatius nickte. »Morgens – also gestern Morgen – haben sie dann die Passstraße dichtmachen müssen. Die Einzige, die aus dem Tal herausführt. Sie ist erst seit einer Stunde wieder frei.«

»Was bedeutet –«

»Was bedeutet, dass Berit Grönewald einen Tag früher abgereist sein muss, als sie behauptet.« Sie stand auf. *»Zeit zu handeln.«*

»Das habe ich gehört. Woher kennst du den Spruch?«

»Irgendwo aufgeschnappt. Du hast hier kein Monopol auf Buddhismus.« Antje Servatius gönnte sich ein kleines Lächeln der Genugtuung. Ihr Blick wanderte erneut zu der Statuette auf Seidels Schreibtisch. »Sag mal … gibt es eigentlich auch Buddhas, die anders gucken?«

»Wie anders?« Seidel schien ehrlich verwirrt.

»Na ja, strenger, gestresst. Nicht so lustig.«

»Mein Buddha ist nicht lustig«, betonte ihr Kollege. »Er lacht nun mal gern.«

Und manchmal glaube ich, er lacht mich aus, dachte Antje. »Zeit zu handeln«, wiederholte sie, diesmal auffordernd. »Komm, wir müssen der Witwe wohl noch mal auf den Zahn fühlen.«

* * *

Eine halbe Stunde später stand die Kommissarin erneut in Berit Grönewalds Hotelzimmer, diesmal in Begleitung ihres anderen Kollegen. Durch die geöffnete Badezimmertür war plätscherndes Wasser zu hören, offenbar ließ die Witwe gerade ein Bad ein. Passend dazu trug sie einen seidenen Hausmantel. Vielleicht wollte sie mit ihrem Aufzug zum Ausdruck bringen, dass der Besuch der Ermittler, obwohl angekündigt, nicht erwünscht war.

»Warum haben Sie uns nicht gesagt, dass Sie Ihre Koffer schon einen Tag früher gepackt haben?«

»Wie bitte?«

»Warum haben Sie verschwiegen, dass Sie schon vorgestern von Ihrem Hotel in der Schweiz aufgebrochen sind?«

Berit Grönewald schien sich noch tiefer in den Hausmantel hüllen zu wollen. Dann brach sie ihr Schweigen: »Woher –?«

»Es kam in den Nachrichten«, schaltete sich Seidel ein. »Der frühe Wintereinbruch.«

Das folgende Schweigen war länger. Antje lauschte ein paar Sekunden auf das Plätschern aus dem Bad, dann sagte sie: »Wir können Sie natürlich auch mit ins Präsidium nehmen, und dort reden wir in aller Ruhe. Wir haben Zeit. Das ist schließlich unser Job. Oder …«

Sie ließ den angefangenen Satz in der wohltemperierten Luft des Hotelzimmers hängen. Seidel übernahm. »Oder Sie sagen uns jetzt und hier, was los war.«

Wieder Stille. Dann räusperte sich Berit Grönewald. »Es stimmt, ich bin früher abgereist.«

»Und warum?« Selbst Seidel klang jetzt ein wenig ungeduldig.

»Wegen des Schneesturms. Ich wollte kein Risiko eingehen.«

»Aber nach Hause sind Sie nicht gefahren.«

»Nein. Ich habe einen Zwischenstopp eingelegt, bei einer Freundin in der Eifel.«

»Aha.« Antje Servatius holte Stift und Papier aus der Innentasche ihres Parkas. »Diese Freundin hat doch bestimmt einen Namen …«

***

»Verflucht!« Seidel schlug mit der flachen Hand auf das Lenkrad, als das Auto vor ihm abrupt bremste. »Pass doch auf, du Idiot!« Er bog rechts ab und stoppte wenige Meter später am Straßenrand. Dabei hätte er fast einen Radfahrer angefahren, der ohne Licht durch den dichten Regen fuhr. Der Radfahrer machte eindeutige Gesten und schimpfte lautstark. Obwohl Seidel seine Worte nicht verstand, fluchte er laut zurück. Im nächsten Moment erschrak er über sein Verhalten. Der Radfahrer hätte tot sein können. Genauso tot wie Torben Grönewald. Und er hätte Schuld gehabt. Welchen Sinn hatte es, täglich zu meditieren, wenn er sich so leicht von einer Laune mitreißen ließ?

Ohne seine Kollegin war er nun im Villenviertel. Eine Frau hatte sich in der Mittagspause gemeldet, eine Nachbarin von Grönewald. Sie hatte von Aufzeichnungen ihrer Überwachungskameras gesprochen, die in der Mordnacht eingeschaltet gewesen waren.

Die Pforte öffnete sich mit einem vornehmen Summen. Seidel bemerkte die Kameras, die über ihm an der Mauer und an den Wänden der Villa sehr diskret, aber trotzdem sichtbar befestigt waren. Er ging an einem Teich vorbei, in den der Regen prasselte und an dessen Ufern Bonsai-Bäumchen wuchsen. Wahrscheinlich schwammen Kois im Wert eines Jaguars im Wasser. Kurz dachte Seidel an den Reiher, den er bei seinem letzten Spaziergang im Park entdeckt hatte. *Buddhas mit Mondgesichtern, Buddhas mit Sonnengesichtern*, schoss es ihm durch den Kopf. Dabei grinste er in sich hinein. Ein Koan, das er nie wirklich verstanden hatte, das ihn trotzdem immer wieder beschäftigte. Aber war das nicht letztendlich der Sinn der japanischen Fragen und paradoxen Aussagen? Sie sollten einen wach halten, mehr nicht.

Seidel bewunderte die Gartenanlage und die Villa im Bauhausstil. Auch hier kroch das Geld aus jedem Winkel. Umso erstaunter war er, als eine junge Frau in Jeans und T-Shirt im Hauseingang stand und ihn freundlich begrüßte. Neben ihr saß ein Schäferhund, der den fremden Gast aufmerksam und mit hechelnder Zunge beobachtete.

»Mephisto tut nichts«, erklärte Caro Walther. Tatsächlich war der Hund tadellos erzogen und rührte sich nicht, als Rudi Seidel die Eingangshalle betrat. Trotzdem war er sicher, dass Mephisto auf Befehl seines Frauchens sofort die Zähne fletschen und gnadenlos zubeißen würde.

Zielstrebig ging die junge Hausbesitzerin voraus in ein Büro, wo ein Computer auf einem Glastisch stand. »Eine Kamera der Überwachungsanlage ist nicht ganz optimal angebracht, sie nimmt auch einen Teil der Straße auf. Deswegen habe ich Sie angerufen.« Sie klickte mit der Maus, und Seidel erkannte die Straße vor Grönewalds Haus, die von Laternen beleuchtet wurde. Die Kamera gehörte zu dem neueren Typ, der nur aufzeichnete, wenn sich etwas tat. Wie ein Bewegungsmelder. Caro Walther suchte eine Aufnahme von 18.32 Uhr am Tatabend. Seidel erkannte die Lichter eines Autos. Wegen des Nebels wirkte alles wattig und verschwommen. Doch aus dem Abstand der Vorderlichter schloss er, dass es sich um einen Kleinwagen handelte.

»Leider ist der Fahrer kaum zu sehen«, erklärte Caro Walther überflüssigerweise. »Aber ich wollte Ihnen die Aufnahme trotzdem nicht vorenthalten.«

»Vielleicht erkennen die Kollegen mehr als wir.« Er speicherte die Aufnahme auf einem Stick und verabschiedete sich unter Mephistos scharfen Blicken.

Während er draußen durch den Regen hastete, trat er in eine tiefe Pfütze, und kaltes Wasser drang durch seine Halbschuhe. *Die Welle und das Meer sind eins.* Manchmal hasste Rudi Seidel Koans, die ihn immer wieder dann aufsuchten, wenn er sie gar nicht gebrauchen konnte. Die Schuhe machten schmatzende Geräusche, als er in den Wagen stieg, aber es blieb keine Zeit, sich darüber zu ärgern. Er hatte noch einen Termin in der nördlichen Neustadt.

Der Altbau war gepflegt, und das Klingelschild an der Eingangstür glänzte. Seidel schellte, und die Haustür öffnete sich so schnell, als ob der Bewohner direkt dahinter gewartet hätte.

Frank Henning trug immer noch das gleiche T-Shirt und die gleichen Jeans. Dem Kriminalbeamten stieg der Geruch von altem Schweiß und Alkohol in die Nase, als er in den Flur trat. Die Wohnung mit Rheinblick entsprach genau dem Klischee, das er von Neureichen hatte. Oder von Menschen, die viel geerbt oder einfach Schulden gemacht hatten. Am wahrscheinlichsten war, dass beides zutraf. Nur die verstreute Kleidung auf dem Boden und der Wohnzimmertisch, der mit Essensresten vom Vortag und leeren Weinflaschen zugemüllt war, passten nicht ins gestylte Gesamtbild.

Rudi Seidel spürte Hennings erwartungsvollen Blick. »Nichts Neues, bedaure«, sagte er. »Aber ich würde mir gerne das Arbeitszimmer Ihres Partners anschauen.«

Frank Henning zeigte auf eine Tür am Ende des Flurs. Einen Moment später stand Seidel in einem Zimmer, an dessen Wänden zahlreiche Skizzen und Zeichnungen von Mietshäusern hingen. Auf dem penibel aufgeräumten Schreibtisch thronte ein Computer.

»Können Sie den mal anmachen?«

»Klar.« Henning schaltete den PC ein, tippte auf die Tastatur und trat zur Seite.

Seidel setzte sich und stellte voller Neid fest, dass Jack Trosiens Schreibtischstuhl eine Wohltat für seine Bandscheiben war. Geld gestaltete das Leben eben doch angenehmer. Auch der gestochen scharfe Bildschirm trug nicht dazu bei, dass er mit seinem Leben zufriedener wurde. Am Rand des Tisches war ein Foto aufgestellt. Es zeigte Frank Henning und Jack Trosien, Arm in Arm. Trosien lächelte schüchtern, neben seinem extrovertiert strahlenden Lebenspartner wirkte er fast unscheinbar. Und beide schienen auf den Zentimeter gleich groß zu sein – oder zierlich, je nach Sichtweise. Seidel öffnete Trosiens Kalender. Während er die Tage vor dem Verschwinden des Architekten durchging, ertönte ein Klingelton. Frank Henning zog sein Handy aus der Hosentasche, drehte sich um und verließ das Arbeitszimmer. »Manuel, hast du was gehört …?«

Trosiens Kalender barg auf den ersten Blick keine Geheimnisse. Keine mysteriösen Abkürzungen, alles vollständige Namen, wohl von Auftraggebern, Firmen und Ingenieuren. Seidel besah sich den Schreibtisch genauer, dann ging er, während Hennings zunehmend enttäuschte Stimme aus dem Flur herüberdrang, die Schubladen durch. Büromaterialien, Computerzubehör, Zeichenblätter, Zeichenutensilien. Unten links lagen nur zwei Bücher: ein Wörterbuch, Russisch/Deutsch und Deutsch/Russisch, und ein Terminkalender. Einer aus Papier. Seidel wollte gerade die ersten Seiten durchblättern, als Frank Henning wieder im Raum stand.

»Haben Sie was gefunden?«

»Eine echte Rarität, gibt's heute kaum noch.« Seidel schlug den Kalender zu und hielt ihn hoch. »Würde ich trotzdem gerne mitnehmen. Und« – er nahm das Wörterbuch in die andere Hand – »warum lernt Ihr Partner eigentlich Russisch?«

Frank Henning machte ein ratloses Gesicht. »Ich wusste noch nicht mal, *dass* er es lernt.«

8

Antje Servatius fluchte laut und warf das Handy auf den Beifahrersitz. Vor einer halben Stunde hatte sie sich von Berit Grönewalds Freundin verabschiedet und war in ihren Wagen gestiegen. Seitdem versuchte Antje, ihre Tochter zu erreichen. Aber Kira war *incommunicado.*

Manchmal verstand sie Kira noch weniger als sonst. Bei jeder Gelegenheit pochte ihre Tochter auf ihre Selbstständigkeit. Aber an einem Tag wie heute, wo ein Fahrdienst eigentlich nicht in den Zeitplan der Kommissarin passte, da hieß es plötzlich mit kleiner Stimme: Kannst du mich nachher abholen …? Natürlich konnte Antje. Sie hatte Kiras merkwürdiges Verhalten am Vorabend nicht vergessen. Doch nun war ihr Zeitplan komplett aus den Fugen geraten. Und Kira war nicht zu erreichen.

Dabei wusste Antje, dass sie sich die Vorwürfe im Grunde selbst machen musste. Sie hätte nicht in die Eifel fahren müssen. Das hätte auch Seidel übernehmen können. Aber sie wollte es selbst tun. Sie wollte der Freundin in die Augen schauen, wenn sie nach dem Alibi der Talkmaster-Ehefrau fragte. Das Gesicht, der Mund, die Augen verrieten oft mehr und anderes, als die Worte sagten. Also war sie, ohne lange zu zögern, auf die A1 Richtung Eifel gefahren, in der Hoffnung, dass der Verkehr bei der Rückfahrt am Nachmittag nicht so stark sein würde. Damit hatte sie richtig gelegen. Allerdings hatte sie den Regen nicht eingerechnet, der immer mehr wurde statt weniger, und die Funklöcher, die es hier immer noch gab. Und mögliche Staus.

Seit 20 Minuten stand die Wagenkolonne nun bereits unter den tief hängenden Ästen der Straßenbäume. Die schmale Straße beschrieb hier eine weitere Kurve in dem Tal, das sich in die Hügel schnitt. Antje hätte schon längst das Blaulicht aufsetzen können. Aber sie scheute diese Maßnahme, wenn sie dienstlich nicht unbedingt nötig war. Und Kira von der Schule abzuholen war nicht streng dienstlich. Also stand sie weiter in der Kolonne, vor sich einen Transporter mit Werbeaufdruck (»Alles für Ihren Garten«), hinter sich einen Kleinwagen, bei dem sie noch nicht einmal erkennen konnte, ob jemand am Steuer saß, so dicht fiel der Regen. Sie nutzte die Zeit, den Besuch Revue passieren zu lassen.

Bei Fee Mohnhaupt hatte der halbe Hof unter Wasser gestanden. Und nur die vordere Hälfte der Fachwerk-Kate, in der sie lebte, war renoviert. Im hinteren Teil, zwei dunklen Räumen, die einst als Ställe gedient haben mochten, lagen alte Gerätschaften durcheinander, teilweise bedeckt vom rotbraunen Schutt noch älterer Ziegel – im Dach klafften große Löcher, die statt Licht nur mehr Feuchtigkeit hineinließen. Fee Mohnhaupt würde noch viel Geld investieren müssen, um auch diese Hälfte bewohnbar zu machen. Geld, das sie, der schlichten Einrichtung nach zu urteilen, nicht hatte.

Sie war auch in allem anderen das genaue Gegenteil ihrer Freundin. Schlicht gekleidet – Jeans und heller Pulli, auf den sich eine Flut pechschwarzer Haare ergoss –, ein Hauch von Make-up, das die dunkelblauen Augen und die hohen Wangenknochen betonen sollte; offen, freundlich, tiefenentspannt. Aber sie hatte ja auch keinen Mann verloren. Trotzdem war sie natürlich über alles informiert. Was sie nicht durch Antje Servatius' kurzen Anruf erfahren hatte, wusste sie von Berit Grönewald. Und sie war voller Anteilnahme für ihre beste Freundin. Inwieweit sie auch um deren Ehemann trauerte, wurde nicht klar. Die Kommissarin meinte da aber eine kleine Abstufung in der Empathie wahrzunehmen.

»Ja, sie war hier«, sagte Fee Mohnhaupt auf die Frage nach Berit Grönewalds Alibi und nippte an ihrem dampfenden Kräutertee.

»Den ganzen Abend?« Servatius legte den Kopf schief und fasste ihr Gegenüber ins Auge. »Zwischen sieben und zehn?«

»Natürlich.« Fee schaute aus dem kleinen Küchenfenster auf den ebenfalls kleinen, jetzt herbstlich brachliegenden Nutzgarten hinter ihrem Haus. »Sie ist ja erst um fünf, vielleicht halb sechs angekommen. Warum hätte sie sofort weiterfahren sollen? Berit hat bei mir übernachtet.«

Sie wandte sich der Kommissarin zu, erwiderte deren forschenden Blick. Antje nahm ein sekundenkurzes Flackern in den Augen wahr, ein leichtes Beben, ein minimaler Ausschlag auf dem Lügenseismographen, den sie sich im Laufe ihrer Berufsjahre erworben hatte.

»Kommt Sie oft bei Ihnen vorbei?«

»Gelegentlich.«

»Und warum ausgerechnet vorgestern, auf dem Rückweg aus der Schweiz, wo sie doch schon fast zu Hause war?«

»Kein besonderer Grund. Ich nehme an, sie wollte mir einfach erzählen, wie es in der Schweiz war.«

»Und wie war es?«

»Schön. Sie wirkte sehr erholt.«

Erholt wovon? Antje nickte bedächtig, ohne überzeugt zu sein. Sie wusste: Wenn sie eine so lange Fahrt hinter sich gehabt hätte, 700 Kilometer, vielleicht mehr, und dann auch noch allein am Steuer – dann hätte sie nur noch nach Hause gewollt. Es kam natürlich darauf an, wie zu Hause man sich dort fühlte.

Sie beschloss, das Thema zu wechseln. »Torben Grönewald und andere Frauen – wie stand es damit?«

Fee Mohnhaupt lächelte. »Was glauben *Sie*?«

Obwohl die Gegenfrage rhetorisch war, fühlte sich Antje zu einer Antwort bemüßigt. »Was ich in diesem Punkt glaube, ist wohl nicht von Belang«, entgegnete sie betont neutral.

»Er war kein Kind von Traurigkeit. Das war ein offenes Geheimnis.«

»Auch aktuell? Lief da was?«

»Er hat uns nicht ständig auf dem Laufenden gehalten.« Ein kurzes, abschätziges Lächeln. »Auch Berit nicht.«

»Und Berit? Wie ging sie damit um, hat sie sich dafür revanchiert?«

»Sie meinen, mit anderen Männern? Dafür war sie nicht der Typ.«

Fee Mohnhaupt dagegen war eindeutig der Typ loyale Freundin, das wurde Antje langsam klar. »Seit wann kennen Sie und Berit sich eigentlich?«

»Ewigkeiten. Ich weiß es gar nicht mehr genau … seit der Sieben, glaube ich.«

»Und sehen Sie sich noch oft?«

»Nicht mehr so oft wie früher. Aber oft genug, um zu wissen, ob Berit Männergeschichten hatte.« Fee kratzte sich am Knöchel; ein später Mückenstich. »Falls Sie darauf anspielen.«

Antje sah sich in der Küche um. Ein großer Teil der Inneneinrichtung kam von einem führenden Möbelhersteller. Und das war der bessere Teil. Der schlechtere war aus diversen Sperrmüllsammlungen zusammengesucht. Erstaunlich, dass Freundschaften solche Entwicklungen, ein solches ökonomisches Auseinanderdriften überdauerten. Obwohl, vielleicht taten sie es auch nicht; vielleicht waren sie schon eine leere Hülse, innerlich abgestorben, lange bevor man es selbst merkte.

»Hat sie Grönewald geliebt?«

»Auf ihre Art, ja.«

»Hat er *sie* geliebt?«

»Torben …« Fee ließ den Namen nachdenklich verhallen. »Er war einer von den Menschen, die nur sich selbst lieben.«

»Was ist mit seiner Tochter?«

»Nina? Darüber weiß ich zu wenig. Bis vor Kurzem wusste ich ja gar nicht, dass es da eine Tochter gibt.« Fees Blick verlor sich in den Schlieren auf dem Küchenfenster. »Aber ich hatte immer so ein Gefühl …«

»Was für ein Gefühl?«

»Dass es da einen Bruch in seinem Leben gab. Etwas, das er nie aufgearbeitet hat.«

»Woher kam dieses Gefühl?«

»Seine Oberfläche war zu glatt. Torben hat etwas vorgespielt. Nicht nur vor der Kamera.«

»Und Sie glauben, Nina – die leibliche Tochter, deren Existenz er so lange geleugnet hat – war dieser Bruch?«

»Das würde mein Gefühl erklären, oder?« Fee Mohnhaupt wandte ihren Blick wieder ihrer Besucherin zu.

Während sich Antje vom Softrock der Eagles beschallen ließ, stand die Kolonne weiter. Und aus der Gegenrichtung kam nichts. Irgendwo weiter vorn musste ein Unfall passiert sein. Antje Servatius ertappte sich dabei, dass sie ungeduldig aufs Lenkrad klopfte. Sie mochte es nicht, wenn Menschen ihre Ungeduld zeigten. Eigentlich mochte sie auch keine ungeduldigen Menschen. Leider gehörte sie selbst dazu. Sie schaute auf ihre Armbanduhr. 30 Minuten. Sie unternahm einen weiteren Versuch, ihre Tochter zu erreichen. Weiter keine Verbindung. Unwillig warf sie ihr Handy auf den Beifahrersitz. Diesmal rutschte es auf den Boden.

Jetzt endlich kam Bewegung in die Kolonne, der Transporter vom Gartencenter rollte an. Im Schritttempo, dann etwas schneller ging es weiter, bis sie schließlich die Unfallstelle passierten. Ein Traktor stand quer auf der Straße, der Anhänger war halb in den Graben gerutscht und hatte seine Ladung überall verteilt. Rüben. Auf der Fahrbahn, in der Böschung, sogar auf dem angrenzenden Acker. Es konnte sich nur um eine späte Fuhre handeln, die Erntezeit war so gut wie vorbei. Mit Rüben kannte Antje sich aus. Wenn sie als Kind zu der kleinen Grundschule im Ort geradelt war, musste sie an einem Rübenhof vorbei. Jedes Jahr im Spätsommer wurde die Straße zu einer einzigen Buckelpiste. Später machten die Reifen ihres Rades nur noch schmatzende Geräusche, wenn sie durch die platt gefahrenen Zuckerlieferanten matschten. Und ein süßlich-vergorener Gestank hing in der Luft.

Während sie endlich beschleunigen konnte, dachte Antje an die letzte Frage, die sie Fee Mohnhaupt gestellt hatte: »Warum sollten wir nicht wissen, dass sie bei Ihnen war? Warum hat sie uns das verschwiegen?«

»Keine Ahnung«, hatte Berits Freundin geantwortet, wieder mit einem leichten Flackern im Blick. »Was hat *sie* denn gesagt?«

Wenig Brauchbares hatte Berit Grönewald dazu gesagt. Angesichts der Umstände hätte es komisch wirken können, dass sie die Nacht – die Mordnacht – so nah ihrem Zuhause verbrachte. Deswegen habe sie nichts erzählt. ›Komisch‹ war in diesem Zusammenhang ein merkwürdiges Wort. Und das Verhalten der Witwe warf zunehmend Fragen auf. Wie überzeugend waren ihre postumen Liebesbekundungen? Wie glaubhaft war Fee Mohnhaupts flankierendes »Für Männergeschichten war sie nicht der Typ«? Und hatte Grönewalds Tochter Nina mit dem »rumficken« nur pubertär herumgepöbelt? Oder wusste sie mehr über die Ehe ihres Vaters, als es Berit Grönewald lieb war?

* * *

»Na, das ist doch schon mal was!« Kniebsch grinste und surfte mit dem Cursor über die Menüs links und rechts des Bildes.

Rudi Seidel fand, das war gar nichts. Kniebsch hatte schnell die Millisekunde in dem Überwachungsfilm gefunden, die ihm geeignet erschien. Dann hatte er das Nummernschild so nahe wie möglich herangezoomt. Seidel sah trotzdem: nichts. Der Nebel löste sich in der Vergrößerung in pixelartige Teilchen auf, ohne zu verschwinden. Die Buchstaben-Ziffern-Kombination verschmolz, auch weil die Kamera Wagen und Kennzeichen nur schräg, fast von der Seite aufgenommen hatte, zu einer formlosen, dunklen Masse. Aber Kniebsch fand, das war schon mal was.

Soweit Seidel es beurteilen konnte, war das Bildbearbeitungsprogramm des Technikers auf dem neuesten Stand (wobei er sich eingestand, dass er es nicht besonders gut beurteilen konnte). Wenn er sich so umschaute, schien hier alles auf dem neuesten Stand zu sein. Er fragte sich, warum so viel Geld in die Technik gesteckt wurde und so wenig zum Beispiel in das Kantinenessen. Wahrscheinlich weil sich das Essen nicht in der Aufklärungsquote niederschlug. Oder vielleicht doch? Vielleicht sorgte besseres Essen für glücklichere Ermittler und damit für bessere Ermittlungen?

»Aha.« Kniebsch riss den Kommissar aus seinen Gedanken.

»Aha?«

»Ich habe mal die Fremdfarben rausgefiltert. Siehst du?«

Und tatsächlich, Rudi Seidel sah. Das Blassgrün, das dem Nebel in der Vergrößerung die Textur eines Leichentuchs gegeben hatte, war verschwunden, wie von Zauberhand. Die dunkle Masse auf dem Kennzeichen nahm ein wenig Konturen an. Ein wenig.

»Schön. Aber das kann ich Kriminalhauptkommissarin Servatius immer noch nicht auf den Schreibtisch legen.«

»Ach, hat die Dame höhere Qualitätsansprüche? Schön, dann wollen wir mal am Kontrast arbeiten.« Kniebsch schickte den Cursor auf einen neuerlichen Zickzackkurs über die Menüleisten. Die Masse verschlankte, riss auseinander, zu unterschiedlichen geometrischen Grundformen. Es war, als würde ein unsichtbares Sandstrahlgebläse überschüssigen Schmutz wegblasen. Irgendwann stand Seidel auf.

»Kniebsch, ich könnte dich knutschen.«

»Noch so ein Satz, und du hast eine interne Ermittlung am Hals, wegen sexueller Belästigung.«

»Lass gut sein.« Seidel beugte sich vor. »Sag mal, der vierte Buchstabe da, was ist das deiner Meinung nach?«

»Ich würde sagen, ein W.«

»Sehe ich auch so. Danke.«

»Das sollte für die Zulassungsstelle reichen.«

»Ich glaube, die brauche ich nur zur Absicherung.«

Als Kniebsch verständnislos zur Tür sah, fiel diese schon zu.

***

Kira stand vor der Schule. Wo blieb ihre Mutter denn wieder? Es war immer dasselbe! Ein Mord war für sie nun einmal spannender, als ihre Spasti-Tochter einzusammeln. Egal, was sie dazu sagte.

Es regnete immer noch, wenn auch nicht mehr so stark wie am Vormittag. Kira hatte ihren Schirm aufgespannt. Aber es war nicht der Regen, der sie trübsinnig machte, sondern ihre »Spezielle Herausforderung«, wie sie Mirko nannte. Mit dieser Bezeichnung hielt sie ihre Panik in Grenzen, wenn sie an ihn dachte. Er hatte sie heute in der Pause von hinten angerempelt und ihr »Wir sehen uns wieder, keine Sorge!« ins Ohr gezischt und mit seinen wimpernlosen Augen gezwinkert. Die Attacke traf Kira so unvorbereitet, dass ihr nur »Ver... verpiss dich, du fettes Ei... Ei... Eitergeschwür!« eingefallen war. Nicht sehr witzig, aber besser, als gar nichts zu sagen. Das wusste sie aus langjähriger Erfahrung. Leider war Mirko schlagfertiger gewesen als sie. »Was, willst du meine Ei... Ei... Eier sehen?« Er lachte. »Das machen wir, wenn wir alleine sind.«

Nach der letzten Stunde hatte er im Flur gegenüber von ihrem Klassenzimmer gestanden. Hatte er auf sie gewartet? Oder hing er dort zufällig rum? Kira verwarf den letzten Gedanken wieder. Es war Absicht. Er wollte ihr Angst machen. Das war sein Ziel. Und das Schlimmste war: Wenn er sie bereits durch seine bloße Anwesenheit einschüchterte, konnte ihm nichts passieren. Dann musste er ihr noch nicht mal mehr drohen. Kira schaute sich heimlich um. Aus den Augenwinkeln sah sie den Märchenprinzen, der sich schräg hinter ihr am Fahrradständer zu schaffen machte. Wahrscheinlich hatte er gewartet, bis der Regen nachließ. Jetzt schwang sich Arthur auf sein Ross. Dich wird er bestimmt nicht retten, mahnte sich Kira. Zumindest nicht so, wie du es dir wünschst. Dabei beobachtete sie weiter, wie er losfuhr. Wenn er nicht einfach an mir vorbeifährt, wenn er gleich stehen bleibt, habe ich vielleicht doch eine Chance. Wenn er mich trotz des Regens anspricht. Wenn er mich fragt, was ich hier mache, dann ... Kira schämte sich für die albernen Gedanken, die sich in ihrem Kopf breitmachten. Sie wandte den Blick ab, da quietschten neben ihr Fahrradbremsen. »Warum stehst du denn hier im Regen?« Arthur sah trotz der Regenkapuze umwerfend gut aus. »Ist … ist guuuuut für die Haut«, murmelte sie lahm, grinste und fand sich unerträglich langweilig. »Dann sollte Mirko hier im Regen stehen, nicht du.« Arthur grinste breit zurück. Kira wollte ihn küssen, auf der Stelle. »Aber der ist noch in der Schule. Hat wohl Angst, nass zu werden. Ach, da kommt er ja.«

Mirko überquerte gerade den Schulhof. Als er wortlos an ihnen vorbeiging, klopfte ihm Arthur so fest auf die Schultern, dass er zusammenzuckte. »Na, alles klar, Kumpel?« Ohne zu antworten, ging Mirko eilig weiter. Als Kira ihn wie einen begossenen Pudel davonziehen sah, lachte sie los. Sie fühlte sich so leicht wie seit Langem nicht mehr. Im gleichen Moment hielt ein Auto vor ihnen, und eine Fensterscheibe wurde heruntergelassen. Mütter kamen doch immer im falschen Augenblick.

»Wie war dein Tag, Schatz?« Antje steuerte durch den dichten Nachmittagsverkehr.

»Wie im… immer«, antwortete Kira. Dabei schaute sie stur aus dem Seitenfenster.

»Und wer war der Junge auf dem Fahrrad?«

»Der … der geht in eine … annnnndere Klasse.«

Antje bemerkte, wie ihrer Tochter eine tiefe Röte in die Wangen fuhr.

»Sah gut aus.«

Aus den Augenwinkeln beobachtete sie, dass sich Kira auf die Lippen biss.

Es war also so weit. Ihre Tochter war verliebt, vielleicht nur verknallt. Und normalerweise würde sich eine Mutter darüber freuen, sich vielleicht amüsieren, schlimmstenfalls ein bisschen neidisch auf die Jugend werden. Aber Antje hatte einfach nur Angst, dass Kira einmal mehr vom Leben enttäuscht werden würde.

»Du warst … spät«, durchbrach Kira schließlich das Schweigen.

»Ich hatte einen Termin außerhalb.« Antje stieg gern auf das Ablenkungsmanöver ihrer Tochter ein. »Regen, Unfall, Stau, tut mir leid, ich bin einfach nicht durchgekommen.«

»Einen Termin we… wegen Grönewald?« Kira drehte neugierig ihren Kopf zu Antje.

»Frag bitte nicht weiter. Es ist besser, wenn ich dir nicht so viel über den Mord verrate.« Antje drehte die Heizung des Wagens höher. Die Feuchtigkeit saß immer noch in ihren Knochen.

»Weil es ein Pro… Promi ist?«

»Genau!«

»Schon gu… gut.«

»Ich muss noch einen kurzen Abstecher machen. Rudi wartet im Büro auf mich. Bleibst du solange im Auto?«

Kira zuckte resigniert mit den Schultern. »Weglaufen kaaaaannn ich ja nicht.«

»Heute Abend kochen wir zusammen, versprochen!« Antje bremste ab, als ein Fußgänger die Straße überquerte.

»Indisch?« Kiras Mundwinkel gingen nach oben.

»Wir essen mit Dunja«, sagte Antje.

»Cool.« Kiras Gesicht glättete sich weiter. Dunja war Antjes beste Freundin, und das nicht nur, weil sie die einzige war. Schon seit Längerem fungierte sie auch als Kiras Nanny für Notfälle. Was zur Folge hatte, dass die Tochter mit ihr inzwischen fast noch besser befreundet war als die Mutter.

»Mit viel Curry und Basmatireis.« Antje lächelte. »Alles, was du willst, mein Schatz.«

»Mama, hör auf, mich Schatz zu nennen. Ich bin 14.«

»Ich weiß, Liebes. Seit zwei Tagen.«

Der abendliche Berufsverkehr verdichtete sich, und die kurze

Strecke von der Schule ins Büro zog sich hin. Genervt parkte Antje ihren Wagen schließlich auf dem Parkplatz des Polizeipräsidiums und drückte Kira einen kurzen Kuss auf die Wange. Während ihre Tochter sich dem Handy widmete, lief sie zum Eingang und hetzte die Stufen hinauf ins Büro.

Seidel lehnte an der Fensterbank und blätterte seelenruhig durch ein in Leder gebundenes Buch. Auf seinem Tisch stand die unvermeidliche Tasse Tee.

»Was hast du da?«

»Den Terminkalender von Jack Trosien, dem Vermissten.«

»So richtig aus Papier und Leder? Termine speichert man heutzutage im Smartphone.«

»Hat Trosien auch gemacht. Aber nebenbei hat er auch den hier gehabt.« Ihr Kollege wedelte mit dem Lederband.

»Doppelte Terminführung.« Antje schüttelte den Kopf.

»Wie man's nimmt. Hier hat er so gut wie nichts eingetragen. Aber zum Beispiel …« Er schlug eine Seite auf. »… einen Arzttermin. Vor zwei Wochen. Bei einem Doktor Petruk.«

»Ein Russe?«

»Klingt so. Aber selbst wenn – muss man dafür gleich die ganze Sprache lernen?« Seidel zeigte ihr das Wörterbuch.

»Hm. War Trosien denn tatsächlich krank?«

»Das werde ich herausfinden.« Seidel legte den Kalender weg. »Ich habe inzwischen auch eine Handy-Ortung eingeleitet. Wie lief es bei dir?«

»Berit Grönewalds Freundin bestätigt ihre Aussage.«

»Die Witwe hat also ein Alibi.«

»Vorerst.« Antje zog sich die immer noch feuchte Jacke aus. »Und bei dir?«

»Neuigkeiten.« Rudi Seidel wippte ein bisschen auf seinem Stuhl.

»Leg endlich los!« Antjes Laune wurde dadurch, dass er sie hinhielt, nicht besser. Außerdem wartete Kira im Auto.

»Der Kleinwagen, der abends vor Grönewalds Villa gesehen wurde. Du erinnerst dich?«

»Nein.«

Ihr Kollege guckte ehrlich erstaunt.

Antje seufzte entnervt. »Was ist jetzt mit dem Wagen, Seidel?«

»Wir haben ihn auf einem Überwachungsfilm, in der Nachbarschaft. Und Kniebsch sei Dank haben wir das Nummernschild herausfiltern können. Also wissen wir jetzt, wer ihn gefahren hat.« Er machte eine Kunstpause. Antje trommelte mit den Fingern auf ihrer Schreibtischplatte.

»Grönewalds Assistentin, Silvia Wendt. Im Grunde musste ich noch nicht mal die Zulassungsstelle bemühen. Sie hat origineller-weise ihre Initialen und ihr Geburtsdatum genommen.«

»Du hast das Geburtsdatum von Silvia Wendt im Kopf?«

»Du nicht?!« Seidel war schon wieder ehrlich erstaunt.

Antje winkte ab. »Was wollte sie um diese Uhrzeit bei Grönewald? Sie wusste doch, dass er noch in der Produktionsfirma war.«

Ihre Überlegungen wurden von Kniebsch unterbrochen, der in den Raum polterte.

»Neuigkeiten!«

»Ich weiß schon alles.« Antje winkte ab.

»Das glaube ich nicht.« Er schaute die beiden bedeutsam an. »Grönewald hat seinen Papierkorb geleert.«

»Das sind wirklich mal Neuigkeiten.« Antje griff nach ihrer Jacke.

»Ich meine den in seinem PC.« Kniebsch wirkte fast beleidigt. »Wir haben ihn aus dem Büro mitgenommen und durchgecheckt. Wann habt ihr zum letzten Mal euren Papierkorb geleert?«

Kommissar und Kommissarin wechselten einen Blick.

»Eben. Macht man nur alle hundert Jahre. Also, warum sollte er kurz vor seinem Tod auf seinem Schreibtisch aufgeräumt haben? Ich meine natürlich den Desktop, in seinem PC.«

»Dazu müsste man die Mails kennen, die er da gelöscht hat«, sagte Antje.

»In einer größeren Büro-Organisation werden auch die gelöschten Mails gespeichert, auf dem Server.« Kniebsch gab sich keine Mühe, seine Genugtuung zu verbergen. »30 bis 50 Tage.«

9

Rudi Seidel war ein Vollblutpolizist. Aber er war auch Familienmensch. Er hatte früh gelernt, beides sauber voneinander zu trennen, teils aus eigenem Antrieb, teils auf Druck seiner Frau. Und Juliane konnte, wenn sie Druck ausübte, sehr energisch werden.

Dennoch gab es Zeiten möglicher Interferenz; kurze Phasen, in denen die Arbeit doch noch einmal dazwischenfunkte. Eine davon waren die Minuten nach dem Abendessen, wenn er bei Fiete, seinem Jüngsten, im Bett lag, und ihm vorlas. Oder umgekehrt; der Fünfjährige kannte inzwischen die meisten Buchstaben und wollte die kurzen Sätze in dem Bilderbuch immer wieder selbst entschlüsseln.

Bei der Gutenachtgeschichte überkam auch Seidel selbst immer eine angenehme Müdigkeit. Neben ihm der Junge, der allmählich ruhiger wurde, aus der Küche klang Julianes Herumhantieren herüber, dazwischen setzte die helle Stimme der achtjährigen Helen ihre kleinen Ausrufezeichen … In diesen Minuten, wenn das Hirn eigentlich auf Schlafmodus geschaltet hatte, meldete sich die Arbeit mit ihren offenen Fragen zurück. Bohdan Petruk praktizierte in Köln-Kalk. In der Remscheider Straße. Nicht die beste Wohngegend Kölns, Immobilen-Welten entfernt von der Altstadt, wo Jack Trosien gemeldet war. Nun war es durchaus denkbar, dass ein Mann aus der Altstadt einen Arzt in Kalk aufsuchte – wenn es sich dabei um einen Spezialisten handelte. Aber Petruk war Allgemeinmediziner. Und Seidel konnte sich nicht vorstellen, dass Jack Trosien den Rhein überquerte, nur weil er einen grippalen Infekt hatte.

»Papa, du hörst ja gar nicht zu!« Fiete kniff seinen Vater in den Arm.

»Doch, tu ich.«

»Na gut, was war dann der letzte Satz?«

»Der letzte Satz war ›Schnell fallen ihr die Augen zu‹.«

»Falsch! Der letzte Satz war ›In die-dieser Nacht schlä-schläft sie tief und fest.‹«

»Ach ja?« Seidel gab dem Jungen einen Kuss auf die Wange, nahm das Buch und klappte es zu. »Jedenfalls brauchen wir dann neue Lektüre für dich, Kleiner.«

»Was ist Lek-türe?«, wollte Fiete wissen.

»Lektüre ist das, wovon du einschläfst.« Sein Vater grinste und gähnte. »Und manchmal auch ich.«

»Dieser Bauernhof ist an dich verschwendet.« Erfreut, aber zugleich auch bekümmert schaute Dunja auf die übervollen Kisten, von denen Antje gerade die letzte auf den Küchentisch wuchtete. Die Bauernhof-Bewohnerin hatte den Apfelbaum in ihrem verwilderten Garten an Allerheiligen abgeerntet. Eigentlich zu spät, ein guter Teil der Äpfel verrottete bereits als Fallobst im knöcheltiefen Gras. Und sie hatte es auch nur getan, weil sie das schlechte Gewissen gegenüber ihrer Freundin antrieb. Antje wusste, wie gern Dunja zu Hause am Herd stand und Kompott aus frischen Früchten machte. Jedes Jahr im Herbst nahm sie ein paar Kisten mit. Oder sie erntete sogar selbst. Wenn Antje die Zeit dazu fand, stellte sie auch eine Leiter an den Baum. Aber selbst etwas mit den Äpfeln machen – so weit reichte ihre Landliebe nicht.

»Wirklich«, bekräftigte Dunja. »Manchmal frage ich mich, ob du nicht in der Stadt besser aufgehoben bist.«

Antje schaute ihrer Freundin zu, wie sie sich über die Kisten beugte und nach angestoßenen Äpfeln suchte. Wilde Locken, olivenschwarze Augen, hohe Wangenknochen – Dunja war in allen Punkten das Stereotyp einer slawischen Schönheit. Der Name hätte Programm sein können. Dabei war sie ein rheinisches Provinzmäuschen, kam, wie Antje, aus der Welt der Zuckerrüben.

Aus dem Wohnzimmer drang eine Lachsalve. Kira hatte sich sofort nach dem Essen vor den Fernseher verdrückt. Beim Hinausgehen hatte Dunja so getan, als wolle sie ihr ein Bein stellen: »Hey, Spasti, pass auf, wo du hinläufst.« Kira hatte zurückgegrinst und so getan, als wolle sie ihr mit der Krücke eins über den Schädel ziehen. Die Vertrautheit zwischen Tochter und Gelegenheits-Nanny, die hinter dem rauen Umgang steckte, versetzte Antje immer wieder kleine Stiche der Eifersucht.

»Manchmal frage ich mich das auch«, nahm sie Dunjas Gedanken auf. Nach den ersten harten Jahren im Dienst war der Impuls, vor dem wilden Leben der Großstadt zu flüchten, immer stärker geworden. Aber es war auch die späte Flucht vor ihren eigenen wilden Jahren, zwischen dem Auszug von zu Hause und der frühen Schwangerschaft. Mit Kira, die, ganz nüchtern betrachtet, ein Endprodukt dieser Zeit war, wurde alles schlagartig anders. Die lange Phase danach war ein Provisorium, in dem Ausbildung und Aufziehen eines behinderten Kindes so viel Zeit fraßen, dass sie noch nicht einmal dazu kam, an ihrem Dasein als Dauersingle zu leiden. Was immer die Stadt einmal an Attraktionen gehabt haben mochte, wurde uninteressant. Sie lebte in ihr, ohne dort noch zu Hause zu sein.

Irgendwann also der Bauernhof. Ein Schnäppchen, aber vor allem, weil so viel zu tun war. Diese Zeit hatte Antje nicht, wie sie bald feststellte, also vermietete sie eine Hälfte des Anwesens an einen Junggesellen weiter, der in der Folgezeit jedes Wochenende mit

Freunden und Werkzeugen und anderen Gerätschaften anrückte und aus seinem Teil ein Schmuckstück machte. Antje allerdings fehlte dazu nicht nur die Zeit, sondern auch der Elan. Stadtflucht allein macht einen noch nicht zu einem Landmenschen. Der verwilderte Garten war ein Symbol ihrer Halbherzigkeit. Sie wollte eben doch nicht ganz zu den Rüben zurück. Außerdem hatte sie Angst zu verspießern; sie sah sich schon jeden Abend in sorgsam gehegten Beeten Unkraut jäten, um vom Arbeitsstress, den eine Kriminalhauptkommissarin zur Genüge hatte, runterzukommen.

Dunja war das genaue Gegenteil. Sie lebte in der Stadt, aber sie beneidete Antje um ihr Refugium. Und mit den Äpfeln bekam sie wenigstens einen leichten Geschmack davon.

Die beiden kamen aus dem gleichen gottverlassenen Ort, waren aber nicht auf die gleiche Schule gegangen und kannten sich aus dieser Zeit nur vom Sehen. Das erste Mal redeten sie miteinander, als Antje, bereits hochschwanger, im Straßencafé saß und einen fragenden Blick ihrer Sitznachbarin auffing: »Kennen wir uns nicht irgendwoher?«

Aus dem Zufallstreffen wurden häufigere Verabredungen und schließlich, als Antje mit Tochter, aber ohne Partner dasaß, eine Frauenfreundschaft. Dabei führten sie gerade sehr gegensätzliche Leben. Während Antje sich immer mehr in ihr Provisorium zurückzog, begann Dunja, nach einer öden Ausbildung (Bankkauffrau) und einer noch öderen Beziehung (Bankkaufmann), beides noch im Heimatort, das Stadtleben gerade erst zu genießen. Nach dem Umzug besuchte sie Antje regelmäßig auf dem Bauernhof, wenn ihr dieses Leben zu viel wurde. Oder sie kümmerte sich um Kira, wenn Antje einen Abend in der Stadt nötig hatte.

»Ich kann ein paar Gläser für dich und Kira abzweigen, wenn du willst.« Dunja hatte eine Kiste durchgesehen, die aussortierten Äpfel wanderten in einen Müllbeutel. Ein süßlich-fauliger Geruch waberte durch die Küche. Antje schauderte.

»Lass mal. Ich steh nicht so auf Äpfel. Und Kira … was will die mit hausgemachtem Kompott?! Die ist in der Pubertät, da sind andere Sachen spannender.«

»Klar. Jungen zum Beispiel.« Dunja kicherte.

»Das ist nicht lustig. Und du weißt auch, warum.«

»Ich weiß. Kira und ihr Handicap.« Dunja wurde ernst – und neugierig. »Tut sich denn überhaupt was in der Richtung?«

»Ich weiß nicht. Sie ist ein bisschen durch den Wind in den letzten Tagen. Aber mir erzählt sie ja nichts.«

Dunja schüttelte nur den Kopf, was Antje mit Enttäuschung, aber auch einer gewissen Erleichterung registrierte. Auch ihrer großen Freundin sagte Kira also nicht alles. Die Vertrautheit hatte ihre Grenzen.

»Vielleicht gibt es ja auch nichts zu erzählen«, sagte Dunja nun. »Und vielleicht solltest du nicht wie selbstverständlich verlangen, dass dir deine Tochter alles erzählt. Man kann ein Kind auch ersticken mit seiner Liebe. Das nennt man dann Kontrollzwang.«

»Danke für die Belehrung.«

»Keine Ursache. Und was ist mit dir und den Jungs? Demnächst mal wieder ein Stammtisch?«

Antje zuckte leicht zusammen und goss sich, statt zu antworten, noch ein bisschen Wein nach.

Nachdem Kiras Vater auf Nimmerwiedersehen verschwunden war, hatte es in Antjes Leben nichts mehr gegeben, was die Bezeichnung »Beziehung« verdiente. Antje war mit dem Thema Männer durch. Kein sonderliches Problem. Es ging, wie sich zeigte, auch ohne Beziehung, aber es ging, wie sich ebenfalls zeigte, auf Dauer nicht ganz ohne Sex. Nur: mit wem? Allein das ganze Drumherum, das Vorbereiten und In-die-Wege-Leiten, das Kennenlernen, Ausgehen, Daten, gestaltete sich mit einer behinderten Tochter schwierig bis zur Unmöglichkeit. Oder Antje bildete sich ein, dass es schwierig war. Oder sie redete es sich ein.

Schließlich, vor zwei Jahren, Kira war mit der Förderschule auf einer Klassenfahrt, landete sie an einem Freitag nach Feierabend in einem ehemaligen Stammlokal in ihrem Viertel, weniger aus Durst als aus Nostalgie. Ihre sentimentale Anwandlung verflog schnell. Der Besitzer hatte gewechselt, die Bedienungen, die Gäste auch. Sie waren weniger und verschwiegener. Im Laufe des Abends begriff Antje: Aus dem Szeneclub war ein Dating-Treff geworden. Schummrig, wie es sich gehörte, und nicht besonders gut besucht. Aber gut genug für die Versprengten, denen das Internet dafür zu anonym war, oder zu mühselig. Antje hatte selbst mal einen halbherzigen Versuch auf einem Portal unternommen, aber schnell wieder abgebrochen, als ihr nach einer halben Stunde immer noch kein Nutzername eingefallen war.

Ein paar Monate später saß sie wieder in einer der Nischen, und diesmal nicht aus Nostalgie. Dunja hütete Haus und Tochter. Für Kira war die Mutter beim Kollegen-Stammtisch – es hatte tatsächlich mal einen gegeben, aber das war lange vor Antjes Zeit –, und ein Stammtisch konnte nun mal länger dauern. Manchmal die ganze Nacht. So kam Antje zu ihrem Sex, unkompliziert und ohne Nachspiel. Nur alle paar Monate, aber der Grundbedarf war erfüllt. Und wenn sich kein schnelles Hotelzimmer fand, diente das Gästebett in Dunjas Wohnung als Liebesnest. Dafür durfte Dunja nach Lust und Laune auf den Bauernhof kommen und sich im Gästezimmer einnisten und Äpfel und alles andere ernten, was das halbherzige Landleben hergab. Das war der Deal.

So war es auch beim letzten Mal gewesen, vor drei Wochen. Eigentlich hatte Antje gar nicht fahren wollen, sie merkte, dass die Bedürfniserfüllung allmählich zur Routine wurde. Aber Kira maulte, sie hatte sich auf den DVD-Abend mit Dunja gefreut. Am Ende saß sie also weniger ihret- als der beiden wegen in der Flüsterkneipe und rührte gelangweilt in ihrem Cocktail. Womöglich hatte ihn gerade das angezogen, dieses Desinteresse. Was gefiel ihr umgekehrt an ihm, warum ließ sie dann doch zu, dass er sich zu ihr setzte? Vielleicht weil er das Gefühl vermittelte, er habe das hier nicht nötig, mit einem Lächeln knapp diesseits der Arroganz; er hatte sogar ein Buch dabei, in dem er gelegentlich blätterte. Vielleicht einfach, weil er gut aussah, besser als alle anderen, die sie an den anderen bisherigen »Stammtisch«-Abenden getroffen hatte. Wie er hieß, wusste sie nicht. Man nannte hier wohl keine Namen. Man redete sowieso so wenig wie möglich. Von ihm erfuhr sie beispielsweise kaum mehr, als dass auch er zum ersten Mal hier war. Und möglicherweise auch zum letzten Mal. Noch ein Ersttäter, dachte sie und entspannte ein wenig.

Das blieb auch so, als er ihr auf der Straße, auf dem Weg zu Dunjas Liebesnest, fast beiläufig und ohne jede Vorankündigung in den Schritt griff. Es war gut, sie wollte es so. Wenig später saß sie rittlings auf ihm, er schon nackt, sie noch in ihren Klamotten, er wollte es so, aber es war gut, und fuhr mit den Fingernägeln über seine Brustwarzen. Als er genießerisch den Kopf in den Nacken legte, sah sie zum ersten Mal das herzförmige Muttermal unter dem Kinn.

Während Dunja sich die nächste Kiste vornahm, überlegte Antje, ob sie ihrer Freundin alles erzählen sollte. Seit der Nacht, als sie zu Grönewalds Villa gerufen wurde, schleppte sie Gefühle von Scham und Schuld mit sich herum, diffus und eigentlich nicht erklärbar. Scham worüber? Dass sie mit einem späteren Mordopfer ins Bett gegangen war? Sie war schließlich keine Hellseherin. Und Schuld woran? Doch wohl nicht an dem Mord. Dennoch, die Gefühle waren da und setzten sich fest und wurden mit jedem Tag, an dem sie nichts sagte, stärker.

Seidel war der Erste gewesen, dem sie die Sache verschwiegen hatte. Antje glaubte nicht, dass er ihr, aufgrund dieser »Vorgeschichte«, die Unbefangenheit, das klare Urteilsvermögen absprechen würde, das sie sonst auszeichnete. Dazu war es zu wenig Vorgeschichte, zu sehr nur Sex. Aber genau darin lag das Problem. Rudi Seidel ließ keine Gelegenheit aus, um ihr Tipps zur Restaurierung ihres verkümmerten Privatlebens zu geben. Und ausgerechnet ihm sollte sie nun am Beispiel Grönewald gestehen, wo und wie sie sich ihren Sex holte? Allein bei der Vorstellung fühlte Antje sich unerträglich nackt.

Und jetzt Dunja. Hatten sie nicht ohnehin irgendwann vereinbart, nur über Privates zu reden und sich mit Beruflichem zu verschonen? Antje legte keinen Wert auf bankinternen Büroklatsch, Dunja fand sich vor dem einen oder anderen Fernsehkrimi wieder, aber echtes Blut konnte sie nicht sehen und vom wahren Verbrechen mit all seinen Hässlichkeiten wollte sie nichts wissen. Andererseits: War es nur beruflich, wenn Antje Sex mit einem Mann hatte, der kurze Zeit später als Mordopfer vor ihr lag? Kaum. Wenn Antje ehrlich zu sich selbst war, dann drückte sie sich um das eigentliche Problem herum. Sie hatte den Zeitpunkt verpasst, sie hätte Dunja direkt am nächsten Tag anrufen sollen: Hör mal, mir ist da eine unglaubliche Sache passiert … Sie hatte es nicht getan. Das würde ihr Dunja übel nehmen. Mangelndes Vertrauen. In Freundschaften ein schweres Delikt.

Wiederum andererseits: Sie war ihre einzige Freundin, die einzige Person, mit der sie sich austauschen konnte. Kira schied bei diesem Thema naturgemäß aus.

»Wie war es überhaupt beim letzten Mal?« Dunjas arglose, allenfalls etwas voyeuristische Neugier schnitt durch ihre Grübeleien. »Du hast nie was erzählt.«

»Wenn ich ehrlich sein soll, ich weiß es nicht mehr.« Das war, innerhalb der großen Lüge bzw. des großen Nichts-Sagens, eine vergleichsweise kleine Lüge, hinter der sich eine ernüchternde, wenn nicht gar beunruhigende Wahrheit versteckte. Sie wusste sehr wohl, wie der Sex mit Grönewald gewesen war. Sehr einseitig. Er zeigte, wo es langging, er ließ sich bedienen, er entpuppte sich als Ego-Erotomane erster Güte, dem die Bedürfnisse des Partners herzlich egal waren. Es war noch nicht einmal herkömmlicher SM; da war die Rollenverteilung dominant/devot wenigstens abgesprochen, und jeder Part kam auf seine Kosten. Nein, es war einfach fade gewesen.

Und sie hatte sich darauf eingelassen, sie hatte mitgemacht bei der One-Man-Show. Auf dem nächtlichen Heimweg hatte sie sich in kalauernden Galgenhumor geflüchtet: Jetzt gehe ich und bin gar nicht gekommen.

Antje fragte sich, was eine andere Frau dazu gesagt hätte. Eine, die, anders als sie, begriffen hätte, mit wem sie da gerade ins Bett stieg, spätestens als Grönewald seine Verkleidung, eine modische Hornbrille, ablegte (zusätzlich hatte er auch noch die Haare anders frisiert, wie sie inzwischen wusste). Sie fragte sich auch, was Grönewald überhaupt zu diesem Ausflug in die Dating-Welt getrieben hatte. Er wollte den Sex, nun gut, aber nur bei einer erklärten Fernseh-Feindin wie ihr konnte er unerkannt bleiben. Vielleicht war er ja auch verabredet gewesen und versetzt worden.

Immerhin.

Die Freundin unterbrach Antjes Grübeleien. »Also, wenn du dich schon nicht mehr an das letzte Mal erinnern kannst, wird es wohl langsam Zeit, nachzulegen.«

»Danke.« Sie schüttelte den Kopf, und damit verneinte sie mehr, als Dunja ahnte. »Im Moment kein Bedarf.«

»Wie du meinst.«

Zehn Minuten später fuhr Dunja vom Hof, im Kofferraum genug Äpfel für ein ganzes Jahr Kompott. Antje winkte ihr nach, allein mit ihren schlechten Gefühlen. Es war buchstäblich zum Kotzen.

10

»Name?«

»Rudi Seidel.«

Die Sprechstundenhilfe starrte auf ihren Bildschirm und tippte in die Tastatur. Seidel schob ihr die Versichertenkarte hin.

»Dauert«, sagte sie mit starkem slawischem Akzent, während sie die Daten in den Computer einlas.

Der vorgebliche Patient nutzte den Moment, um sich unauffällig umzusehen. Dr. Petruk gab offenbar keinen überflüssigen Cent für die Praxisausstattung aus. Auf den Schränken lag die Patina vergangener Jahre, der Tresen zeigte die Spuren täglicher Abnutzung. Selbst die Krankenakten, die aufgeschlagen neben der Computertastatur lagen, hatten etwas Provisorisches. Einige trugen den handschriftlichen Vermerk »o. K.«. Neugierig geworden, beugte sich Seidel vor, um einen der Patientennamen zu entziffern, aber die Sprechstundenhilfe kam ihm zuvor: »Dort ist Wartezimmer!«

Der Computer schien wirklich der einzige Gegenstand in der Praxis zu sein, der nicht aus der Vorkriegszeit stammte. Auch hier fehlten an einigen Stühlen die Lehnen, andere hatten keine Polster. Die gesamte Einrichtung des Wartezimmers machte den Eindruck, als sei sie aus Wohnungsauflösungen und Sperrmüll zusammengesucht. Trotzdem war es so voll, dass Seidel stehen musste, bis der nächste Patient gerufen wurde und er sich auf einen wackligen Hocker setzen konnte, neben einen Mann, der mit schmerzverzerrtem Gesicht unablässig sein Handgelenk rieb und ihm nervöse Blicke zuwarf. Alle Anwesenden sahen aus, als seien sie aus südosteuropäischen oder arabischen und afrikanischen Herkunftsländern. Einige trugen Verbände um ihren Kopf oder Arm, ein junger dunkelhäutiger Mann hatte eine Augenbinde. Erst jetzt bemerkte Seidel, dass nur zwei Frauen unter den Patienten waren, eine davon verschleiert. Niemand sprach. Die zerfurchten Hände und Gesichter zeugten von einem harten Leben. Seidel schaute auf seine eigenen Hände. Sie waren gepflegt, sie kannten keine harte körperliche Arbeit. Er spürte, dass jemand seinen Blicken gefolgt war, und sah auf. Sein Sitznachbar schaute ihn argwöhnisch an. Seidel wandte schnell die Augen ab, aber zu spät; der Mann mit der verbundenen Hand stand wie gehetzt auf und verließ das Wartezimmer, die Praxis. Seidel ärgerte sich über seine unbedachte Neugier, dann schloss er die Augen und dachte an die schicke Wohnung von Jack Trosien. Was hatte der Architekt hier gesucht? Entweder war Petruk tatsächlich ein Wunderheiler, oder Trosien war etwas anderem auf der Spur.

»Rudi Seidel, bitte!« Die Sprechstundenhilfe steckte den Kopf ins Wartezimmer, dann hastete sie wieder zur Rezeption. Offensichtlich war sie die einzige Angestellte am Empfang. Hektisch griff sie nach dem Telefonhörer und sprach einige Sätze in einer Sprache, die Seidel vorläufig als Russisch einordnete, während er durch den Flur in den Behandlungsraum ging. Obwohl die Möbel auch hier veraltet waren, wirkte das Zimmer warm und mit Bedacht eingerichtet. Dr. Petruk, ein kleiner, untersetzter Mann mit Glatze, saß hinter seinem Schreibtisch. Anstelle eines Kittels trug er ein weißes Hemd. Seine lebhaften dunklen Augen musterten Seidel. *Buddhas mit Mondgesichtern*, fuhr es Seidel durch den Kopf, als Petruk ihn anlächelte.

»Schmerzen sind es nicht, die Sie zu mir führen.«

»Woher wissen Sie das?«

»Schmerzpatienten haben eine andere Körperhaltung«, erklärte Petruk in flüssigem und fast akzentfreiem Deutsch. »Sie haben einen verschwommenen Blick, wirken in sich gekehrt und nehmen ihre Umwelt nicht bewusst wahr. Sie hingegen wirken interessiert, fast neugierig.«

Seidel hatte den Eindruck, dass es zwecklos war, dem Arzt etwas vorzulügen. Wenn seine Diagnosen alle so treffend waren, würde er den Arzt wechseln.

»Sie haben recht«, gestand er. »Ich bin Kriminalkommissar und ermittle in einem Vermisstenfall.«

»Und warum kommen Sie zu mir?«

»Ihr Name stand im Kalender des Vermissten, zusammen mit einem Termin. Der Vermisste heißt Jack Trosien.«

Petruks Lächeln verschwand. Jetzt blickte er Seidel nachdenklich an, schien jedoch in keiner Weise überrascht. »Sie wissen, dass ich der Schweigepflicht unterliege?«

Seidel nickte. »Trosien ist seit einigen Tagen verschwunden. War er bei Ihnen?«

»Vielleicht.« Der Arzt verschränkte die Arme über der Brust.

»Wir wissen nicht, ob er in Gefahr ist.«

Petruk verzog keine Miene. Er wartete und schwieg.

»War er ernsthaft krank?«, versuchte Seidel einen neuen Vorstoß.

»Meine Patienten kommen aus allen möglichen Gründen zu mir. Einige sind krank, andere suchen meinen Rat.«

»Und aus welchem Grund war Trosien bei Ihnen?«, fragte Seidel noch einmal.

»Leider muss ich Sie bitten zu gehen.« Petruk stand auf und wies mit der Hand zur Tür. »Wie Sie gesehen haben, ist das Wartezimmer voll. Und viele der Menschen, die dort draußen sitzen, haben im Gegensatz zu Ihnen wirklich Schmerzen.«

»Sie scheinen ein guter Arzt zu sein.«

»Das können nur meine Patienten beurteilen.«

»Sind Sie eigentlich Russe?«

Petruk lächelte schmal. »Ich komme aus der Ukraine.«

»Möchten Sie darüber informiert werden, wenn wir etwas über Jack Trosien in Erfahrung bringen?«

Petruk nickte fast unmerklich.

Er kennt ihn, ging es Seidel durch den Kopf, als er das Treppenhaus hinunterhastete. Und er hat es mir verraten. Von unten kamen ihm Schritte entgegen. Der Mann mit der verbundenen Hand. Als er Seidel erblickte, stockte er und sah sich um, als würde er einen Unterschlupf suchen. Aber den gab es hier nicht. Also drückte er sich an Seidel vorbei, das Gesicht abgewandt.

Manchmal sind Schmerzen größer als die Angst, dachte der Kriminalkommissar.

Es waren 1564.

1564 E-Mails aus den letzten zwei Wochen. Torben Grönewald hatte also nicht zu den Menschen gehört, die ihren Papierkorb nur alle hundert Jahre leeren. Die Techniker hatten die gelöschten Nachrichten auf den PC des Talkmasters zurückgespielt. Antje lehnte sich kurz in dem schwarzledernen Schreibtischstuhl zurück, in vorauseilender Erschöpfung. Sie wusste nicht, wo anfangen. Sie wusste ja auch gar nicht genau, wonach sie suchen sollte. Welche der E-Mails, die Grönewald gelöscht hatte, enthielt möglicherweise einen Hinweis auf seinen Mörder? Und wie sollte dieser Hinweis aussehen? Gab es ihn überhaupt, oder war es purer Zufall, dass der Mord und das Leeren des Papierkorbs zusammenfielen? Schließlich fing sie vorn an. Vor zwei Wochen.

Die meisten Nachrichten waren dienstlicher Natur: Aufnahmepläne, Sendepläne, Quotenanalysen. Viele kamen von Zuschauern, die sich Grönewalds E-Mail-Adresse von irgendwoher besorgt hatten. Die Zuschauermails teilten sich grob in zwei Gruppen. Die einen beschimpften ihn, allerdings so pauschal und zugleich vage, dass es schwerfiel, Drohungen aus ihnen herauszulesen. Schon gar nicht Morddrohungen. Antje notierte sich ein paar Namen von Absendern, soweit die Nachrichten nicht anonym verfasst waren, ahnte aber zugleich, dass Ermittlungen in dieser Richtung ergebnislos bleiben würden. Die anderen machten Themenvorschläge von mehr oder weniger absurdem Zuschnitt. Einer befand, man solle endlich mal feststellen, dass die globale Erwärmung ein Segen für die Menschheit sei. »Ärzte – ein überflüssiger Beruf«, titelte jemand, der offenbar seit Jahren unter chronischen Schmerzen litt, »Waffen für alle – wie in Texas!«, forderte ein Möchtegern-Cowboy, der unter Pseudonym schrieb. Antje entschied, »Lucky Luke« nicht in den Kreis der engen Tatverdächtigen aufzunehmen.

Einige Korrespondenzen ließen darauf schließen, dass Grönewald auch selbst mögliche neue Themen recherchiert hatte, erstaunlicherweise, wie die Kommissarin fand. Hatte er dafür nicht seine Redakteure? Lag ihm der Inhalt seiner Sendungen tatsächlich so am Herzen? Man könne zum Thema »Doping im deutschen Profifußball« leider nichts beitragen, schrieb die Pressestelle des DFB mit freundlicher Herablassung; allein aus dem Grunde, weil es im deutschen Profifußball kein Doping gebe. Der Leiter einer katholischen Organisation für Jugendfreizeiten schlug einen schärferen Ton an, nachdem Grönewald offenbar nach Fällen von sexuellem Missbrauch oder auch nur sexuellen Übergriffen in diesen Freizeiten gefragt hatte: Er arbeite für seine Organisation jetzt seit vielen Jahren, und in dieser ganzen Zeit habe es keinen einzigen derartigen Fall gegeben. Antje wunderte sich nicht, dass sich der Mann im letzten Satz weitere Anfragen dieser Art entschieden verbat.

Als sie sich durch das erste Drittel des Posteingangs gearbeitet hatte, stieß sie auf Nachrichten von Ninas leiblicher Mutter: Details zur Ankunft des Mädchens, Wünsche, dass alles gut gehen möge. Kurz gefasst, geschrieben im Tonfall unverbindlicher Freundlichkeit, wie von einer Mutter, die den Auslandsaufenthalt ihrer Tochter regeln will (oder muss). Antje ließ ihren Blick über Grönewalds Schreibtisch schweifen. Jetzt, wo die Kriminaltechniker alles Berufliche mitgenommen hatten, fiel ins Auge, wie wenig sonst da war. Keine Erinnerungsstücke, keine Fotos, weder von Nina, was Antje nicht weiter verwunderte, noch von seiner Frau, was denn doch erstaunlich war. Hatte das Privatleben für Torben Grönewald so wenig Bedeutung gehabt? Im nächsten Moment ging ihr auf, dass es auf ihrem Schreibtisch nicht viel anders aussah.

Antje spürte die ersten Anzeichen digitaler Erschöpfung. Sie schloss die Augen, die vom ständigen Starren auf den Monitor brannten, öffnete sie wieder, machte weiter. Zur Abwechslung vom Ende her, mit den letzten E-Mails.

In der allerletzten, die im Papierkorb gelandet war, bot ein Hartmut Krause Garten-Sonnenschirme für 29 Euro an. (Auch ein Unternehmen wie *Cut 100* war offenbar nicht gegen Spams aus Osteuropa gefeit.) In der vorletzten, einer Rundmail, kündigte der hauseigene Computerfachmann an, dass man den Server wegen notwendiger Wartungsarbeiten am folgenden Wochenende für ein paar Stunden herunterfahren müsse. In der drittletzten schickte ein Kollege von Grönewald Grüße aus Buenos Aires, wo er gerade vor seinem abendlichen Glas Malbec saß. Antje wollte schon zur nächsten Nachricht springen, als sie das Unbehagen spürte, das plötzlich an ihrem kriminalistischen Unterbewusstsein nagte. Wenn man in Buenos Aires bei einem abendlichen Glas Rotwein saß, dann war es hier mitten in der Nacht. Sie schaute auf das Eingangsdatum der Mail. 2.56 Uhr, am 3. November. Also fünf bis sieben Stunden nach Torben Grönewalds Tod.

Was bedeutete, der Talkmaster hatte seinen Papierkorb nicht selbst geleert. Antje überlegte noch, ob man einen Kriminaltechniker aufgrund eines dienstlichen Versäumnisses nach Sibirien deportieren könnte, da klingelte ihr Handy. Es war Kniebsch.

»Guten Morgen, Frau Kriminalhauptkommissarin!« Sie konnte das Schuldbewusstsein des Kriminaltechnikers sogar aus seinem Atem heraushören. »Was ich gestern zu sagen vergessen hatte –«

»Schön, dass Sie mich aufklären wollen«, schnitt sie das Geständnis ab. »Leider kommt Ihr Anruf fünf Sekunden zu spät. Wir sprechen uns noch, Kniebsch.« Antje drückte die Verbindung weg, ließ Kniebsch in seinem Elend schmoren und arbeitete sich weiter durch die Nachrichten, jetzt mit einem konkreteren Suchschema. Wer auch immer Grönewalds E-Mails gelöscht hatte, hatte dies mitten in der Nacht getan. Das engte die Zahl der möglichen »Werauchimmer« auf einen überschaubaren Kreis ein, auf Personen, die nachts Zutritt zu den Büros von *Cut 100* hatten.

Nach einer Suche von einer weiteren Viertelstunde hatte sie den Kreis auf eine Person eingeengt.

***

Seidel stand in einem Kiosk namens *Bei Manni's* und trank den schlechtesten Kaffee – wenn nicht seines Lebens, dann zumindest seit Absolvieren der Polizeischule. Tatsächlich war die lauwarme Plörre in der Schulkantine dafür verantwortlich gewesen, dass er zum passionierten Teetrinker geworden war. Lange bevor er Buddhas Weisheiten für sich entdeckte. Seidel kannte auch buddhistische Kaffee-Junkies.

Bei Manni gab es jedenfalls keinen Tee. Auf eine entsprechende Frage hatte der schnurrbärtige Besitzer gefeixt: »Seh ich aus, als ob ich einen im Tee hätte?« Immerhin war seine Plörre etwas wärmer als lauwarm, das musste man Manni zugutehalten. Und von hier aus, zwischen den Zeitungsständern hindurch, hatte Seidel einen guten Blick auf die Praxis von Bohdan Petruk. Dafür nahm er auch weitere schlechte Witze des Kioskbesitzers in Kauf. Trotzdem war er froh, als der Mann, auf den er gewartet hatte, endlich auf die Straße trat.

Seine Hand war neu verbunden. Aber er wirkte weiterhin nervös und schaute sich immer wieder um, sodass sich Seidel, der ihm unauffällig folgte, mehrmals in muffige Hauseingänge drücken musste.

Seidel wusste nicht zu sagen, warum er den Mann verfolgte. Nichts sprach dafür, dass ausgerechnet ein Patient aus Petruks Praxis etwas mit dem Verschwinden von Jack Trosien zu tun hatte. Rational betrachtet war es sogar unwahrscheinlich. Seidel jedoch agierte nicht immer rational. Mitunter folgte er einfach seinem Bauchgefühl. Wer sucht, wird nichts finden. Wer nicht sucht, wird auch nichts finden. Außerdem dachte er immer noch über das Kürzel »o. K.« nach.

Der Mann mit der verletzten Hand überquerte unversehens die Fahrbahn und blieb bei einer Haltestelle stehen. Zum Glück kam der Bus nach kaum einer Minute; Seidel war an einem Blumenstand in Deckung gegangen, und der Florist warf ihm, der gerade mal Rosen und Tulpen auseinanderhalten konnte und jetzt völlig unbedarft an diversen Sträußen herumzupfte, schon argwöhnische Blicke zu. Seidel drückte sich mit den letzten Wartenden in den Bus und suchte, da er sah, dass sich seine Zielperson in den hinteren Teil des Gelenkwagens setzte, einen Platz direkt hinter dem Fahrer, wo ein Spiegel über ihm unbemerkte Blicke nach hinten gewährte. Er musste an Verfolgungsszenen in einschlägigen Krimis denken und kam sich minimal lächerlich vor. Andererseits war die Vorsicht angebracht. Der Mann würde ihn sofort wiedererkennen, so panisch, wie er schon in der Praxis reagiert hatte.

Die Fahrt führte weiter hinaus ins Rechtsrheinische. Seidel fand sich in Stadtrandgefilden wieder, die er zuletzt mit dem Rad gesehen hatte, als Julian, sein Ältester, noch in einen Kindersitz passte. Touren immer sonntagvormittags, damit seine Frau ein paar ruhige Stunden hatte, um sich auf ihr Examen vorzubereiten. Das war vor etwa zwölf Jahren gewesen. Jetzt war Julian 15, und Radtouren mit der Familie waren absolut uncool.

Als der Mann mit dem Verband 15 Minuten später ausstieg, hatte sich Seidel damit abgefunden, dass bei seiner Rückkehr ein saftiges Knöllchen hinter dem Scheibenwischer seines Wagens stecken würde. Er hoffte nur, dass die Kosten sich lohnten.

Sie standen fast auf freiem Feld. Seidel stellte sich hinter einen verloren dastehenden Straßenbaum und machte sich so schmal wie möglich. Hier gab es so wenig Deckung, dass er dem Mann einigen Vorsprung lassen musste. Als die wenig befahrene Straße nach einigen 100 Metern in ein Gewerbegebiet mündete, hatte er kaum noch Sichtkontakt zu Petruks Patient. Seidel beschleunigte seine Schritte, so gut es bei seinem gebückten Gang möglich war. Nach wenigen Minuten, inzwischen lag der Lärm von Baugeräten in der Luft, bog der Mann in eine Einfahrt ab. Seidel bezog hinter einem auf der Straße geparkten Lieferwagen Stellung.

Das Gelände war eine einzige Gewerberuine. Von dem langgezogenen zweistöckigen Komplex stand nur noch die Hälfte, der Rest war Schutt und Schrott. Ein Bagger mit mehrgliedrigem Ausleger rückte dem zu Leibe, was noch stand. Ein gigantischer zangenförmiger Schnabel am Ende des Auslegers biss sich unbarmherzig und unersättlich in das Gerippe hinein, ließ mit jeder Fressattacke Brocken von Beton auf den Boden regnen. Petruks Patient verschwand gerade in einem Bürocontainer hinten auf dem Gelände. In den Pfützen auf dem holprigen Terrain stand noch der Regen vom Vortag, hier und da von schillernden Ölschlieren ornamentiert. Das Baustellenschild neben der Einfahrt bot einen krassen Gegensatz zu dem tristen Anblick. Eine verschachtelte Wohnanlage war auf dem großen Plakat zu sehen, sonnenbeschienen, von zierlichen Bäumen gesäumt. »Hier entstehen 16 Komfortwohnungen.« Darunter waren die beteiligten Unternehmen mit ihren Logos aufgeführt; Hoch- und Tiefbau, Elektro … und das Abriss-Unternehmen. *Experta-Bau.*

* * *

Florian Heck hatte weder Vorzimmer noch Vorzimmerdame. Antje Servatius wollte gerade an seine Bürotür klopfen, da wurde sie von innen geöffnet. Heck kam heraus, in Begleitung von Silvia Wendt. Die beiden waren mit ernsten Gesichtern in ein Gespräch vertieft. Als Wendt die Ermittlerin erblickte, fuhr sie erschrocken zurück. Der Sidekick des Talkmasters setzte dagegen sofort die glatte Miene des gutgelaunten Kameraprofis auf.

»Die Frau Kriminalhauptkommissarin.«

Es klang eher wie eine Feststellung, nicht wie eine Begrüßung. Belustigung schwang in der Stimme von Florian Heck mit, aber auch etwas Irritation über den unerwarteten Besuch.

»Alle Achtung, Herr Heck. Die meisten merken sich noch nicht mal das ›Kriminal‹, für die ist man einfach nur Kommissarin.«

»Fernsehen bildet.« Heck setzte sich auf. »Auch wenn es nur billiger Talk ist.«

»Billig haben *Sie* gesagt.«

Antje Servatius trat Silvia Wendt in den Weg, die wortlos an ihr vorbeiwollte. »Bleiben Sie noch einen Moment! Eigentlich gut, dass ich Sie hier antreffe. Was haben Sie am Tatabend vor Grönewalds Haus gemacht, Frau Wendt?«

Wenn Florian Heck nur milde erstaunt über diese Eröffnung war, dann konnte Wendt ihre Überraschung nicht verbergen. »Wo-woher wissen Sie, dass ich da war?«

»Schon mal was von Überwachungskameras gehört? Wir haben Ihren Wagen identifiziert. Zweifelsfrei. Also?«

»Ich habe Torben einen Anzug aus der Reinigung abgeholt und vorbeigebracht. Er brauchte ihn am nächsten Morgen für einen Dreh. Außerdem sollte ich ihm eine Flasche Champagner besorgen und kalt stellen.«

»Sie haben einen Schlüssel für sein Haus?«

»Es gehörte zu meinen Aufgaben, ihm Unterlagen zu bringen oder bei ihm abzuholen. Torben arbeitete oft zu Hause. Manchmal vergaß er etwas.«

»Und Einkäufe gehörten auch zu Ihrem Job?« Antje Servatius zog eine Augenbraue hoch. »Sie waren schließlich seine Assistentin und nicht seine Haushälterin.«

Wendt warf Heck einen peinlich berührten Seitenblick zu. »Bei so einem Job verwischen die Grenzen von Privat- und Berufsleben.«

»Weshalb Champagner? Gab es etwas zu feiern?«

»Vermutlich, aber fragen Sie mich nicht, was. Vielleicht wollte Torben den Abend ja nur in Ruhe mit seiner Tochter verbringen.«

»Nicht mit Ihnen?«

»Wie kommen Sie darauf?«

»Schließlich haben Sie eben zugegeben, dass sich Privat- und Berufsleben in Ihrem Job vermischen.«

»Ich würde jetzt gerne weiterarbeiten.« Die Assistentin versuchte sich an der Ermittlerin vorbeizudrücken.

»Eine Frage noch. Weshalb haben Sie uns nichts von Ihrer Botenfahrt gesagt?«

Silvia Wendt biss sich auf die Lippen, als würde sie nach den richtigen Worten suchen. »Wahrscheinlich genau aus dem Grund, den Sie mir eben unterstellt haben. Ich will nicht als Bettmieze meines Chefs gelten und mir nachsagen lassen, ich würde mich nach oben schlafen.«

»Wie lange waren Sie in Grönewalds Haus?«

»Nicht länger als nötig. Und, falls Sie das auch noch wissen wollen, den Rest des Abends habe ich zu Hause verbracht. Alleine.«

»Mit anderen Worten, Sie haben kein Alibi. Das könnte natürlich auch ein Grund für Ihr Schweigen sein.« Antje musterte Silvia Wendt mit einem letzten, prüfenden Blick, dann gab sie den Weg frei.

»Wow!« Florian Heck schürzte, ganz gespielte Anerkennung, die Lippen. »Sie nehmen Ihre Verdächtigen aber, wo Sie sie kriegen können.«

»Ich nehme sie da, wo sie sich anbieten.«

Heck wies mit einer galanten Handbewegung in sein Büro, Antje Servatius folgte seiner Einladung. Während er zu seinem Schreibtisch ging, machte sie ihren üblichen Schnell-Scan des Raums. Er war deutlich kleiner als das Reich von Torben Grönewald. Und das Fenster, aus dem Heck von seinem von Papieren und Büchern überquellenden Schreibtisch schaute, ging nicht auf die sorgsam gepflegte Grünfläche, die das Gebäude der Produktionsfirma von der Straße trennte, sondern nach hinten, auf die fensterlose Wand eines weiteren Bürokomplexes. Antje fühlte sich an ihren eigenen Arbeitsplatz erinnert. Die Hierarchie der Raumverteilung.

Heck saß inzwischen, er wies auf einen Besucherstuhl. Während Antje Servatius sich ebenfalls setzte, trieb ein Sinneseindruck durch ihren Wahrnehmungsapparat, flüchtig, am Rande; ein Geruch, den sie im Moment nicht einordnen konnte, der aber nicht in dieses Büro-Ambiente passen wollte.

Sie fasste Grönewalds Sparringspartner ins Auge. »Sie haben mir auch etwas verschwiegen, Herr Heck. Nämlich, dass an dem Ast schon gesägt wird. Kräftig gesägt.«

»Welcher Ast?«

»Der, von dem Sie letztens gesprochen haben.«

Florian Heck kniff die Augen hinter seiner Brille zusammen. »Das ist jetzt ein Moment mit Seltenheitswert – ich habe keine Ahnung, wovon gerade die Rede ist.«

»Und das bei einem Mann des Wortes wie Ihnen. Sie enttäuschen mich.« Jetzt war es Antje, die ihre Stimme mit Ironie unterlegte. Sie holte ein paar Blätter aus ihrer Tasche und legte sie nebeneinander auf den Schreibtisch. »Ich meine den Ast, auf dem Sie sitzen, karrieretechnisch.«

Heck beugte sich über die Ausdrucke. »Tun Sie nicht so, als würden Sie die Mails zum ersten Mal lesen«, sagte die Kommissarin.

»Tue ich nicht. Ich frage mich nur, wie Sie darauf gestoßen sind.«

»Wunder der virtuellen Welt«, versetzte Antje Servatius knapp, ohne sich weiter zu erklären. »Scheint so, als hätte Torben Grönewald nicht mehr viel Wert auf Ihre Mitarbeit gelegt.« Sie deutete auf eine Zeile. »›Ich werde dafür sorgen, dass du beruflich kein Bein mehr auf die Erde kriegst.‹«

»Torben konnte manchmal etwas übers Ziel hinausschießen.«

»Und Sie antworten: ›Dann bist du erledigt. Tot.‹ Ist das auch übers Ziel hinausgeschossen?«

Heck schob die Blätter beiseite. »Wir hatten uns gestritten.« Er wirkte jetzt fast kleinlaut; der Schutzmantel herablassender Souveränität war von ihm abgefallen. Antje Servatius fragte sich allerdings, ob nicht auch das Schauspielerei war.

»Leider geben die Mails keinen Aufschluss, worum es in dem Streit ging. Vielleicht können Sie mir da weiterhelfen.«

»Ich wollte meine eigene Sendung. Eine Show wie *Grönewald* lebt von den Quoten, das habe ich Ihnen ja schon gesagt. Und das

Quotenhoch in den letzten Monaten ging vor allem auf mein Konto. Das hatten die Analysen ergeben.« Ein kleines selbstgefälliges Lächeln stahl sich über sein Gesicht. »Ganz zu schweigen von den Zuschauerreaktionen.«

»Sie haben Torben Grönewald die Schau gestohlen.«

Heck nickte nur.

»Und warum hat er Sie dann nicht gehen lassen?«

»Weil er auf sein Zugpferd nicht verzichten konnte. Weil das Hoch dann von einem Tief abgelöst geworden wäre. Einem stationären Tief. Er hatte Angst, dass sich mit dem Zugpferd auch der Erfolg verabschiedet.«

»Also verbaut er Ihnen den Weg und droht Ihnen stattdessen. Was hatte er denn gegen Sie in der Hand?«

»Nichts.« Heck öffnete die Handflächen, ließ sie dann auf die Schreibtischplatte fallen. »Nichts, wovon ich gewusst hätte, jedenfalls.«

»Also nur eine leere Drohung? Und Sie drohen genau so leer zurück? Kommen Sie!«

»Ich sage Ihnen doch, der Streit ist hochgekocht. Wir haben das beide im Zorn geschrieben.«

»Hochgekocht, soso. Wie es der Zufall will, kocht der Streit wenige Tage vor dem Mord hoch. Und nur wenige Stunden *nach* dem Mord, also mitten in der Nacht, sehen Sie sich bemüßigt, ins Büro zu schleichen und diese Mails zu löschen.«

»Ein Kollege rief mich an, so um ein Uhr. Die Sache hatte sich ja herumgesprochen wie ein Lauffeuer. Und dann fielen mir diese Mails ein, und ich dachte, wenn die nun einer liest … Ich habe Panik bekommen, verstehen Sie. Es war dumm, ja. Fünf Minuten später habe ich die ganze Aktion bereut.«

»Woher kannten Sie überhaupt Grönewalds Passwort?«

»Torben kannte auch meins. Jeder hat mal am Computer des anderen gesessen. Wir waren halt Kollegen.«

»Gute Kollegen, schon klar.«

»Sie sagen es. Lange Zeit jedenfalls.« Jetzt wo Heck sein »Geständnis« abgelegt hatte, wo er genug erzählt hatte, um alles zu erklären und damit auch überzeugend darzulegen, warum er mit dem Mord nichts zu tun haben konnte – jetzt fand er zur alten Selbstsicherheit zurück. »Nur mal angenommen, ich wollte Torben wirklich umbringen. Warum mache ich es mir selber schwer und dringe bei ihm zu Hause ein? Warum nicht hier? Das wäre einfacher gewesen.«

»Um vom Tatmotiv ›mörderische Konkurrenz unter Kollegen‹ abzulenken? Vielleicht wollten Sie die Tat ja jemandem aus der Familie in die Schuhe schieben.«

»Interessante Arbeitshypothese.« Heck lachte in sich hinein. »Ich muss mehr kriminelle Energien haben, als ich dachte. Und wem zum Beispiel?«

»Berit Grönewald.«

Ein entgeisterter Augenblick, dann lachte er nicht mehr leise, sondern lauthals los. »Torbens Frau?! Sie fantasieren!«

»Sie wussten doch bestimmt von Grönewalds Frauengeschichten. Und dass sie davon wusste. Eifersucht ist immer ein gutes Motiv.«

»Frau Kriminalhauptkommissarin, jetzt enttäuschen *Sie* mich.« Heck war kurz vor der Schnappatmung. »Das ist keine Arbeitshypothese, das ist blühender Unsinn. Sie wissen ja gar nicht, wie weit Sie danebenliegen.«

»Schauen wir mal.« Antje ließ den Fernsehmann mit seinem Heiterkeitsanfall allein.

Sie hatte erst ein paar Schritte auf dem Teppichbelag des Flurs zurückgelegt, da wusste sie plötzlich wieder, an was sie der Geruch in Hecks Büro erinnerte.

11

Kira saß in der hintersten Ecke des Schülercafés, halb hinter einer Anrichte mit Zeitschriften verborgen, und wartete sehnsüchtig auf das Ende ihrer Freistunde. Eine Freistunde hatte 45 Minuten, wie jede andere Schulstunde auch. Aber diese kam ihr endlos vor.

Kira war Mirko aus dem Weg gegangen, so gut sie das konnte, ohne seinen Stundenplan zu kennen. Sie wollte unter keinen Umständen von ihm gesehen und angeglotzt oder gar angesprochen werden.

Bis jetzt hatte es erstaunlich gut funktioniert. Die Freistunde dauerte allerdings noch fünf Minuten. Eine halbe Ewigkeit. Und das Café war leer. Die Bedienung, ein lethargisches Mädchen aus der Neun, war im hinteren Raum verschwunden. Man konnte hören, wie sie leere Limoflaschen in leere Kästen räumte. Als plötzlich die Tür aufging, die von der Pausenhalle in das immer etwas muffig riechende Café führte, schrak Kira entsprechend auf. Aber es war nicht Mirko. Es war Arthur. Ihr Beschützer. Ihr Ritter in glänzender Rüstung. König Artus.

Er sah sich um, entdeckte sie, kam lächelnd auf sie zu. Kira griff zu ihren Krücken, sie wollte sich erheben, um ihn zu begrüßen, ungelenk und schwerfällig wie immer. Diesmal ärgerte sie die Schwerfälligkeit wie lange nicht mehr. Er winkte ab. »Lass ruhig. Bevor du oben bist, bin ich dreimal unten.«

Kiras Herz zog sich zusammen. Dann gehörte Arthur also auch zu denen, die sie nur benutzten, um abfällige Sprüche abzusondern. Aber er setzte sich mit einem Augenzwinkern.

»Hey, ich finde, wenn man Infantile Zerebralparese hat, darf man ein paar Privilegien für sich in Anspruch nehmen.« Während Kira sich von ihrem neuerlichen, jetzt positiven Schrecken erholte, schaute er sich suchend um. »Dein Schatten ist ja gar nicht in Sichtweite.«

»Wa … wahrscheinlich hat er keine Lust mehr.« Wenn sie saß, war ihre Behinderung vielleicht nicht mehr so deutlich sichtbar. Zu hören war sie immer noch. Arthur ging nicht darauf ein. Anscheinend nahm er sie wie selbstverständlich hin.

»Deine Eltern haben bestimmt jede Menge Stress mit dir, was? Würden dich manchmal am liebsten an die Wand klatschen.«

Kira verstand überhaupt nichts mehr. Spielte er jetzt wieder mit ihr? Andererseits – sein Lächeln war entwaffnend offen. Sie beschloss, ebenso offen zu sein.

»Meinen Vater ke … kenne ich nicht. Und meine Mu … Mutter hat mehr Stress mit ihrem Job.«

»Was hat sie denn für einen Job?«

»Sie ist bei der Kripo.« Kira war selber überrascht über den Stolz, mit dem sie das sagte.

»Echt? Dann brauchst du mich ja gar nicht, wenn Mirko wieder Ärger macht. Dann kann sie ihn ja verhaften.«

»Die kü … kümmert sich nur um große Fische, Mord und Totschlag und so«, sagte Kira. Und dachte: Außerdem habe ich lieber dich in der Nähe, wenn Mirko auftaucht.

»Spannend! Womit hat sie denn im Moment zu tun?«

»Mit dem Grönewald-Mord.«

»*Der* Grönewald?!« Arthur sah sogar cool aus, wenn er völlig entgeistert war. Kira verschlug es für einen Moment die Sprache, sie nickte nur. »Und deine Mutter sucht den Mörder. Eine Promi-Tochter. Wow, ich bin beeindruckt.«

Flirtete er jetzt mit ihr? Kira wusste es nicht. Sie hatte noch nie geflirtet, sie war auch noch nie angeflirtet worden.

Das lethargische Mädchen war zurück von den Getränkekästen, sie blickte ihn fragend an. Arthur schüttelte den Kopf. »Bin nur kurz reingeschneit«, sagte er. Und an Kira gewandt: »Jetzt habe ich Bio. Mein Lieblingsfach.« Er steckte sich den Finger in den Hals.

Kira überlegte fieberhaft, wie sie seine Anwesenheit wenigstens noch um ein paar Sekunden verlängern konnte. »Woher weißt du ei… eigentlich, dass ich ›Infantile Zerebralparese‹ habe? Ich meine, wo… woher kennst du das Wort?«

Ein kleiner Schatten flog über Arthurs Gesicht. »Ich kenne es einfach. Okay?« Er machte Anstalten aufzustehen. Aber vorher küsste er sie noch. Nur auf die Wange, aber immerhin. Kira merkte, wie sie rot wurde.

Rot werden, fand sie, war überhaupt die größte Behinderung von allen.

***

Als Antje Servatius vor dem Villengrundstück eintraf, stand Berit Grönewald an dem Betonquader neben der Einfahrt, in dem normalerweise die Mülltonnen untergebracht waren, ganz diskret. Jetzt war eine der Tonnen herausgezogen, die Witwe wollte gerade etwas hineinstopfen. Die Villa war erst morgens freigegeben worden, Berit Grönewald konnte noch nicht lange da sein. Das Auftauchen der Kommissarin ließ sie innehalten. Servatius sah jetzt, dass sie Tränen in den Augen hatte, Tränen der Wut.

»Wer macht so was?« Anklagend streckte die Witwe ihr, als sie durch das offen stehende Doppeltor trat, das Objekt ihrer Empörung entgegen: eine Puppe, die sich unschwer als Torben Grönewald identifizieren ließ. Weniger wegen ihrer doch recht grob gefertigten Gesichtszüge, sondern wegen des unverwechselbaren Outfits; auch der Talkmaster hatte in jeder Sendung ein aufdringlich rotes Tuch in der Brusttasche seines Jacketts getragen. Und die Puppe baumelte an einem Galgen.

»Kam gerade mit der Paketpost!« Berit Grönewald echauffierte sich weiter. »Ich dachte, das wäre auch wieder so eine Trauerbekundung, die kriege ich gerade massenhaft. Aber …« Sie ließ die Hand mit Puppe und Galgen sinken und fuhr sich mit der anderen über die Augen. »Er ist doch tot! Können ihn die Leute nicht in Ruhe lassen?!«

»Es tut mir leid.« Antje Servatius tat es wirklich leid. Zum ersten Mal verspürte sie so etwas wie Mitgefühl für Berit Grönewald. Zugleich konstatierte ein Teil ihres Hirns überflüssigerweise, dass der Absender mit der Tötungsart falschlag. Und wiederum ein anderer konstatierte ganz ohne Mitgefühl, dass jemand, der so polarisierte wie Grönewald, nun einmal extreme Reaktionen provozierte, in der einen wie der anderen Richtung. Auch nach seinem Tod.

Berit Grönewald wollte die Puppe endgültig im Müll entsorgen, Die Kommissarin griff ihr höflich, aber bestimmt in den Arm. »Vielleicht können wir ja etwas damit anfangen.«

»Wenn Sie meinen.« Grönewald wandte sich achselzuckend ab. Antje Servatius folgte ihr ungefragt in die Villa.

Von den Marmorfliesen in der Halle war nicht mehr viel zu sehen. Kartons bedeckten den Boden, einige, aber noch nicht alle geöffnet; Kränze, dazu Vasen mit mehr oder weniger gewaltigen Blumensträußen. Alle weiß, und vor allem Lilien, die Blumen des Todes. Antje hatte den Duft von Lilien noch nie gemocht.

»Waren Sie in der Eifel?«, fragte Berit Grönewald, ohne sich umzuwenden. Sie begann, zwischen den offenen Kartons herumzukramen. »Was hat Fee gesagt?«

»Sie hat Ihre Angaben bestätigt.«

»Sehen Sie?« Berit Grönewald lächelte zufrieden. Sie hatte jetzt auch gefunden, wonach sie gesucht hatte. »Da war das verdammte Ding drin. Absender stand allerdings nicht drauf. Komisch, was?« Sie drückte ihrer Besucherin einen geöffneten Karton in die Hände.

»Ihr Mann hatte offenbar Ärger mit Florian Heck«, sagte die Kommissarin, während sie die Puppe verstaute. »Wussten Sie davon?«

»Ärger? Worum soll es da gegangen sein?«

»Das wüsste ich auch gerne. Leider kann der eine Beteiligte nichts mehr zum Thema sagen, und der andere sagt möglicherweise nicht ganz die Wahrheit. War Heck zu gut für Grönewald? *Grönewald*, die Show?«

»Möglich. Aber woher soll ich das wissen? Meinen Sie, ich habe jeden Abend vor diesem Hi-Tech-Teil da oben gehockt und zugeguckt, wie sich mein Mann zum Affen macht?«

»Vielleicht hat Ihr Mann ja auch etwas in der Richtung angedeutet.«

»Er hat nichts angedeutet. Er hat grundsätzlich nicht viel von seiner Arbeit erzählt, und ich war darüber ganz froh. Dieses Fernsehgeschäft hat mich nie sonderlich interessiert.«

Antje Servatius fragte sich allmählich, worüber das Ehepaar Grönewald so geredet haben mochte. Sie stellte sich das gemeinsame Frühstück sehr still vor. Vorausgesetzt, es *gab* überhaupt ein gemeinsames Frühstück. »Vielleicht hat Florian Heck –«

»Heck?« Die Witwe winkte ab. »Den kannte ich kaum. Ich glaube, in all den Jahren habe ich ihn ein halbes Dutzend Mal gesehen. Ab und zu musste man ja doch auf einen Empfang oder ein Sommerfest …«

Berit Grönewalds Handy summte. Sie schien fast dankbar, die lästige kleine Fragestunde unterbrechen zu können. »Grönewald? … Oh, hallo, Nina! … Nein, ich weiß immer noch nicht, wann die Beisetzung ist.« Während sich die Miene der Witwe verfinsterte, bedeutete ihr die Kommissarin, dass sie mal auf die Toilette müsse. Berit Grönewald nickte und ging ins Wohnzimmer. »Dein Vater ist obduziert worden, da dauert das immer etwas länger …«

Antje Servatius nahm jedoch nicht den Weg zum Gäste-WC, sondern die Treppe nach oben. Aus der Tatnacht wusste sie noch, wo das Bad der Eheleute lag: auf dem Flur zum Arbeitszimmer, wo sie Torben Grönewalds Tochter vernommen hatte. Jetzt hoffte sie, dass die widerspenstige Nina ihre Stiefmutter einige Zeit in Anspruch nahm. Von dem großzügigen Bad ging jeweils eine Tür nach links und rechts ab. Getrennte Schlafzimmer. So viel zu »immer geliebt«.

Andererseits, getrennte Betten mussten nicht zwangsläufig das Ende der Liebe bedeuten. Im Gegenteil, vielleicht befeuerte der Abstand die Leidenschaft wieder. Ein konkretes Beispiel fiel Antje jedoch gerade nicht ein. Sie betrachtete sich kurz in dem bis an die Decke reichenden Spiegel über dem marmorierten Waschbecken. Sie hatte das Gefühl, dass sie nicht mehr so erschöpft aussah. Die Arbeit tat ihr gut. Selbst der Knick in der Nase störte sie weniger als sonst. Sie konzentrierte sich auf den Raum. Inmitten des Luxus, der sie umgab, kam sie sich fast deplatziert vor, wie der Eindringling, der sie ja auch war. Sie begann zu suchen. Es gab zwei Schränke. In dem einen, einem quadratischen Ding aus blank poliertem Metall, waren nur Herrenartikel untergebracht. Sie wandte sich dem zweiten zu, einem Schränkchen aus massivem Nussbaum. Es war so viel älter als das restliche Mobiliar im Haus, dass es sich nur um ein Erbstück handeln konnte. Der Inhalt war ähnlich nobel. Die Kommissarin wurde schnell fündig.

Berit Grönewald stand wieder in der Halle, als Antje zurückkam, aber sie telefonierte immer noch, inzwischen sichtlich entnervt. »Nein, natürlich habe ich nichts dagegen, wenn du kommst. Grundsätzlich … Bitte? Mit grundsätzlich meine ich, es hängt ganz davon ab, wie du dich hier aufführst … Ja, aufführst … Junge Dame – Nina??« Berit Grönewald steckte das Handy mit einem Kopfschütteln weg. Offenbar hatte die junge Dame aufgelegt. Die Witwe wandte sich Antje zu. »Hat die eigentlich jemals so was wie Erziehung genossen?« Erst jetzt wurde sie gewahr, dass die Kommissarin die Treppe heruntergekommen war. Als Antwort auf die unausgesprochene Frage stellte Antje den Flakon auf einen Stapel noch ungeöffneter Kartons. Berit schwieg; ob aus Verblüffung, aus Wut oder aus Erklärungsnot, vermochte Antje Servatius nicht zu sagen.

»›X for Women‹. In diesem Fall ein sehr sinniger Name, wenn man mal drüber nachdenkt. X wie in X- und Y-Chromosom, aber auch wie in ›Exitus‹.« Sie nahm den schwarzen Flakon wieder an sich, hielt ihn gegen das Licht, das durch die Tür in die Halle fiel. »Ein exklusiver Duft, Sie haben einen guten Geschmack. In wie vielen Kosmetikschränkchen wird er wohl stehen? So was leisten sich nur Frauen, die etwas erreicht haben. Oder Frauen, die mit Männern liiert sind, die etwas erreicht haben. Prominentengattinnen. Dass ich den Duft in Ihrem Schränkchen finde, ist eigentlich nicht weiter verwunderlich. Dass ich ihn plötzlich in Florian Hecks Büro in der Nase habe, weil er ihn mit sich herumträgt, mit irgendeinem Kleidungsstück, schon eher. Am Ende finde ich noch einen Schal von Ihnen in seiner Schublade. Sollte er etwa was mit einer Prominentengattin haben?«

»Wenn dieses Parfüm so teuer und edel und selten ist, warum kennen Sie es dann überhaupt?« Berit Grönewald wich auf einen Nebenkriegsschauplatz aus, wo sie denn auch sofort einen kleinen Hieb austeilte.

»Ich hatte mal einen Verehrer«, erwiderte Antje Servatius. »Einen sehr großzügigen Verehrer.« Einen Verehrer, der so blind vor Liebe war, dass er für ein Parfüm ein kleines Vermögen ausgab. Später war er dann so großzügig, sie mit einem behinderten Kind sitzen zu lassen. Das war lange her. Und sie hatte es lange verdrängt. Sogar den Duft des Parfüms.

»Trotzdem: Zufall«, meinte Berit Grönewald. »Das beweist gar nichts.«

Nein, das beweist nichts, dachte Antje; nur dass Erinnerungen nie ganz verloren gehen. Sie reichte der Hausherrin das Parfüm. »Ich denke, das gehört Ihnen.«

* * *

Ordner. Ordner, Ordner, Ordner. In der Kälte der Deckenlampe – eine dichte Wolkendecke hatte das Tageslicht früh verschluckt – starrte Antje unschlüssig in den obersten der Umzugskartons, die sich weiterhin an der Rückwand ihres Büros stapelten. Wozu brauchte sie den Inhalt dieser Ordner, wenn doch sowieso alles in irgendeiner digitalen Form gespeichert war? Und warum wollte sie ausgerechnet jetzt Ordnung in ihr Büroleben bringen? Vielleicht brauchte sie die banalen Handgriffe ja eher, um Ordnung in ihrem Kopf zu schaffen. Die gut beschrifteten Akten nebeneinander ins Regal stellen, und dabei über den Fall nachdenken. Über das Offenkundige und was sich dahinter vielleicht noch verbarg. Die eifersüchtige Ehefrau. Oder der rachsüchtige Kollege, der unliebsame Konkurrent.

Es war zu einfach.

Sie zerrte gerade einen Ordner aus dem eng gepackten Karton, als Seidel das Büro betrat. »Oh! Ein historischer Moment.«

»Hat nicht mal jemand gesagt, dass man die besten Gedanken hat, wenn man den Körper mit einfachen Dingen beschäftigt. Irgendein kluger Kopf?«

»Aristoteles. Aber der hat nicht in Umzugskartons gekramt, der ist durch Olivenhaine flaniert.« Seidel setzte sich hinter seinen Schreibtisch. »Und, schon irgendwelche polizeilichen Geistesblitze gehabt?«

Antje schüttelte nur den Kopf, sie blätterte in dem Ordner. »Wo bist du gewesen?«

»Beim Zoll. Bei der Finanzkontrolle Schwarzarbeit.«

»Aha. Warum das?«

»Weil ich einen Mann mit einer bandagierten Hand gesehen habe.«

»Seidel, verschon mich mit deinen buddhistischen Gleichnissen.«

»Das war weder buddhistisch noch Gleichnis. Ich habe zwei und zwei zusammengezählt.«

Und er berichtete von seinem Arztbesuch, von seiner kleinen Verfolgung und von der Baustelle. »Deswegen habe ich dann bei den Kollegen vom Zoll vorbeigeschaut. *Experta-Bau*, das hatte ich dunkel in Erinnerung, hat die Finanzkontrolle Schwarzarbeit schon länger im Visier. Ein Bau-Unternehmen, das anscheinend flächendeckend

Schwarzarbeiter einsetzt, mit Vorliebe aus Ost- und Südosteuropa. Ukraine, Albanien, Serbien, Moldawien …«

»Die kriegen ihr Geld bar auf die Hand, ohne Steuern, ohne Sozialabgaben.«

»Und ohne Krankenversicherung. Allerdings gibt es Ärzte, die ihre Patienten auch ohne Versicherung versorgen. Ohne Krankenschein.« Seidel grinste. »Und ich dachte zuerst wirklich, ›o. K.‹ heißt ›alles in Ordnung‹.«

»Und diese Ärzte kassieren dann von einem Unternehmen wie *Experta-Bau* eine kleine Sonderzahlung.«

»Bohdan Petruk könnte uns dazu bestimmt was sagen. Fraglich, ob er will.«

»Und wie passt dieser Trosien ins Bild?«

»*Experta-Bau* reißt nicht nur ab, sondern baut auch auf. Gerade zum Beispiel ein Seniorenheim, bei dem Trosien als Architekt verantwortlich ist – oder war, bis zu seinem Verschwinden. Vielleicht wusste Trosien von den Schwarzarbeitern.« Seidel verschränkte die Arme hinter dem Kopf. »Und Mitwisser kassieren gerne mit.«

Antje nahm den Faden auf. »Bis sie dann möglicherweise nicht mehr mitspielen wollen.«

»Möglicherweise … Und was gibt's bei dir?«

Nun berichtete Antje ihrerseits – vom Inhalt der gelöschten E-Mails, darüber, wer sie gelöscht hatte, und von ›X for Women‹. »Wir haben also drei im weiteren Sinne Verdächtige«, schloss sie ab. »Eine, die ungefähr zur Tatzeit in Tatortnähe war. Silvia Wendt.«

»Ihre Fahrtrichtung auf dem Überwachungsfilm ist allerdings vom Haus weg«, gab Seidel zu bedenken. »Und das war vor der Tat.«

»Wer sagt uns, dass sie nicht zurückgekommen ist? Und sie hat einen Schlüssel zum Haus, wie wir inzwischen wissen. Also Wendt. Dazu zwei, die ein Motiv hätten. Florian Heck oder Berit Grönewald.«

»Oder Heck *und* Grönewald.«

»Oder das. Jedenfalls, alle kannten das Opfer.«

»Das passt ja zumindest zum Tathergang«, meinte Seidel. »Soweit wir ihn kennen. Keine Kampfspuren, alles deutet darauf hin, dass Grönewald mit seinem Mörder verabredet war.«

»Und der Knopf, den wir gefunden haben? Wie passt der in dieses Szenario? Wer von den dreien hatte einen Grund, einen Abgang durch die Hecke zu machen? Wendt hat zwar den Schampus geliefert, aber keinen Grund gehabt, den Lieferanteneingang zu benutzen.«

»Florian Heck? Der wäre womöglich aufgefallen, wenn er plötzlich bei den Grönewalds geklingelt hätte. So wie du sagst, hat er privat kaum mit ihnen verkehrt.«

»Das sage nicht ich, das behauptet Berit Grönewald. Außerdem, vergiss nicht: Dieser Knopf stammt mit großer Wahrscheinlichkeit von einem Bekleidungsstück für Frauen. Und Florian Heck ist mir bis jetzt nicht als Transvestit bekannt.«

»Berit Grönewald hätte allerdings auch einen Grund gehabt, ganz inkognito den Weg durch die Hecke zu nehmen. Schließlich war sie offiziell noch in der Schweiz.«

»Ja. Aber inoffiziell war sie wohl im Bett mit Florian Heck.« Antje klappte den Ordner zu. »Und sie ist von den dreien diejenige, die mit Sicherheit wusste, dass Torben Grönewald Besuch von seiner Tochter hatte. Wenn sie also für die Tat verantwortlich ist, dann muss sie vorher dafür gesorgt haben, dass ihre geliebte Stieftochter nicht plötzlich reinplatzt. Ich kann mir im Moment nicht so recht vorstellen, wie sie das bewerkstelligt hat.«

»Oder der Täter hatte keine Ahnung von Nina. Das ist bei den anderen beiden immerhin denkbar. Grönewald ist mit seiner neu entdeckten Vaterliebe ja nicht direkt hausieren gegangen.«

»Also«, schloss die Kriminalhauptkommissarin und stopfte den Ordner unwillig zurück zu den anderen, »du kannst deinem Aristoteles Bescheid sagen – Geistesblitze Fehlanzeige.«

12

Die Bürocontainer lagen im hintersten Winkel des Baustellengeländes, sauber in Reih und Glied wie eine Batterie von Legosteinen.

Rudi Seidel suchte sich einen Weg durch die Schlamm- und Wasserlandschaft, zwischen den schmutzig glänzenden Schlaglöchern und den tiefen Fahrspuren der Baufahrzeuge, die jetzt, nach Feierabend, zwischen den Containern und dem Abbruchbau abgestellt waren. Immerhin konnte er hoffen, dass der Weg nicht umsonst war. In einem der Container brannte noch Licht. Seidel hoffte, darin den Chef von *Experta-Bau* anzutreffen, die anderen beteiligten Unternehmen hatten auf dem Gelände noch nichts oder nicht viel zu tun. Und er hatte bewusst ein Zeitfenster gewählt, in dem auch die Abriss-Arbeiter schon weg waren. Er wollte nicht ohne Not irgendwelche Pferde scheu machen. Primär ging es bei seinem Besuch ja auch um einen verschwundenen Architekten, nicht um möglicherweise illegale Bauarbeiter.

Seidel hatte Glück. Der Container gehörte *Experta-Bau*, wie ein schmuddeliges Schild verriet. Auch der Rest des sechs Meter langen Kastens hatte schon bessere Tage gesehen. Die Kanten rosteten vor sich hin, die Seitenwände waren verschrammt und voller Dellen. Man arbeitete beim Transport offensichtlich nicht mit Samthandschuhen.

Das »Herein!«, das seinem Klopfen folgte, klang nicht sonderlich überrascht oder neugierig, eher gelangweilt, im Tonfall gewohnheitsmäßiger Autorität. Wahrscheinlich ging Clemens Fuchs davon aus, dass sein Polier doch noch auf der Baustelle war und irgendwelche Sachen für den folgenden Tag klären wollte. Daher schaute er bei Seidels Eintreten auch nur kurz auf; dann länger, irritiert. Fuchs entsprach in allem dem Klischee, das man vom Chef einer Baukolonne haben konnte. Ein Schwergewicht von vielleicht 45 Jahren, raue Pranken, die rastlos in Plänen und Unterlagen kramten, ein grobporiges Gesicht, das von Schweiß glänzte – die kleinen Heizkörper unter den Fenstern liefen auf vollen Touren; einer tickte wie eine Zeitbombe. Wie um alle Klischees zu bestätigen, stand auf dem Schreibtisch eine halb volle Flasche Bier. Was nicht ins Bild vom bierseligen Bauarbeiter passte, war die piepsige Fistelstimme, die diesem massigen Körper entwich. Es klang, als würde ein Kind stoßweise die Luft aus einem Ballon lassen.

»Was kann ich für Sie tun?«

Seidel trat an den Schreibtisch. Ein denkbar kurzer Weg; der abgewetzte Laminatboden knarrte unter seinen Schritten. »Faszinierend«, sagte er, während er den Leiter der Abriss-Kolonne seinen Dienstausweis sehen ließ. »Wie lange werden Sie denn brauchen, bis Sie alles platt gemacht haben?«

»Schätzungsweise zwei Wochen noch«, entgegnete Fuchs.

»Und wie viele Leute brauchen Sie dafür?«

»Warum wollen Sie das wissen?« Fuchs musterte ihn mit offenem Misstrauen. »Wollen Sie auch was abgerissen haben?«

Nicht die Pferde scheu machen, ermahnte sich Seidel. Er zog ungefragt einen Stuhl heran und setzte sich. »Sagt Ihnen der Name Jack Trosien etwas?«

»Na jaa…« Fuchs ließ einige Sekunden verstreichen. Um Zeit zu gewinnen? »Sie meinen den Architekten, was? Ich habe vor Kurzem noch mit ihm zu tun gehabt. Aber woanders, nicht hier. Warum, was ist mit ihm?«

»Er ist verschwunden.«

»Ach. Und seit wann?«

»Seit ein paar Tagen. Sein Lebensgefährte hat ihn vermisst gemeldet.«

»Sein Lebensgefährte? Trosien ist ein Schwulibert?«

»Homosexuell, ja.« Klischee sogar bis in die Wortwahl, dachte Seidel, und nicht zum ersten Mal ging ihm der Gedanke durch den

Kopf, ob, wenn hinter Trosiens Verschwinden wirklich ein Gewaltverbrechen steckte, nicht die Sexualität des Architekten ein Motiv sein könnte. »Wann haben Sie ihn zum letzten Mal gesehen?«

»Woher soll ich das noch wissen?« Fuchs wischte sich mit dem Ärmel seines Arbeitshemdes den Schweiß von der Stirn. »Wie gesagt, das war eine andere Baustelle. Und schon ein bisschen her.«

»Wissen Sie, ob Trosien irgendwelchen Ärger hatte?«

»Mit wem, mit mir??«

»Das habe ich nicht gefragt. Ich meinte, ganz allgemein.«

»Auf Baustellen gibt's immer Ärger, sonst wäre es ja keine Baustelle.« Fuchs lachte schrill über seinen flachen Witz, den er mit Sicherheit nicht zum ersten Mal zum Besten gab. Und ansonsten … ich war nicht mit ihm verheiratet. Da fragen Sie wohl besser seinen Freund.« Er starrte Seidel jetzt fast trotzig an. »Ich frag mich sowieso, warum Sie damit zu mir kommen.«

»Wir fragen alle, die mit ihm zu tun hatten.« Seidel wuchtete sich von dem Stuhl hoch. »Wenn Sie etwas von Trosien hören, setzen Sie sich mit uns in Verbindung, ja?«

»Wird gemacht, Chef!« Fuchs lachte wieder, und Seidel kam sich nun tatsächlich etwas dumm vor. Der Hinweis hatte wohl noch niemanden dazu bewegt, sich in Verbindung zu setzen, der es nicht wollte. Als er den aufgeheizten Bürokäfig gegen die kühle Novemberluft auf dem Bauplatz eintauschte, spürte er, der eigentlich nie schwitzte, einen seltenen Schweißfilm auf seiner Haut. Der Fuchs in seinem überheizten Bau. Während er zum zweiten Mal den Hüpf-Parcours über die Pfützen und Gräben des Bauplatzes in Angriff nahm, resümierte er das Ergebnis des kurzen Gesprächs. An der Oberfläche völlig unergiebig. Aber manchmal waren die direkten Antworten auch unerheblich. In diesem Fall fand er zum Beispiel viel erheblicher, dass Fuchs die Frage, die ihm selbst sofort in den Sinn gekommen wäre, erst am Ende stellte: Warum kommen Sie damit zu mir?

Seidel setzte gerade zu einem besonders großen Sprung an, da blitzte etwas am Rand seines Sichtfeldes auf. Der Lichtreflex – oder was immer es war – kam von der Abriss-Ruine. Er hielt inne und spähte zu den toten Fenstern hinüber, zum offenen Treppenhaus mit seinen Absturzsicherungen. Ein erneutes Aufblitzen, aus dem oberen Stock. Seidel warf einen Blick zum Container zurück. Er befand sich gerade in einem toten Winkel und war möglichen Blicken des Bauleiters entzogen. Fuchs würde auch nicht mitbekommen, wenn er die Richtung änderte. Allerdings waren Pfützen und Fahrspuren vor der Ruine noch tiefer. Mit einem leisen Fluch setzte sich Seidel in Bewegung.

Um auf den Sockel zu gelangen, der einmal ein Eingang gewesen war, musste er über ein paar Bretter balancieren, die zum Glück viel zu feucht waren, um unter seinem Gewicht zu knarren. Vorsichtig nahm er die nackten Stufen im Treppenhaus. Er hatte den ersten Absatz hinter sich gelassen, da vernahm er von oben leise hallende Stimmen. Eine war tief und drohend, die andere tief und eingeschüchtert. Seidel nahm vorsichtig die letzten Stufen und spähte durch eine Maueröffnung, zwischen rostigen Resten von Armiereisen hindurch, ins Innere eines verwaisten Lagerraums.

Die eingeschüchterte Stimme gehörte dem Mann mit der verbundenen Hand. Die drohende kam von einem Mann, der gerade sein Handy ausmachte. Seidel musste in der frühen Dunkelheit ein Aufleuchten seines Displays aufgefangen haben, er beglückwünschte sich im Stillen für seine guten Augen. Petruks Patient war weiß Gott nicht klein geraten, aber sein Gegenüber, allem Anschein nach ein Deutscher, überragte ihn gut um Haupteslänge. Jetzt steckte er das Handy weg.

»Yuri stellt sich dumm. Sollte ihm auch nicht schwerfallen.« Er drängte sein Gegenüber in eine Ecke. »Arsen, wenn deine Leute nicht spuren, dann muss ich wohl wieder Druck machen. Noch mehr Druck als beim letzten Mal. Du weißt doch, was Druck ist, oder?« Er ergriff die verbundene Hand des anderen. Zunächst so, als wolle er ihn begrüßen. Aber dann drückte er unvermittelt zu. Der Mann mit dem Verband stieß ein leises Wimmern aus und krümmte sich unter dem Schmerz, ging fast in die Knie. Die beiden gaben ein Sinnbild der Schieflage, des wirtschaftlichen Ungleichgewichts in Europa ab, schoss es Seidel durch den Kopf. Unten rechts der mutmaßliche Ukrainer oder auch Russe; das Europa, das um seine Existenz kämpft – und das wahrlich nicht immer legal, wie Seidel sich sofort eingestand, eingedenk der vielen organisierten Banden, mit denen seine Kollegen vom Einbruchsdezernat zu tun hatten. Links über ihm der Deutsche als Vertreter des wohlhabenden westlichen, mittleren Europas, das die Not mehr oder weniger skrupellos ausnutzte und dabei eins seiner hässlicheren Gesichter offenbarte.

Seidel fragte sich, ob er einschreiten sollte. Aber dann würden ihm vielleicht Informationen, die er auf diese Weise aufschnappte, vorenthalten. Außerdem hatte der Hüne seine physische Einschüchterung anscheinend weit genug getrieben. Jedenfalls grinste er jetzt.

»Na also, klappt ja ohne *Deutsch für Ausländer*. Also, mach deinen Leuten Druck. Sonst nehm ich mir als Nächstes die linke Hand vor. Da hast du auch noch ein paar Finger.« Er wartete ein paar Sekunden, ehe er losließ. »Und nicht vergessen: Ihr seid nur hier, weil wir das wollen. Wenn wir nicht mehr wollen, dann bist du ganz schnell zurück in deinem Charkiw oder wie das Scheißkaff heißt und kannst wieder Schweine schlachten.«

Der Mann aus Charkiw nickte nur. Aber Seidel sah die unbändige Wut, die für einen Moment in seinem Blick aufloderte. Der Deutsche hatte nichts gesehen, er ließ von Arsen ab, offenbar hatte er das Gefühl, genug Einschüchterungsarbeit geleistet zu haben.

Seidel machte, dass er nach unten kam. Das war jetzt ganz klar ein Fall für die Kollegen vom Zoll, für die Finanzkontrolle Schwarzarbeit. Sobald er aus dem Bau trat, zückte er sein Handy, wobei er auf den glitschigen Holzbrettern ausrutschte.

***

»Über einen Berg musst du klettern. Er kommt nicht.« Antje Servatius musste an einen weiteren Spruch ihres Kollegen denken, als sie durch die Innenstadt ging, unterwegs zu ihrem Überraschungsangriff. Es war schon längst dunkel. Die meisten Läden waren trotzdem noch geöffnet. Irgendwo spielte ein Orgelmann, laut und eindringlich. Die Stadt war ruhelos, wie immer, wie Antje selbst. Sie hatte ihr Auto auf dem Parkplatz des Polizeipräsidiums stehen lassen. Sie wollte gehen, nachdenken, durchatmen. Dieses Mal wollte sie Silvia Wendt nicht in der Produktionsfirma aufsuchen. Sie wollte sie ohne Schminke und Markenklamotten antreffen, ohne Maske, ungeschützt. Von Frau zu Frau. Wie war ihr Verhältnis zu Grönewald wirklich gewesen? Gab es neben der beruflichen Beziehung tatsächlich nur Vater-Tochter-Gefühle? Ein Ellenbogen rammte Antje in die Seite. »Idiot!«, zischte sie. »Fotze!« lautete die prompte Antwort. Die Kommissarin unterdrückte eine Replik, die noch tiefer unter die Gürtellinie ging, und konzentrierte sich auf ihren Weg, auf ihr Ziel, auf ihre Gedanken. Sie bog in eine Seitenstraße ein, die in südlicher Richtung vom Neumarkt abging, und passierte ein, zwei Fast-Food-Läden, ehe sie die richtige Hausnummer fand. Kurz nachdem sie geklingelt hatte, brummte der Türöffner. Silvia Wendt war tatsächlich zu Hause.

In der kleinen Wohnung hing noch der Geruch des Abendessens, Pellkartoffeln mit irgendetwas Asiatischem. Silvia Wendt hatte sich mit angezogenen Beinen auf das Sofa gesetzt. In Trainingshose, mit zwei roten Spangen im Haar, wirkte sie einige Jahre jünger als im Büro, klein und zerbrechlich, fast kindlich. Angreifbar.

Antje Servatius saß ihr im Sessel gegenüber. Ihre Blicke glitten durch den Raum. Landschaftsposter, Flachbildschirm, Glastisch. Ein Regal mit Weingläsern, ein paar Fotos, wahrscheinlich von der Familie. Kein Mann. »Sie sind eine hübsche Frau«, setzte sie an. »Haben Sie keinen Freund?«

»Mein Job lässt mir keine Zeit.«

»Ihr Job? Oder war es vielmehr Grönewald, der Sie nicht losließ, Ihnen keinen Raum gab für mehr als ihn und seine Sendung?«

Silvia Wendts Lippen zitterten.

»Er hatte die Fähigkeit, Menschen zu faszinieren.« Die Kommissarin stieß weiter zu. »Oder ist instrumentalisieren zutreffender?«

»Wir sind ein paarmal nach der Arbeit zusammen ausgegangen. Das war's.«

»Für ihn. Für Sie auch?«

Silvia Wendt drückte die Zigarette aus. Jetzt zitterten auch ihre Finger.

»Sein Tod nimmt Sie offensichtlich stark mit.«

»Wir kannten uns seit Jahren. Ist das kein Grund ...« Silvia Wendts Stimme versagte. Sie vergrub ihren Kopf in die Hände. Das Zittern schien durch ihren ganzen Körper zu laufen.

»Kein Grund, eifersüchtig zu werden? Hat er Ihnen von Zeit zu Zeit mehr versprochen? Ist er mit Ihnen ins Bett? Grönewald wusste, wie er Menschen emotional an sich bindet.«

»Wollen Sie mich therapieren? Suchen Sie doch einfach den Mörder.«

»Genau deswegen bin ich hier. Sie waren in der Mordnacht vor Grönewalds Villa. Und Sie hatten einen Schlüssel.«

»Ich hatte keinen Grund, ihn zu töten. Warum klopfen Sie nicht mal bei Florian Heck an?«

»Ich weiß von dem Streit. Wenn Sie das meinen.«

»Welcher Streit?« Silvias Erstaunen schien echt.

»Grönewald hat Ihnen also nichts davon erzählt?«

Die Assistentin schüttelte den Kopf. Antje Servatius setzte sie in knappen Worten von den E-Mails und den wechselseitigen Drohungen in Kenntnis.

»Davon hat er – Torben – tatsächlich nichts gesagt.« Silvia Wendt schien weniger von dem Streit betroffen als von dem postumen Beweis mangelnden Vertrauens.

»Warum meinen Sie dann, ich sollte bei Heck nachfassen? Was ist Ihnen aufgefallen? Hatte sich der Umgang zwischen den beiden verändert?«

»Man könnte eher sagen, es gab keinen mehr.« Wendt lachte bitter auf. »Die beiden waren jahrelang – na ja, vielleicht nicht gerade ein Herz und eine Seele. Aber sie waren so eng, wie man es nur sein kann. In dieser Branche.«

»Trotz der beruflichen Konkurrenz.«

»Für mich war es immer ein gesunder Konkurrenzkampf. Aber was Sie sagen, erklärt natürlich vieles. Diese plötzliche Eiseskälte zwischen den beiden.«

»Heck behauptet, der Streit sei nur hochgekocht.« Wobei ein hitziger Streit manchmal auch zu kalter Wut erstarren konnte. Und auch kalte Wut war ein starker Antrieb zum Mord.

»Nein, da war das Tischtuch zerschnitten. Nicht nur vorübergehend. Und jetzt weiß ich auch, warum …«

Antje hatte den Eindruck, als sei Silvia Wendt regelrecht froh darüber, dass ihr Verdacht gegenüber Florian Heck nun eine solide Basis hatte. »Kommen wir zu Ihnen und Grönewald zurück. Er hat Sie jahrelang hingehalten, immer wieder enttäuscht. Er hat seine Frau nicht verlassen und hatte es offensichtlich auch nie vor.« Antje schlug die Beine übereinander. »Sie haben andere Männer abgelehnt. Nein, schlimmer: Wenn sich ein Mann für Sie interessierte, lud Grönewald Sie wieder zum Abendessen und in sein Bett ein. Für ihn war alles ein Spiel. Für Sie war es bitterer Ernst.«

»Hören Sie endlich auf!« Jetzt schrie Silvia Wendt. »Ich habe mit seinem Tod nichts zu tun!!«

Antje Servatius biss sich auf die Lippen. Sie war zu weit gegangen, hatte sich in wilde Spekulationen verstiegen. Und sie wusste schlagartig auch, warum. Sie projizierte die Wut auf sich selbst, die Wut darüber, dass sie sich mit jemandem wie Grönewald eingelassen hatte, auf alle anderen, die sich möglicherweise mit ihm eingelassen hatten, auf Silvia Wendt, auf Berit Grönewald. Das war unprofessionell. Es konnte ihr den Blick für entscheidende Dinge verstellen.

»Entschuldigen Sie.« Unter dem erstaunten Blick von Silvia Wendt stand sie auf und ging zur Tür. »Einen schönen Abend noch.«

* * *

Als die Einsatzwagen vom Zoll mit Blaulicht auf die Baustelle brausten, trat der Mann mit der bandagierten Hand gerade aus der Abriss-Ruine. Er geriet sofort in Panik und rannte davon. Anscheinend versuchte er, in das Brachland hinter dem Baugelände zu entkommen. Zwei Beamte nahmen die Verfolgung auf.

Jana Frei, die Einsatzleiterin, kam zu Rudi Seidel geeilt, der an der Einfahrt gewartet hatte. »Wo ist der andere?«

»Da!« Seidel wies auf einen zweiten Ausgang der Ruine. Der Hüne versuchte gerade, im Schatten der morschen Mauern zu seinem Wagen zu kommen. Als er den Schlüssel ins Zündschloss steckte, versperrten ihm Seidel und Frei gemeinsam den Weg. Er ließ den Motor seines tiefergelegten Sportcoupés einmal aufheulen, dann gab er auf. Inzwischen war auch der mutmaßliche Schwarzarbeiter in Gewahrsam. Er hatte es mit seiner Verletzung nicht einmal über den Gitterzaun geschafft.

Minuten später war das gesamte Baugelände in das gleißende Scheinwerferlicht der Einsatzwagen getaucht. In der etwas gespenstischen Kulisse versuchte Clemens Fuchs, den Unschuldsengel zu spielen. Einen Unschuldsengel mit leichter Bierfahne. Als das nichts fruchtete, wechselte er das Rollenfach und verlegte sich aufs Schimpfen und Fluchen. Zu den Protesten in Proletenslang und slawischem Akzent gesellte sich also noch fistelnde Empörung, die in dieser Tonlage fast unfreiwillig komisch war. In dem Blick, den Fuchs Seidel zuwarf, als er zu einem der Einsatzwagen abgeführt wurde, lag jedoch etwas Vorwurfsvolles; als hätte sich Seidel unter Vorspiegelung falscher Tatsachen eingeschlichen – was er in gewisser Weise auch getan hatte.

Jana Frei trat zu dem Kriminalbeamten. Der Familienname der Zollfahnderin gab, in Verbindung mit ihrer Arbeitsstelle, Anlass für die immer gleichen, meist dummen Wortspiele – »Sind Sie auch zollfrei zu haben?« – und musste ihren Sinn für Humor eigentlich aufs Äußerste strapazieren. Aber die 30-Jährige mit dem langen, immer etwas nachlässig geknoteten braunen Pferdeschwanz hatte sich inzwischen ein dickes Fell zugelegt. »Keine Arbeitserlaubnis, keine Aufenthaltserlaubnis, keine Papiere irgendwelcher Art.« Jana rieb sich die kalten Hände. »Hat er alles zu Hause, sagt der Ukrainer.«

»Und wo ist zu Hause?«

»Wenn wir das mal wüssten. Er weiß es wahrscheinlich selbst nicht. Jedenfalls nicht so in Richtung Adresse, Straße, Hausnummer und so.«

»Also habt ihr erst mal nur einen.«

»Erst mal. Aber Fuchs hat zwischen deinem glorreichen Abgang« – Jana streifte Seidels schlammverkrustete Hose mit einem belustigen Blick – »und unserem Auftritt noch eine Nachricht auf seinem Handy abgesetzt. Mal sehen, wo die uns hinführt. Gut vorstellbar, dass er die anderen gewarnt hat.« Sie lächelte dünn. »Gut vorstellbar, dass wir trotzdem noch was finden.«

»Viel Glück.«

»Außerdem müssen wir uns die finanziellen Transaktionen von *Experta-Bau* vornehmen. Um Schwarzarbeiter zu bezahlen, brauchst du Schwarzgeld. Und das muss ja irgendwo herkommen. Aber danke schon mal.«

Sie winkte Seidel zu und ging zu ihrem Wagen. Die Zollfahnder rückten ab, ein Scheinwerferpaar nach dem anderen blendete weg. Ende der Vorstellung. Und Seidel blieb mit der Frage zurück, welche Rolle Jack Trosien in dem tristen Stück gespielt haben mochte.

13

Er hatte das Gefühl für die Zeit, für den Raum und für sich selbst verloren.

Nie hätte er gedacht, dass er sich so schnell aufgeben würde.

Er wollte sich nicht mehr spüren.

Die Dunkelheit war nicht mehr das Schlimmste. Jetzt waren es Hunger und Durst. Seine Lippen waren rissig, seine Zunge lag wie ein eingesperrtes, pelziges Tier im Mund. Aber er bekam immer nur so viel zu trinken, dass er nicht verdurstete.

Und er sehnte sich nach einer Stimme, nach Nähe, nach Haut, nach menschlicher Zuneigung. Diese Sehnsucht fraß ihn auf, war wie ein schwarzes Loch, in das er hineingesogen wurde. Manchmal überfiel ihn die Einsamkeit so heftig, dass er sich zusammenrollte, jaulte und weinte, bis er keine Luft mehr bekam. Wie tief er gesunken war, wie tief ein Mensch fallen konnte, das hätte er sich noch vor ein paar Tagen nicht vorstellen können. Jetzt flehte er um Gnade, winselte auf allen vieren und klagte Gott an, an den er nie geglaubt hatte und der ihn trotzdem verlassen hatte.

Wenn die Schritte kamen, freute er sich fast. Endlich konnte er mit jemandem reden. Aber er wusste auch: Wenn er alles gesagt hatte, dann würde er sterben.

14

Fenstermann überquerte die Straße. Er brauchte etwas zu essen. Manchmal vergaß er über das ganze Trinken, dass er auch was zu essen brauchte. Der Türsteher vor dem Supermarkt – der prall sitzende schwarze Anzug zeugte von seinen regelmäßigen Besuchen im Fitness-Center – musterte ihn missbilligend. Fenstermann ging zielstrebig zu den Tiefkühltheken und griff sich eine Pizza von der billigsten Marke, dann gleich noch eine. So hatte er sich den Weg morgen gespart. Er belohnte sich für seine Weitsicht mit einer Flasche Bier aus einem der Kühlschränke.

Kurz darauf stand er im Freien und hebelte den Kronkorken mit dem Öffner auf, den er immer bei sich hatte. Nach den ersten Schlucken fühlte er, wie die Welt ihre Schärfe verlor. Auf einmal war er wieder frei, leicht, sicher. Niemand konnte ihm was. Grönewald schon gar nicht. Der war ja sowieso tot. Fenstermann wusste plötzlich nicht mehr, was ihn an der Nachricht von dem Mord so erschreckt hatte. Wie lange war es jetzt her, dass er am Kiosk war und die Schlagzeilen gelesen hatte? Drei Tage? Vier Tage? Länger? Egal. Zeit war sogar scheißegal. Sie war das Einzige, was er im Überfluss besaß, was er Tag für Tag totschlagen musste. Ob Grönewald auch totgeschlagen worden war? Er wusste nicht mehr, was in den Zeitungen gestanden hatte. Auch egal! Tot war tot! Er selbst aber lebte und hatte in diesem Moment alles, was er brauchte. Mit den Pizzakartons unter dem Arm und der Bierflasche in der Hand taumelte Fenstermann weiter zum nahe gelegenen Grünstreifen und setzte sich auf eine Bank. Während er trank und rauchte, starrte er auf die beleuchteten Reklameschilder auf der anderen Straßenseite. So als würde er dort erfahren, wie es in seinem Leben nun weitergehen sollte. Mühsam stand er wieder auf. Eine verlorene Stimme in seinem Kopf sagte ihm, dass er nach Hause musste, dass es zu kalt war, um länger draußen zu bleiben.

Der Weg erschien ihm wie eine Ewigkeit. Die Haustür war wieder einmal offen. Niemand störte sich daran, niemanden interessierte das kaputte Schloss. Als ob ohnehin jedem Dieb klar sein musste, dass es in diesem Haus nichts zu holen gab. Fenstermann selbst war es in letzter Zeit sogar passiert, dass er nicht mal die Wohnungstür hinter sich zugezogen hatte. Alles nicht so wichtig. Er taumelte mit seinem Einkauf durch den Flur, die leere Flasche umklammernd wie einen Rettungsanker. Durch die Tür zur Souterrain-Wohnung hörte er Kindergeschrei, dann das Brüllen des Vaters, den Schrei der Mutter. Er wankte die paar Stufen hinab und trat mit dem Fuß gegen die Tür: »Haltet die Fresse!« Als es still blieb, lächelte er zufrieden. Dann stieg er mühsam wieder hoch, zu seiner eigenen Wohnung auf halber Treppe. Die Tür war zu. Wahrscheinlich nicht abgeschlossen, aber immerhin zu. Er stellte die Flasche ab und kramte in der Hosentasche nach seinem Schlüssel.

In der Küche riss er eine der Tiefkühl-Verpackungen auf, legte die Pizza auf das verkrustete Backblech und stellte den Ofen ein. Dann wandte er sich zum Kühlschrank. Die zweite Pizza stopfte er ins Gefrierfach. Zeit für einen Schnaps.

* * *

Antje Servatius stand an der Küchenzeile und entsorgte die Reste eines weiteren Fertigkost-Abendessens, als ein Schatten durch den Lichtkorridor huschte, den die Lampe aus dem Fenster in den Garten warf.

»D… da ist sie wie… wieder!« Kira war neben sie getreten. ›Sie‹, das war eigentlich ein Er; der Kater, der regelmäßig auf ihrem Grundstück herumstreunte, verwildert wie der Garten, offenkundig entlaufen. »Süüüß!« In ihrem Enthusiasmus vergaß ihre Tochter sogar, über das S zu stolpern.

»Kira, wir haben doch schon x-mal darüber geredet.«

»Du bist d… doof!« Kira stakste auf ihren Gehhilfen davon, Sekunden später knallte die Tür zu ihrem Zimmer ins Schloss. So waren alle Diskussionen zum Thema Katze in den letzten Monaten verlaufen. Antje hatte argumentiert, Kira hatte mit den Türen geknallt. Wer, so Antjes Hauptargument, sollte sich um eine Katze kümmern? Die Mutter, die von morgens bis abends arbeitete, oder die Tochter, die mit ihrem körperlichen Handicap bei jeder kleinen Katzen-Katastrophe überfordert sein würde? Antje starrte missmutig auf die zusammengeknickte Verpackung der »Nudelpfanne Toscana«, bevor sie den Mülleimerdeckel zuschwingen ließ.

Wie konnte es eigentlich sein, dass eine Frau wie Silvia Wendt an einem normalen Arbeitstag die Muße fand, etwas für sich zu kochen? Auch wenn es nur Pellkartoffeln waren, mit irgendwas Asiatischem. Antje war immer davon ausgegangen, dass die Leute in der Medienbranche keine geregelten Arbeitszeiten hatten. Was vor allem bedeutete, dass es keinen geregelten Feierabend gab, dass man einfach so lange arbeitete, wie Arbeit da war. Andererseits war jetzt, nach dem Tod des Stars, bestimmt weniger zu tun.

Antje war sich mittlerweile nicht mehr sicher, ob sie mit ihrem Verdacht richtiglag, dass Silvia Wendt eine Beziehung mit Grönewald hatte. Eine sexuelle jedenfalls. Aber es gab ja auch andere, platonische Beziehungen. Zum Beispiel die zwischen einer jungen Frau und einem Vaterersatz. Wie mochte eine junge Frau, wenn sich dieser Ersatzvater plötzlich einer anderen zuwandte, nämlich seiner wirklichen Tochter, wohl reagieren – mit tödlicher Eifersucht?

Antje schaute auf. Der Kater stand wieder im Garten, schwarz und struppig, die Augen ein grünes Funkeln. Ihre eigenen Argumente hallten in ihr nach. Ihre Scheinargumente. Sie dachte an die wenigen Momente der Unvernunft, die sie sich gestattete. Zum Beispiel Sex mit fremden Männern. Fremde Männer, die sich dann als Fernsehstars entpuppten und tot auf dem Teppich lagen.

Wenn schon Unvernunft, dann vielleicht doch eher eine Katze.

Antje bemerkte, dass Kira wieder in die Küche gekommen war. »Ich denk noch mal drüber nach«, seufzte sie. Im nächsten Augenblick spürte sie den dankbaren Kuss ihrer Tochter auf der Wange.

* * *

Als Fenstermann, auf den kalten Fliesen seiner Küche liegend, zu Bewusstsein kam, glaubte er zunächst, der Schnaps habe ihn umgehauen. Aber nein, das war noch nie passiert. Über das Stadium, wo ihn ein paar Schluck Schnaps umhauen konnten, war er weit hinaus. Dann drang der scharfe Geruch der angebrannten Pizza in seine Nase. Zugleich dämmerte ihm, dass es etwas gewesen sein musste, was *in* dem Schnaps war. Schlagartig lichtete sich der Nebel in seinem Kopf. Fenstermann wollte sich bewegen – und merkte, dass er gefesselt war. Er wollte schreien – und merkte, dass sein Mund zugeklebt war. Dann tauchte eine Hand auf, die verheißungsvoll eine Flasche Bier vor seinem Gesicht baumeln ließ.

TEIL II

DAMALS (2)

Noch ist es still.

So wie es immer still war in den letzten Jahren. Dabei hat dieser Ort schon so viel gehört und gesehen, ist Zeuge so vieler Geschichten gewesen. Nackte, schwitzende Männerleiber, Spitzhacken, die im Licht der Laternen auf- und niedersausen. Später zu Tode erschöpfte Soldaten, an ihre Tornister gelehnt, während draußen die Granaten niedergehen. Kinder, die sich im Spiel verstecken, junge Paare, die sich bei Sonnenuntergang treffen.

Dann lange nichts mehr. Der Eingang wuchs mehr und mehr zu.

Ein vergessener Ort. Bis vor einigen Tagen.

Jetzt kommen Schritte von draußen, schnell, scheu. Ein Schatten huscht über die faltige Schieferwand nach hinten. Der Feuersalamander hebt den Kopf. Noch einmal kehrt Stille ein, dann wieder Schritte, mehr jetzt. Lautes Lachen, eine Flasche fliegt gegen die Wand, Glas klirrt. Auf der Wand verblasst die Sonne.

Der Salamander verschwindet in einer Spalte zwischen den Platten.

15

Diesmal hatte Rudi Seidel keine Lust, sich – weil es ›dauert‹ – von der Sprechstundenhilfe ins Wartezimmer abschieben zu lassen; obwohl es interessant gewesen wäre, abzuschätzen, wie viele ›o. K.‹-Patienten dort wohl gerade saßen. Also hielt er der Dame mit den Haaren auf den mutmaßlich ukrainischen Zähnen einfach seinen Dienstausweis vor die Nase und marschierte geradewegs zum ärztlichen Sprechzimmer, wo er nur knapp klopfte, ohne sich groß Gedanken zu machen, mit welchen Worten er einen möglichen Patienten hinauskomplimentieren wollte. Er hatte keine Lust auf weiteres Taktieren.

Aber Petruk war allein. Er hatte gerade die Sprechstundenhilfe in der Gegensprechanlage, die ihn wahrscheinlich alarmieren wollte. Als der Arzt den unangekündigten Besucher erblickte, schnitt er ihren wortreichen Sermon mit einem kurzen Satz ab, der dem Tonfall nach so etwas wie »Ist schon gut« bedeuten mochte. Seidel setzte sich ohne weitere Aufforderung.

»Alles okay bei Ihnen, Herr Doktor?«

Der Arzt blickte ihn fragend an.

»Entschuldigung.« Seidel griff sich einen Zettel vom Schreibtisch und setzte ein ›o. K.‹ in großen Lettern darauf. »Ich meinte natürlich o. K. wie ›ohne Krankenschein‹. Wie im Fall Arsen Rychkov.«

Ein Schatten der Angst zuckte über Petruks Gesicht. Das Gespräch nahm eine Richtung, die er nicht erwartet hatte. »Woher kennen Sie Herrn Rychkov?«

»Sagen wir mal, richtig kennengelernt habe ich ihn im Zuge

einer Razzia. Aber gesehen hatte ich ihn vorher schon einmal, hier, bei Ihnen in der Praxis.«

»Ja, das stimmt.« Petruk nickte zögernd. »Ich habe ihn behandelt.«

»Ohne Krankenschein.«

»Er hatte keinen Krankenschein, weil er keine Krankenversicherung hat.«

»Und warum hat er die nicht? Weil er illegal hier ist. Ein illegaler Schwarzarbeiter.«

»Es ist mir egal, was er ist und was nicht.« Die Stimme des Arztes wurde wieder fester. »Arsen brauchte ärztliche Hilfe. Und da habe ich eine Ausnahme gemacht.«

»Hm«, brummte Seidel und beobachtete, wie Petruk den Zettel mit dem verräterischen Kürzel wieder und wieder zusammenfaltete, als wolle er ihn verschwinden machen. »Ist es nicht eher so, dass die Ausnahme die Regel war?«

»Ich verstehe nicht. Was meinen Sie?«

»Ich meine, dass es viele Rychkovs gab«, erwiderte Seidel mit plötzlicher Schärfe. Er verspürte wenig Neigung, auf Bedarfsbegriffsstutzigkeiten Rücksicht zu nehmen. »Oder gibt. Wie oft behandeln Sie Leute – Landsleute oder nicht –, die illegal hier arbeiten? Ohne Krankenschein, ohne Krankenversicherung.«

Auch nach der Razzia hatte Arsen Rychkov nicht verraten wollen, wo sein Zuhause war. Aber man hatte bei ihm einen Zettel mit einer Adresse gefunden. Die Angabe führte zu einem ebenfalls ziemlich abbruchreifen, einzeln stehenden 50er-Jahre-Bau mitten im Gewerbegebiet, der gar nicht so leer stand, wie es den Anschein haben sollte. Aber das wusste nur der Mann in der Stehbierhalle eine Ecke weiter, und der hatte tunlichst nichts verraten, um nicht die südosteuropäischen Käufer zu verlieren, die sich bei ihm allabendlich mit Bier eindeckten. In dem Abbruchhaus war bei Eintreffen der Zollfahnder ein weiterer Handlanger, von Clemens Fuchs noch alarmiert, gerade damit beschäftigt, Wohnspuren zu beseitigen. Auch einige Bewohner irrten noch in den nur schwach beleuchteten Räumen umher, die lediglich von kleinen Elektrogeräten geheizt und mit dem Notwendigsten möbliert waren: fleckige, feuchte Matratzen, wacklige Klappstühle, Obstkisten als Tische, Kochplatten und ein Kühlschrank im Gemeinschaftsraum. Sie kramten letzte Habseligkeiten zusammen. Dazu kamen ein paar alkoholisierte Spätheimkehrer von der Stehbierhalle. Und weitere vier Ukrainer, die in einem Wohnwagen eingepfercht waren, der immer mal wieder seinen Standort wechselte, bevor er auffiel. Machte zwölf Illegale. Plus diejenigen, die rechtzeitig abgehauen waren und jetzt wahrscheinlich sonst wo saßen, bei Freunden oder Verwandten, und darüber nachgrübelten, wohin die Reise für sie nun wohl gehen würde. Plus diejenigen, die Clemens Fuchs auf anderen Abrissbaustellen beschäftigte oder beschäftigt hatte – Illegale arbeiteten, wie Seidel von Jana Frei erfuhr, immer beim Abriss, für andere Arbeiten fehlte ihnen die Qualifikation. Plus diejenigen, die von anderen Abrissunternehmen zu Petruk geschickt wurden. Ergab zusammen 12 plus x plus x plus x plus x.

Wieder knarrte die Stimme der Sprechstundenhilfe aus dem Kunststoffgehäuse der Gegensprechanlage. Petruk fertigte sie diesmal mit sehr unwilligen Worten ab, dann schaute er auf das Zettelorigami in seinen Händen und legte es beiseite. »Ist es nicht meine Sache, wenn ich jemanden kostenlos behandle? Wissen Sie, wie viel Geld diese Leute haben?«

»Ich habe eine ungefähre Vorstellung.«

»Weniger als nichts«, präzisierte der Arzt überflüssigerweise.

»Ihre medizinische Opferbereitschaft ehrt Sie ja, Doktor Petruk. Nur nehme ich Ihnen den guten Menschen von der Remscheider Straße nicht ab. Wenn Sie das tatsächlich wären, dann sähe Ihre Praxis noch schlimmer aus.« Petruk wollte zu einer Erwiderung ansetzen. Seidel hob abwehrend die Hand. »Diese Leute mögen kein Geld haben, ihre Chefs schon. Chefs wie Clemens Fuchs. Die gern ein paar Euro dafür lockermachen, dass ihre Arbeiter versorgt sind, wenn einem mal was auf den Fuß fällt oder sich einer verkühlt. Das sparen sie dann bei den Sozialabgaben ein. Sie müssen nur noch einen Arzt finden, der mitspielt – und auch ein bisschen unter der Hand mitkassiert. Eine Win-win-win-Situation sozusagen.«

Petruk schwieg.

»Sie wissen, dass Sie das die Zulassung kosten kann.«

Der Ukrainer verzog keine Miene. »Sie wissen, dass das nicht stimmt.«

Seidel seufzte innerlich. Natürlich stimmte das nicht. Ein Arzt musste schon einiges mehr anstellen, um seine Approbation zu verlieren. Aber es war einen Versuch wert gewesen.

»Vielleicht nicht die Zulassung. Ärger kriegen Sie trotzdem. Zum Beispiel mit der Steuer. Deutsche Finanzämter mögen es ja gar nicht, wenn man an ihnen vorbei verdient. Ich könnte dafür sorgen, dass man mal Ihre Konten ein bisschen unter die Lupe nimmt.«

Im Fall von *Experta-Bau* hatten Jana Frei und ihre Leute genau das getan und in den letzten Tagen weitgehend geklärt, wie das schwarze Geld gewaschen wurde. Clemens Fuchs war auch ein Experte im Vertuschen und Verschleiern. Da, wo er nicht abriss, sondern aufbaute, beschäftigte er Unternehmen mit gut dotierten Spezialaufgaben. Allerdings stellte sich schließlich heraus, dass es drei dieser Unternehmen gar nicht gab. Es handelte sich um Strohfirmen. Das Geld floss trotzdem – und kam bar zu Fuchs zurück, als Schwarzgeld, mit dem dann die Ukrainer – und Albaner und so weiter – bezahlt wurden.

»Wenn ich sie nicht behandele, wer dann?« Bohdan Petruk zog sich auf das letzte Stück sicheren Boden zurück, das ihm noch blieb, eine scheinmoralische Rettungsinsel.

Seidel ließ die Frage unbeantwortet, für ihn kam sie einem Eingeständnis gleich. Stattdessen fragte er unvermittelt: »Warum war Jack Trosien bei Ihnen? Hat der bei der Sache mitgemacht?«

Petruk brauchte ein paar Sekunden, um bei dem Richtungswechsel die Orientierung wiederzufinden, dann stieß er die Luft aus. »Mitgemacht, der? Ich kannte den Mann überhaupt nicht.«

»Wirklich nicht? Oder ist er vielleicht bei Ihnen gewesen, um die Behandlungskosten herunterzuhandeln?

»Nein. Er tauchte hier völlig überraschend auf. Er hat mich zur Rede gestellt.«

»Warum? Wollte er Sie erpressen?«

»Ich weiß es nicht. Er … er war sehr wütend.«

»Und Sie?«

»Ich habe nicht mit ihm geredet. Schließlich ist er gegangen. Aber er sagte, er würde wiederkommen.«

»Und?«

»Nichts. Er ist *nicht* wiedergekommen.«

Damit war klar, dass Jack Trosien vom Gesundheitssystem *Experta-Bau* wusste. Seidel stand auf, unter Petruks fragendem Blick. »Sie müssen wissen, was Sie tun.«

Der Arzt hatte natürlich recht: Wenn er sich nicht um die Illegalen von der Baustelle kümmerte, dann jemand anders – und das womöglich schlechter. Es würde immer einen Clemens Fuchs geben, der einen Bohdan Petruk suchte. Das konnte man als unausweichliche Tatsache akzeptieren. Man konnte Petruks Verhalten sogar gutheißen, der kümmerte sich immerhin um die Illegalen. Oder aber man rechnete den Arzt zu den Tätern, zu jenen, die das System mittrugen. Der Architekt hatte offenbar den letzteren Standpunkt eingenommen.

Seidel war schon halb aus der Tür, da ließ sich der Arzt noch einmal vernehmen. »Übrigens, Arsen Rychkov … er hatte keinen Arbeitsunfall.«

»Woher wollen Sie das wissen?«

»Arsen hat behauptet, er hätte sich mit dem Hammer selbst erwischt.«

»Das soll bei den besten Handlangern vorkommen. Was hat Sie daran stutzig gemacht?«

»Dass er die Verletzung an der linken Hand hat. Aber Arsen ist Linkshänder. Würden Sie den Hammer in die rechte Hand nehmen, wenn Sie Linkshänder sind? Und würden Sie so fest zuschlagen, dass Sie sich fast den Daumen brechen?«

* * *

Der Dolmetscher war noch jung, maximal Mitte 30. Er hatte sich in sein bestes, möglicherweise auch einziges Jackett geworfen. Die lockigen Haare kräuselten sich über dem leicht speckigen Kragen, wenn er sprach, wippte seine noch im Wachstum begriffene, südosteuropäische Version eines Hipster-Bärtchens fröhlich mit.

Und Ilya Kulyakin war sehr engagiert, fast übereifrig. Die Verwaltung versuchte bereits seit einiger Zeit, die Stundensätze für Dolmetscher bei der Polizei zu drücken – obwohl der Bedarf bei dem nicht abreißenden Strom von Migranten und Flüchtlingen kontinuierlich stieg. Da winkten Übersetzer, die gut im Geschäft waren, auch schon mal dankend ab. Eifrige Nachwuchskräfte wiederum waren froh über die Lücken, die sich auftaten, die Chancen, die sich ihnen boten.

Also, der Dolmetscher wollte arbeiten. Nur Arsen Rychkov spielte nicht mit. Zu Beginn hatte Seidel geargwöhnt, daran seien nationale Verwerfungen schuld. Kulyakin nämlich war Russe, und mit Russland lag die Ukraine zumindest in einem Bürgerkrieg. Aber in Charkiw, darüber hatte ihn der Dolmetscher recht bald aufgeklärt, war die Bevölkerung nicht nur mehrheitlich russischsprachig, sondern auch russenfreundlich. Rychkov hatte also andere Gründe, nicht zu reden. Seit 15 Minuten nun stellte Seidel seine Fragen: Wie lange arbeiten Sie schon für *Experta-Bau*, was ist mit Ihrem Daumen passiert, woher haben Sie die Verletzung, kennen Sie einen Jack Trosien. Ein Mantra in immer neuen Variationen, das Kulyakin folgsam übersetzte – und Rychkov hüllte sich in Schweigen. Hielt konsequent den Kopf gesenkt, zupfte an seinem ausfasernden Verband, blickte allenfalls kurz aus dem Fenster. Ganz zu Beginn war sein Blick einmal durchs Büro gewischt, vorbei an Heiner Gaarst, der nach überstandener Grippe wieder an seinem Arbeitsplatz saß, über den verwaisten Arbeitsplatz von Antje, war schließlich den Augen von Seidel begegnet, weniger verängstigt als störrisch. Dann hatte er sich in sich zurückgezogen. Der Dolmetscher nestelte nervös an seinen Jackett-Aufschlägen, seine Miene hatte etwas Entschuldigendes, als sei er für das beharrliche Schweigen seines Landsmannes persönlich verantwortlich.

Seidel beschloss, eine andere Gangart einzuschlagen. »Mir reicht es«, erklärte er Kulyakin, ohne den Blick von dem Bauarbeiter zu nehmen. »Sagen Sie Herrn Rychkov, dass er seine Lage hier nicht verbessert, wenn er weiter nicht reden will.«

»Das habe ich ihm schon gesagt«, wandte Kulyakin vorsichtig ein.

»Dann sagen Sie es ihm noch einmal!« Unwirsch schob Seidel die Tastatur beiseite, mit der er die Aussage des Bauarbeiters hatte protokollieren wollen. Selbst Gaarst kannte seinen normalen Aggregatzustand schon gut genug, um leicht befremdet die Augenbrauen hochzuziehen. Im nächsten Augenblick schämte sich Seidel für seinen kleinen Ausbruch und für seinen schäbigen Bauerntrick. Durch Reden würde Rychkov seine Lage auch nicht verbessern. Aber der schwieg ohnehin weiter. Seidel stützte die Ellbogen auf den Schreibtisch und starrte auf den Platz gegenüber. Was würde Antje in seiner Situation tun? Sie war nicht gerade als Geduldsengel bekannt, und die letzten Tage, Tage, in denen die Ermittlungen im Fall Grönewald beharrlich auf der Stelle traten, hatten mehr und mehr an ihrem Nervenkostüm gezerrt. Der Grönewald am Galgen, den die Witwe zugeschickt bekommen hatte, entpuppte sich natürlich auch nur als Beileidsbezeugung eines zweifelhaften Spaßvogels. Seidel hatte immer weiter den Kopf eingezogen, zunächst im übertragenen Sinne, zuletzt buchstäblich, als sie nach einem weiteren fruchtlosen Telefonat, diesmal mit Kniebsch von der Spurensicherung, ihren Stift blindlings durch die Gegend geworfen hatte. Ihre Entschuldigung war ziemlich schmallippig ausgefallen. Seidel hoffte im Interesse aller Beteiligten, dass sie auf der Trauerfeier für Torben Grönewald, die gerade auf dem Melatenfriedhof über die Bühne ging, nicht auch ihre Fassung verlor.

Eine gedämpfte, unsichere Stimme ließ ihn aus seiner kurzzeitigen Abwesenheit aufschrecken: Der Ukrainer hatte tatsächlich etwas gesagt. Aus eigenem Antrieb, aus freien Stücken. Na also. Endlich. Seidel atmete durch und wandte sich erwartungsvoll dem Dolmetscher zu. Der schien indes gerade noch etwas nervöser zu werden.

»Und?«

»Herr Rychkov fragt, ob er eine Zigarette rauchen kann.«

Seidel presste die Lippen zusammen, ehe er sich aus seinem Stuhl hochstieß. *Verstehe oder nicht. Beides ist fatal.* Noch ein Koan, das er nie ganz verstanden hatte. »Ja. Natürlich.«

Fünf Minuten später standen sie an einem der Seitenausgänge des Präsidiums, wo Seidels rauchende Kollegen ihre Zigarettenpause machten. Wo sie auch ihre Zeugen und Verdächtigen Zigarettenpause machen ließen – wenn sie die Geduld dafür aufbrachten. Antje hatte er noch nie hier stehen sehen. Zur Abwechslung war es einmal trocken, die Sonne hatte sich sogar hinter ein paar Wolken hervorgewagt. Dafür blies ein fast frostiger Wind umso kräftiger. Plötzliche Böen aus dem Norden vollführten mit dem Rauch ein kurzes stürmisches Tänzchen, ehe sie um die Ecke weiterzogen. Arsen Rychkov sog gierig an einer filterlosen Zigarette und trat in seinen viel zu dünnen Turnschuhen von einem Fuß auf den anderen. Zwischen zwei Zügen stieß er plötzlich ein paar Worte hervor.

»Er sagt, in Charkiw ist es jetzt schon viel kälter als hier«, dolmetschte Kulyakin.

Seidel nickte nur. Bis Charkiw hatten es die sibirischen Winde nicht so weit wie bis zum Rhein.

Rychkov spuckte noch ein paar Satzbrocken aus. »Er war lange ein Straßenkind«, erklärte Kulyakin.

»Er hat auf der Straße gelebt?«

»Nach dem Ende des Kommunismus. Waisenkinder, Ausreißer, Tausende Kinder, alle haben auf der Straße gelebt. Oder in der Kanalisation. Wie die Ratten. Deshalb hießen sie auch ›rat children‹. Wie gesagt, in Charkiw ist es jetzt schon kälter als hier. Und im Winter erst recht.«

Seidel spürte, wie ihm ein leichter Schauder über den Rücken fuhr. *Verstehe oder nicht. Beides ist fatal.* Nun verstand er. Für wenige Augenblicke sah er hinter der bulligen Gestalt das verlorene Kind, das Arsen Rychkov einmal gewesen war. Und verloren war er immer noch. Die nächste Vertreibung stand ihm unmittelbar bevor. Jetzt trat der Abrisshelfer seine Zigarette aus. Dann folgte plötzlich ein ganzer Wortschwall, in dem Seidel zumindest das Wort *illegal* identifizieren konnte. Den Rest schmolz der Dolmetscher auf das Wesentliche ein.

»Er weiß natürlich, dass er illegal hier ist. Aber wenn er Ihnen alles erzählt – wird er dann bleiben können?«

Seidel erinnerte sich an seinen Bauerntrick aus dem Büro. Kurz war er versucht, mit einer Lüge auf den Deal einzusteigen. Dann schüttelte er schwer den Kopf. Der Ukrainer lächelte resigniert, als hätte er mit einer anderen Antwort auch nicht gerechnet. Seidel hielt den beiden die Tür auf. Zeit, nach oben zu gehen. Zeit, diese Spur aufzugeben – wenn sie überhaupt eine war. Aber Arsen wollte nicht nach oben. Er hielt die verbundene Hand hoch und sagte etwas, mit einem fragenden Unterton.

»Sie wollen also wissen, woher die Verletzung ist?«, übersetzte Ilya Kulyakin.

Seidel blickte Rychkov überrascht an und nickte. Der redete weiter.

»Er sollte jemanden fertig machen, er und die anderen. Aber er wollte nicht. Er hat gesagt, er ist zum Arbeiten hier, nicht dazu, andere Menschen fertigzumachen. Da hat der Vorarbeiter ein bisschen Druck gemacht. Erst damit, dass sie alle illegal hier sind und tun müssten, was er ihnen sagt. Und dann …«

An dieser Stelle ließ Rychkov einen imaginären Hammer auf den ramponierten Daumen niedersausen. Seidel zuckte unwillentlich zusammen. Clemens Fuchs musste dieses Fertigmachen sehr wichtig sein, wenn er dafür als Druckmittel sogar in Kauf nahm, dass einer seiner Arbeiter arbeitsunfähig wurde.

»Fragen Sie ihn, ob er den Mann, den sie fertigmachen sollten, kannte.«

Rychkov schüttelte den Kopf.

»Wusste er, warum sie ihn fertigmachen sollten?«

Der Dolmetscher war in seinem Element. »Ihnen wurde gesagt, der Mann wollte sie als Illegale auffliegen lassen.«

»Würde er ihn wiedererkennen, wenn ich ihm ein Foto zeige?«

»Nein. Als sie auf der Baustelle auftauchten, war er weg.«

Der Bauarbeiter hatte anscheinend alles gesagt, was er zu sagen hatte. Er schnippte die Zigarette weg und betrat das Treppenhaus. Seidel wandte sich an den Dolmetscher, der fast erleichtert schien, dass er schließlich doch noch etwas zu tun bekommen hatte. »Warum ist er jetzt doch damit rausgerückt?«

»Er sagt, er hätte sowieso nichts zu verlieren.«

Seidel nickte bedächtig. Als Rattenkind wuchs man wahrscheinlich in dem unerschütterlichen Glauben auf, dass man nichts zu verlieren hatte.

***

Eine weitere Bö fuhr durch die offen stehende Doppeltür der Trauerhalle und ließ die Umstehenden sich noch tiefer in ihre Mäntel verkriechen, und Antje Servatius, die schon als Kind lieber in windgeschützten Ecken gespielt hatte, überlegte, die ganze Aktion abzubrechen.

Nicht nur wegen des Windes. Eigentlich war sie zu der Trauerfeier für Torben Grönewald gefahren, um Verwandte, Freunde, Kollegen des Ermordeten endlich einmal zur gleichen Zeit am gleichen Ort beobachten zu können; um möglicherweise einen Blick oder eine Berührung oder sonst ein verräterisches Zeichen aufzufangen, das der Ermittlung des KK 11 weiterhelfen würde. Allerdings hatten sie und ihre Kollegen noch nie erlebt, dass sich ein Mörder bei der Beerdigung verriet. Die Masken saßen fest. Doch nach Tagen der Stagnation, in denen sie vergeblich versucht hatte, die Spuren zu den Verdächtigen Silvia Wendt, Berit Grönewald und Florian Heck weiterzuverfolgen, klammerte sie sich auch an einen Strohhalm. Der Tiefpunkt war erreicht, als Kniebsch von der Spurensicherung erklärte, auch wenn er seinen Fauxpas mit den E-Mails von Grönewald wiedergutmachen wolle, könne er keine Tatwaffe herbeizaubern; sie sei halt immer noch nicht gefunden. Nein, den wahren Tiefpunkt hatte sie mit dem anschließenden Wurfattentat auf Seidel erreicht. Damit hatte er ein Mittagessen gut. Später.

Nun stand Antje Servatius hier und fröstelte und würde wahrscheinlich keine neuen Erkenntnisse mitnehmen. Im Übrigen stand sie auch viel zu weit hinten, als dass sie etwas Verräterisches hätte sehen können. Als sie eintraf, war die Trauerhalle, die am Osteingang des Melaten-Friedhofs lag, bereits bis auf den letzten Sitz- und Stehplatz besetzt, und sie musste sich mit anderen Zuspätgekommenen in den Eingang unter das Vordach drängeln, dem kalten Wind ausgeliefert. Und einer Feier, die so perfekt durchinszeniert war, wie man es von Fernsehleuten erwarten konnte. Servatius wunderte sich eigentlich, dass keine Kameras da waren, um alles für die Nachwelt zu dokumentieren: den Sarg, aus einem hellen, fast marmornen Holz, ganz vorn auf der Empore und noch zusätzlich erhöht auf einem Podest;

den Berg von Kränzen und Blumensträußen davor; das Schattenspiel der unzähligen Kerzen; die unaufdringlich aufdringliche Musik eines Gitarrenspielers, der etwas abseits saß und leise »Gute Nacht, Freunde, es ist Zeit für mich zu gehen« sang. Antje fand den Text für ein Mordopfer mehr als unpassend. Aber vielleicht war Reinhard Mey einer von Grönewalds Lieblingssängern gewesen?

Und die vielen Tränen. Wie viele davon, fragte sie sich, als der erste Akt der Aufführung endlich beendet war und sich der Trauerzug zum Grab formierte – wie viele mochten echt sein, wie viele waren geheuchelt? Berit Grönewald musste alle Tränen, die sie weinen konnte, bereits vergossen haben. Als die Witwe, gehalten von ihrer Freundin Fee, hinter dem Sarg an der Kommissarin vorüberging, war ihr Blick leer, ihr Gesicht weiß und starr. Eine verkrampfte Hand hielt den langen schwarzen Mantel oben am Kragen zusammen, eine Rüstung, die alles von ihr abhalten sollte. Mit versteinertem Gesicht folgte Nina, allein; selbst mit einem toten Torben Grönewald wollte ihre Mutter wohl nichts zu tun haben. Florian Heck schritt inmitten seiner Kollegen hinter dem Sarg her, als ob er nicht weiter auffallen wolle. Er wirkte einigermaßen gefasst. Nur als er den Blick der Kommissarin auffing, senkte er den Kopf und wischte sich kurz über die Augen. Silvia Wendt dagegen, direkt hinter ihm, weinte hemmungslos, ihr Make-up war völlig ruiniert. Konnte man so tränenreich heucheln?

Nur schleppend bewegte sich die Trauergemeinde voran, über den breiten Weg, der fast einer Allee glich, gesäumt von hohen Bäumen und Ehrfurcht einflößenden Grabsteinen, auf denen die Daten zurückgingen bis ins 18. Jahrhundert. Torben Grönewalds letzte Ruhestätte war weniger imposant. Sie war auf einer Wiese neben anderen einigermaßen frischen Gräbern ausgehoben, die helle Holzkreuze schmückten. Sollte diese Schlichtheit von Dauer sein? Antje hatte ihre Zweifel.

Beim Defilee am Grab, beim allgemeinen Händedrücken und

Umarmen hielt sich Antje im Hintergrund – weil ihr Kondolieren in der Öffentlichkeit verhasst war, und weil sie noch einmal genauer hinschauen wollte. Aber nein, alles war, wie es sein sollte. Wenn man einmal davon absah, dass Nina darauf verzichtete, die obligatorische Schaufel Erde auf den Sarg fallen zu lassen. Stattdessen zog die 15-Jährige einen kleinen Gegenstand aus ihrer Jackentasche, küsste ihn und ließ ihn in die letzte Ruhestätte ihres Vaters fallen. Antje meinte, einen Miniaturdom erkannt zu haben. Währenddessen nahm Berit Grönewald die Beileidsbekundungen gefasst und ohne große äußere Regung entgegen. Der Händedruck von Florian Heck war hinreichend distanziert und ging ohne jeden verstohlenen Blick über die Bühne. Als Silvia Wendt an der Reihe war, umarmten sich die beiden Frauen plötzlich, und Antje Servatius konnte sich des Eindrucks nicht erwehren, als würde die Witwe ebenso sehr die Assistentin trösten wie umgekehrt. Noch einmal brach das Bild einer Statue in Schwarz, als Berit Grönewald sich vorbeugen musste, um die Hand eines kleinen Mädchens zu ergreifen, das jemand mitgebracht hatte. Der Mantel öffnete sich dabei, ein Windstoß blähte den schwarzen Stoff noch weiter auseinander, darunter kam eine ebenso schwarze Kostümjacke zum Vorschein, von der sich eine Reihe schwarzer, aber sehr glänzender Knöpfe abhob. Ein eigentümlicher Kontrast, fand Antje. Im nächsten Moment setzte sie sich in Bewegung und reihte sich doch in die Schlange ein. Es war nicht der Kontrast, der sie irritiert hatte.

Als sie vor der Witwe stand, meinte sie zu erkennen, wie sich deren Mund leicht unwillig verzog. Die Maske saß doch nicht fest. Und sie würde gleich noch etwas mehr verrutschen. »Entschuldigen Sie …«, sagte Antje, ignorierte die ausgestreckte Hand und begann, während ihr Gegenüber in einer Art Lähmungsstarre verharrte, unter den ungläubigen Blicken der Umstehenden Berit Grönewalds Mantel aufzuknöpfen.

16

»Du hast *was* gemacht??!!« Seidel, der bei Antjes Eintreten noch eifrig am Vernehmungsprotokoll des ukrainischen Schwarzarbeiters getippt hatte, starrte seine Kollegin an. Heiner Gaarst dagegen verzog keine Miene, während er seiner Chefin einen Kaffee hinstellte. Antje registrierte die Packung Halstabletten auf seinem Schreibtisch. Offensichtlich war die Grippe des Kollegen noch nicht ganz auskuriert.

»Hätte ich länger warten sollen?« Sie legte den Asservatenbeutel mit dem Knopf auf den Schreibtisch, den sie in der Tatnacht auf Grönewalds Grundstück gefunden hatten. »Als ich ihr Kostüm sah, war ich mir ziemlich sicher, dass es die gleichen waren.«

»Ziemlich.«

»Sehr ziemlich.«

»So sehr ziemlich, dass du nicht länger warten konntest. Zu dumm, dass die Knopfleiste komplett war.« Seidel hörte sich fast an, als würde er sich darüber freuen.

»Dumm, ja. Darauf hat Berit Grönewald auch hingewiesen.«

»Und ich nehme an, sie hat energisch gegen dein Vorgehen protestiert.«

»Nachdem sie sich vom Schock erholt hatte, ja. Energisch bis handgreiflich. Aber Knöpfe gibt es nicht nur an der Knopfleiste. Oder am Kragen. Eine Kostümjacke dieser Preisklasse hat einen Reserveknopf. Und der ist da eingenäht, wo man normalerweise auch die Hinweise zum Waschen und Reinigen findet.«

»Den Waschzettel«, sagte Heiner Gaarst. »Unter dem Namen kenne ich das jedenfalls.«

»Und bei dieser Jacke waren Waschzettel und Ersatzknopf an der Innennaht ganz unten.« Jetzt musste Servatius leicht grinsen. »Stellt euch mal vor, wie die Trauergemeinde geguckt hat, als ich da nachgeschaut habe.«

»Lieber nicht.« Seidel winkte ab. »Und der Knopf war nicht mehr da.«

»Konnte er auch nicht. Weil er ihr in der Hecke abgerissen ist. Wenn man sich da entsprechend verheddert, kann das passieren. Sogar bei zugeknöpfter Jacke.« Sie deutete auf den Beutel vor sich. »Sie hat es gar nicht mitbekommen.«

»Wenn das so ist, warum hast du Berit Grönewald nicht zum Verhör geladen? Das macht sie zur Tatverdächtigen Nummer eins.«

»Ich habe die Jacke mitgenommen, das reicht vorerst. Und sie soll erst mal die Beerdigung hinter sich bringen. So viel Pietät muss sein.«

Seidel legte die Stirn in Falten. »Deine Vorstellungen von Pietät sind etwas wechselhaft.«

»Mag sein. Außerdem hat sie offiziell immer noch ein Alibi.«

»Dann müssen wir der Freundin aus der Eifel noch mal auf den Zahn fühlen.«

»Ich glaube, wir gehen direkt einen Schritt weiter.« Antje lächelte hintergründig.

* * *

Auf den Fluren von *Cut 100* trugen die meisten Mitarbeiter dunklere Kleidung als sonst vielleicht – die meisten waren wohl direkt von Melaten wieder ins Büros gefahren –, davon abgesehen ging in der Produktionsfirma anscheinend alles seinen normalen Gang; so normal dieser Gang sein konnte am Tag dreizehn nach der Ermordung von Torben Grönewald und in Stunde drei nach seiner Bestattung. Die Witwe hatte offenbar nur im kleinen Kreis zum Leichenschmaus geladen, und die Beschäftigten von *Cut 100* gehörten diesem Kreis nicht an. Sogar Florian Heck war schon wieder in seinem Büro, als Antje und Heiner Gaarst dort eintraten. Heck nahm gerade einen

Stoß Bücher aus einem schon weitgehend ausgeweideten Regal und verstaute sie in einem Karton.

»Sie ziehen um?«

»Bei uns ist etwas Größeres frei geworden.«

Antje stieß die Luft aus. »Und Sie wollen mir erzählen, Sie würden von Torben Grönewalds Tod nicht profitieren.«

»Es geht nur um das Büro, verstehen Sie? Abgesehen davon weiß hier noch niemand, wohin die Reise überhaupt geht.« Er versuchte, von einem möglicherweise unliebsamen Thema wegzurudern. »Mit Ihrer überraschenden Leibesvisitation haben Sie den Event-Charakter der Veranstaltung vorhin aber entschieden aufgewertet.«

Antje Servatius erwiderte Hecks dünnes Lächeln. »Ich nehme das mal als Kompliment.«

»Haben Sie denn gefunden, was Sie suchten?«

»Ich habe etwas *nicht* gefunden, das ist es ja gerade.« Sie ignorierte die Verwirrung ihres Gegenübers. »Sehen Sie, und da kommen Sie ins Spiel. Als Kriminalist versucht man ja, sich ein möglichst komplettes Bild von den Stunden vor und nach einem Mord zu machen. Vor allem von denen davor. Und ich mag es gar nicht, wenn sich da Lücken auftun. Noch weniger mag ich, wenn sie sich absolut nicht schließen wollen.«

»Und wieso kommen Sie da zu mir? Ich habe Ihnen doch schon gesagt, ich war an dem Abend nicht bei Torben. Wir hatten die Aufzeichnung, und danach …« Er deutete ein Abschiedswinken an.

»Ich will die Lücke auch nicht mit Ihnen füllen. Aber Sie können mir dabei helfen.« Mangels herkömmlicher Sitzgelegenheiten hockte sich Antje auf zwei schon gefüllte Umzugskartons. »Ursprünglich hat Berit Grönewald behauptet, sie sei in der Tatnacht noch in ihrem Hotel in der Schweiz gewesen. Was sich als Lüge herausstellte. Daraufhin hat sie erklärt, ja, ich bin schon eher gefahren, aber nicht direkt nach Köln, ich habe bei meiner besten Freundin in der Eifel einen Zwischenstopp gemacht.«

Heck reagierte mit einem »Na und?«-Achselzucken.

»Was, wie ich vermute, auch eine Lüge ist. Auch wenn die beste Freundin das Gleiche sagt.«

»Wo soll Berit denn sonst gewesen sein?«

»Bei Ihnen.«

»Und wer sagt Ihnen das?«

»Die hier.« Sie tippte sich an ihre Nase, knapp unterhalb des alten Bruchs. »Die hat es mir verraten. Und das dürfen Sie ganz wörtlich nehmen.«

Heck lachte ein lautloses Lachen. »Nur mal angenommen, Ihre Nase hat recht – dann macht das Ihr verdammtes Bild auch nicht komplett.«

»Doch. Berit Grönewald war nämlich nicht die ganze Zeit bei Ihnen. Bei meiner – wie Sie das nennen – Leibesvisitation habe ich einen Knopf gesucht, den ich gar nicht finden konnte. Weil wir ihn schon vorher gefunden hatten, in einer Hecke auf dem Grönewald-Grundstück.«

»Sie wird ihn sich dort irgendwann mal abgerissen haben.«

»Würde ich auch meinen. So wie der Knopf aussah, nämlich ganz schön sauber, bleibt dafür aber nur ein sehr kleines Zeitfenster. Der Tag des Mordes an ihrem Mann, und da ab ungefähr fünf Uhr nachmittags.«

»Da hat es aufgehört zu regnen«, sagte Heiner Gaarst, der an der Tür stehen geblieben war.

»Richtig!«, ergänzte Antje Servatius. »Und deshalb blieb der Knopf sauber.«

Statt darauf etwas zu entgegnen, nahm Florian Heck die nächste Armlänge Bücher aus dem Regal. Servatius ignorierte die Übersprunghandlung und machte unverdrossen weiter. »Es gibt natürlich noch eine zweite Möglichkeit, aber die würde ich gerne erst einmal vernachlässigen. Dass jemand den Knopf dort ›versteckt‹ hat, damit Berit Grönewald unter Verdacht gerät. Irgendein übelwollender Zeitgenosse, der von sich selbst ablenken will. Sie zum Beispiel.«

Noch mehr Bücher fielen in den Karton.

»Wie gesagt, vernachlässigenswert.« Antje seufzte. »Kommen Sie, Heck, geben Sie ihr nicht das dritte falsche Alibi. Das wäre rekordverdächtig.«

Heck, der sich bereits wieder dem Regal zugewandt hatte, hielt inne. Plötzlich sackten seine Schultern ein, er drehte sich langsam um. Antje bemerkte, dass sich auf seiner Stirn ein leichter Schweißfilm gebildet hatte – und der kam nicht von den Umzugsarbeiten.

»Na schön. Sie war bei mir.«

Antje Servatius spürte, wie eine innere Last von ihr abfiel. »Wie lange lief Ihre Affäre schon?«

»Es war mehr!«, erwiderte er heftig. »Es war – es ist mehr als eine Affäre.«

»Auch gut. Also, wie lange?«

»Knapp drei Monate. Berit hat sich ja nie hier blicken lassen. Sie wollte mit dem ganzen ›Fernsehscheiß‹, wie sie es nannte, nichts zu tun haben. Eines Tages hat sie Torben dann doch mal abgeholt, nach der Aufzeichnung … Sie sagte immer, ich sei so anders.« Seine Stimme bekam einen bitteren Beiklang. »Jedenfalls anders als er.«

»Sie war also bei Ihnen, am 2. November«, stellte Heiner Gaarst fest und schob sich eine Halstablette in den Mund. »Können Sie uns sagen, ab wann?«

»Ich kam gegen 19 Uhr nach Hause. Da hat sie schon auf mich gewartet. Ich habe ihr von dem Streit mit ihrem Mann erzählt. Von seiner Drohung.«

»Wegen Ihrer Abwanderungsgedanken.«

»Es ging nicht um den Job. Nicht mehr.« Florian rieb seine Hände aneinander. Sie zitterten. Von seiner glatten Souveränität war nicht viel übrig geblieben. »Torben hatte alles rausgekriegt, das mit mir und Berit. Fragen Sie mich nicht, wie. Und deshalb wollte er mich fertigmachen. Allein deshalb. Unfassbar! Dieser Mann vögelt alles, was ihm vor die Flinte kommt!« Seine Worte ließen Antje Servatius leicht zusammenzucken. »Und dann solche Besitzansprüche!«

»Wie hat Berit reagiert?«

»Sie war außer sich. Sie ist sofort zur Villa.«

»Wann war das?«

»Ungefähr um halb acht.«

Antje rief ihr internes GPS ab. »Von Ihnen braucht sie dafür eine Dreiviertelstunde. Würde passen. Hat sie Ihnen erzählt, was dort passiert ist?«

»Nein, sie ist danach direkt zu Fee, in die Eifel.«

»Und seitdem haben Sie nicht mehr miteinander geredet?«

Heck schüttelte den Kopf. »So gut wie gar nicht. Sie wollte erst mal Abstand. Sie hatte zu viel um den Kopf, die Ermittlungen, die Beerdigungsvorbereitungen … Und sie wollte nicht – noch nicht –, dass das mit uns herauskommt.«

»Und Sie? Für Sie war das in Ordnung? Waren Sie überhaupt nicht neugierig? Wollten Sie überhaupt nicht wissen, was in der Villa passiert ist?«

»Ich liebe sie wirklich, glauben Sie mir das?«

Das beantwortete ihre Frage nicht direkt, befand Antje. »Deshalb hat Berit Sie auch gebeten, ihr ein falsches Alibi zu geben, im Fall der Fälle.«

Heck starrte Antje an wie ein waidwundes Tier. Dieser Blick beantwortete wiederum sehr viel. Florian Heck steckte seit zwei Wochen in einem tiefen Dilemma. Wie konnte er eine Frau lieben, von der er annehmen musste, dass sie möglicherweise ihren Mann ermordet hatte? Da war der Abstand vielleicht auch von ihm erwünscht. Und sei es auch nur, um eine schmerzhafte Entscheidung hinauszuzögern.

Antje Servatius erhob sich. Aus Florian Heck entwich unterdessen die letzte Kraft, er ließ sich langsam auf den Boden sinken. Das oberste Buch rutschte vom Stapel. Die Kommissarin erhaschte, während sie ging, einen Blick auf den Titel. *Risiko Liebe – ein Ratgeber.* Der Band war eingeschweißt, noch ungelesen.

★★★

Der Blick von Clemens Fuchs war so kalt wie der Raum, in dem er saß. Da man bei der Finanzkontrolle Schwarzarbeit immer noch nicht genau wusste, in welchem Ausmaß der Bauunternehmer illegale Ausländer beschäftigt hatte, und folglich davon ausgehen musste, dass er dieses Ausmaß zu vertuschen versuchen würde, hatte Jana Frei veranlasst, dass Fuchs wegen Verdunkelungsgefahr in Untersuchungshaft kam. So saß er nun in dem kargen Vernehmungsraum und starrte seinen Besucher fast anklagend an.

Aber nicht nur der Blick verriet einen eklatanten Mangel an Unrechtsbewusstsein.

»Die kennen einfach keine Dankbarkeit«, fistelte Fuchs. »Ohne mich hätten die doch gar nichts.«

Das Schlimme war, so musste Rudi Seidel sich eingestehen, dass er damit recht hatte. Das Arbeitsverhältnis zwischen *Experta-Bau* und den Schwarzarbeitern war auf ganz perfide Weise auch eine Win-win-Situation. Und solange das so war, konnte ein Clemens Fuchs – ähnlich wie ein Bohdan Petruk – damit sein Gewissen beruhigen. So er denn eins hatte. Aber Seidel hatte keine Lust, sich auf das verzerrte Weltbild seines Gegenübers einzulassen.

»Ich bin nicht wegen der Schwarzarbeiter hier, Herr Fuchs. Erzählen Sie mir lieber, was mit Jack Trosien passiert ist.«

Fuchs verschränkte abwehrend die Arme vor, besser gesagt: über seinem ausladenden Bauch. »Trosien? Keine Ahnung, was mit dem ist. Hab ich Ihnen doch schon mal gesagt.«

»Haben Sie. Habe ich Ihnen seinerzeit auch glauben müssen. Allerdings hat sich inzwischen die Erkenntnislage etwas geändert.«

Seidel referierte Arsen Rychkovs Aussage. »Und sehen Sie«, schloss er ab, »auch wenn ukrainische Schwarzarbeiter keine Dankbarkeit kennen und ganz grundsätzlich illegal hier sind – ihre Aussagen haben legalen Bestand.«

»Und ich soll dahinterstecken?« Fuchs verzog das Gesicht zu einem speckigen Grinsen. »Wer weiß, welche Rechnung die mit dem Architekten offen hatten. Sie wissen doch, diese Typen sind alle Heißblüter. Und jetzt versuchen sie, mit ihren Lügengeschichten alles auf mich abzuschieben. Typisch.«

Seidel hatte genug. Nicht nur von den Ausflüchten. Auch von der Anhäufung von Vorurteilen. »Herr Fuchs, im Moment haben Sie ›nur‹ Ärger wegen der illegalen Beschäftigung von Ausländern. Dazu kommt, wenn man Rychkov glaubt, und seine Verletzung ist ein ziemlich starkes Argument, Nötigung und Anstiftung zur Körperverletzung. Wollen Sie es noch eine Nummer größer? Vielleicht Anstiftung zum Mord?«

Zum ersten Mal zeigte sich Fuchs beeindruckt. »Er sagt doch selbst, dass sie Trosien nicht erwischt haben.«

»Also wussten Sie von der Aktion. Sie haben Ihre Arbeiter auf ihn angesetzt.«

»Trosien.« Fuchs spuckte den Namen förmlich aus. »Der kannte auch keine Dankbarkeit. Was hat der eigentlich geglaubt, warum ich so billig bin?!«

»Warum hätte Jack Trosien Ihnen dankbar sein sollen?«

»Ich habe Ihnen doch schon gesagt, wir hatten auf einer anderen Baustelle miteinander zu tun. Mietshaus, drei Etagen. Da war irgendwann Not am Mann, hoher Krankenstand, die erste Grippewelle im Herbst. Und wir hatten Termine. Also habe ich die Ukrainer da hingeschickt. Waren dafür eigentlich nicht eingeplant. Die kannst du echt nur als Abrissbirne benutzen.«

»Und Trosien?«

»Trosien hat sich gewundert. Die neuen Gesichter auf einmal …«

»Also wusste er nicht, dass sie illegal hier waren.«

»Der Saubermann?« Fuchs schüttelte fast geringschätzig den Kopf. »Erst hat er sich nur gewundert. Dann hat er angefangen nachzuhaken, die Leute auszuhorchen. Aber die wollten natürlich nichts sagen. Oder sie konnten nicht. Dann hat er die Sache mit Petruk mitgekriegt. Und dann hat er mir richtig Druck gemacht.«

»Inwiefern?«

»Er wollte mich ans Messer liefern. Nicht direkt. War ja ein Menschenfreund. Er hat mir ein Ultimatum gestellt. Entweder ich schicke die Ukrainer zurück, binnen einer Woche, oder er lässt mich hochgehen. Idiot! Die Ukrainer waren meine Geschäftsgrundlage.«

Seidel ignorierte den verständnisheischenden Blick des Unternehmers. »Also musste Trosien weg.«

»Er sollte nicht weg! Er sollte sich nur noch mal überlegen, was er tut.«

»Ein Denkzettel.«

»Ein Denkzettel, ja. Ich habe ihn angerufen und ihm gesagt, ich wollte mich noch mal mit ihm treffen, über die ganze Sache reden, im Grunde hätte er ja recht …«

»Und Sie glauben, so ein Denkzettel hätte gereicht? Ein Saubermann wie Jack Trosien wäre damit hinreichend eingeschüchtert gewesen?«

»Was glauben Sie denn, was ich Rychkov und seinen Leuten gesagt habe?! Loch ausbaggern, Trosien rein und frischen Beton drüber?«

»So oder so ähnlich. Für Sie stand genug auf dem Spiel. Sagen Sie ja selbst. Ihre Geschäftsgrundlage.«

Fuchs stieß geringschätzig die Luft aus. »Das beweisen Sie mal. Als die Ukrainer ankamen, war er nicht mehr da. Sagen Sie ja selbst. Beziehungsweise Rychkov.«

»Das ist der Teil, den ich nicht so richtig glauben kann. Warum hätte Trosien abhauen sollen, bevor Sie da sind?«

»Keine Ahnung. Aber er war weg, glauben Sie mir! Da war dieser andere Wagen –«

»Welcher andere Wagen?« Seidel quittierte Fuchs' Ausrutscher mit hochgezogenen Augenbrauen. »Und woher wissen Sie überhaupt von irgendwelchen Wagen?«

»Ich war auch da.« Fuchs sackte leicht zusammen. »Ich bin Rychkov und seinen Leuten gefolgt. Man weiß ja nie … Und kurz vor der Einfahrt aufs Gelände kam mir dieser andere Wagen entgegen.«

»Wieso ›anderer‹?«

»Weil es nicht der von Trosien war. Der stand noch auf der Baustelle.«

»Können Sie den Wagen beschreiben? Den anderen?«

»Nichts Besonderes. Pkw, könnte auch ein Kombi gewesen sein. Typ, Kennzeichen … keine Ahnung. Ich wusste ja in dem Moment nicht, dass das noch 'ne Rolle spielt.«

»Sie haben auch nicht drauf geachtet, wer am Steuer sitzt, Trosien oder jemand anders?«

Fuchs schüttelte den Kopf. »War auch zu dunkel.« Er verfiel ins Grübeln. »Aber irgendwas war da … irgendwie musste ich komischerweise an die Polizei denken. Klar, es war kein Streifenwagen, aber trotzdem dachte ich für einen Moment: Was machen denn die verdammten Bullen hier?«

»Was ist aus Trosiens Wagen geworden?«

»Der Schlüssel steckte noch, also habe ich ihn später weggefahren. Weit genug, dass keiner sich fragt, was er bei mir zu suchen hat.«

Als Rudi Seidel Minuten später die Mauern der JVA hinter sich ließ, wusste er zwar, wo er Jack Trosiens Auto finden konnte. Was den Verbleib von Trosien selber anging, war er keinen Deut schlauer.

* * *

Wenn sie gekonnt hätte, wäre sie schon lange weggezogen.

Marie Stollenwerck hatte noch die guten Zeiten des Hauses erlebt, als man sich kannte und im Treppenhaus grüßte, als man sich gegenseitig zur Hand ging und sogar besuchte und dabei nicht nur über das Wetter redete. Eine Hausgemeinschaft. Lange her war das. Nach und nach waren sie weggezogen, die Leute von damals – wenn sie nicht weggestorben waren, wie ihr Mann –, in bessere Wohngegenden. Teurere Wohngegenden.

Marie Stollenwerck hatte sich das nicht leisten können mit ihrer kümmerlichen Rente. Also war sie geblieben und hatte mit ansehen müssen, wie sich das Haus veränderte. Wie die abgebrochenen Existenzen einzogen, die ständig sich streitenden Paare, die Säufer, die Leute, die die Nacht zum Tage machten und den Tag verschliefen. Anfangs hatte sie sich noch beschwert beim neuen Vermieter, der jedoch im Gegensatz zum alten Besitzer keinerlei Interesse an den Leuten hatte, die in sein Haus zogen, und noch weniger an deren Leben.

Die ehemalige Kassiererin hatte sich schließlich mit der schleichenden Verelendung abgefunden – Frieden geschlossen wäre wohl übertrieben gewesen. Mit dem einen oder anderen der neuen Hausbewohner wechselte sie gelegentlich sogar ein paar Worte. Und auch die, mit denen sie nie redete, die wortlos im Treppenhaus an ihr vorbeitaumelten, kannte sie – zumindest ihre Gewohnheiten. Wenn man den größten Teil des Tages in einer Wohnung vom Typ Zwei-Zimmer-Küche-Bad verbringt, hört man irgendwann die Wände atmen. Der Säufer in der Wohnung auf halber Treppe zum Beispiel stellte jede Woche pünktlich für die Müllabfuhr alle Flaschen, die sich in den sieben Tagen zuvor bei ihm angesammelt hatten, in Plastiktüten vor den Tonnen im Hof ab. Ein Rest Selbstachtung vielleicht, ein letzter verzweifelter Versuch, ein bisschen Ordnung im Leben zu halten, der im Übrigen völlig sinnlos war, denn die Leute vom Müll behandelten Altglas nicht gesondert und warfen die

Tüten jedes Mal klirrend und umstandslos zum Rest. Aber es war zwecklos, mit dem Mann auf halber Treppe über Altglascontainer zu diskutieren. »Das muss so«, hatte er gemurmelt, als sie ihn mal darauf ansprach.

Nun, diese Woche hatte es anscheinend nicht ›gemusst‹. Der Tag der Müllabfuhr war gekommen, ohne dass Plastiktüten vor den Tonnen abgestellt wurden. Inzwischen waren die Tonnen geleert. Das war noch nie vorgekommen. Und da stimmte etwas nicht, das ahnte Marie Stollenwerck. Der Gedanke, dass der Nachbar sich womöglich totgesoffen hatte, ließ sich nicht mehr verscheuchen, auch nicht vom Sudoku in ihrer wöchentlichen Fernsehzeitung. Entschlossen ging sie hinunter, zur Wohnung auf halber Treppe.

Hinter der Tür war es still. Auch auf ihr zögerliches Klopfen rührte sich nichts. Sie zog die Luft ein. Der Geruch, der durch die Ritzen der alten Tür aus der Wohnung drang, war so diffus wie unangenehm: Rauch, Fusel, verdorbene Essensreste im Müll; vielleicht noch etwas anderes? Kurz überlegte sie, die Polizei zu rufen. Aber wenn sie das tat, würde gar niemand mehr mit ihr reden. Die Polizei war in diesem Haus nicht gern gesehen. Es musste eine andere Möglichkeit geben.

Im Hof standen die leeren Tonnen in Reih und Glied an der Wand. Sie waren groß genug, um einen Blick durch das Küchenfenster zu erlauben, für sie allerdings zu groß, um hinaufzuklettern. Marie Stollenwerck brauchte eine Hilfe und fand sie in Form einer leeren Gemüsekiste, die von der Müllabfuhr übersehen worden war. Schließlich stand sie, wenn auch wacklig, auf einer der Tonnen und blickte unter dem schmuddeligen Fenstervorhang hindurch in die Küche.

Sie sah jede Menge leerer Flaschen. Was sie außerdem sah, ließ sie ihren mühsam gewonnenen Halt sofort wieder verlieren. Die leere Tonne, auf der sie stand, kegelte gegen die nächste, die wieder gegen die nächste, eine nach der anderen kippte polternd um. Mit einem erstickten Schrei kam Maria schließlich zwischen einer gelben (für Verpackungsmüll) und einer braunen (für Biomüll) zu liegen.

* * *

Berit Grönewald sagte nichts, als sie die Tür öffnete. Aber ihr Blick war deutlich: Sie schon wieder?! Das Erstaunen der Witwe erstaunte wiederum die Kommissarin, es ärgerte sie fast. Wollte Berit Grönewald den Ernst der Lage partout nicht erkennen? Konnte sie nicht? Oder fühlte sie sich an diesem Tag, der anders war als alle vorher, einfach nur gestört?

Dabei hatte Antje Servatius in Sachen Pietät, wie sie fand, weitere große Zugeständnisse gemacht. Sie hatte mit Heiner Gaarst in ihrem Wagen gesessen, bis der junge Kollege unruhig geworden war: »Worauf warten wir?« – »Bis alle Trauergäste weg sind«, hatte sie geantwortet. Und selbst, als das geschehen war, ließ sie die Beamten, die sie begleiteten, erst einmal weiter in ihrem Streifenwagen warten. Es reichte, wenn Gaarst mitkam. Den Haftbefehl allerdings hatte sie eingesteckt.

Abgesehen von zwei, drei angemieteten Servicekräften, die letzte Tassen und Gläser abtrugen, deutete in der Eingangshalle nichts mehr darauf hin, dass es hier bis eben noch eine Trauerfeier gegeben hatte. Auch die Kartons und Blumen vom letzten Mal waren verschwunden. Mit dem heutigen Tag war anscheinend nicht nur Torben Grönewalds sterbliche Hülle unter der Erde verschwunden; möglicherweise verschwanden schon die Erinnerungen an ihn, jedenfalls im Leben seiner Frau. Berit Grönewald selbst trug wieder schlichtes Grau. Die Jacke vom schwarzen Kostüm hatte sie ja auch nicht mehr.

Nachdem sie im gut geheizten Wintergarten Platz genommen hatten, begann Antje Servatius der Witwe detailliert auseinanderzulegen, was der fehlende beziehungsweise am falschen Ort gefundene Knopf für die Ermittlungen bedeutete; dass sein sauberes Aussehen (wie abgeleckt, war sie versucht zu sagen) angesichts der Witterung am Tattag nur ein kleines Zeitfenster für den Verlust offen lasse.

»Nämlich ab 17 Uhr. Als der große Regen aufhörte.«

»Na und? Da war ich in der Eifel, das wissen Sie doch!«

»Waren Sie eben nicht. Sie waren bei Ihrem Geliebten. Florian Heck. Er hat es bestätigt.« Berit Grönewald schnappte nach Luft, sprachlos ob des Verrats, von dem sie noch nichts gewusst hatte, oder weil ihr gerade keine Ausflucht einfiel. Antje Servatius kümmerte die Frage nicht weiter. »Und bei Heck waren Sie auch nur kurze Zeit«, fuhr sie fort. »Dann sind Sie dort weggefahren. Und zwar hierhin. Was ist vorgefallen zwischen Ihnen und Ihrem Mann?«

Die Kommissarin rechnete mit weiteren schroffen Entgegnungen, mit erneutem hartnäckigem Leugnen. Aber Berit Grönewald war es anscheinend selber müde. »Dieses Arschloch!«, brach es plötzlich aus ihr heraus. »Dieses gottverdammte Arschloch!! Er wollte mich nicht haben. Schon länger nicht mehr. Unsere Ehe war tot, verstehen Sie?« Ihr Gesicht verknitterte unter jähem Zorn. Antje Servatius hatte plötzlich ihre postumen Liebesbekundungen im Ohr. »Aber einfach so weggeben, das kam auch nicht infrage. Wenn er seine Wut wenigstens an mir ausgelassen hätte. Aber nein, Florian sollte darunter leiden. Als ich das gehört habe … ich habe Torben noch nie so gehasst!«

Der Blick der Witwe ging nach innen, Antje Servatius spürte förmlich, wie sie im Zeitraffer noch einmal jenen Nachmittag durchlebte, die Eröffnungen bei Heck, die Fahrt zur Villa, die letzten Schritte im Nebel …

»Und deswegen haben Sie ihn getötet.«

Berit Grönewald kehrte in die Gegenwart zurück. »Nein. Nein, das habe ich nicht. Ich wollte – ich wollte ihn zur Rede stellen.«

»Ach. Und dafür nehmen Sie den Weg hinten rum? Über einen Trampelpfad und durch die Hecke?«

»Ja, ich weiß, das muss für Sie komisch aussehen.« Berit Grönewald fuhr sich, sichtlich in die Enge getrieben, mit der Hand über die Stirn, um eine nicht vorhandene Haarsträhne wegzuwischen. »Ich habe den Wagen woanders abgestellt. Ich wollte erst ein paar Schritte laufen, bevor ich mit ihm rede, mich wieder fassen, mir überlegen, was ich ihm sagen will …«

»Und als Sie sich dann wieder gefasst hatten, haben Sie gemerkt, dass Sie in der Parallelstraße stehen«, stellte Gaarst fest.

Berit Grönewald blickte auf und schaute Heiner Gaarst an, als würde sie ihn zum ersten Mal bewusst wahrnehmen. »Genau«, antwortete sie, jeden ironischen Unterton ignorierend.

»Und weiter?«

»Ich stand schon auf dem Rasen, da habe ich gemerkt, dass Torben nicht allein war. Er hatte Besuch.«

»Besuch.«

»Die Fenster waren ja erleuchtet, die zur Küche und zum Wohnzimmer. Und ich konnte erkennen, dass er redete, während er herumging. Redete und gestikulierte.«

»Haben Sie diesen angeblichen Besucher erkannt?«

Berit Grönewald schüttelte den Kopf. »Ab und zu hat man mal einen Schatten an der Wand gesehen, mehr nicht. Ich hatte das Gefühl, diese Person wollte von draußen nicht gesehen werden. Ich könnte noch nicht einmal sagen, ob es ein Mann oder eine Frau war.«

»Haben Sie denn eine Idee, wer um diese Zeit bei ihm gewesen sein könnte, so kurz nach der Aufzeichnung?« Wieder bekam Antje Servatius nur ein Kopfschütteln als Antwort. »Sie sagen also, da war jemand, und deswegen sind Sie nicht reingegangen. Wie lange haben Sie denn draußen abgewartet? Und warum dann diese überstürzte Flucht durch die Hecke?«

»Ich war verzweifelt, ich wusste nicht mehr weiter.« Berit Grönewald ließ ein kümmerliches Lachen vernehmen. »Sie glauben mir nicht.«

Antje antwortete nicht sofort. Ließ die Aussage auf sich wirken, die dem Fall entweder eine neue Richtung gab. Oder schlicht von unglaublicher Dreistigkeit war.

»Sie haben zweieinhalb Mal die Unwahrheit gesagt«, gab die Ermittlerin dann zurück. »Beziehungsweise andere dazu bewegt, die Unwahrheit zu sagen. Wundert es Sie wirklich, wenn ich im Moment alles in Zweifel ziehe, was Sie sagen? Wir werden der Sache nachgehen. Ob es da wirklich jemand anderen gegeben hat. Bis dahin« – sie holte den Haftbefehl aus ihrer Tasche – »sind Sie vorläufig festgenommen, Frau Grönewald.«

Während sie die Witwe über ihre Rechte belehrte, klingelte Antje Servatius' Handy. Sie drückte den Anruf weg und erwiderte ihn erst, nachdem die Beamten hereingekommen waren und die Witwe abführten, die ein paar Sachen für ihren neuen Aufenthaltsort zusammengesucht hatte.

»Wir haben noch einen Toten«, sagte Seidel.

17

Die Leiche lag auf dem Boden zwischen Spüle und Küchentisch. Das heißt, genaugenommen lag nur der Oberkörper. Die Beine waren weit gespreizt, die Knie hoch aufgestellt. Der Täter hatte sie mit Klebeband an den Tischbeinen fixiert. Umso deutlicher konnte man im Schritt die schmutzig-dunklen Verfärbungen erkennen, wo sich Blase und Darm entleert hatten. Das wachsbleiche Gesicht bedeckten strubbelige Bartstoppeln. Antje Servatius wusste um die weitverbreitete Mär, dass die Haare nach dem Tod weiter wachsen. Nein, sie wuchsen nicht beziehungsweise höchstens minimal. Wenn es manchmal so aussah, dann allein deswegen, weil die Haut einer Leiche ausgetrocknet und eingeschrumpelt war. Und das passierte auch nur, wenn die Leiche in einer trockenen Wohnung lag. Hier war es dafür nicht trocken genug; kalt, aber nicht trocken. Der Tote, vor dem Servatius, Seidel und Gaarst standen, hatte sich also in seinen letzten Tagen nicht oder nur flüchtig rasiert. Das passte zum übrigen Erscheinungsbild: überlange, eingerissene Fingernägel, eine von Fett- und anderen Flecken übersäte Jeans, ein Sweatshirt, das so verblichen war, dass man den Aufdruck »Iron Maiden« nur noch erahnen konnte. Der Ermordete war ein Mann gewesen, der nicht mehr viel Wert auf sein Äußeres legte.

»Markus Fenstermann, 42«, führte Seidel jetzt aus. »Keine Frau, keine Kinder, soweit wir bis jetzt wissen. Dafür mit einem offensichtlichen Alkoholproblem.«

Die Kommissare sahen sich um. Flaschen überall, Bierflaschen, Weinflaschen, Schnapsflaschen: auf dem Tisch, auf dem Kühlschrank, auf dem Herd – im Backofen lag eine verkohlte Pizza –, im Abfalleimer, vor dem Abfalleimer, selbst auf der Abstellfläche der Spüle stand ein Flachmann. Im Spülbecken türmte sich verschmutztes Geschirr. Man hätte von einem Stillleben des menschlichen Elends sprechen können, wäre da nicht der undichte Wasserhahn gewesen, von dem es in Zehn-Sekunden-Abständen in den obersten Teller tropfte. Pling. Pling. Pling.

»Wie lange liegt er schon hier?« Antje Servatius bemühte sich um eine besonders klare Aussprache, der Mundschutz konnte schon mal die eine oder andere Silbe verschlucken. Ohne Mundschutz ließ es sich an einem Tatort wie diesem kaum arbeiten. Allerdings hatte sie den Gestank der Verwesung schon stärker erlebt.

»Die Haut ist grünlich marmoriert«, sagte Hinrichsmeyer. »Aber noch kein Madenbefall. Etwa eine Woche.«

»Eine Woche, so lange?«

»Draußen ist es kalt, und hier drinnen ist es auch nicht viel wärmer.«

Wie auf Kommando durchlief Antje ein leichtes Frösteln. Hinrichsmeyer hatte recht, die Heizung war abgestellt. Um an seinen

Stoff zu kommen, hatte Markus Fenstermann an allen Ecken und Enden sparen müssen.

»Und die Sonne kommt auch nicht rein in dieses Loch«, ergänzte Kniebsch. »Das verzögert den Verwesungsprozess. Außerdem: So viel Promille, wie Fenstermann intus hatte, da ist er selbst sein bestes Konservierungsmittel gewesen.«

Unter Antjes strafendem Blick verkniff sich der Kriminaltechniker alle weiteren Witzeleien. Die Kommissarin wandte sich an den Rechtsmediziner. »Können Sie schon was zur Todesursache sagen?«

Hinrichsmeyer schüttelte den Kopf. »Kampfspuren gibt es jedenfalls keine.«

»Das würde dafür sprechen, dass Fenstermann den Täter kannte«, schloss Seidel.

»Oder dass er sich nicht wehren konnte. Sehen Sie hier.« Hinrichsmeyer hockte sich neben die Leiche, drehte die Handgelenke so, dass die Ermittler die tiefen Einschnitte in der aufgedunsenen Haut sehen konnten.

»Er war gefesselt«, konstatierte Gaarst.

»Und hier.« Der Rechtsmediziner deutete auf ein paar gelblichweiße Fasern, die in den Mundwinkeln und den Bartstoppeln klebten. »Sollte mich nicht wundern, wenn das Klebeband war. Das gleiche wie das da.« Er deutete auf die Streifen, welche wie Fesseln die Knie hielten.

»Was soll das überhaupt?«, fragte Antje.

»Die Knie wären auf Dauer nicht oben geblieben, wegen der Autolyse. Aber ich vermute, wir *sollten* ihn so finden. Warum auch immer …« Hinrichsmeyer zuckte die Achseln, und er erhob sich mit einem leisen Ächzen. »Alles Weitere, wenn er bei mir auf dem Tisch gelegen hat.«

Kniebsch schaltete den Scheinwerfer aus, der den Tatort erhellt hatte. Jetzt verlor sich das letzte Licht des Novembertages in der kleinen Essküche. Der Wasserhahn tropfte weiter. »Sind an der Spüle schon die Fingerabdrücke genommen?«, fragte Antje, jetzt besonders vernehmlich, aber unbestimmt in den Raum. Kniebsch schien ihre Gedanken zu erraten. »Ja«, sagte er und drehte mit einem energischen Ruck den Hahn zu.

Antje murmelte ein widerwilliges Danke. Sie hatte den Eindruck, dass der Mann von der Spurensicherung immer noch um Wiedergutmachung bemüht war. Nachdenklich schaute sie auf den Küchentisch, den einzigen Stuhl, der dort stand; den Platz, an dem Fenstermann den größten Teil seines Lebens, zumindest seines letzten Lebensabschnitts zugebracht haben mochte. Gläser und Flaschen hatten ihre ringförmigen, schmutzigen Abdrücke hinterlassen. Auf der billigen Kunststoffdecke hatte sich über die Jahre ein klebriger Firnis abgesetzt, Reste von Pizzen, die nicht im Ofen verkohlt waren, und von anderem Junk Food. Aber Antje schien, dass der Firnis nicht überall gleich stark war. Sie ging in die Hocke, bis sie auf Augenhöhe mit der Tischplatte war, musterte die Decke im schwachen Gegenlicht, das durch das Fenster hereinfiel. Ein kleiner Bereich, etwa von der Größe einer zusammengefalteten Zeitung, war vergleichsweise sauber. Sie bemerkte vier Einkerbungen im Plastik, die zusammen ein Rechteck bildeten.

»Da hat bis vor Kurzem noch etwas gestanden«, ließ sich Gaarst vernehmen, der plötzlich neben ihr stand.

»Gut gesehen«, gestand sie ein.

»Möglicherweise ein Notebook«, sagte Seidel. »Aber wenn, dann ist es verschwunden.«

»Vielleicht hat es der Täter mitgenommen?« Antje Servatius stand auf und ging ins Nebenzimmer.

Der Raum war kaum größer als eine Abstellkammer. Hier, auf einer zerschlissenen Matratze, hatte Fenstermann seinen Rausch ausgeschlafen. Zwischen den zerwühlten Wolldecken lag ein kleinformatiges gelbes Buch, kaum dicker als ein Heft. Antje nahm den Reclam-Band. »Der Zerbrochene Krug« – ein Säufer, der Kleist las.

»Ja, das passt nicht recht zusammen«, sagte Seidel, der ihr gefolgt war, während sie sich umsah. Der Raum war völlig leer, abgesehen von der Matratze, einer Nachttischlampe, deren Glas zersprungen war – und einem Bord, auf dem eine Reihe von Büchern stand. Antje beugte sich vor und überflog die Titel. Allesamt Klassiker der deutschen Literatur. Und allesamt mehr oder minder zerlesen. Markus Fenstermanns einziges nennenswertes Besitztum, wenn man einmal von dem auf mysteriöse Weise verschwundenen Notebook absah. Sie richtete sich auf.

»Wo ist die Nachbarin, die ihn gefunden hat?«

»Seit einer Stunde zurück aus dem Krankenhaus.«

***

So leer die Wohnung von Markus Fenstermann war, wenn man die vielen Flaschen mal außer Acht ließ, so vollgestellt war die von Marie Stollenwerck. In einem Leben von 67 Jahren kamen viele Erinnerungsstücke zusammen, die in den Augen anderer wahrscheinlich überflüssiger Krempel waren. Antje Servatius riss ihren Blick von der unglaublich kitschigen Uhr auf der Anrichte los und wandte sich der Rentnerin zu, die auf ihrem Sofa lag, den verstauchten Knöchel mit dem Stützverband auf einer Lehne hochgelegt. Den linken Arm zierten diverse Pflaster, die linke Hüfte kühlte sie gerade mit einem Coolpack.

»Da haben Sie aber noch mal Glück gehabt«, sagte Antje.

»Das musste ja mal passieren«, ächzte Marie Stollenwerck. Mit minimaler Verzögerung wurde der Kommissarin klar, dass sie damit nicht ihren Sturz gemeint hatte. Von irgendwo aus dem Haus hörte man ein Poltern, gefolgt von lauten Stimmen. »Dass einer von denen so endet! Was ist nur aus diesem Haus geworden?!«

»Kannten Sie Herrn Fenstermann? Hatten Sie Kontakt zu ihm?«

»Der hat Guten Tag gesagt, wenn er einem im Flur entgegenkam.

Mehr nicht. War aber schon mehr als bei den anderen, die kriegen den Mund ja überhaupt nicht auf.«

»Gibt es öfter Ärger im Haus?«

»Hier gibt es immer Ärger, was glauben Sie denn?! Haben Sie sich mal angeguckt, wer hier wohnt?«

Die Befragung der anderen Mieter hatte Antje Servatius ihren Kollegen überlassen, die waren gerade im Haus unterwegs. Beiläufig registrierte sie, dass das Poltern aufgehört hatte. »Und Fenstermann, war der beteiligt, wenn es Ärger gab?«

»Der hat sich immer rausgehalten. Ich glaube, der wollte für sich sein.« Marie Stollenwerck ächzte erneut. Oder war es mehr ein Seufzen? Die Blässe in ihrem Gesicht rührte wohl nicht nur von den Schmerzen her, die sie zweifellos hatte. Kein Wunder, dass sich die Frau mit Erinnerungen umgab. Sie haderte mit der Welt jenseits ihrer Zimmerwände. »Obwohl«, sagte sie jetzt, »der Melnik von unterm Dach, der hatte ihn auf dem Kieker.«

»Weswegen?«

»Was weiß ich! Aber der ist dem Fenstermann einmal fast an die Gurgel gegangen.«

»Hm. Davon abgesehen haben Sie nichts Auffälliges an Herrn Fenstermann bemerkt?«

»Ich glaube, der hat zuletzt noch mehr gesoffen als sonst.«

»Warum glauben Sie das?«

»Na ja, vor den Mülltonnen standen auf einmal drei große Plastiktüten und nicht zwei.«

»Wissen Sie denn, wo er sich versorgt hat?«, fragte Antje, während sie sich aus dem schweren Sessel hievte. »Ich meine, mit Alkohol.«

»Am Kiosk zwei Ecken weiter die Straße runter. Da versorgen sich alle. Auch die aus dem Park. Der verdient sich 'ne goldene Nase mit den ganzen Säufern.«

Die Rentnerin presste die Lippen zusammen und schloss erschöpft die Augen. Antje sah sich ein letztes Mal um in dieser Wohnung, in der für die Welt von heute kein Platz war. Sie fragte sich, warum eine Frau wie Marie Stollenwerck noch in diesem Haus wohnte. Und gab sich sogleich selbst die Antwort: Wohin sollte sie auch sonst gehen, mit ihrer vermutlich mickrigen Rente?

***

»Melnik? Das ist der im Dachgeschoss rechts«, erklärte Seidel. »Beziehungsweise, das wäre er.«

Antje war mit ihren Kollegen unterwegs zum Kiosk; zu Fuß, die Strecke war so kurz, da lohnte sich das Autofahren samt neuerlicher Parkplatzsuche nicht. »Warum ›wäre‹?«, wollte sie wissen.

»In der Wohnung habe ich nur seinen Sohn angetroffen. Der ist gerade dabei, den Haushalt aufzulösen. Gerald Melnik ist seit zwei Wochen in der Geschlossenen. Schwere Psychosen und Angstzustände. Der Sohn meinte, wenn man so lange an der Nadel hänge, sei das auch kein Wunder.«

»Es wäre auch zu einfach gewesen«, seufzte Antje. »Ermittlungstechnisch, meine ich. Und sonst?«

»Fangen wir unten an. Im Souterrain wohnt Familie Spacht. Vater, Mutter, Kind. Vater und Mutter langzeitarbeitslos, der Sohn ist 14 und zeigt schon Ambitionen, in die Fußstapfen der Eltern zu treten. Ich bin mitten in einen ziemlich handgreiflichen Streit geraten.«

»Ich glaube, den hab ich mitbekommen.«

»Da musst du dir aber nichts auf dein Gehör einbilden. Die machen Familientheater fürs ganze Haus.«

»Worum ging es?«

»Keine Ahnung. Ich glaube, das wussten sie selbst nicht mehr. Sehr lösungsorientiert war die Auseinandersetzung jedenfalls nicht. Wohnen seit anderthalb Jahren im Haus, konnten mit dem Gesicht von Fenstermann absolut nichts anfangen. Weiter.«

Seidels auffordernder Blick ging zu Gaarst. Der holte seinen Notizblock hervor. »In der Wohnung neben Fenstermann wohnt eine Angelika Szymanzik, 38, alleinstehend. Szymanzik sah aus, als hätte ich sie aus dem Bett geklingelt.« Antje meinte immer noch – oder schon wieder? – ein leichtes Krächzen in seiner Stimme zu entdecken. »Sie sagte dann auch, sie habe den ganzen Tag dort zugebracht und von den Vorfällen im Haus nichts mitbekommen. Nach dem Zustand ihrer Wohnung zu urteilen, hat sie ebenfalls ein Alkoholproblem. Weiter sagt Szymanzik aus, dass sie Fenstermann zwar öfter im Flur begegnet ist, aber nie Ärger mit ihm hatte.« Heiner Gaarst steckte den Notizblock weg. Er schien von seinem Monolog regelrecht erschöpft.

Die drei überquerten eine Straße. Die Dämmerung wich allmählich der Dunkelheit. Gegenüber war ein großes, mindestens fußballplatzgroßes Areal abgesperrt. Antje erinnerte sich, dass hier früher ein Betrieb stand, der Alt- zu Neupapier recycelt hatte. Der Gestank hatte sich jedes Mal für Minuten im Auto festgesetzt. Jetzt war die Fabrik abgerissen. Plakate auf dem Bauzaun versprachen eine großzügige Wohnanlage. Die Gentrifizierung im Viertel schritt unaufhaltsam voran. In baldiger Zukunft würden in dem Haus, in dem Markus Fenstermann ermordet worden war, keine Säufer und keine Psychotiker mehr wohnen. Aber auch keine Marie Stollenwerck.

»In der Wohnung über der Szymanzik«, fuhr Seidel fort, »habe ich niemanden angetroffen. Der Bewohner, ein Mechaniker, lebt hauptsächlich bei seiner Lebensgefährtin in der Pfalz. Und wenn er hier ist, hat er hauptsächlich Ärger mit dem Vermieter.«

»Warum?«

»Die beiden haben sich wegen irgendwelcher Umbauten in der Wohnung überworfen. Der Mechaniker zahlt seit Monaten keine Miete mehr. Da steht eine Zwangsräumung an.«

»Sag mal, von wem weißt du das alles?«

»Von Heiner Mohren.«

»Müsste ich den kennen?«

»Du nicht, aber die Kollegen vom Einbruch. Mohren hat in den letzten Jahren ein halbes Dutzend Mal eingesessen. Immer kleinere Einbruchsdelikte. Er wohnt oben, neben Melnik.«

»Dafür, dass die Polizei bei ihm geklingelt hat, war er aber sehr gesprächig.«

»Nicht von Anfang an. Zuerst hat er einen Heidenschreck gekriegt. Als er dann hörte, dass es um Mord geht, war er geradezu erleichtert. Das ist ja nicht sein Geschäftszweig.«

»Sagt *er*.«

»Mohren ist erst seit vier Tagen wieder aus der JVA raus.« Seidel zuckte bedauernd die Schultern. »Hatte zuletzt vier Monate wegen Einbruchsdiebstahl.«

»Von den Hausbewohnern kommt also kaum einer infrage«, sagte Antje und wich einem Hundehaufen aus. »Bei allem, was wir bis jetzt über den Tathergang wissen, war das auch nicht sehr wahrscheinlich.«

»Zu geplant und drapiert. Wenn Hinrichsmeyer mit dem Klebeband richtigliegt.«

»Nach einem Streit unter Alkoholeinfluss sieht das jedenfalls nicht aus. Und Raubmord ... was sollte bei Fenstermann zu holen gewesen sein?«

»Abgesehen von dem Notebook nichts. Gut, erweitern wir das Suchraster. Nichts einfacher als das.« Seidels Vortrag bekam eine ironische Note. »Ich habe mir mal Fenstermanns Handy vorgenommen. Das kleinste Telefonbuch der Welt. Du wirst es nicht glauben – ganze drei Einträge.« Er zählte an den Fingern ab. »Nummer eins: sein Hauptnahrungslieferant, die Stehpizzeria. Nummer zwei: das Jobcenter. Ich nehme an, das ist sein Hartz-IV-Sachbearbeiter. Der hatte allerdings schon Feierabend. Bei der dritten Nummer hatte ich die Mailbox von einem Bernd Rösing. Ich habe um Rückruf gebeten.« Er ließ seine Hand sinken. »Was ist das für ein Leben, wenn der Hartz-IV-Mann zu deinen engsten sozialen Kontakten gehört.«

»Bleibt die Frage«, sagte Antje und drückte die Tür zum Kiosk auf, »war der Alkohol die Ursache oder die Folge?«

Als sie ihre Dienstausweise zeigten, verdrückte sich der einzige Kunde, ein Junge, der aussah wie 14, aber wahrscheinlich nur elf war, mit seiner frisch gekauften Packung Zigaretten schnell nach draußen. Der Besitzer seinerseits ging in Verteidigungshaltung, die Arme vor der Brust verschränkt, das Gewicht bedächtig von einem Bein aufs andere verlagernd. Antje fragte sich, ob er außer Bier und Schnaps wohl noch anderen Stoff verkaufte. Aber das war nicht ihre Baustelle.

»Klar kenn ich den.« Der Mann hinter dem Tresen nickte beim Blick in Fenstermanns Pass. »Der Solitärsäufer.«

»Hatten Sie mal Ärger mit ihm? Oder andere, die hier eingekauft haben?«

Kopfschütteln. »Er war 'n Einzeltäter, sag ich doch.«

»Wann war er das letzte Mal hier?«, fragte Gaarst.

»So vor 'ner Woche.«

»Haben Sie da was an ihm bemerkt?«, schaltete sich Seidel ein.

»Der ist immer nur rein, hat sich mit Stoff eingedeckt und ist wieder raus. Obwohl«, ein Lachen meckerte durch den kleinen Verkaufsraum, »vor 'ner guten Woche hat er sogar mal 'ne Zeitung gekauft.«

»Könnte es sein, dass er in letzter Zeit mehr Stoff gebraucht hat als sonst?«

»Könnte sein.«

»Irgendeine Idee, warum?«

»Das ist seine Privatsache, oder?«

»Aber schön für Sie.«

»Der Kunde ist König.«

»Seit heute haben Sie erst mal einen weniger. Einen Kunden, meine ich.« Antje steckte den Pass ein. »So ein Pech aber auch.«

***

Meistens konnte Antje Servatius gut abschalten, wenn sie das Polizeipräsidium verließ. Heute gelang ihr das nicht. Allerdings musste sie, während sie in der Küche stand und darauf wartete, dass die Fertig-Lasagne im Backofen heiß wurde, nicht an Markus Fenstermann denken, nicht an seinen qualvollen Tod, nicht an die Wohnung, in der er gehaust hatte; sie dachte an die Einsamkeit der Marie Stollenwerck. Antjes Blick ging durch die Küche, glitt über die Wände, die Abstellflächen, die Fensterbänke. Was dort stand und hing, waren Gebrauchsgegenstände, Küchenutensilien: Lebensmittelwaage, Schneebesen und so weiter. Nichts, was die Bezeichnung Erinnerungsstück auch nur entfernt verdient hätte. In Wohn- und Schlafzimmer sah es nicht weniger nüchtern aus. Gab es in ihrem Leben denn gar nichts, an das es sich zurückzudenken lohnte? Oder lief sie vor einigen der Erinnerungen weg? Vor ein paar Monaten hatte sie, im Zuge einer ihrer viel zu seltenen häuslichen Aufräumaktionen, alte Fotos gefunden, von ihr und Kiras Vater. Die waren sofort im Mülleimer gelandet. Natürlich hatten sich über die Jahre auch Fotos von ihr und Kira angesammelt, auf dem Computer oder im Handy gespeichert. Den öfter gefassten Plan, daraus ein schönes Fotobuch zu gestalten, hatte sie genauso oft verschoben. Keine Zeit, war das Argument. Beziehungsweise die Ausrede. War sie jetzt schon – und trotz Tochter – einsamer als eine Rentnerin von knapp 70 Jahren?

»M… Mama!« Kiras Stimme holte sie aus ihren Grübeleien und ins Wohnzimmer. Ihre Tochter lag in ihrer Lieblingsstellung auf dem Sofa, in der Hand das Handy, die Augen jedoch auf den Flachbildschirm an der Wand gerichtet. »Du bist im Fe… Fernsehen.«

Antje hatte auf der Trauerfeier keine Kamerateams entdeckt. Anscheinend hatte sich Berit Grönewald jede TV-Berichterstattung verbeten – eine kleine, durch die Trauer hinreichend legitimierte Rache an dem Medium, das ihr so wenig bedeutete. Aber natürlich hatten die Trauergäste ihre Handys dabei. Und einer (oder eine) hatte geistesgegenwärtig draufgehalten, als Antje die Witwe mit ihrer Leibesvisitation überraschte. So hatte es ihre Aktion zumindest in die Nachrichten des Lokalfernsehens geschafft.

»Cool«, meinte ihre Tochter anerkennend, während sie sich schon wieder ihrem Handy widmete.

Antje sah sich, wie sie den Saum von Berit Grönewalds Jacke wendete und nach dem Waschzettel, nach dem Knopf suchte. ›Cool‹ war nicht das erste Wort, das ihr dazu einfiel. Aber sie stand nach wie vor zu dem, was sie da gemacht hatte.

»Und wer ist d… das?«, fragte Kira, die gerade eine Nachricht tippte, dabei aber wieder auf die etwas wackligen Bilder vom Melatenfriedhof schaute. Es war verblüffend, wie mühelos sie zwischen Handy und Fernseher hin- und herzappen konnte. Antje brauchte einen Moment, um sich zu vergegenwärtigen, wen Kira mit ihrer Frage meinte. Im Hintergrund sah man Nina Außem. Das Mädchen griente über das unverhoffte Zwischenspiel. Antje hatte davon gar nichts mitbekommen.

»Das ist Torben Grönewalds Tochter«, erklärte sie und setzte sich Richtung Küche in Bewegung, von wo es mittlerweile leicht angebrannt roch.

»Ka… kann ich eigentlich auch Ki… Kinder kriegen?« Kiras Frage kam aus dem Nichts und ließ Antje abrupt innehalten.

»Wie meinst du das?«

»W… wie ich es sa… sage.« Kira hatte aufgehört, die Nachricht weiterzutippen, an der sie gerade saß, und schaute ihre Mutter direkt an. Höchste Alarmstufe.

»Wieso solltest du nicht?« Antje versuchte ihre Verblüffung zu überspielen.

»Wie… wieso wohl?« Kira warf einen vielsagenden Blick auf ihre Krücken, die am Sofa lehnten.

»Unsinn! Natürlich kannst du!« Antje lachte auf, dabei war ihr nicht mehr zum Lachen zumute. Sie musste an den Jungen denken, den sie vor der Schule mit Kira gesehen hatte. Bestand da etwa ein Zusammenhang mit ihrer Frage?

»N … nein, ich habe keinen … Freund«, erklärte Kira unvermittelt, als hätte sie Antjes Gedankengänge mitgelesen.

Die vorschnelle Verneinung war nicht dazu angetan, die Mutter zu beruhigen. Andererseits, sie hatte den Jungen ja gesehen. Ein Eyecatcher, wie man so sagte. Was wollte der mit einem behinderten Mädchen wie Kira? Antje verfluchte sich für den Gedanken. Aber sie hatte ihn nun mal gedacht. In ihren Augen war Kira eine Schönheit, aber sie vermochte sich nicht vorzustellen, dass jemand anders das genauso sah. Schon gar nicht jemand, der selbst aussah wie ein Model. Dann wiederum – die Liebe ging seltsame Wege. Auch die junge.

Unvermittelt ging ihr das Projekt Katze durch den Kopf. Sie hatten es gar nicht mehr weiterverfolgt, auch und vor allem weil Kira nicht mehr nachgehakt hatte. Gab es dafür auch einen Grund – einen Grund mit einem Jungennamen? Plötzlich erschien Antje die Anschaffung einer kuscheligen Katze, auf die ein Mädchen all seine Liebe richten konnte, gar nicht mehr so dumm. Jedenfalls verglichen mit anderen Optionen.

»Wenn du es unbedingt schriftlich haben willst«, sagte Antje, »gehen wir zu einem Fachmann, ich meine Fachfrau. Ich habe übermorgen einen Termin bei meiner Gynäkologin. Du kommst einfach mit, okay?«

»Okay.«

»Und dann kümmern wir uns um die Katze«, fügte Antje, jetzt ebenso ungefragt, hinzu.

»Cool«, sagte Kira, aber begeistert hörte sie sich nicht an. Die Katze schien tatsächlich zweitrangig geworden zu sein. ›Cool‹ war auch jetzt nicht das Wort, das Antje zu alldem einfiel.

18

»Er ist also ermordet worden …« Die ohnehin schon leise Stimme am anderen Ende der Leitung verlor sich endgültig.

Als der Mann anrief, auf dessen Mailbox Seidel eine Nachricht hinterlassen hatte, war schnell klar: Bei Bernd Rösing handelte es sich weder um einen Saufkumpan von Markus Fenstermann – zum Bild des ›Solitärsäufers‹ hätte das auch nicht gepasst – noch um einen alten Freund. Rösing war der Bruder des Toten. Bei der Heirat hatte er den Namen seiner Frau angenommen. Und mit der lebte er weit weg, an einem Fjord in Mittelnorwegen. Jetzt meldete sich die leise Stimme zurück.

»Wissen Sie schon, wer –«

»Nein«, musste Seidel eingestehen. »Bislang wissen wir noch nicht einmal genau, wann und wie. Nur, dass.«

Aus Norwegen kam ein Seufzer über die Nordsee – oder war es ein tiefes Durchatmen, nachdem der Schock für Sekunden den Atem genommen hatte? Allerdings hatte Seidel bislang nicht das Gefühl, dass sein Gesprächspartner sonderlich schockiert war, und der nächste Satz bestätigte diesen Eindruck. »Nun gut. Vielleicht musste es so kommen …«

»Wann haben Sie Ihren Bruder zum letzten Mal gesehen, Herr Rösing?«

»Lassen Sie mich nachdenken, das war vor ungefähr … vor zehn Jahren.«

»Zehn Jahre?!«

»Mein Bruder und ich, wir hatten uns auseinandergelebt.«

»Aber Ihre Telefonnummer war eine von wenigen in seinem Handy. Sie können mir nicht erzählen, dass er gar keinen Kontakt zu Ihnen hatte.«

»Er *wollte* Kontakt.«

»Und Sie nicht?«

»Er wollte immer nur Geld. Ich würde doch so gut verdienen hier oben, und ich könnte bestimmt was abzweigen … Wenn jemand Ihnen so deutlich zu verstehen gibt, dass Sie für ihn nur als Geldquelle existieren, dann gehen Sie irgendwann nicht mehr ran, wenn Sie seine Nummer sehen.«

»Wann sind Sie denn das letzte Mal rangegangen?«

»Im Frühsommer. Mai oder so.«

»Und worüber haben Sie da geredet?«

»*Ich* habe gar nicht geredet.« Rösing stieß grimmig die Luft aus. »Was Markus geredet hat, war kaum zu verstehen. Und das lag nicht an der Verbindung. Nur das Wort ›Kohle‹, das habe ich verstanden. Das kam immer wieder vor. Nach dem fünften Mal habe ich aufgelegt.«

»Haben Sie sonst noch Familie?«

»Unsere Eltern sind schon lange tot, und es gibt keine weiteren Geschwister. Einen Onkel und einen Neffen in Thüringen, aber da ist der Kontakt schon lange abgebrochen. Meiner jedenfalls. Und ich glaube nicht, dass Markus da auch wegen Kohle angeklopft hat.«

Jedenfalls gab es keine weitere Telefonnummer, dachte Seidel. »War Ihr Bruder jemals verheiratet?«

»Nein.«

»Gibt es Freunde, von denen Sie wissen, also aus der Zeit, als Sie noch Kontakt hatten?«

»Ich glaube, er hatte nur einen Freund. Das war die Flasche.«

Das Telefonat begann Seidel zu deprimieren. Und das lag nicht nur daran, dass die Informationen so dürftig waren.

»Hat er denn schon immer so viel getrunken?«, fragte er.

»Als er jung war, noch nicht. Als Teenager war er sogar in der Kirche aktiv.«

»In der Kirche aktiv? Was heißt das?«

»Na ja, er war eine Zeit lang oft im katholischen Jugendzentrum in unserem Viertel. Da gab's bestimmt nur Cola und Tee. Der Alkohol kam erst später ins Spiel. So genau weiß ich das auch nicht, ich bin ja vier Jahre jünger als er. In der zweiten Hälfte der Zwanziger, da wurde das Trinken richtig zum Problem. Jedenfalls hat er sich damit die Karriere versaut.«

»Welche Karriere?«

»Er war wissenschaftlicher Mitarbeiter. Literaturwissenschaft. Er hatte eine Professur in Aussicht und saß an seiner Doktorarbeit. Aber die hat er nie fertiggestellt. Stattdessen …«

»Wo und wann war das? Seine akademische Tätigkeit?«

Während Seidel Bernd Rösings Angaben notierte, klopfte es an der Tür zum Büro. Der Besucher trat, noch ehe Seidel etwas sagen konnte, ein und setzte sich ebenso unaufgefordert auf den Besucherstuhl.

»Danke«, sagte Seidel abschließend zu Markus Fenstermanns Bruder. »Noch etwas: Ich fürchte, Sie werden nach Köln kommen müssen, um Ihren Bruder zu identifizieren.«

»Geht wohl nicht anders.« Diesmal kam ein echter Seufzer. »Jemand muss sich ja auch um die Beerdigung kümmern.«

Seidel legte auf und wandte sich dem Besucher zu.

»Sie haben also seinen Wagen«, sagte Frank Henning. »Und das ist alles?! Bald zwei Wochen ist er jetzt verschwunden, und alles, was Sie finden, ist sein Wagen?!«

Wenn der Ausdruck ›von Sorge zerfressen‹ jemals auf ein Gesicht gepasst hatte, dann auf das von Jack Trosiens Freund. Schlaflose Nächte hatten seine etwas vollen, aber immer noch jugendlichen Züge ausgemergelt. Der flackernde Blick irrlichterte kurz durch den Raum, ehe er wieder an dem Ermittler hängen blieb.

»Ja, wir haben seinen Wagen«, bestätigte Seidel und referierte die Ermittlungen, bis zum ominösen zweiten und – wenn es ihn denn wirklich gab – wesentlich wichtigeren Wagen. »Den haben wir bislang leider nicht. Keine Spur.«

»Wie wollen Sie die auch finden, wenn andere Sachen vorgehen«, giftete Frank Henning mit einem Blick aufs Telefon.

Die andere Sache ist auch ein Mord, war Seidel versucht zu sagen; er hielt sich aber noch rechtzeitig zurück. Damit hätte er Hennings Vorwurf, dass ein Vermisstenfall ein Fall zweiter Klasse war, nur bestätigt. Am Ende ist da sogar was dran, schoss es ihm kurz durch den Kopf. Er beschloss, erst einmal gar nichts zu erwidern und abzuwarten, bis sich der Unmut von Jack Trosiens Lebenspartner etwas gelegt hatte. Seidels Blick ging über den Schreibtisch auf Antjes Seite, wo die Zahl der Umzugskartons in den letzten Tagen merklich abgenommen hatte. Solange sich im Fall Grönewald nichts tat, hatte sie ausgepackt und eingeräumt; eine Art Beschäftigungstherapie. Seidel überlegte, ob er seiner Kollegin öfter mal einen Stillstand bei Ermittlungen wünschen sollte.

Er wandte sich wieder Frank Henning zu, der jetzt vornübergebeugt dasaß, mit hängendem Kopf, ruhelos die Hände reibend. Der Unmut hatte tiefer Mutlosigkeit Platz gemacht. Seidel suchte nach den richtigen Worten für das, was er zu sagen hatte.

»Nur mal angenommen – und verstehen Sie mich nicht falsch, das ist wirklich hypothetisch –, also nur mal angenommen, Ihrem Partner ist wirklich etwas zugestoßen und wir haben es mit einem Gewaltverbrechen zu tun.« Noch während die Worte aus seinem Mund kamen, verfluchte sich Seidel für seine falsche Rücksichtnahme, für sein Leugnen des Offensichtlichen; zwei Wochen nach dem Verschwinden waren die meisten Vermisstenfälle kein Vermisstenfall mehr, sondern ein Gewaltverbrechen. »Können Sie sich vorstellen, dass ein solches Verbrechen damit in Zusammenhang steht, dass …«

»Dass was?!« Henning nutzte Seidels kurzes Zögern, um in die Offensive zu gehen. »Dass er schwul ist? Sie meinen, Jack musste wegen seiner sogenannten sexuellen Orientierung dran glauben?! Was glauben Sie denn, wo wir leben?«

In einem Land, dachte Seidel, wo man wegen der vermeintlich falschen sexuellen Orientierung oder Nationalität oder Hautfarbe durchaus wieder was auf den Deckel kriegen kann. Wenn nicht mehr.

»Oder glauben Sie, Jack ist an den Falschen geraten? An den falschen Schwulen, meine ich.« Henning gab sich die Antwort selber. »Jack hat sein Schwulsein nie vor sich hergetragen. Er hat ja für sein Coming Out schon Ewigkeiten gebraucht.«

»Tatsächlich? Ich dachte –«

»Sie dachten wahrscheinlich, das ist heutzutage keine große Sache mehr. Irrtum, das ist individuell sehr verschieden. Als Teenie hat Jack noch mit Mädchen rumgemacht, wie jeder andere Hetero auch. Und auch später … im Grunde war er der unschwulste Schwule, den ich kenne.«

Seidel brauchte einen Moment, bis ihm das Verräterische an diesem Satz aufging. Es war wie bei den Menschen, die von ihrem Mann oder ihrer Frau noch in der Gegenwart reden, obwohl sie gerade haben erfahren müssen, dass er nicht mehr lebt. Hier verhielt es sich umgekehrt. Frank Henning redete über seinen Lebenspartner schon in der Vergangenheit. Jetzt merkte er selbst, was er da gesagt hatte. Seidel sah den unverhüllten Schmerz in seinen Augen und blickte betroffen zu Boden.

* * *

Antje Servatius war sich sicher, dass manche Kollegen den Gang in die Rechtsmedizin auch nach etlichen Dienstjahren noch scheuten, dass sie die Untersuchungsräume, diese Welt aus kalten Fliesen und nacktem Metall, nur mit leichter Beklommenheit betraten. Tote am Tatort stellten für sie kein Problem dar, egal wie schlimm sie zugerichtet waren. Aber eine Leiche, die aufgeschnitten und -gesägt und ausgeweidet und in die Einzelteile zerlegt und am Ende wieder zusammengenäht wurde? Ermittlungstechnisch mochte das so notwendig wie vernünftig sein; trotzdem fand hier für so manchen hartgesottenen Polizisten der wahre Akt der Entmenschlichung statt. Offen zugegeben hatte das allerdings noch keiner der Kollegen.

Auch Heiner Gaarst ließ sich nichts anmerken, während er mit ihr die Treppe ins Kellergeschoss des Klinikums hinunterging. Aber Antje hatte den Eindruck, das Ungerührtsein war bei ihm echt. Es passte ins Gesamtbild, das sie inzwischen von ihm hatte. Der Neuzugang war eine Insel, nicht nur kommunikativ; eine Insel, von der nur wenige Signale ausgingen. Wie viel umgekehrt auf dem Eiland ankam, konnte Antje noch nicht abschätzen. Am Ende ist er ein Autist, dachte sie und öffnete die Tür zu Hinrichsmeyers Reich.

Antje hatte ebenfalls keine Probleme mit den Besuchen in der Rechtsmedizin. Was ihr allenfalls zu schaffen machte, war das lebensgroße Skelett, das in einer Ecke des Raums stand. Jedes Mal, wenn sie bei Hinrichsmeyer war, hatte sie das Gefühl, das Modell würde sie auslachen. Unbewusst achtete sie immer darauf, dass sie ihm den Rücken zuwandte. Auch das war nichts, was man seinen Kollegen erzählte.

»Keine Spuren von äußerer Gewalt.« Während sein Assistent die Leiche von Markus Fenstermann zunähte, bestätigte Hinrichsmeyer, was er schon am Tatort gesagt hatte. »Abgesehen von den schon erwähnten Fesselspuren an den Handgelenken. Keine Würgemale, keine Stichwunden, keine stumpfen Verletzungen.«

»Was bleibt dann? Wurde er vergiftet?«

»Ist wohl die naheliegende Option. Aber damit sind wir auch schon bei den Vermutungen. In Urin und Blut lässt sich nämlich nichts mehr nachweisen, dazu hat er zu lange gelegen.«

»Dann vermuten Sie mal.«

»Ein Sedativum? Möglicherweise der Wirkstoff Diazepam.«

»Zum Beispiel Valium«, schloss Gaarst. Antje Servatius nickte, zustimmend und etwas überrascht. Markus Fenstermann war nicht ihr erster Fall von tödlicher Medikation, aber sie wunderte sich, dass der neue Kollege pharmazeutisch derart bewandert war.

»Zum Beispiel«, sagte auch Hinrichsmeyer. »Dafür spricht im Übrigen auch die Tatsache, dass wir keine Einstiche gefunden haben. Eine ausreichende Überdosis Tabletten, aufgelöst in Flüssigkeit … Die muss nicht zum Tod führen, kann aber. Atemstillstand, Herzversagen, Koma …«

»Aber wie hat wer auch immer es war Fenstermann dazu gebracht, die Überdosis zu schlucken?«

»Das herauszufinden ist wiederum Ihr Job«, sagte Hinrichsmeyer einigermaßen genüsslich, und Antje spürte das Grinsen des Skeletts in ihrem Rücken. »Nur noch so viel: Es dürfte etwas länger gedauert haben.«

»Danke für den Tipp. Aber wie kommen Sie darauf?«

»Das Klebeband auf Fenstermanns Mund. Ich habe auch einige Partikel in der Luftröhre gefunden. Am Ende hat er das Zeug sogar eingeatmet. Das tut niemand aus freien Stücken.«

»Hört sich nach einer ziemlichen Tortur an«, sagte Seidel, während er weiter auf seinen Monitor starrte. Jetzt, wo er ein paar Brocken über das Leben von Markus Fenstermann erfahren hatte, suchte er nach weiteren Spuren, die sich im digitalen Netz verfangen hatten. Bis jetzt erfolglos. »Aber warum das Ganze?«

»Weil möglicherweise noch Mitteilungsbedarf bestand«, erwiderte Antje Servatius. »Beim Täter, nicht beim Opfer. Und weil Fenstermann bestimmt keine Lust auf eine tödliche Dosis hatte.«

»Und warum hat er ihn dann überhaupt getrunken, den Schierlingsbecher?«

»Vielleicht war er sich ja nicht sicher, dass es einer ist.«

»Das würde mich aber wundern.«

»Mich offen gestanden auch. Ich sag's mal anders. Vielleicht *wollte*

Markus Fenstermann nicht glauben, dass er vergiftet wird. Am Ende hat er getrunken, weil er nicht anders konnte.«

Seidel, der gerade ein paar neue Suchbegriffe eingab, schaute von seiner Tastatur auf. »Du glaubst –«

»Ja. Der oder die Täterin hat sich seine Sucht zunutze gemacht und die Tabletten nicht in Wasser, sondern zum Beispiel in Bier aufgelöst.«

»Alkohol kann übrigens die Wirkung von Diazepam verstärken«, sagte Gaarst. Die überraschten Blicke der Kollegen ließen ihn fast entschuldigend hinzufügen: »Habe ich mal gelesen.«

»Na also. Und dann hat er seelenruhig abgewartet, bis Fenstermanns Brand einfach zu groß war, und dann …« Antje zuckte die Achseln.

»Das kann, je nachdem wie sein Pegel gerade war, Stunden gedauert haben.«

»Wie du schon sagtest: Tortur. Wenn der Tathergang wirklich so oder so ähnlich war, dann ist Fenstermann auf ganz perfide Art zu Tode gefoltert worden.«

»Aber warum?«

»Im Moment fällt mir da nur Rache ein. Ein Psychopath, der es auf Alkoholiker abgesehen hat, wäre was Neues.«

»Und dann noch die Stellung der Beine … merkwürdiges Szenario.«

Antje Servatius nickte und konzentrierte sich auf die Ausdrucke, die man am Morgen auf ihren Tisch gelegt hatte: eine Übersicht über die Bewegungen auf Berit Grönewalds diversen Konten. Stattliche Summen waren da bewegt worden, wie nicht anders zu erwarten. Unerwartet war allerdings die Überweisung einer ebenfalls recht stattlichen Summe an eine kleine Bankfiliale in der Eifel.

Fee Mohnhaupt hatte in einem kurzen Telefonat freimütig eingeräumt, dass Berit sie zu ihrem falschen Alibi bestochen habe; die 8000 Euro sollten der Instandsetzung ihres Hauses dienen. »Aber«, so setzte sie ebenso freimütig hinzu, »ich hätte ihr das Alibi auch so gegeben. Weil sie es nicht war.«

Eine Falschaussage also, die den Tatverdacht jedoch bedauerlicherweise nicht untermauerte. Und der würde bald wacklig werden, wenn nicht Weiteres dazukam. In der U-Haft hatte sich Berit Grönewald entschlossen, gar nichts mehr zu sagen. Das Reden überließ sie nun Albert Minkwitz. Minkwitz gehörte zu den Promi-Anwälten der Stadt und hatte, wenn der mal wieder zu kräftig austeilte oder seinerseits Drohungen erhielt, auch ihren Mann vertreten. Konnte oder musste man da jetzt schon von einem Interessenkonflikt sprechen? Jedenfalls würde Minkwitz wie immer alles tun, um seine Mandantin herauszupauken. Meistens hatte er damit Erfolg, dachte Antje mit Bedauern; sie wollte den Fall Grönewald endlich abschließen, auch, wie sie sich eingestehen musste, aus ganz persönlichen Gründen.

Ein leiser Pfiff ließ sie zu Seidel schauen. »Wer sagt's denn.«

Sie ging um den Schreibtisch, stellte sich hinter den Kollegen und schaute auf dessen Bildschirm. Das Foto war gut zehn Jahre alt und stammte von einem Erstsemesterabschlusstrinken, wie die Bildunterschrift verriet. Irgendwelche Namen verriet sie nicht. Der Dozent war dennoch unschwer zu identifizieren, weil deutlich älter als der Rest, der da um einen großen runden Kneipentisch zusammensaß. Markus Fenstermann saß lächelnd in der Mitte, vor einem großen Glas Bier. Das Lächeln war etwas schüchtern, aber es stand ihm gut zu Gesicht.

»Er hat tatsächlich mal bessere Zeiten erlebt«, stellte Seidel fest.

»Hm. Trotzdem, da ist schon so ein trauriger Zug um seinen Mund.«

»Man soll eine Geschichte nie vom Ende her sehen.«

»Ist das jetzt wieder eine deiner buddhistischen Weisheiten?«

Bevor Seidel antworten konnte, kam Kniebsch herein.

»Ich weiß, wo Fenstermanns Notebook abgeblieben ist.« Er

legte ein schon reichlich zerknittertes, fleckiges Blatt im DIN-A5-Format auf Seidels Schreibtisch. ›Vertrag‹, las Antje. Und: ›Leihhaus Kempke‹.

»Ich dachte, die nehmen so was gar nicht mehr an.« Seidel runzelte die Stirn. »Handys und Notebooks und so was.«

»Dachte ich auch, aber …« Kniebsch zuckte die Achseln.

»Und warum nicht?«, fragte Antje, die noch nie ein Pfandhaus von innen gesehen hatte.

Ihr Kollege wechselte mit dem Kriminaltechniker einen verständnisinnigen Blick, ehe er aufgesetzt seufzte. »Technik ist halt immer noch Männersache.«

»Das war definitiv nicht buddhistisch!«

»Der Kram verliert rapide an Wert«, erklärte Seidel.

»Schnelltechnologie arbeitet nicht nur schnell«, ergänzte Kniebsch, »sie ist auch ganz schnell veraltet.«

»Der Pfandleiher muss ein verdammt großes Herz gehabt haben«, sagte Seidel und druckte das Foto vom Erstsemesterumtrunk aus.

»20 Euro«, las Antje im Vertrag. »So groß war das Herz auch nicht.«

»20 Euro größer als bei jedem anderen«, sagte Kniebsch.

»Wo haben Sie den Vertrag gefunden?«, fragte Heiner Gaarst.

»Im Müll. Entweder war Fenstermann so benebelt, dass er nicht mehr wusste, was er da wegschmeißt. Oder er hat selbst nicht mehr damit gerechnet, dass er das Ding auslösen kann.«

»Na, dann werde ich das jetzt mal übernehmen«, sagte Seidel, steckte den Vertrag ein und erhob sich.

Auch Antje streifte ihre Jacke über. »Frauensache«, erklärte sie auf den fragenden Blick ihres Kollegen.

19

Kira verließ gerade in einem größeren Pulk das Schulgelände, als von vorn lautes Knattern zu hören war. Ein Motorrad fuhr durch die Menge, unbeeindruckt von allem Protestgeschrei, gerade so langsam, dass es keine Gefahr war, aber schnell genug, dass sich wie von selbst eine Gasse auftat. Das Motorrad war jedoch kein Motorrad, wie Kira feststellte, als es mit einem eleganten Bogen vor ihr Halt machte. Es war einer dieser italienischen Motorroller. Und der Fahrer, der sich jetzt den Helm vom Kopf zog, war Arthur.

»Ciao, cara!« Er beugte sich vor und umarmte sie. »Oder so. Sorry, aber von Italienisch hatte ich nach einem Halbjahr die Nase voll.«

Kira betrachtete den Roller. »Neu?«

»Bist du verrückt?! Könnte ich mir nicht leisten. Gebraucht. Trotzdem cool, was?«

Kira nickte nur anerkennend, sie strich mit der Hand über den glänzenden Lenker.

»Eine Primavera Touring«, erklärte Arthur voller Besitzerstolz. »Wollte ich schon immer haben. 50 Kubik. Als Farbe wollte ich eigentlich Rosso Passione, jetzt ist es Nero Volcano geworden. Auch nicht schlecht. Aber die Namen sind doch wohl total doof, was?« Er legte den Kopf in den Nacken und lachte schallend los. Drei Mädchen aus Kiras Stufe, die gerade vorbeigingen, guckten neugierig zu ihnen herüber. Anfangs hatten diese Blicke Kira verlegen gemacht. Inzwischen nicht mehr, sie erwiderte sie mit Trotz und Stolz.

Arthur erging sich weiter in technischen Details, Elektrostarter, Bremssystem und solche Sachen. Kira hörte gar nicht richtig zu, sie hatte nur Augen für ihn, für seine leuchtenden Augen, für sein lebhaftes Herumgestikulieren – das er jetzt plötzlich abstellte: »Warum erzähl ich das eigentlich? Muss doch total langweilig für dich sein.«

»Ist scho... schon okay.« Sie winkte ab und stellte sich gleichzeitig vor, wie sie hinter Arthur auf dem Polster saß, die Arme um ihn geschlungen.

»Lust auf 'ne Runde?« Er schien ihre Gedanken lesen zu können.

»Meine Mu… Mutter holt mich gleich ab.« Sie schüttelte bedauernd den Kopf und ärgerte sich zugleich, dass sie ausgerechnet bei dem Wort ins Stolpern geraten war, das am wenigsten in die Situation passte.

»Oops! Die Kommissarin. Na, dann beim nächsten Mal.« Er beugte sich erneut vor. Diesmal drückte er ihr einen weichen Kuss auf die Wange, und seine Hand blieb lange auf ihrem Rücken liegen. Kira merkte, wie die Wärme durch den dicken Stoff der Jacke drang und ausstrahlte, nach überallhin.

Kurz nachdem sie zu ihrer Mutter ins Auto gestiegen war, setzte Regen ein. Bald peitschte er wild gegen die Windschutzscheibe. Als Folge stellte Antje die Anlage lauter.

»Ha… hast du eigentlich noch an… andere CDs?«, fragte Kira.

»Nein, wieso? Die reicht völlig.«

Stimmt, dachte Kira, die eine ist mehr als genug. Sie nahm die Hülle aus der Ablage und studierte – nicht zum ersten Mal – das Booklet. ›Classic Rock of the 70's‹. »Was singt der Typ da gerade?«, erkundigte sie sich vorsichtig.

»*Go your own way*. Frei übersetzt: Mach doch, was du willst. Er meint damit Stevie Nicks, das war die Sängerin in der Band. Fleetwood Mac. Er ist der Gitarrist. Das war kurz bevor oder nachdem sie sich getrennt haben.«

»Die wa… waren zusammen?! Die ha… haben in einer Band gespielt und waren zu… zusammen?!«

»Wie bei ABBA. Die andere Sängerin und der Bassist übrigens auch. Die haben sich dann auch getrennt. Das ganze Album ging damals eigentlich nur um Trennungen.«

»Und wa… wann war damals?«

»Irgendwann Mitte der 70er.«

»Mama, wo… woher weißt du so was? Da wa… warst du noch nicht mal ge… geboren!«

»So was weiß man halt.«

»Ich weiß das nicht.« Kira verschränkte trotzig die Arme. »Ich brauch das auch nicht zu wi… wissen.«

»Soll ich leiser machen?«

»Nee, lass ru… ruhig.«

Antje stellte die Musik trotzdem leiser, bis kaum mehr als der holprige Rhythmus zu hören war. Super, dachte Kira, jetzt hat sie wieder ein paar Punkte auf ihrem Ich-bin-eine-einfühlsame-Mutter-Konto gesammelt. Und ich bin die Blöde. Sie schaute in die tränennasse Stadtlandschaft hinaus. Warum mussten die Leute überhaupt von Trennungen singen? Über die Liebe zu singen war doch viel schöner.

Sie hatte ihre Mutter nicht angelogen. Sie hatte keinen Freund. Aber das konnte sich jederzeit ändern. Arthur flirtete eindeutig mit ihr.

Kira schloss die Augen, wurde jedoch schon Sekunden später wieder unsanft aus ihren Träumereien gerissen, als ihre Mutter scharf abbog und der Wagen über den abgesenkten Bordstein holperte, auf den kleinen Patientenparkplatz der Gynäkologin.

★★★

Seidel saß an seinem Schreibtisch und sah Markus Fenstermanns Notebook beim Hochfahren zu. Er stellte sich auf eine kleine Geduldsprobe ein. Das Notebook gab jetzt schon beunruhigende Geräusche von sich, unter anderem ein hohes Sirren, das in langen Wellen lauter und leiser wurde. Seidel wollte sich nicht näher festlegen, aber es musste einige digitale Zeitalter her sein, dass das Gerät auf den Markt gekommen war.

Der Pfandleiher hatte denn auch betont, dass er so etwas im Normalfall nie annehmen würde – Stichwort »Schnelltechnologie« –, aber: »Der Typ kam immer wieder vorbei, mit irgendwelchem wertlosen Krimskrams. Er hat einfach nicht aufgegeben. Irgendwann war ich mürbe, und irgendwie war er mir auch sympathisch. Als ob er schon mal bessere Zeiten erlebt hätte.« Worauf Seidel wissend nickte. »Da hab ich ihm das Ding abgenommen.« Er kratzte sich am Kopf, als würde er sich jetzt noch über seinen Mangel an Geschäftssinn wundern. »Aber erzählen Sie es nicht weiter, sonst rennen mir die anderen Säufer ab morgen die Bude ein.«

Das Sirren des Notebooks erhielt eine Begleitstimme, ein periodisches Summen. Seidel blickte zum verwaisten Schreibtisch neben der Tür. Heiner Gaarst hatte sich kurz in die Köln Arcaden verabschiedet, er musste dort etwas besorgen. Sein Handy war im Büro geblieben. Rudi Seidel fragte sich ohnehin, warum der junge Kollege ein Mobiltelefon besaß, er hatte ihn kaum je damit telefonieren sehen. Er war schon ein komischer Vogel, dieser Gaarst. Antje fand zu ihm anscheinend keinen Draht. Allerdings hatte sie sich bisher auch nicht sehr darum bemüht, fand Seidel. Und er selbst? Da war auch noch Luft nach oben, gestand er sich ein.

Nun baute sich auf dem Bildschirm des digitalen Dinosauriers tatsächlich eine Maske auf. Die Eingabe für das Kennwort.

Das Kennwort hatte Fenstermann leider nicht mit verpfändet.

Seidel stützte den Kopf auf die Hände und dachte nach.

Fenstermann hatte keine Frau gehabt, keine Kinder, deren Namen er hätte verwursten können. Kein Kuscheltier. Kein Hobby. Sein einziger Lebensinhalt war das Trinken gewesen. Seidel gab einfach mal ›Promille‹ ein. Fehlanzeige. Nach dem wahllosen Flaschenarsenal in der Küche zu urteilen, hatte Fenstermann kein Lieblingsgesöff. Seidel versuchte es trotzdem mit ein paar Bier- und Schnapsmarken. Fehlanzeige.

Seidel überlegte weiter. Was verwendet man als Kennwort? Einen

Traum oder etwas besonders Schönes. Etwas, was einen charakterisiert oder womit man sich identifiziert. Und Fenstermann hatte sich bestimmt nicht mit seiner Säuferexistenz identifiziert, sosehr der Suff sein Leben auch bestimmt haben mochte. Es musste etwas anderes sein. Etwas, was ihm nahe war. Oder einmal nahe gewesen war.

Seidel gab »Kleist« ein.

Treffer.

Fenstermann hatte sich noch nicht einmal die Mühe gemacht, den Namen weiter zu verschlüsseln, mit Zahlen oder sonstigen Zeichen. Er mochte mal ein Mann des geschriebenen, sogar des geschliffenen Wortes gewesen sein; was Computer und Datenschutz anging, war er ein Analphabet.

Seidel machte sich an die Arbeit.

***

»Es wird jetzt einen Moment kalt.« Frau Dr. Kümmel griff nach dem Spekulum. Unwillkürlich versteifte Kira ein wenig. Dabei lag sie nicht zum ersten Mal auf diesem Monstrum von Untersuchungsstuhl. Vor einem Jahr, als sie zum ersten Mal ihre Periode bekommen hatte, war sie schon einmal hier gewesen, und natürlich auch damals mit ihrer Mutter. Die hielt sich jetzt diskret abseits, stand am Fenster und schaute durch den von der Decke bis zum Boden reichenden Lamellenvorhang auf die Straße. Schemenhaft konnte Kira die Seilaufhängungen der Severinsbrücke erkennen.

Dr. Kümmel war schnell fertig mit ihrer Untersuchung – weil es nicht viel zu untersuchen gab, wie Kira vermutete. »Gut«, sagte die Gynäkologin und rückte auf ihrem Stuhl zurück. »Sehr gut. Es sieht alles so aus, wie es bei einem Mädchen in deinem Alter aussehen sollte. Und was deine Befürchtungen angeht: ICP selbst ist nicht erblich. Nur die Ursache, die zu der Parese geführt hat, die kann erblich sein. In deinem Fall war die Ursache Sauerstoffarmut bei der Geburt. Und so etwas wird, nach allem, was ich weiß, nicht vererbt. Ich nehme an, deine Mutter hat dir das auch schon mal gesagt.« Kira sagte darauf nichts. ›Tausendmal‹, sagte der Blick ihrer Mutter.

Egal. Kira wollte es eben genau wissen. Und sie würde es sich wieder und wieder bestätigen lassen. Sie wollte Kinder haben, das stand für sie fest. Irgendwann einmal. Mit Arthur hatte das nichts zu tun. Da würde sie schon aufpassen.

»Du kannst jetzt aufstehen, Kira. Raus aus dem Foltersessel.« Dr. Kümmel lächelte. »Deine Kinder werden jedenfalls kerngesund sein.« Sie drehte sich zum Fenster. »Aber ans Oma-Dasein denken wir noch nicht, oder, Frau Servatius?«

Kiras Mutter reagierte nicht. Sie stand reglos da, den Mund halb geöffnet wie zu einem erstaunten Ausruf. Kira, die gerade ihre Jeans hochzog, hielt inne. »Alles in Ordnung, Mama?«

»Ja – ja!« Antje erwachte aus ihrer Starre. »Natürlich. Ich war nur gerade in Gedanken.«

***

»Er lag da wie beim Frauenarzt.« Antje hatte sich kaum Zeit genommen, die Bürotür hinter sich zu schließen. Ihr Mantel tropfte vom Novemberregen, auf dem Boden bildete sich bereits eine kleine Pfütze.

Seidel starrte sie etwas begriffsstutzig an. »Wer?«

»Markus Fenstermann. Als wir ihn gefunden haben. Die Beine gespreizt, die Knie angezogen. So liegst du auf dem Untersuchungsstuhl. Hinrichsmeyer hatte recht, wir sollten ihn so finden.«

»Das würde auch erklären, warum er mit einem Sedativum getötet wurde. Und nicht zum Beispiel mit Zyankali, wo der Körper im Tod völlig verkrampft.«

»Ein Sedativum eröffnet die Möglichkeit, den Körper nachträglich so herzurichten, wie man möchte.« Heiner Gaarst setzte das Wasserglas, das er gerade geleert hatte, neben der angebrochenen Packung Taschentücher ab, die auf seinem Schreibtisch lag.

»Herrichten.« Antje ließ sich auf ihren Stuhl fallen. »Das hatten wir doch gerade erst, oder?«

»Torben Grönewald«, bestätigte Seidel.

»Torben Grönewald als Embryo. Einmal Embryo, einmal Frauenarzt.« Sie schaute Seidel an. »Hältst du mich für verrückt, wenn ich da einen Zusammenhang sehe?«

»Im Gegenteil.« Ihr Kollege konnte sich ein triumphierendes Lächeln nicht verkneifen. »Ich glaube, ich kann sogar untermauern, dass es da einen Zusammenhang gibt.« Er klopfte mit der flachen Hand auf das inzwischen geschlossene Notebook.

»Was hast du gefunden?« Antje schaute ihn gespannt an.

Seidel winkte ab. »Erst mal nur uralte Textdateien. Aus seiner Zeit bei der Uni. Ich glaube, da war sogar die Doktorarbeit dabei, die er nie fertig gekriegt hat. Nichts, was uns weiterbringen würde. Keine persönlichen Texte, kein Tagebuch, keine Briefentwürfe, nichts dergleichen. Ich habe trotzdem Gaarst darangesetzt, alles zu lesen. Einen E-Mail-Account hatte Markus Fenstermann auch, aber der war ungefähr so voll wie sein Telefonbuch im Handy.«

Antje wurde ungeduldig. »Also, was?«

»Na ja, Markus Fenstermann war natürlich auch im Internet unterwegs. Er war sogar bei Facebook. Allerdings mehr als Karteileiche. Keine Infos in der Chronik, keine Kontakte. So ein Profil, wo die anderen Freunde nach einiger Zeit eine Info von Facebook kriegen: ›Hilf Markus, Freunde zu finden.‹ Du weißt schon.«

»Nee, weiß ich nicht. Ich bin da nicht präsent. Aber wie hast du das so schnell rausgekriegt? E-Mail, Facebook, dafür brauchst du Kennwörter.«

»Fenstermann war ein Datenfaulpelz vor dem Herrn. Der hatte alle Passwörter im Browser abgespeichert und dann auch noch die

Seiten samt und sonders als Lesezeichen angelegt. Ein Klick, und du bist drin.«

»Schön. Aber was bringt uns das Facebook-Profil, wenn er da auch eine Leiche ist?« Sie horchte ihren Worten nach und hob die Hand. »Tschuldigung.«

»Keine Ursache. Schön, wenn du zur Abwechslung auch mal Humor zeigst.«

»Der war aber eher unfreiwillig. Also weiter.«

»Fenstermann war ja nicht völlig inaktiv. Jahrelang nichts, und dann schickt er vor ein paar Tagen eine persönliche Nachricht. Eine, die nur der Empfänger lesen kann. Wie eine SMS.«

Seidel baute eine dramatische Pause ein, gerade so lange, dass seine Kollegin nicht endgültig explodierte. »›TG ist tot‹.«

TG, dachte sie. TG wie Torben Grönewald. Verdammt!

»Das Ganze vier Tage nach der Tat«, setzte Seidel hinzu.

»An wen ging die Nachricht?«

»An einen Ramon de Mariolles.«

»Also einen Spanier.«

»Verarmter spanischer Landadel.« Seidel grinste kurz. »Oder ein Franzose, dort gibt es den Vornamen auch. Ich habe die Namenskombination gegoogelt. Leider Fehlanzeige. Also ist der Mann bei Facebook unter Pseudonym unterwegs. Fenstermann war nicht mit ihm befreundet, daher habe ich über sein Profil auch keine weiteren Infos bekommen. Was man als Nicht-Freund sieht, ist völlig anonym. Kein Wohnort, kein Alter, noch nicht mal ein Foto.«

»Wir brauchen mehr Infos, wer das ist.«

»Die Anfrage bei Facebook läuft, aber du weißt, wie man dort mit so was umgeht. Schleppend. Ich habe diesem Ramon also selber eine Nachricht geschickt, über Fenstermanns Profil. Keine Antwort bis jetzt. Er hat sie auch noch nicht gelesen. Die Nachricht von Fenstermann *hat* er gelesen, das sieht man ja. Aber er hat ihm nicht geantwortet.«

Antje lehnte sich zurück. Sie versuchte Ordnung in ihre Gedanken zu bringen.

»Was soll das alles? Warum liegt Torben Grönewald da wie ein Embryo? Warum soll Fenstermann aussehen, als ob er auf einem Gynäkologenstuhl liegt? Er ist keine Frau.«

»Vielleicht sollte er eine Frau repräsentieren?«, warf Gaarst ein, und Seidel fügte hinzu: »Oder der Täter ist weiblich.«

»Oder beides«, sagte Antje. »Und dann: ein Fernsehpromi und ein Säufer. Wo ist da die Verbindung? Gesellschaftlich sind die so was von nicht auf Augenhöhe!«

»Zwei Welten«, stimmte Seidel zu.

»Und vor allem – wie bringe ich jetzt noch meine Hauptverdächtige in der Geschichte unter?«

Unwillig wischte sie ein paar Wassertröpfchen von der Schreibtischplatte. Einige waren auch auf dem Ausdruck gelandet, den Seidel auf ihren Tisch gelegt hatte. Das Foto vom hoffnungsvollen Literaturwissenschaftler Markus Fenstermann im Kreise seiner Studienanfänger. Als ihr Blick auf eins der Gesichter fiel, halb hinter dem Dozenten versteckt, erstarrte sie in der Bewegung.

Vielleicht war es gar nicht Berit Grönewald, die sie in der Geschichte unterbringen musste.

Die Betriebsamkeit bei *Cut 100* stand in scharfem Kontrast zur Grabesruhe am Tag der Trauerfeier. Sie schien Antje Servatius jedoch mehr zu sein als die bloße Geschäftigkeit an einem normalen Arbeitstag. In den Büros, aber auch auf den Fluren, an der Kaffeemaschine, am Wasserspender standen Angestellte und debattierten. Ein aufgeschrecktes Flüstern, ohne dass die Kommissarin hätte entschlüsseln können, worum es ging.

Als sie, mit Heiner Gaarst im Schlepptau, das Büro der – inzwischen ehemaligen – Assistentin von Torben Grönewald betrat, fühlte sie sich an ihren ersten Besuch erinnert. Auch da hatte Silvia

Wendt rotgeränderte Augen und wirkte wie unter Schock. Und sie bemühte sich auch dieses Mal nicht um eine glatte Empfangsfassade, im Gegenteil; als sie sah, wer da unangemeldet in ihr Büro stolziert kam, zogen sich unmutig die Augenbrauen in ihrem blassen Gesicht zusammen.

»Sie schon wieder?! Sie haben doch jetzt Ihre Täterin!«

»Das ist noch nicht ganz sicher. Sagt Ihnen der Name Markus Fenstermann etwas?«

Silvia Wendts Gesicht durchlief in Sekundenschnelle die Skala der möglichen Färbungen, von blass zu rot zu totenbleich. »Wer? Markus – was? Äh … ja, aber –«

Um dem vielleicht hilflosen, vielleicht auch nur auf Zeit spielenden Stammeln der Assistentin ein Ende zu machen, legte Antje das Foto, das Seidel im Internet gefunden hatte, auf den Schreibtisch. »Sie kennen ihn. Oder Sie kannten ihn.«

»Ja, aber – wieso, was ist mit ihm?«

»Markus Fenstermann wurde ermordet«, sagte Gaarst, »vor ungefähr einer Woche.«

»O Gott!« Silvia Wendt schlug die Hände vor die Augen, die schon wieder feucht wurden. »Aber – ich habe Markus bestimmt seit zehn Jahren nicht mehr gesehen.«

»Nehmen wir mal an, das stimmt. Wie gut kannten Sie ihn denn damals, vor zehn Jahren?«

»Ich habe bei ihm studiert. Literaturwissenschaft. Aber nur ein Semester.« Sie tippte auf den Ausdruck. »Sehen Sie doch, da steht's: Erstsemesterabschlusstrinken.« Sie starrte Antje an, aber ihr Trotz brach schließlich unter dem hartnäckigen Schweigen der Kommissarin. »Ja. Ja, ich hatte was mit ihm. Gut, er war mein Prof. Aber er war intelligent, er war witzig, er hatte Charme. Hat trotzdem nicht lange gehalten.«

»Warum nicht?«

»Wenn er nüchtern war, war er sehr charmant. Aber wenn er

trank … dann blieb von seinem Charme nicht mehr viel übrig, dann hatte er eine düstere Seite. Richtig depressiv.«

»Wissen Sie, warum er trank?«

Silvia Wendt schüttelte den Kopf. »Aber er trank oft. Zu oft. Außerdem … er konnte mich nicht angucken.« Ihr Blick hatte sich in der Vergangenheit verloren, jetzt richtete sie die leicht verschleierten Augen zunächst auf Heiner Gaarst, etwas peinlich berührt, dann wieder auf die Kommissarin. »Beim Sex. Verstehen Sie? Er konnte mich nicht angucken, wenn wir … Das war irgendwie … na, eigentlich nicht krank. Aber damit konnte ich auf Dauer nicht umgehen. Das war, als ob man gar nicht da ist.«

Antje war geneigt, ihr zuzustimmen, aber sie ignorierte den nach Verständnis heischenden Blick. »Ein Mann, mit dem Sie was hatten. Einer, mit dem Sie gern was gehabt hätten. Beide tot, beide ermordet. Innerhalb von zwei Wochen. Merkwürdig, nicht?«

»Sehr merkwürdig, ja. Verbuchen Sie es unter Zufall.«

»Der Zufall führt nie Regie, Frau Wendt. Das sollten Sie eigentlich besser wissen als ich. Sie sind diejenige, die beim Fernsehen arbeitet.«

»Wer weiß, wie lange noch!« Silvia Wendt lachte auf, aber ohne einen Funken von Humor. »*Cut 100* wird verkauft!«

Mit einem Mal verstand Antje das Rumoren auf den Fluren.

»Davon war schon seit Längerem die Rede«, fuhr Silvia Wendt fort, »da lag ein Angebot von einem Konkurrenten auf dem Tisch. Ein gutes Angebot.«

»Warum wurde es nicht akzeptiert?«

»Torben – ich meine, Grönewald war dagegen. Er war zwar nicht der Inhaber, aber das Zugpferd. Sein Wort hatte Gewicht. Und er hat immer gesagt: Wenn *Cut 100* verkauft wird, bin ich weg. Nun, jetzt ist er weg. Und das Angebot ist deswegen bestimmt nicht mehr so gut. Aber immer noch gut genug.« Ihre Miene versteinerte. »Und wir können sehen, wo wir bleiben. Egal, schreibe ich halt einen Roman. Habe ja ein paar Semester Literaturwissenschaft hinter mir.«

»Was ist mit Florian Heck?«

»Florian? Der weiß möglicherweise noch gar nichts davon. Er hat Urlaub genommen. Nach der Verhaftung von Berit Grönewald. Und wenn Sie mich fragen, das war *kein* Zufall.«

Antje Servatius steckte das Foto wieder ein. Die Assistentin schien unhörbar aufzuatmen. Die Kommissarin fragte sich, ob bei alldem wirklich nur ein Zufall vorlag, ob das Leben mit seinen Wechselfällen in einer besonders verrückten Laune das Dreieck Wendt-Grönewald-Fenstermann angelegt hatte – oder ob es eine Verbindung gab, die Silvia Wendt aus guten Gründen nicht preisgeben wollte.

»Ach, noch etwas. Kennen Sie einen Ramon de Mariolles?«

»Ramon de was, bitte?«

»Mariolles.«

»Ich kenne niemanden, der so heißt. Wieso?«

»Fenstermann hatte Kontakt zu einem Mann mit diesem Namen.«

Silvia Wendt fand zu ihrer anfänglichen Gereiztheit zurück. »Ich habe Ihnen doch schon gesagt, ich habe ihn seit Ewigkeiten nicht mehr gesehen. Wie soll ich da über seine Männerfreundschaften Bescheid wissen?« Sie wandte sich irgendwelchen Papieren zu und schützte Arbeit vor, die sie an diesem Schreibtisch bald wohl nicht mehr haben würde. »Diesen Ramon müssen Sie schon selbst finden.«

20

Rudi Seidel fröstelte.

Wenn es in dem abbruchreifen, zugigen Bau jetzt schon so klamm und kalt war, an einem Novembertag, der sich in jeder Hinsicht, in Temperatur, Sonneneinstrahlung, Luftfeuchtigkeit an die Durchschnittswerte gehalten hatte – wie sollte es dann erst werden, wenn oder besser gesagt: falls der Winter richtig Einzug hielt? Andererseits, bis dahin wären die Bewohner wohl wieder zurück in der Ukraine, in Charkiw oder anderswo. Und selbst wenn nicht: Ein Arsen Rychkov hatte betont, dass er als eines der ›rat children‹ einiges an Kälte vertragen konnte.

Seidel folgte Ilya Kulyakin, dem Dolmetscher, durchs Treppenhaus nach oben. Ein paar Bewohner kamen ihnen entgegen, musterten sie skeptisch. Die misstrauischen Blicke trafen vor allem Seidel. Er musste sich einmal mehr eingestehen, dass man ihm, so sehr er auch dagegen anarbeitete, den Behördendeutschen nun einmal anmerkte. Was mochten sie wohl denken – dass er gekommen war, um sie woandershin zu verfrachten? An einen Ort, der noch unwohnlicher war?

Ein paar Sätze von Kulyakin, in denen der Name Rychkov vorkam, zerstreuten die Bedenken anscheinend. Die Mienen wurden gleichgültig, die Köpfe nickten nach oben, weiter die Treppen hinauf. Die Ukrainer ihrerseits hatten es nicht eilig, nach unten zu kommen. Wozu auch? Sie warteten darauf, abgeschoben zu werden. Ein anderes Ziel hatte ihr Leben im Moment nicht.

Wenn er ehrlich war, vermochte auch Seidel nicht zu sagen, welches konkrete Ziel er mit seinem unangemeldeten Besuch in der unwirtlichen Bleibe der illegalen Bauarbeiter verfolgte.

Womöglich wollte er einfach dem lähmenden Gefühl des Stillstands entkommen, das ihn momentan beschlich, wenn er am Schreibtisch saß.

Die Ermittlungen im Fall Fenstermann kamen nicht voran. Es war erschreckend, wie wenig Spuren das Leben eines langjährigen Alkoholabhängigen hinterlassen konnte. Die meisten Spuren hinterließ es wohl im Körper des Alkoholikers. Fenstermanns Bruder Bernd Rösing war inzwischen aus Norwegen eingetroffen, um diesen Körper unter die Erde zu bringen und abzuwickeln, was sonst noch abzuwickeln war. Er hatte sich bei Seidel und Servatius gemeldet, aber die hatten zu ihrem Leidwesen keine weiteren Fragen an ihn. Auch das Notebook hatte keine weiteren Erkenntnisse gebracht. Gaarst war nach zwei Tagen mit dem Sichten aller Dateien durch. Das meiste Literaturwissenschaftliches. Manches eigene literarische Gehversuche. In seinem Eifer hatte sich Heiner Gaarst sogar in Fenstermanns Doktorarbeit eingelesen. Die Hälfte habe er nicht verstanden, so sein erschöpftes Fazit, und was er verstanden habe, bringe nichts, ermittlungstechnisch.

Blieb Ramon de Mariolles.

Der Name hatte es sofort in Seidels Kopf klingeln lassen, aber so leise, dass er nicht orten konnte, welche Erinnerung sich da rührte. Ausgerechnet Gaarst war es schließlich gewesen, der ein Buchstabenpaar im aristokratischen Nachnamen gedreht hatte. Und aus Mariolles wurde Maroilles. Der Geistesblitz des neuen Kollegen hatte dem Fall eine entscheidende Wendung gegeben.

»Er heißt wie der Käse!« Antje Servatius hatte einigermaßen entgeistert geguckt.

Auch Seidel kannte Maroilles aus seiner Supermarkttheke. Aber er hatte den Käse nur einmal mitgenommen; was da in der flachen Packung lag, roch nicht streng, wie die Verkäuferin bekundete, es stank ganz einfach. Trotzdem war er geneigt, Antjes Frage, die schon mehr in Richtung Feststellung ging, zu bejahen. Buchstabendreher wie dieser kamen bei Facebook-Namen öfter vor, aus Spaß oder aus einem Versehen, das dann zum Dauerzustand wurde.

»Entweder das, oder er wohnt da, wo der Käse gemacht wird«, ergänzte Seidel, nachdem ihn eine Schnellrecherche zu dem gleichnamigen Ort in Nordfrankreich geführt hatte, nur ein paar Kilometer hinter der belgischen Grenze.

Bei der Suche nach Männern, die Ramon hießen und in Maroilles lebten, half das Internet jedoch nicht weiter. Die zuständigen französischen Kollegen hatten nach einem ersten Anruf alle Ramons in dem 1400-Seelen-Nest und im Umkreis gelistet. In einem zweiten Telefonat, für das Antje einen guten Teil ihrer Französischkenntnisse bemühen musste, sahen sie sich allerdings außerstande, diese auch zu überprüfen. Dürftige Personaldecke oder so, hatte Antje nachher geflucht.

Also hatte sie, zumal sich auch Facebook weiter in Schweigen hüllte, eine Dienstreise beantragt und nach einigem Widerstand, denn es war eine dünne Spur, auch bewilligt bekommen. Die Spur nach Maroilles war nun mal die einzige neben der, die zu Silvia Wendt führte, und die war bislang auch nicht dicker.

Für Seidel blieb leiser Protest, weil er die Stellung im Büro nun allein halten musste – und einstweilen der Stillstand. Aber nicht nur der hatte ihn dazu bewogen, den Abrissbau im Gewerbegebiet aufzusuchen. Auch das schlechte Gewissen hatte ihn angetrieben, das Gefühl, dem Lebenspartner von Jack Trosien noch etwas schuldig zu sein, mehr jedenfalls als ein dürftiges ›Wir haben keine Spur‹.

Sie waren im obersten Stock angekommen. Jede Etage hatte zwei Wohnungen. Die auf der linken Seite stand offen, die Tür fehlte. Musik drang heraus. Heimatklänge, wie Seidel vermutete. Ilya Kulyakin wies zur rechten Seite, wo die Tür immerhin noch in den Angeln hing.

In der Wohnung war es nicht wärmer als im Treppenhaus. Während er dem Dolmetscher durch den Flur folgte, konnte Seidel in den offen stehenden Zimmern ein paar verlorene Gestalten ausmachen. Sie tranken, sie spielten mit ihren Handys herum, sie töteten Zeit. Die Ausländerbehörde hatte entschieden, die Illegalen bis zur Abschiebung einfach da zu lassen, wohin Clemens Fuchs sie verfrachtet hatte. Eine praktische und überraschend unbürokratische Lösung.

Sie fanden Arsen Rychkov im letzten Zimmer zur Straßenseite hin. Auf dem Boden lagen acht Matratzen, jeweils vier in einer

Reihe nebeneinander, von der Decke hing eine nackte Glühbirne. Das Fenster war mit einem Bettlaken verhängt, auf dem Boden standen offene Koffer und Reisetaschen, aus denen die Kleidung quoll. Rychkov hockte mit ein paar Kumpanen auf umgedrehten Bierkästen und spielte Karten, die Verletzung der Hand zierte inzwischen nur noch ein großformatiges Pflaster. Als die beiden Besucher eintraten, sprang er auf. Sein Blick zappte zwischen Seidel und Kulyakin hin und her, erst verschüchtert, dann überrascht, dann fragend.

Im Grunde versprach sich Seidel nicht viel von seinem Abstecher. Nur: Ihm war etwas eingefallen, was er im Vernehmungsprotokoll von Arsen Rychkov gar nicht festgehalten hatte, denn es war eine Randbemerkung gewesen. Eine Bemerkung, die der Ukrainer gemacht hatte, bevor er seine Zigarette austrat. Ich liebe deutsche Autos. Seidel wollte überprüfen, wie weit diese Liebe ging. Und wie gut das Gedächtnis des Ukrainers war.

Er wandte sich an den Dolmetscher. »Fragen Sie Arsen bitte, ob ihm an dem besagten Abend ein Auto aufgefallen ist.«

Kulyakins Übersetzung sorgte beim Bauarbeiter für exakt den ratlosen Gesichtsausdruck, den Seidel befürchtet hatte. »Ein Auto, das möglicherweise von der Baustelle kam«, erläuterte er geduldig weiter. »Vielleicht sogar ein Streifenwagen. Von der Polizei. Oder sonst etwas Auffälliges.«

Das wird hier sehr kurz, dachte Seidel, noch während der junge Dolmetscher sprach. Aber plötzlich leuchtete Rychkovs Gesicht auf, er begann begeistert zu nicken und zu reden. Seidel wartete gespannt.

»Er sagt, er hat einen Kombi gesehen«, übersetzte Kulyakin schließlich. »Einen VW Golf.«

Ein Golf Kombi. Seidel seufzte leise. Das half kaum weiter. Rychkov war indes noch nicht fertig. »Es war ein Golf III Variant.«

»Ein Golf III Variant?!« Seidel kratzte sein Wissen über deutsche Automodelle zusammen. »Das dürfte aber ein bisschen her sein, dass der gebaut wurde.«

»1993 bis 1999«, übersetzte der Dolmetscher, und Rychkov griente in kindlichem Stolz.

»Also 20 Jahre. Oder mehr.« Aus Seidels Überraschung wurde leichter Unglaube. »Woran will er den denn erkannt haben?«

»Die Blinker waren seitlich.«

»Na, das sind sie meistens.«

»Aber bei dem sind sie besonders seitlich.« Rychkov gestikulierte, strich mit den Händen an einer imaginären Wagenkarosserie entlang. »Fast an der Wagentür.«

»Ich bezweifle, dass das so ein besonderes Merkmal ist.« Seidel klang ungeduldiger, als er wollte. »Und woher will er das so genau wissen? Warum kennt Rychkov ein deutsches Auto, das vor 20 Jahren gebaut wurde?«

Der Ukrainer sprudelte jetzt regelrecht, Ilya Kulyakin kam kaum nach. »Er sagt, er hatte zu Hause einen Kalender. Mit Fotos. Alles VWs. Deutsche Autos sind super. Er sagt, er liebt deutsche Autos.«

»Ich weiß, ich weiß.« Seidel versuchte die Begeisterung zu dämpfen. »Also, er hat diesen Wagen gesehen. Kam er denn von der Baustelle?«

Rychkov zog die Schultern hoch. Dafür brauchte Seidel keine Übersetzung. »Aber hat er vielleicht gesehen, wer drin saß? Eine Person, zwei Personen?«

»Er hat nicht reingeguckt«, übersetzte Kulyakin. »Ihn interessieren nur die Autos.«

»Hm. Dann hat er auch nicht aufs Kennzeichen geguckt, oder? … Na, trotzdem danke.«

Damit war zumindest klar, dachte Seidel, während er sich seinen Weg über die inzwischen weitgehend im Dunklen liegenden Treppen nach unten suchte, dass der ominöse Wagen nicht von der Kölner oder irgendeiner anderen Polizei kam. Früher hatte er dort zum Wagenpark gehört, und das mochte erklären, warum Fuchs sich an einen Streifenwagen erinnert gefühlt hatte. Jetzt nicht mehr.

Blieben alle anderen, die immer noch einen Kombi dieses Typs fuhren. Und das waren bestimmt nicht wenige.

***

Es war leiser als bei ihrem letzten Besuch.

Als Antje mit Kira um die Hausecke bog – diesmal hatte sie sich gar nicht erst die Mühe gemacht, vorn zu klingeln –, sah sie trotz der fortgeschrittenen Dunkelheit schnell, warum: Die Hälfte der Gehege war leer. Nur ein rundes Dutzend Hunde und Katzen streunten in ihren Gehegen herum. Hatte der Rest Abnehmer gefunden? Oder war Svenja Gessner kurz davor, ihr Tierasyl dichtzumachen, weil ihr die *Grönewald*-Sendung den Garaus gemacht hatte?

Kira stakste auf ihren Krücken zum Gehege mit den beiden jungen Katzen, beugte sich mühsam hinunter und streckte einen Finger durch die Maschen des Zauns. Die Katzen kamen sofort herbeigelaufen und schnupperten um die Wette.

Antje trat von einem Fuß auf den anderen und versuchte, ihre Ungeduld zu bezähmen. Sie konnte sich nicht helfen, die großenteils verwaisten Zwinger und Verschläge, die nackt dastehenden Buchen, der hohe Backsteinbau mit seinen dunkelroten Ziegeln, das alles löste ein diffuses Unbehagen bei ihr aus.

»Die anderen sind alle drinnen.« Erneut hatte es Svenja Gessner geschafft, sich, von ihr unbemerkt, regelrecht anzuschleichen. Eine Frau wie ein Schatten, dachte Antje. Svenja Gessner begann, den Stapel Fressnäpfe, den sie mitgebracht hatte, auf dem Boden aufzustellen. »Die Tiere reagieren völlig verschieden auf diese Witterung. Manchen macht die Kälte gar nichts aus, andere dagegen … Warum sind Sie schon wieder hier?« Der Tonfall machte noch mehr als die Wortwahl deutlich, dass ihr der neuerliche polizeiliche Besuch lästig war. Sie begann die Näpfe zu füllen, schaute dabei neugierig auf das Mädchen, das vom Gehege zurückkam.

Antje kam ohne weitere Umschweife zum Thema. »Meine Tochter möchte eine Katze.«

»Ich bin Svenja.« Die Tierpflegerin streckte Kira die Hand hin. »Was für eine Katze möchtest du denn?«

»Ich hä... hätte am liebsten eine Dreifarbige.«

Wenn sie Kiras sprachliches Stolpern bemerkt hatte, dann ließ Svenja Gessner es sich nicht anmerken. »Tricolor also. Du weißt, dass die empfindlich sind?«

»Aber schön!«

»Da gebe ich dir recht, sie sind sehr schön. Leider habe ich im Moment keine Glückskätzchen.« Antje konnte die Enttäuschung ihrer Tochter fast körperlich spüren. »Aber willst du dich nicht mal umschauen?«, fuhr Svenja Gessner fort. »Vielleicht gefällt dir ja eine andere.«

Kira nickte und wagte sich auf ihren Krücken vorsichtig zwischen die Gehege. Antje wusste, dass die Dunkelheit und das unebene Geläuf eine kleine Herausforderung für sie waren. Umso mehr versuchte sie, sich nichts anmerken zu lassen.

Sie sah, dass auch Svenja Gessner ihre Tochter aufmerksam beobachtete. Ihre harten Züge schienen etwas weicher geworden zu sein. »Sie hat –« setzte sie an, aber die Tierpflegerin fiel ihr ins Wort. »Ich sehe, was sie hat. Ich lebe nicht völlig hinter dem Mond. Na ja, ein Schmusetier kann da nie schaden.« Sie wandte sich wieder den Fressnäpfen zu. »Der Fall Grönewald ist ja geklärt, soweit ich informiert bin.«

»Ich denke, Sie gucken kein Fernsehen und lesen keine Zeitung.«

»Nachdem Sie da waren, bin ich meinen Prinzipien untreu geworden. Ich war ja doch neugierig.«

»Ja, er ist weitgehend aufgeklärt.« Antje verspürte keine Lust, sich gegenüber einer Unbeteiligten zum Stand der Ermittlungen auszulassen.

»Ihre Tochter will also eine Katze.« Svenja Gessner gab sich anscheinend mit ihrer dürftigen Antwort zufrieden. »Sie ist Ihr einziges Kind?«

»Warum fragen Sie?«

»Weil ich wissen möchte, wohin meine Schützlinge kommen. Sie machen sich keine Vorstellung, was für Leute hier auftauchen. Die lügen einem das Blaue vom Himmel runter, wie gut es die Tiere bei ihnen haben werden. Das reinste Paradies. Und dann …« Sie machte eine wegwerfende Handbewegung. »Also, nehmen Sie es nicht persönlich.«

»In Ordnung. Ja, Kira ist ein Einzelkind.«

»Und Sie sind verheiratet?«

»Alleinstehend.«

»Und berufstätig?«

»Vollzeit.«

»Hm.«

Ein sehr skeptisches Hm, fand Antje, die sich allmählich vorkam wie bei einem Verhör.

»Kann die Katze bei Ihnen raus?«

»Wir wohnen auf einem umgebauten Bauernhof, außerhalb der Stadt.«

»Na, das klingt schon besser.« Kira kam von ihrem Rundgang zurück. »Nichts gefunden?«

Das Mädchen schüttelte den Kopf.

»Willst du vielleicht auch noch drinnen …« Sie deutete auf die offen stehende Tür, die ins Haus führte.

Kira schüttelte den Kopf. »Trico… color.«

»Gut, drinnen wäre es auch Treppen rauf und runter gegangen. Also dreifarbig«, beschloss Svenja Gessner und lächelte. »Da ergibt sich schon was, über kurz oder lang.« Sie wandte sich wieder an Antje: »Ich müsste trotzdem mal bei Ihnen vorbeischauen.«

»Gut, tun Sie, was Sie nicht lassen können.« Antje zupfte eine Karte aus ihrem Portemonnaie. »Aber nicht in den nächsten Tagen.«

»Mama muss auf Di… Dienstfahrt«, schob Kira ungefragt nach. »Na… nach Frankreich!«

»Ach, nach Frankreich! So was kommt auch vor? Na, Ihren Beruf möchte ich haben.«

»Nur für ein, zwei Tage«, wiegelte Antje ab.

»Sie muss einen Ver… Verdächtigen fi… finden.«

»Wir wissen noch nicht, ob er verdächtig ist, Kira.« Manchmal wunderte sich Antje, wie mitteilsam ihre Tochter sein konnte. Anscheinend hatte sie zu der Tierpflegerin Vertrauen gefasst. Das kam nicht so oft vor und wenn, dann ging es nicht so schnell.

»Na, dann eben danach. Ich melde mich bei Ihnen.« Svenja Gessner gab den beiden die Hand und widmete sich umstandslos den Näpfen, als wenn ihre Besucher gar nicht mehr da wären.

Vielleicht war es auch gar nicht der Ort, der ihr dieses Unbehagen bereitete, dachte Antje, als sie mit Kira zum Auto zurückging. Vielleicht war es die Frau, die dort wohnte.

21

Am nächsten Morgen lag dichter Nebel über dem Bauernhof und der Umgebung. Fasziniert verfolgte Kira, wie es ab und zu ein vereinzelter Sonnenstrahl durch das wattige Grau schaffte und einen kleinen Teil ihrer stillen Welt in goldigen Farben ausleuchtete oder den Raureif auf den Bäumen zum Glitzern brachte. Schaurig-schöne Momentaufnahmen. Ihre Kunstlehrerin hatte sie einmal ins Museum geschleppt. Sie musste an die Bilder eines deutschen Landschaftsmalers denken, die dort hingen.

Kira bezweifelte jedoch, dass ihre Mutter im Moment sehr viel mit dem Herbstgold anfangen konnte. Sie wolle möglichst früh nach Frankreich aufbrechen, hatte sie ihr erklärt, um möglichst früh möglichst viel herauszubekommen. Daher war sie am Vorabend auch ausnahmsweise mit dem Dienstwagen vom Präsidium gekommen; sie wollte sich den zeitraubenden Umweg in die Stadt sparen. Nun stand ihr jedoch eine stundenlange Fahrt durch eine Nebelwelt bevor – allein. Das würde nicht nur ihren Zeitplan ins Rutschen bringen, sondern, so vermutete Kira, auf Dauer auch an ihren Nerven zerren.

Wohl deswegen hatte sie es jetzt so eilig, mit Dunja letzte Dinge zu besprechen. Und Dunja hörte geduldig zu, während sie ein paar Gerätschaften aus dem Kofferraum ihres Autos holte, für das Beschneiden der Apfel- und anderen Obstbäume wahrscheinlich, und zu guter Letzt eine kleine Reisetasche. Kira sah sich derweil, die Beine aus der Beifahrertür baumelnd, im Dienstwagen um. Außer der Funksprechanlage hatte er nicht viel Polizeiliches an sich.

Sie für zwei Tage sich selbst zu überlassen, das kam für Antje natürlich nicht infrage. »Mama, ich bi… bin erwachsen«, hatte Kira dagegen lamentiert – und sehr gut gewusst, dass es wirklich nicht infrage kam, sie während der Dienstfahrt allein zu lassen, nicht nur, weil sie noch nicht erwachsen war. Aber man konnte es ja versuchen.

Am liebsten hätte Kira ihre Mutter auch nicht daran erinnert, dass ihre Dienstreise ausgerechnet mit den beiden schulfreien Tagen zusammenfiel. Frei und sturmfreie Bude – es wäre zu schön gewesen. Aber dann war Antje der Brief, der auf die ›Pädagogischen Tage‹ hinwies, doch wieder in die Finger geraten. Pädagogische Tage – komischer Ausdruck. Sollte nicht jeder Tag an der Schule pädagogisch sein? Egal, jedenfalls waren die beiden Studientage, wie man es auch nannte, für ihre Mutter ein Grund mehr, die Super-Nanny zu engagieren.

Dunja hatte sich sogar frei genommen. Sie sah eine willkommene Gelegenheit, mit ihrem grünen Daumen und den besagten Gerätschaften endlich den Garten auf Vordermann zu bringen. Außerdem, so sagte sie, ist jeder Tag bei euch draußen wie Urlaub. Das war mal eine beste Freundin. Ihre Mutter wusste gar nicht, was sie an Dunja hatte. Kira ihrerseits freute sich auch. Ihr Freizeitplan war ebenso kurz wie durchdacht: Abhängen, noch mal abhängen, mit Dunja die eine oder andere Fernsehserie gucken – und so viel wie möglich mit Arthur schreiben, endlich mal nicht unter den argwöhnischen Augen ihrer Mutter. Kira ging davon aus, dass Antje über kurz oder lang ihr Handy ausspionieren würde. Sie war dazu übergegangen, jedes Mal, wenn sie das Telefon für längere Zeit beiseitelegte, das Display sorgsam sauber zu polieren, um es nachher auf verräterische Fingerabdrücke zu untersuchen. Fehlanzeige – bis jetzt.

Die beiden Frauen kamen zum Dienstwagen, Kira hievte sich aus dem Sitz nach draußen. »Spätestens um halb zehn ist sie aber im Bett, ja?« Offenbar war Antje mit ihren Ratschlägen immer noch nicht durch. Kira verzog genervt das Gesicht. ihre Mutter würde an einem pädagogischen Tag wahrscheinlich mit dem allergrößten Vergnügen teilnehmen.

»Halb zehn und keine Minute später.« Dunja nahm wie immer alles mit leicht belustigter Geduld zur Kenntnis und warf Kira wie immer einen kumpelhaften Seitenblick zu. Dann wurde sie ernst und musterte ihre Freundin. »Bist du sicher, dass du bei dem Wetter schon loswillst?«

»Geht nicht anders«, erwiderte ihre Mutter.

»Aber so blass, wie du aussiehst.«

»Ich habe nur schlecht geschlafen.«

»Das Reisefi… fieber«, schaltete sich Kira ein.

»Das. Und irgendwas hat mich geweckt. Irgendwas war draußen.« Sie wandte sich an Kira. »Hast du nichts gehört?«

»Nee.« Kira schüttelte den Kopf. Dabei hatte auch sie etwas gehört, aber sie wollte ihre Mutter nicht noch weiter beunruhigen, als sie aufgrund ihrer bevorstehenden Abwesenheit ohnehin schon war. Am Ende überlegte sie es sich noch anders und blieb hier.

»Ich bin sogar aufgestanden und hab geguckt.« Antje zuckte die

Achseln. »Wahrscheinlich war es nur das Gartentor. Beziehungsweise der Wind.«

»Gut, dass du mich erinnerst«, sagte Dunja, »das wollte ich auch richten und ordentlich ölen.«

»Mach's gut.« Antje umarmte Kira, drückte ihr einen morgendlich kühlen Kuss auf die Wange und setzte in einem scherzhaften Ton, der nur schlecht überspielte, wie ernst es ihr eigentlich war, hinzu: »Und mach keinen Mist, ja?«

»Kira?!« Dunja gab sich ebenso unernst entrüstet. »Die doch nicht!«

»Ich doch nicht«, echote Kira.

Als sie eine Minute später dem Wagen ihrer Mutter nachwinkte, fragte sie sich, ob ein Date mit Arthur schon unter ›Mist machen‹ rangierte.

***

Seidel hastete durch den feinen, unbarmherzigen Nieselregen, in den der Nebel übergegangen war, zum Haupteingang. Mit einem Griff vergewisserte er sich, dass das Foto von Silvia Wendt sicher in seiner Brustinnentasche saß und nicht auch noch durchnässt wurde.

Der neuerliche Besuch im Haus, wo Markus Fenstermann gelebt hatte und ermordet worden war, hatte nichts erbracht – außer möglicherweise einer Erkältung. Keiner der Nachbarn von Markus Fenstermann konnte sich erinnern, Grönewalds Assistentin jemals im Haus gesehen zu haben. Im Nachhinein war Seidel geneigt zu sagen: natürlich nicht. Selbst Mohren, der eilfertige Gewohnheitseinbrecher, hatte den Kopf geschüttelt: »Nee, das wüsste ich aber. Allein schon wegen der Klamotten!« »Und wenn Sie sich die Klamotten mal wegdenken?«, hatte Seidel vorgeschlagen, dies aber umgehend bereut, denn in das Gesicht des Kleinkriminellen schlich sich ein lüsternes Grinsen: »Echt, soll ich?«

Marie Stollenwerck hatte nicht gegrinst und nur den Kopf geschüttelt.

Wenn Silvia Wendt wieder regelmäßigen Kontakt zu ihrem ehemaligen Dozenten aufgenommen hatte, dann jedenfalls nicht in seinem heruntergekommenen Zuhause, sondern anderswo.

Seidel wurde das Gefühl nicht los, dass er eine weitere Spur verfolgte, die ins Nichts führte. Auch die Anfrage bei der Kfz-Zulassungsstelle hatte nichts erbracht. Die Liste von Golf-III-Variant-Haltern in der Stadt war so lang wie befürchtet, und so nichtssagend. Keiner der Namen tauchte im Zusammenhang mit Jack Trosiens Verschwinden auf. Immerhin, die gute alte Kfz-Zulassung war mit ihrer Antwort deutlich schneller gewesen als Facebook.

Seidel zog die schwergängige Eingangstür auf, er wollte nur noch in sein Büro und einen Tee aufbrühen. Momente der Ruhe. Dazu kam es vorerst nicht. Im Foyer wartete Besuch auf ihn. Während Hansen hinter seinem panzerglasgeschützten Arbeitsplatz schicksalsergeben die Schultern zuckte, was wohl so viel wie »ich konnte sie nicht abwimmeln« bedeutete, erhob sich in der Sitzgruppe unter dem Kölner Panoramabild eine junge Frau und strebte auf ihn zu. Beim Näherkommen erkannte er, dass es sich bei der Frau mit den kurzen schwarzen Haaren um ein Mädchen handelte: Nina Außem, Torben Grönewalds Tochter.

Nina, auf deren Lederjacke noch letzte Regentropfen glitzerten, übersprang alle Begrüßungsrituale und kam gleich zur Sache. »Eigentlich wollte ich zu Frau Servatius!«

»Die ist auf Dienstreise, da müssen Sie schon mit mir vorliebnehmen. Worum geht's denn? Und warum sind Sie überhaupt noch in der Stadt, die Beerdigung ist doch schon Tage her.«

»Ich bin *wieder* hier. Ich musste noch mal zum Notar. Die Erbschaft.« Seidel zog begreifend die Augenbrauen hoch; für Nina war das genug, um energisch hinzuzufügen: »Aber seine Knete ist mir scheißegal.«

Seidel glaubte ihr sogar. Er war allerdings überzeugt, dass es bei dieser Gleichgültigkeit nicht bleiben würde. Idealismus war nun mal ein Privileg der Jugend.

Nina hatte inzwischen den Reißverschluss der Jacke geöffnet und zog ein Taschenbuch hervor, das sie Seidel gab. Der Autor sagte ihm nichts, aber dem Cover und dem Titel nach zu urteilen musste es sich um eine Fantasy-Geschichte handeln.

»War das auch Teil der Erbschaft?«

»Das Buch hat er mir vorher geschenkt. Vor seinem Tod.«

»Schön für Sie. Aber warum kommen Sie damit zu uns?«

»Schlagen Sie da auf, wo der Zettel rausguckt.«

Tatsächlich lugte in der Mitte des Buches ein Zettel zwischen den Seiten hervor. Das, was Seidel für ein Lesezeichen gehalten hatte, entpuppte sich bei genauerer Musterung jedoch als Bewirtungsbeleg, ausgestellt am 20. Oktober. Der Name des Lokals sagte ihm erst einmal nichts.

»Mein Vater muss das Buch an dem Tag gekauft und sich dann mit jemandem getroffen haben«, sagte Nina.

»Von den einzelnen Posten und der Gesamtsumme her käme das hin. Aber was ist daran so besonders? Er ist rausgegangen und hat sich mit jemandem getroffen und einen Wein getrunken und –«

»Mein Vater ist *nie* rausgegangen«, fuhr Nina dazwischen. »Wenn er Wein getrunken hat, dann zu Hause.«

»Woher willst du das wissen?! Du kanntest ihn doch kaum.« Mit Verspätung registrierte Seidel, dass er die Anrede gewechselt hatte. Das Du schien seinem Unterbewusstsein wohl stimmiger.

»Dafür kannte ich ihn am Ende gut genug.«

Seidel rieb mit dem Daumen über den Ausdruck. Die Ziffern und Buchstaben waren leicht verlaufen; auch Nina hatte durch den Regen gemusst. »Ein Bewirtungsbeleg. Wie kommt jemand wie dein Vater dazu, so etwas aufzubewahren?«, fragte er, halb an sich selbst gewandt.

»Er hat alles gesammelt, was er für die Steuer gebrauchen konnte. Jede blöde Einkaufsquittung.« Nina hielt dem skeptischen Blick des Polizisten stand. »Ja, dafür kannte ich ihn auch schon gut genug. Er hatte eine ganze Schublade voll. Er hat immer gesagt, man soll dem Staat keinen Cent schenken.«

Seidel nickte in stillem Einverständnis. Die kleinen Millionäre waren manchmal die größten Pfennigfuchser. »Dann verrate mir nur noch eins. Warum kommst du damit jetzt erst zu uns? Du hast das Buch doch schon seit Wochen. Hast du da noch kein einziges Mal reingeguckt?«

Ninas Zögern war Antwort genug. Seidel musste grinsen. »Verstehe, du liest nur ein Buch pro Quartal. Und dieses Quartal ist schon erledigt.«

»Ich lese nur ein Buch pro Jahr.« Nina grinste zurück. »Wenn's hoch kommt.«

Seidel gab ihr das Buch zurück, behielt aber den Beleg. »Du weißt, dass wir eine Tatverdächtige haben?«

»Ja. Aber ich glaube nicht, dass Berit es war.«

»Nicht?! Ich dachte, du hasst sie wie die Pest.«

»Tu ich auch. Aber deswegen ist sie noch lange keine Mörderin.«

»Und was macht dich da so sicher?«

»Intuition oder irgendso'n Scheiß.« Ihre rotzige Maske bekam plötzlich einen Riss. »Gehen Sie da mal hin? Bitte!«

Der kindlich-klagende Ton rührte Seidel, obwohl oder gerade weil er in so krassem Gegensatz zu ihrem Äußeren stand. Wo würde er mit seinem Mitgefühl noch enden? Er nickte.

»Danke.«

Nina stopfte sich das Buch wieder unter die Jacke und verschwand nach draußen, in den Regen.

Seidel sah ihr nach und seufzte. Vielleicht sollte er gleich einen ganzen Ordner anlegen. ›Spuren im Sand‹ oder so. Da konnte er das Foto von Silvia Wendt abheften, die Liste der Zulassungsstelle und jetzt auch den Bewirtungsbeleg. Andererseits, ein Abstecher ins – er warf einen neuerlichen Blick auf die Quittung – *Blue Moon* ließ sich vielleicht mit einem Feierabendbier verbinden.

***

Das Schaf stand ganz plötzlich da, mitten auf der Straße.

Sie hätte sich mit dem Nebel herausreden können, der sich zwischendurch mal gelichtet hatte, auf der Autobahn in Belgien, jetzt aber wieder wie ein feuchtes Tuch auf dem Land lag. Auch ohne Nebel allerdings hätte sie das Schaf wohl erst im letzten Moment gesehen. Die Nacht war einfach zu unruhig gewesen. Schon auf den letzten Kilometern, während sie sich einen Weg über die gewundenen Landstraßen suchte, hatte sie Probleme gehabt, die Augen offen zu halten. Und dann musste sie wohl in einen Sekundenschlaf gefallen sein, ausgerechnet zu den Twin Guitars der Allman Brothers. Vielleicht sollte sie sich wirklich mal eine neue CD anschaffen. Nur mit einer Vollbremsung, die sie schmerzhaft in den Gurt drückte, konnte sie einen Zusammenstoß verhindern.

Während der Bauer das Schaf von der Straße trieb, nicht ohne ihr ein paar böse Blicke zuzuwerfen, versuchte Antje mit energischen Klapsen auf beide Wangen, die Müdigkeit zu verscheuchen. Dann nahm sie einige große Schlucke aus der Wasserflasche und schaute auf das Navi. Nur noch ein paar Kilometer. Aufrecht sitzend, mit angestrengt weit aufgerissenen Augen, setzte sie die Fahrt fort.

Antje Servatius kannte Nordfrankreich nur aus der Fernsicht von der Autobahn, vom Durchfahren mit ihren Eltern, in die Bretagne oder an die Dünen der Atlantikküste. Die Landschaft war ihr damals öde und langweilig erschienen. Heute wirkten die wenigen Detailansichten, die der Nebel zuließ, schon reizvoller; wie Ostfriesland, nur etwas welliger.

Von den Fahrten mit den Eltern hatte sie auch in Erinnerung, dass sie jedes Mal irgendwann von der *autoroute* abgefahren waren, um in einem kleinen Dorflokal zu essen. Das wäre inzwischen schwierig, jedenfalls in dieser Gegend abseits der Touristenpfade. Es gab in den Dörfern keine Restaurants mehr, beziehungsweise es gab sie noch, aber sie waren seit Langem geschlossen. Abgesehen von der obligatorischen *boulangerie* für das obligatorische Baguette gab es auch kaum noch Läden. Mit Essen ist Sense, hätte ihr Vater gesagt und losgelacht. Er liebte Anagramme, mit seinen Wortspielen hatte er Antje und ihre Mutter regelmäßig zur Verzweiflung getrieben. Besonders auf Urlaubsfahrten.

Kein Essen und auch sonst nichts. Nordfrankreich, jedenfalls dieser Teil davon, schien wie ausgestorben, dem Verfall preisgegeben. Irgendwo meinte Antje gelesen zu haben, dass die Rechtspopulisten hier, weitab von den Metropolen, ihre besten Wahlergebnisse einfuhren.

Supermärkte gab es dagegen in regelmäßigen Abständen, immer schon Kilometer vorher auf großen Reklamewänden angekündigt. An einem solchen hatte Antje schließlich gehalten, als sich der Hunger nicht mehr bezwingen ließ. Jetzt würgte sie das pappige Schinkensandwich in hastigen Bissen herunter. Ein Ortseingangsschild wischte durch das Scheinwerferlicht. Maroilles.

Antje musste immer noch den Kopf darüber schütteln, dass es Heiner Gaarst gewesen war, der sie mit seiner Eingebung hierhin und der Lösung des Falles möglicherweise einen Schritt nähergebracht hatte; Gaarst, dem sie in den letzten Wochen viel zu wenig Beachtung geschenkt hatte. Sie nahm sich vor, den neuen Kollegen stärker in die Ermittlungen einzubeziehen, als sie es bislang getan hatte.

Der kleine Ort Maroilles hatte keine eigene Gendarmerie. Die nächstgelegene fand sich in fünf Kilometern Entfernung. Praktischerweise jedoch hatte sich der Kollege, der Antje bei ihren Nachforschungen begleiten und unterstützen sollte, direkt vor Ort mit ihr verabredet, in den *Caves de l'Abbaye*. Die Caves waren kein Kellergewölbe, wie Antje der Bezeichnung nach vermutet hatte, sondern ein ebenerdiger flacher, langgezogener Backsteinbau entlang der Durchgangsstraße. Von der ebenfalls namensstiftenden Abtei war nichts zu sehen, Antje hatte sich im Vorfeld nicht kundig gemacht, ob sie überhaupt noch stand. Einerlei, hier wurde der Käse verkauft.

Antje Servatius war zu früh oder ihr Kollege zu spät, oder er war schon wieder weg. Sie stand jedenfalls allein im Laden; allein mit der Verkäuferin an der Kasse, einer gedrungenen schwarzhaarigen Frau Anfang 40, die sie unverwandt anlächelte, ein leeres geschäftsmäßiges Lächeln, das sich irgendwann wohl zwangsläufig ins Gesicht meißelte, wenn man tagtäglich mit den gleichen Touristen und den gleichen Fragen zu tun hatte. Radebrechend versuchte Antje ihr zu erklären, dass sie auf einen französischen Polizisten warte und dass sie selbst eine deutsche Polizistin sei.

Nein, ein Gendarm sei nicht hier gewesen, »je suis désolée …«, bekam sie zur Antwort, begleitet von dem gleichen leeren Lächeln, aber mit einer auffallend dunklen Stimme. Überhaupt machte die Verkäuferin einen recht maskulinen Eindruck, zwischen Nase und Oberlippe spross sogar ein schlecht kaschierter Damenbart. Bis in die Provinz hatte sich das französische Schönheitsideal offenbar nicht herumgesprochen.

Nun gut, dann werde sie noch ein bisschen warten, antwortete die Kommissarin und gab mit einer weit ausholenden Geste zu verstehen, dass sie sich mal umschauen werde. Die Verkäuferin nickte. Eine Sekunde später ließ sich eine zweite Frau in dem ein paar Stufen höher gelegenen Gastraum blicken, der noch geschlossen war und im Dunkeln lag. »Bonjour, madame!« und, an ihre Kollegin gewandt: »Norma, tu viens m'aider un moment?«

Norma eilte mit entschuldigendem Blick ihrer Kollegin zu Hilfe, und Antje sah sich in dem kleinen Verkaufsraum um, der aufs Engste mit Regalen und Kühltruhen zugestellt war. Hier gab es nicht nur Maroilles zu kaufen, sondern offenbar alles, was die Region an Spezialitäten zu bieten hatte. In den Holzregalen, die sich an die Backsteinmauern pressten, lagerten Flaschen und Gläser in allen Größen, mit Weinen, Bieren und Säften, Konserven mit Terrinen, Gläser mit Konfitüren; von langen Haken baumelten Pärchen von Saucissons Secs, Dauerwürsten. Auf einem Tablett wurden verschiedene Quiches angeboten. Antje beschloss, etwas Gehaltvolles gegen ihren Resthunger zu tun.

Wenige Minuten später kaute sie an den letzten Bissen einer kalten, aber schmackhaften Spinat-Ziegenkäse-Quiche, erstanden bei Normas pummeliger, blondierter Kollegin, und schrieb eine SMS an Kira. Schon bei der ersten Pinkelpause in den Ardennen hatte sie eine Nachricht abgeschickt, später im Supermarkt, in der Schlange an der Kasse. »Hier ist alles okay«, hatte Kira geantwortet, dann: »Alles okay bei uns!« Jetzt antwortete sie mit leichter Verzögerung: »Muss dieses ständige Schreiben denn wirklich sein?« Antje fühlte sich klassisch ausgekontert. Das war exakt der Satz, mit dem sie sich beschwerte, wenn ihre Tochter wieder mal an ihrem Handy klebte.

Antje grinste und steckte ihres weg.

»Madame Ser-va-sjüss?«

Sie schaute auf. Der französische Kollege streckte ihr seine Hand hin. Sein Bemühen, den fremdländischen Namen korrekt auszusprechen, war rührend, aber nicht ganz erfolgreich. Und es passte zum Rest. Der Brigadier war blutjung und hoch aufgeschossen und hatte trotz seiner maximal 25 Lebensjahre schon eine lichte Stirn. Er hieß Lionel Zipperlin. Wahrscheinlich die elsässische Spielart von Zipperlein. Der Brigadier konnte natürlich nichts für seinen Namen, aber Servatius beschlich das unbestimmte Gefühl, dass die französischen Kollegen ihre Angelegenheit nicht sehr ernst nahmen.

Auf der Fahrt zu Ramon Duvillers – auf Antjes Anregung gemeinsam im Kölner Dienstwagen, um nicht unnötig Benzin zu verschwenden – legte sich dieses Gefühl wieder. Die Gendarmerie hatte gewissermaßen ein Ramon-Ranking angelegt, nach Antjes Vorgaben: Kontakte nach Deutschland, eventuelle deutsche Verwandte oder Vorfahren, Alkoholprobleme, Vorstrafen … Die Liste war kurz geworden. Aber an der Nummer eins hatten die französischen Kollegen ein durchaus ernstzunehmendes Interesse. Der 34-jährige Duvillers war Bodybuilder und stand seit Längerem in Verdacht, nebenher einen schwunghaften Handel mit Anabolika zu betreiben. Der vage Verdacht hatte sich vor Kurzem erhärtet, als ein junger Kraftmeier, der nur mit Duvillers zusammen an den Trainingsgeräten auftauchte, plötzlich beim Training zusammengebrochen war. Herzversagen, beim Missbrauch der anabolen Steroide die Todesursache der Wahl. Und da Duvillers seinen Körper oft auf Veranstaltungen in Deutschland präsentierte, hätte man ihm gern Geschäfte mit dortigen Dealern nachgewiesen und so eine Transferstrecke für die billigen Fakes aus Osteuropa aufgedeckt.

Markus Fenstermann und anabole Steroide? Antje war mehr als skeptisch. Außerdem: Was sprach außer dem Tod des jungen Bodybuilders dafür, dass Duvillers schmutziges Geld mit Anabolika verdiente? »Vous verrez«, entgegnete Zipperlin. Sie werden sehen.

Antje Servatius sah es sofort, als sie nach einer zwei, drei Kilometer langen Fahrt über eine enge, kurvige Straße in die Einfahrt zu Duvillers' Haus einbogen. Das Grundstück war riesig, und das Haus war mehr als ein Haus, es war eine Villa. Kein Bodybuilder verdiene so viel, jedenfalls nicht allein vom Bodybuilding, meinte Zipperlin, als sie über den hellen, knirschenden Kies des Vorplatzes gingen. Um seine Worte zu unterstreichen, deutete der Brigadier auf den Wagen, der unter dem Dach des offenen Stellplatzes stand. Ein fabrikneuer knallroter Sportbolide.

Der Eindruck von unpassend viel Geld, vor allem für diese Gegend, setzte sich im Haus fort: von der wohltemperierten Türklingel und den abstrakten Drucken an den weiß getünchten Wänden bis zu den Marmorfliesen in der etwas zu groß geratenen Eingangshalle.

Ramon Duvillers war erst am Vorabend von einem Contest in Spanien zurückgekehrt – daher hatte Antje Servatius ihre Dienstreise so beantragt, wie sie jetzt terminiert war –, aber der Bodybuilder war über den Besuch im Vorfeld informiert worden und hatte ihm zugestimmt. Duvillers überragte Antje um eine gute Kopflänge. So groß wie Zipperlin war er nicht, aber annähernd doppelt so breit. Wie immer bei derart muskelbepackten Wesen wunderte sich Antje, wie unverhältnismäßig klein der Kopf in Relation zum Rest war. Sie erlag jedoch nicht dem Fehlschluss, das Gleiche auch vom Gehirn anzunehmen. Duvillers beispielsweise machte, obwohl er die unvermeidliche synthetisch raschelnde Freizeitkleidung trug, einen kultivierten und intelligenten Eindruck, listig in den Augen und mit einem Hauch Herablassung. Nach der Begrüßung – der Händedruck war überraschend dosiert – führte er die beiden Polizeibeamten ins Wohnzimmer, zu ein paar niedrigen Ledersesseln vor einem Panoramafenster, das auf den hinteren Teil des scheinbar grenzenlosen Grundstücks hinausging. Auch die Einrichtung hier war neu und zweifellos teuer; persönlichen Geschmack verriet sie nicht.

Warum Zipperlin denn eine deutsche Kollegin dabeihabe, erkundigte sich Duvillers, als sie saßen. Weil auch die deutsche Polizei an den Ermittlungen beteiligt sei, erwiderte der Brigadier. Welche Ermittlungen? Duvillers machte große Augen. Gespieltes Erstaunen, dachte Antje, sah ja doch über alle Grenzen hinweg gleich aus. Aber sie hielt sich zurück; sie war damit einverstanden gewesen, dass, um Irritationen zu vermeiden, zunächst Zipperlin die Gesprächsführung übernahm. Dieser holte nun weiter aus: Duvillers sei bekanntermaßen häufiger in Deutschland. Richtig, gab der Bodybuilder zu. Man müsse schließlich sein Geld verdienen. Viel Geld anscheinend, erklärte Zipperlin mit vielsagendem Rundumblick. Duvillers zuckte die Schultern. Er sei auch als Berater und Vertreter für einen Hersteller von Trainingsgeräten unterwegs. Zipperlin hakte nach: Unterwegs? Wo denn? Wo zum Beispiel in Deutschland? – Nun ja, in Berlin, Frankfurt, München, Leipzig, Köln …

»Quand est-ce que vous étiez à Cologne, Monsieur Duvillers?« Der Kommissarin riss der Geduldsfaden, dem unglücklichen Blick von Zipperlin zum Trotz. »Connaissez-vous un certain Markus Fenstermann?«, fragte sie.

»Qui?«

Sie holte ein Foto aus ihrer Tasche. Das Bild stammte aus Fenstermanns Pass. Nein, Duvillers wollte den Deutschen noch nie gesehen haben. Warum, was sei mit dem Mann? Antje berichtete in knappen Sätzen von dem Mord.

»Un meurtre?!« Diesmal riss Duvillers die Augen noch weiter auf. Von seiner Herablassung war mit einem Mal nichts mehr zu spüren. Antje spürte mehr, als dass sie sah, wie sich im Körper des Franzosen die Muskeln anspannten. Auch Zipperlin schien die plötzliche körperliche Bedrohung zu bemerken. Duvillers warf einen zweiten, fast verächtlichen Blick auf das Foto. Wie ein Bodybuilder sehe der nicht aus. Warum sie denn glaube, dass er diesen Mann kenne? Antje wusste, dass sie sich jetzt auf dünnes Eis begab. Mit umso festerer Stimme erklärte sie Fenstermanns ominösen Facebook-Kontakt. Ramon de Mariolles. Antje ließ sich von dem grimmigen, geringschätzigen Grunzen, das Duvillers ausstieß, nicht beeindrucken, sie wiederholte ihre Frage. Wann genau hatte sich der Bodybuilder in Köln aufgehalten? Vom 29. Oktober bis 1. November. Das lag direkt vor dem möglichen Tatzeitraum, rechnete Antje nach, also fragte sie weiter: Und danach?

Statt einer Antwort verschwand Duvillers in einem Nebenraum.

Antje nutzte den Moment, um nachzudenken. Gesetzt den nicht sehr wahrscheinlichen Fall, dass der Muskelmann Duvillers wirklich mit dem Alkoholiker Fenstermann zu tun hatte – wo war dann der Zusammenhang der beiden mit Torben Grönewald? Den konnte sie sich in dieser Konstellation noch weniger vorstellen. Oder mit TG war am Ende nicht Grönewald, sondern jemand anders gemeint. Aber wer dann?

Duvillers kam zurück und stellte ein Notebook auf den Glastisch. Mit wenigen Klicks hatte er ein Facebook-Profil aufgerufen. Fotos von einem Contest in München, der direkt auf den in Köln gefolgt war. Bodybuilder in Pose, unschwer zu erkennen auch Duvillers, der anscheinend einen Preis gewonnen hatte. Jetzt tippte der Franzose auf den Profilnamen: Ramon Duvillers, ganz ohne Pseudonym.

»Wir werden Ihr Alibi überprüfen«, sagte Antje Servatius nur und stand auf.

»Que pensez-vous?«, fragte Zipperlin, als sie draußen waren und zum Wagen gingen.

Ja, was dachte sie?

»Wir werden sein Alibi überprüfen«, wiederholte Antje ihre Ankündigung, aber sie klang auch in ihren eigenen Ohren schon schwächlicher. Wenn sich herausstellte, dass Duvillers die ganze Zeit in München seine Muskeln hatte spielen lassen, dann war er aus dem Rennen. Außerdem hatte er eindeutig einen anderen Facebook-Account. Was nicht ausschloss, dass er einen zweiten hatte. Zipperlin versprach das zu überprüfen, zur Not, indem er das Notebook des Bodybuilders beschlagnahmte.

* * *

Der zweite Ramon passte von seiner Lebenssituation schon wesentlich besser zu Markus Fenstermann, jedenfalls den Informationen zufolge, mit denen der Brigadier seine Besucherin während der Anfahrt fütterte: Ramon Gutierrez, 58, alleinstehend, arbeitslos, mehrfach vorbestraft (Ladendiebstahl, Einbruch, Widerstand gegen die Staatsgewalt). Und langjähriger Alkoholiker.

Die nackten Daten wurden, als sie sich dem Ziel, einer kleinen

Stadt in einer Talsenke, näherten, von den äußeren Eindrücken unterfüttert. Sie passierten zunächst eine größere Industriebrache, auf der einmal Gemüsekonserven produziert worden waren, wie Zipperlin erklärte. Jetzt nicht mehr. Die Arbeitslosigkeit liege hier bei 17 Prozent. Antje nickte nur; 17 Prozent würde auch ein deutscher Ort nur schwer verkraften.

Dann ging es im Zickzackkurs durch trostlos leere Straßen, ehe sie das dreistöckige, dabei nur zwei Fenster breite Haus erreichten, in dem Gutierrez lebte. Es drückte sich an die Böschung einer Eisenbahnstrecke. Die Strecke musste zwar seit Langem stillgelegt sein, wie Antje mit einem Blick auf die zugewachsenen Gleise schloss, aber der Anblick war deswegen nicht weniger bedrückend. Zur Bahnseite hin waren alle Fenster zugemauert, von der Frontfassade bröckelte der Putz, neben der schmalen Eingangstür an der Seite verrottete allerlei Gerümpel im Gras.

Gutierrez öffnete zwar nach mehrmaligem Klingeln, zeigte aber keine Bereitschaft, die beiden hereinzulassen – obwohl auch er Zipperlin offenkundig kannte. »Qu'est-ce que tu veux, sale flic?!«, blaffte er den Brigadier angriffslustig an und zupfte nervös an seinem Feinripp-Unterhemd; für mehr Oberbekleidung hatte offenbar die Zeit gefehlt, oder die Lust. Hinter ihm, im dunklen Flur, stimmte lauthals ein schwarzes Ungetüm von Hund ein. Antje Servatius wich unwillkürlich einen Schritt zurück. Zipperlin hielt tapfer stand, kam aber kaum dazu, seine Sätze zu Ende zu bringen. Ermittlungen mit einer deutschen Polizistin? »Une salope allemande! Casse-toi!« (Letzteres hieß so viel wie »Hau ab!«, wenn Antje richtig erinnerte. Ersteres erfüllte wahrscheinlich den Tatbestand der Beleidigung, aber jetzt war nicht der Moment für Kleinlichkeiten.) Ein Toter in Cologne? Mord?! »Ca ne m'intéresse pas!« Gutierrez spuckte die Worte förmlich aus, Antje konnte seine Fahne riechen, obwohl sie in Zipperlins Windschatten stand. Als er endlich begriffen hatte, was der Brigadier mit Facebook meinte, tippte er sich nur an die Stirn, machte eine

Geste, die man als obszön hätte interpretieren können, und knallte den beiden die Tür vor der Nase zu. Zipperlin hatte seinen Finger sofort wieder am Klingelknopf, aber Antje fiel ihm in den ausgestreckten Arm. Sie wusste, wann sie sich in eine Sackgasse manövriert hatte.

»Alors, le prochain?« Der Gendarm zog fragend die Augenbrauen hoch.

Antje unterdrückte ein Seufzen. Ja, der Nächste.

***

Rudi Seidel saß nicht lange allein bei seinem Feierabendbier, aber es dauerte dann einige Zeit, ehe der Groschen endgültig fiel.

Nach den ersten Schlucken lehnte sich die rothaarige Frau, die neben ihm an der Theke vor ihrem Cocktail saß, vertrauensvoll zu ihm herüber. Sie war attraktiv und nicht älter als Anfang 40. Ihr Parfüm siedelte er vorsichtig bei 100 Euro plus an, der schwarze Pullover war vielleicht einen Tick zu weit ausgeschnitten. »Na, Sie gehen aber früh auf die Jagd«, sagte sie lächelnd.

»Keine Sorge, es bleibt nur bei dem einen«, erwiderte Seidel, der nicht als Pegeltrinker einsortiert werden wollte.

Seine Nachbarin schenkte ihm ein unergründliches Lächeln, dann nahm sie seinen erst vor zwei Wochen erstandenen Mantel aus kastanienbrauner Kaschmirwolle in Augenschein.

»Schicker Stoff. Männer mit Geschmack sind ja doch eine Seltenheit.«

»Danke, aber meine Frau hat mir bei der Auswahl entscheidend geholfen.«

»Ihre Frau, aha. Die nehmen Sie aber nicht überall mit hin, was?« Sie ließ ihre Augen blitzen.

Seidel brauchte einen Moment, bis er begriff. Mit überall war hier gemeint, jetzt und hier. »Nein«, erwiderte er trocken. »Aber ich sehe sie ja gleich zum Abendessen.«

Die Rothaarige stellte das Blitzen in den Augen so schnell ab, wie sie es eingeschaltet hatte. »Na, dann nicht …« Mit einem Blick, der zu gleichen Teilen ernüchtert und belustigt, aber auch ein bisschen mitleidig war, rückte sie von ihm ab und widmete sich wieder ihrem Drink. Da endlich dämmerte es Seidel, und all das, was ihn am *Blue Moon* von der ersten Sekunde an irritiert hatte, fügte sich plötzlich zu einem runden Bild: das gedämpfte, aber nicht direkt schummrige Licht, die Fenster, getönt, aber nicht geschwärzt, die Musik – eine leicht ins Ohr gehende Jazz-Stimme, vielleicht Diana Krall, er kannte sich da nicht so aus, hatte den Namen aber mal aufgeschnappt –, schließlich der Mann hinter der Theke, der so auffallend wenig Neugier zeigte, als Seidel hereingekommen war.

Und nun die Frau, bei der er alle Anspielungen überhört, alle Einsätze verpasst hatte. Sie hatte mit ihm geflirtet, natürlich. Und er hatte es nicht bemerkt. Wie auch? Wann hatte er zum letzten Mal geflirtet? Als er Juliane, seine Frau, kennengelernt hatte. Das heißt, eigentlich hatte Juliane mit ihm geflirtet. Schon damals, vor 15 Jahren, war er in dieser Disziplin ein Dilettant gewesen. Kein Wunder, dass seine Antennen mittlerweile völlig eingerostet waren.

Seidel sah sich erneut, jetzt mit anderen Augen, in dem noch weitgehend leeren Lokal um. Zwei, drei Paare saßen an den Tischen, flüsterten miteinander. Nein, die Kickerkrone wurde hier nicht ausgespielt. Es ging um andere Trophäen. Das *Blue Moon* war eine Dating-Kneipe. Eine Börse für Singles und solche, die für einen Abend Single spielten, die ihrer Frau irgendwelche Gründe aufgetischt hatten, warum sie heute Abend nicht zum Essen kämen, und dass sie nicht auf sie warten sollte.

Wen hatte Torben Grönewald hier getroffen? Seine spätere Mörderin? War der Täter tatsächlich eine Frau?

Seidel wandte sich dem Mann hinter der Theke zu. Anfang 30, gut gekleidet. Zu selbstsicher für einen Gelegenheitsjobber. Der Mann missverstand seinen Blick: »Noch eins?«

Seidel nickte und holte, während das Bier gezapft wurde, ein Foto aus seiner Brusttasche. »Kennen Sie den?«

Der Mann hinter der Theke warf nur einen kurzen Blick auf Grönewalds Konterfei. Auch Seidels Dienstausweis konnte ihn vorerst nicht beeindrucken. »Klar kenn ich den, wer kennt den nicht?«

»Und woher kennen Sie ihn? Vom Flachbildschirm oder von hier?«

»Wir legen viel Wert auf Diskretion.«

»Ja, ja. Aber Bewirtungsbelege geben Sie trotzdem aus.«

Der Angestellte begutachtete die Quittung. »Okay. Vielleicht war er mal hier.«

»Denken Sie bitte gut nach …« Seidel baute eine Kunstpause ein, die sein Gegenüber sofort verstand.

»Jonas.«

»Also, Jonas: War er nur ein Mal hier, oder vielleicht doch häufiger?«

»Nur ein Mal. Soweit ich das mitbekommen habe. Er wollte wohl nicht erkannt werden und hatte sich quasi verkleidet. Aber ich habe ein Ohr für Stimmen.«

»Also haben Sie an dem betreffenden Abend auch hier gearbeitet?«

Jonas nickte, nach wie vor widerwillig.

»Und er hat an diesem Abend jemanden kennengelernt? Eine Frau?«

Erneutes Kopfnicken. Seidel merkte, wie seine Kopfhaut kribbelte. Endlich eine neue Erkenntnis.

»Wie gut haben sich die beiden denn kennengelernt?«

»So gut, dass sie am Ende zusammen weg sind.«

»Haben Sie mitbekommen, worüber die beiden geredet haben, als sie noch hier saßen? Irgendwas aufgeschnappt?«

»Nein.

»Diskretion. Verstehe.«

»Ich habe wirklich nichts mitbekommen.«

»Na schön.« Seidel steckte Foto, Quittung und Dienstausweis wieder weg. »Und diese Frau, war die auch nur ein Mal hier? Oder doch so eine Art Stammkundin?«

»Irgendwas dazwischen.«

»Also öfter. Dann können Sie sie möglicherweise beschreiben.«

»Ende 30, dunkle, kurze Haare, schmales Gesicht, ziemlich groß, schlank, fast dünn.« Jonas dachte nach. »Die Augen … kann ich nicht genau sagen, wahrscheinlich blau, insgesamt attraktiv, aber so auf die herbe Art … und irgendwas war mit ihrer Nase.«

Seidel, der fleißig mitgeschrieben hatte, horchte auf. »Ihre Nase?«

»Ja. Die muss wohl mal gebrochen gewesen sein. Wie bei einem Boxer. Aber sie war nicht einfach schief. Eher so, als ob sie in der Mitte einen Knick hätte.«

»Einen Knick?«

»Ja, einmal nach links und wieder zurück. Wie ein Winkel, aber ganz sauber.«

Seidel hatte plötzlich ein flaues Gefühl im Magen. Er zeichnete ein paar Striche auf sein Blatt und hielt das Ergebnis hoch. »Ungefähr so?«

»Nicht nur ungefähr. Die Nase sah exakt so aus. Wahnsinn!«

Wahnsinn, dachte auch Seidel. Die plötzliche Erkenntnis traf ihn wie ein Fausthieb. Er atmete betont bedächtig aus, warf ein paar Münzen auf die Theke und erhob sich von seinem Hocker.

»Und, hat die Frau was mit dem Mord zu tun?«

»Ja und nein«, erklärte Seidel. Den verständnislosen Blick des Barkeepers quittierte er mit einem Schulterzucken. »Wissen Sie, wir legen auch Wert auf Diskretion.«

Als Seidel über die Straße zu seinem Wagen ging, schüttelte er wieder und wieder den Kopf. Eine neue Erkenntnis, ja; aber keine, über die er sich sonderlich freute.

⋆⋆⋆

Zum gefühlt hundertsten Mal drehte sich Antje Servatius auf die andere Seite. Sie konnte nicht schlafen. Das lag nicht nur an der hoffnungslos durchgelegenen Matratze, nicht nur an der klammen Luft in dem schlecht beheizten Zimmer, nicht nur an der französischen Fahne vor dem alten Hotel, die der Wind immer wieder gegen den Mast schlagen ließ. Es lag auch an den vergangenen Stunden.

Der ›nächste‹ – und wie sich herausgestellt hatte, für den Tag auch letzte – Ramon arbeitete in der Nachbargemeinde von Maroilles; ein *village fleuri*, wie das Schild am Ortseingang verriet. Jedes Jahr, so erklärte Zipperlin, gebe es in Frankreich einen Wettbewerb, in dem die grünsten Orte und Städte ausgezeichnet würden. Das »blühende Dorf« machte seinem Namen alle Ehre: Die Grünflächen waren sorgsam gepflegt, Blumenkästen mit winterfesten Sträuchern säumten die Hauptstraße und rahmten schließlich auch die Mairie ein, das Bürgermeisteramt, ein lachhaft kleines, aber nicht minder schmuckes Gebäude mit einer blank polierten Holztür als Eingang und exakt zwei Amtsräumen, einer auf jeder Seite des winzigen Flurs. Hier residierte Ramon Mathieu, der Bürgermeister der Gemeinde. Mathieu erwies sich als zuvorkommender, freundlicher Gesprächspartner, der sogar ein paar Brocken Deutsch konnte – von regelmäßigen Besuchen in der deutschen Partnergemeinde – und den Fragen der Kommissarin aufmerksam lauschte. Ohne sie auch nur einen Schritt weiter zu bringen. Nein, in Köln sei er nie gewesen, einen Monsieur Fenstermann kenne er nicht und Facebook benutze er nur, wenn es um die Belange seines Ortes ging. Antje warf einen Blick nach draußen, auf die immergrünen Pflanzen. Mit jeder Sekunde wuchsen die Zweifel an ihrer eigenen Mission. Am Ende der 20-minütigen Unterredung war der Brigadier die personifizierte Entschuldigung; entschuldigend gegenüber dem Bürgermeister, dass man ihn mit dieser Angelegenheit behelligte – »Mais ca ne fait rien«, das macht nichts, hatte der Maire gelächelt –, aber auch gegenüber der deutschen Kollegin, dass sie nicht vorankam.

Draußen hatte Zipperlin vorgeschlagen, die Ramons zweiter Wahl zu besuchen, diejenigen, die so weit entfernt wohnten, dass ein Bezug zu Maroilles ebenso weit hergeholt war. Lieber morgen, demain, hatte Antje entgegnet. Sie sei müde, die Anstrengungen der Fahrt im Nebel; eine Ausrede, im Grunde war es der Frust. Daher hatte sie auch Zipperlins Einladung auf ein Glas Wein zum Feierabend ausgeschlagen.

Und jetzt wälzte sie sich hin und her, weil der gleiche Frust ihr den Schlaf raubte.

Vielleicht ist das Suchschema falsch, überlegte sie. Was, wenn schon eine der Grundannahmen falsch war? Wenn zum Beispiel auch Ramon ein Pseudonym war? Oder – ihr wortspielender Vater kam ihr plötzlich wieder in den Sinn – sogar ein Anagramm? Roman hatte zum Beispiel die gleichen Buchstaben. Oder auch –

Mit einem Mal war Antje hellwach. Sie richtete sich im Bett auf, schaltete das Licht ein, starrte auf die Uhr und stieß einen Fluch aus. Noch fünf Stunden, bis sie etwas unternehmen konnte.

22

Bereits um Viertel vor zehn stand Antje vor den *Caves de l'Abbaye* und trat mechanisch von einem Fuß auf den anderen, weniger, um die Kälte zu vertreiben – in der Nacht hatte es gefroren, ein weißer Film lag, in der schüchternen Sonne glitzernd, auf Bäumen und Büschen –, als aus Ungeduld. Zipperlin traf zeitgleich mit der ersten Verkäuferin ein, der Pummeligen mit den blondierten Haaren.

Antje steuerte sofort aufs Ziel los. »Où est votre collègue?«

»Norma?« Die Kollegin guckte nicht minder erstaunt als der Brigadier, gab aber bereitwillig Auskunft. Es sei fraglich, ob Norma heute kommen werde. Ihr sei gestern plötzlich unwohl gewesen, sie habe sich daher krank gemeldet und sei nach Hause gefahren, übrigens kurz nachdem die deutsche Polizistin den Laden verlassen habe. Ebenso bereitwillig, aber auch nicht minder erstaunt gab sie die Adresse von Norma heraus.

»Wissen Sie, was ein Anagramm ist?«, fragte Antje Servatius ihren französischen Kollegen, während sie ihren Wagen in halsbrecherischem Tempo durch den Ort jagte.

»Un anagramme, oui, bien sur. Comme –« Er dachte kurz nach. »Comme ›aimer‹ et ›Marie‹.«

»Oui«, sagte Antje. »Oder wie Ramon und Norma.«

Aus den Augenwinkeln fing sie Zipperlins überraschten Blick auf; überrascht, aber auch reichlich skeptisch. Wie hoch sei die Wahrscheinlichkeit, wandte der Gendarm ein, dass die Verkäuferin auf Facebook unter einem Männernamen auftauche? Und dass ausgerechnet sie mit einem Mordopfer in Cologne zu tun habe?

»Gute Frage«, gab Antje zu. »Aber wie hoch ist die Wahrscheinlichkeit, dass unsere bisherigen Ramons mit Markus Fenstermann zu tun hatten?«

Zipperlin wiegte bedächtig den Kopf. Gänzlich ausgeräumt schienen seine Zweifel jedoch nicht.

Norma Dardenne wohnte am Ende einer Straße mit gesichtslosen Reihenhäusern, wie sie Antje ähnlich auch aus Deutschland kannte. Die Einfahrten ließen den Blick auf kleine Gärten zu, dahinter dehnte sich Ackerland aus. Antje stoppte den Wagen zwischen zwei Bäumen. Sie wollte gerade aussteigen, da hörte sie hinter dem Haus einen Motor aufheulen, dann ging das Heulen in das regelmäßige Knattern eines Verbrennungsmotors über. Die Kommissarin ließ den Wagen sofort wieder an. Hinter dem Haus mündete ein Kiesweg in die Straße. In diesen bog sie in einem Tempo ab, dass der verdutzte Brigadier fast aus der Beifahrertür flog, die er noch nicht wieder ganz zugezogen hatte.

Das Knattern kam von einem Quad, das sich auf einem Weg zwischen schwarzbraunen Äckern schnell entfernte. Die Person, die auf dem Geländefahrzeug mit den Ballonreifen saß, hatte sogar noch daran gedacht, einen Helm aufzusetzen. Dennoch sah Antje deutlich die schwarzen Haare, die im Wind wehten.

Der Kölner Dienstwagen war schnell, aber nicht für die holprigen Wirtschaftswege ausgelegt, über die Norma auf ein breites Waldstück zupreschte. Trotzdem holten Antje und Zipperlin auf. Bis das Quad den Wald erreichte und zwischen den Bäumen verschwand. Hier wurde der Wirtschaftsweg schmaler. Gestrüpp wucherte von beiden Seiten über die tiefen Fahrspuren, Zweige und Dornen kratzten über den Lack des Wagens. Die Verfolgung endete jäh vor einem Baumstamm, der quer über dem Weg lag, den das Quad aber wohl noch hatte umfahren können. Antje stellte den Motor ab und stieg aus.

»Mist!«

Zipperlin war ebenfalls ausgestiegen, er holte sein Handy heraus und rief nach Verstärkung. Der Motor des Quad klang immer noch zwischen den Bäumen durch. Plötzlich aber brach das Knattern ab. Ein dumpfer Aufprall war zu hören, gefolgt von einem Schrei. Antje Servatius und der Brigadier liefen los.

Sie fanden das Quad rund 100 Meter weiter im Unterholz, mit gebrochener Hinterachse. Ein Ballonreifen hatte sich gelöst, er lag direkt neben einem jungen Reh, das vergeblich versuchte, wieder auf die Läufe zu kommen. Aus einer Wunde in der linken Flanke trat Blut. Die Glieder des Tieres zuckten unentwegt, es sah sie mit Panik in den Augen an. In einer Senke voller Laub rappelte sich gerade eine behelmte Gestalt auf. Norma Dardenne hatte bei dem Unfall anscheinend den geringsten Schaden davongetragen.

Zwei Stunden später stand Antje Servatius im Foyer des kleinen örtlichen Krankenhauses und nippte an einem schwächlichen Milchkaffee. Sie wartete darauf, dass Brigadier Zipperlin von der Gendarmerie zurückkehrte, hoffentlich mit weiteren Erkenntnissen zu Norma Dardenne, Erkenntnissen, die eine weitere Vernehmung erlaubten. Der behandelnde Arzt hatte dafür schon grünes Licht gegeben. Dardenne hatte bei der Kollision im Wald nur Prellungen und Abschürfungen erlitten; eine Gehirnerschütterung war, dem Helm sei Dank, nicht diagnostiziert worden. Dennoch lag die Französin weiter zur Beobachtung in der Ambulanz. Zipperlin hatte erreicht, dass die Gendarmerie vorsichtshalber einen Kollegen vor dem Zimmer postierte.

Antje Servatius versuchte, das Geschehen und das bisher Gehörte für sich zu resümieren, dazu aber musste sie das Bild von dem zuckenden, blutenden Reh verscheuchen, das immer wieder vor ihrem inneren Auge auftauchte. Einer der Polizisten, die kurz nach dem Unfall eintrafen, hatte dem Tier schließlich mit einem Jagdgewehr den Fangschuss gegeben. Man war hier auf solche Situationen vorbereitet; es gab viel Wild in der Gegend – und entsprechend viele Unfälle. Allerdings noch keinen mit einem Quad, bis zu diesem Morgen.

Das Geländefahrzeug gehörte Dardennes Mann Emile; er nahm damit regelmäßig an Cross-Rennen teil. Die Gendarmerie hatte ihn in seinem Truck erreicht, auf dem Weg nach Marseille. Er würde erst am nächsten Tag in den Norden zurückkehren. Das Verhalten seiner Frau konnte er sich auch nicht erklären.

Normas Erklärungen wiederum waren geradezu provokant dürftig. Zunächst einmal hatte sie gar nichts sagen wollen. Aber der Arzt sah in einer kurzen Befragung kein großes Problem für ihren gesundheitlichen Zustand, wozu auch das Auftreten von Brigadier Zipperlin beitrug, der plötzlich sehr viel polizeiliche Autorität ausstrahlte. Spätestens der Fluchtversuch hatte wohl all seine Zweifel an Antjes Theorie zerstreut.

Und es *war* ein Versuch zu fliehen, das stand für Antje Servatius fest.

Norma Dardenne stellte das völlig anders dar. Sie habe nur einen morgendlichen Ausflug machen wollen, erklärte sie, während ihre Hände, so nervös wie sie über das Oberbett strichen, sie Lügen straften und ihre Augen dem Blick der deutschen Kommissarin konsequent auswichen. Umso intensiver musterte Antje die Gestalt im Bett.

Jetzt, wo sie den Zusammenhang Ramon/Norma hergestellt hatte, stach Antje ins Auge, was sie am Vortag nur nebenher wahrgenommen hatte: wie grobschlächtig die Züge der Französin waren. Dunkle Augenbrauen, die über der knorrigen und sehr langen Nase fast zusammenwuchsen, der Damenbart, Wangenknochen, die aus dem Gesicht regelrecht hervorsprangen, eine weit ausladende, kantige Kinnpartie. Alles wie gemeißelt, wie eine Karikatur. Dass Norma all dies unter einem Übermaß an Make-up zu verbergen suchte, machte es eher schlimmer als besser. Aktuell kamen auch noch ein paar eher violette als blaue Flecken von dem Unfall dazu. Insgesamt bot sich in dem Krankenbett ein Bild von fast grotesker Hässlichkeit.

Antje versagte sich jedoch jede Anwandlung von Mitleid. »Ein Ausflug? Um zehn Uhr morgens?«

Das Wetter sei ausnahmsweise so schön gewesen, und wer weiß, wie lange die Sonne geschienen hätte.

»Ein Ausflug«, wiederholte Antje unbeirrt. »Und den machen Sie ausgerechnet in dem Moment, wo die Polizei vor Ihrem Haus hält?«

Ein Zufall, so Norma; sie habe den Wagen gar nicht gehört.

»Warum haben Sie sich gestern plötzlich krankgemeldet, nachdem ich im Laden war? Das Bett hüten mussten Sie ja anscheinend nicht.«

Diesmal sagte Norma gar nichts mehr. Sie presste die Lippen zusammen und schloss die Augen.

»Sie wollten abhauen«, sagte Antje Servatius und machte einfach auf Deutsch weiter, ohne dass Zipperlin übersetzen konnte. »Weil Sie wussten, dass ich wegen Ihnen hier bin. Warum haben Sie ein Facebook-Profil unter dem Namen Ramon? Warum bekommen Sie über dieses Profil eine Nachricht von einem Mann aus Köln? Warum wird dieser Mann kurz darauf ermordet? Warum das alles, Madame Dardenne?«

Madame Dardenne stellte sich taub. Aber Antje Servatius hatte sehr wohl bemerkt, dass die Hände auf dem Bett kurz zuckten, als das Wort ›ermordet‹ fiel – dabei hatte Norma Dardenne eingangs bekundet, dass sie kein Wort Deutsch verstehe. Dann kam der Arzt herein, weil Antje doch lauter geworden war, und verordnete seiner Patientin eine Ruhepause. Zipperlin fuhr zu seiner Gendarmerie, um mehr über Norma Dardenne in Erfahrung zu bringen. Und Antje ging zum Kaffeeautomaten und dachte nach.

Norma war in Panik geraten, als eine deutsche Kommissarin in den *Caves* auftauchte, die mit einem hiesigen Kollegen verabredet war, die also offenkundig hier ermitteln wollte. In einer Kurzschlussreaktion hatte sie sich zu Hause versteckt, unter dem Vorwand, krank zu sein. Als die deutsche Kommissarin und ihr französischer Kollege am Morgen darauf vor ihrem Haus auftauchten, hatte sie sich in einer weiteren Kurzschlussreaktion aufs Quad geworfen. Die Unverfrorenheit, mit der Norma das Offenkundige leugnete, war für Antje nur auf den ersten Blick erstaunlich. Dahinter machte sie Angst aus.

Angst wovor? Vor wem?

Antje drückte den Pappbecher zusammen und warf ihn in einen Mülleimer. Im gleichen Augenblick glitten die Glasflügel der Eingangstür auseinander, und Zipperlin kam herein.

»Suivez-moi, Madame Servatiüs!« Die Aussprache des Brigadier hatte Fortschritte gemacht. Er bedeutete ihr mit einem hintergründigen Lächeln, ihm zu folgen.

Norma Dardenne stieß einen erstickten Laut aus, als die beiden ihr Zimmer betraten. Anscheinend hatte sie die sehr unbegründete Hoffnung gehabt, von weiteren Fragen verschont zu werden.

Antje Servatius hatte kaum auf einem der unbequemen Krankenhausstühle Platz genommen, da legte Zipperlin los: »Ècoutez, Madame Dardenne …« Mit einer Vehemenz, die Antje ihm niemals zugetraut hätte, referierte der Gendarm, was er in der kurzen Zeit herausgefunden hatte. Mehrmals machte Antje Anstalten, sich einzumischen, er ließ sie jedoch nicht zu Wort kommen. Anscheinend wollte sich Zipperlin dafür revanchieren, wie die Deutsche am Vortag, bei dem Bodybuilder, die Initiative übernommen hatte. Vor allem aber, und das war wichtiger, wollte er etwas wiedergutmachen.

Norma Dardenne war aus einer deutsch-französischen Ehe hervorgegangen. Die Mutter kam aus Metz, der Vater aus Deutschland. Die beiden hatten sich getrennt, als Norma gerade in die *école primaire* kam. Anschließend hatte das Mädchen zunächst bei der Mutter gelebt. Dann, während der Pubertät, musste es zwischen den beiden gehörig geknallt haben. Norma zog zu ihrem Vater, der inzwischen in Köln lebte. Bei ihm verbrachte sie einen Großteil ihrer Jugend, die Zeit zwischen 13 und 17 Jahren. Am Ende aber geriet sie wohl auch mit dem Vater aneinander, so wie Jahre vorher mit der Mutter. Sie ging zurück nach Frankreich, allerdings direkt nach Paris, um die Schule abzuschließen und zu studieren. Das Studium schloss sie indes nicht ab. Nach einer beruflichen wie privaten Odyssee war sie vor zehn Jahren in Nordfrankreich und dann als Käseverkäuferin in den *Caves* gelandet.

Das alles wusste Zipperlin aus einem Telefonat mit der Mutter, die inzwischen im Süden, nahe der spanischen Grenze wohnte und nur sporadisch Kontakt zur Tochter hatte. Der Vater lebte nicht mehr, er war schon vor zehn Jahren gestorben.

Zipperlin war fertig. Erwartungsvoll schaute er Antje an. Die zog anerkennend die Augenbrauen hoch, dann wandte sie sich der Frau im Krankenbett zu: »Alors … Wollen Sie immer noch behaupten, dass Sie den Namen Markus Fenstermann noch nie gehört haben?«

»J'en sais rien!« Norma schlug die Hände vor dem Gesicht zusammen. »Absolument rien!!«

Absolut nichts? Aus ihrem Verhalten sprach nichts als nackte Angst.

Die Sonne hatte ihren niedrigen Zenit bereits überschritten, da verabschiedete sich Antje auf dem kleinen Parkplatz des Krankenhauses von ihrem französischen Kollegen. Aus Norma Dardenne war nichts mehr herauszubekommen gewesen. Zipperlin hatte mittlerweile ihr Notebook beschlagnahmen lassen. Hinweise auf ein Facebook-Profil namens »Ramon de Mariolles« gab es dort nicht. Möglicherweise gelöscht, dachte Antje; möglicherweise irgendwann zwischen gestern und heute Morgen. Es würde ins Bild passen.

»À bientôt!« Zipperlin hielt ihr seine langgliedrige Hand hin.

»Bis bald. Et merci!«

***

Es miaute schon wieder. Kira hatte vor ein paar Tagen einen neuen Klingelton auf ihr Handy geladen. Das süße, kleine Miauen verkündete die nächste WhatsApp-Nachricht. Kira nahm das Handy von der Fensterbank. »Fahre erst noch ins Präsidium. Könnte also spät werden. Soll ich was zu essen mitbringen?«, schrieb ihre Mutter. In der Nachricht davor hatte sie getextet, dass sie in Belgien in einem ellenlangen Stau stehe. Sie schrieb seit dem Mittag in Viertelstundenabständen. Kira hatte diesmal nicht protestiert, im Gegenteil, sie hatte alle Nachrichten brav beantwortet, um ihre Mutter nicht misstrauisch zu machen. »Ja, gern«, schrieb sie jetzt zurück. Sie hatte das Handy noch in der Hand, da kam die nächste Nachricht, diesmal von Dunja. Ihre Super-Nanny war am frühen Nachmittag in die Stadt gefahren, zum Baumarkt. Die Scharniere des Gartentors waren völlig durchgerostet, wie sich gezeigt hatte; kein Wunder, dass ihre Mutter in der Nacht vor ihrem Aufbruch vom Quietschen wach geworden war. Und Scharniere hatte Dunja nicht mitgebracht. Also stand eine Fahrt zum Baumarkt an.

»Dauert noch. Muss auch noch bei der Bank vorbei. Bei dir alles okay?« – »Hier alles super«, antwortete Kira.

Sie legte das Handy weg und zupfte den roten Kaschmirpullover zurecht, den sie trug, zum ersten Mal seit ihrem Geburtstag. Dann wandte sie sich um und lehnte sich mit dem Po gegen die Fensterbank. Die Krücken hatte sie zur Seite gestellt, extra weit weg. Sie wollte von Arthur jetzt nicht mit Krücken gesehen werden.

Er hatte anscheinend Spaß daran, in der Wohnung einer Kriminalkommissarin herumzuschnüffeln. Er zog hier eine Schublade auf, guckte dort in einen Schrank. Sollte er doch. Kira genoss es, ihm einfach nur zuzuschauen, seiner lockeren, ungezwungenen Art, sich zu bewegen. »War das deine Mutter?«, erkundigte er sich, während er sich einfach ein Stück Wurst vom Küchentisch nahm, wo noch die Reste vom späten Frühstück standen.

»Ja«, sagte Kira. »Die ne … nervt!«

»Das ist der Job von Müttern. Mütter kriegen Depressionen, wenn sie nicht nerven können. Weiß sie, dass ich hier bin?«

Kira schüttelte energisch den Kopf.

Auch Dunja wusste nichts von Arthurs Besuch. Dunja hatte sich gestern auffällig unauffällig bei ihr erkundigt, wie es denn so laufen würde mit den Jungs. Kira hatte sofort gewusst, woher der Wind weht. Natürlich, ihre Mutter hatte von Arthur erzählt. Das Wenige, das sie wusste. Und das, was sie sich dazu fantasierte. Ihre Ängste.

Und davon musste sie viele haben. Kira hatte sofort durchschaut, warum Antje auf einmal so wild darauf war, eine Katze anzuschaffen. Wenn die Tochter eine Katze zum Kuscheln hatte, brauchte sie vielleicht keinen Freund mehr. So konnte auch nur eine Mutter denken. Dunja dachte bestimmt anders, und daher hatte Kira auch kurz überlegt, sie einzuweihen. Dann hatte sie es doch nicht getan und nur ausweichend geantwortet. Nicht aus Angst, dass Dunja dagegen sein könnte, wenn sie was mit einem Jungen anfing, sondern dass sie ihrer besten Freundin alles erzählen würde. Eine Super-Nanny hatte schließlich Verantwortung.

Also hatte Kira nichts gesagt und bis heute gewartet, bis Dunja in ihren Wagen gestiegen war, und dann sofort Arthur angerufen.

Sie schaute ihn an, ihr Herz machte einen kleinen Hüpfer. Ihr Blick verlor sich im Leuchten seiner Augen. Es war so schön, dass es wehtat. Also schaute sie nach draußen, wo die Vespa, vom Küchenfenster aus gerade noch zu sehen, am Straßenrand stand, unter der Laterne, die bereits brannte. Der schwarze Lack glänzte noch vom Nieselregen, der bis vor einer halben Stunde niedergegangen war. Die Primavera.

»So… sollen wir fahren?«

»Willst du wirklich?« Arthur trat neben sie und schaute ebenfalls nach draußen. »Ist doch viel zu nass, oder?«

»Re… regnet ja nicht mehr«, entgegnete Kira. Außerdem würde sie ihre neue Regenjacke anziehen. Das Material würde allen Regen abhalten. Andererseits war es so dünn, dass sie, wenn sie hinter ihm säße, Arthurs Körper deutlich spüren würde. Jeden seiner Muskeln, jede seiner Bewegungen.

»Nee«, sagte Arthur, »das ist echt nicht cool bei dem Wetter. Da liegt ganz viel nasses Laub auf den Straßen. Die sind total rutschig. Am Ende bauen wir einen Unfall, und ich bin schuld, und deine Mutter bringt mich in den Knast.«

Kira hatte sich auf den Trip mit dem Roller gefreut. Jetzt versuchte sie ihre Enttäuschung zu überspielen. Anscheinend nicht sehr erfolgreich, Arthur nahm sie tröstend in den Arm. »Wir bleiben einfach hier und chillen ein bisschen rum, was?«

Kira lehnte sich bereitwillig an ihn. Ein bisschen erschrocken, aber eigentlich freudig erschrocken merkte sie, dass sich bei ihm etwas rührte. Sie merkte, dass sie leicht zitterte, und schloss schnell die Augen und hob ihm ihr Gesicht entgegen. Eine Sekunde später spürte sie seine Lippen auf ihrem Mund. Er schmeckte noch nach der Wurst, die er gerade gegessen hatte. Egal.

Arthur umfasste mit einer Hand ihren Nacken. Die andere glitt den Rücken hinab, bis sie den schmalen Streifen nackter Haut zwischen Pullover und Jeans erreichte. Dann wanderte sie unter dem T-Shirt, das sie unter dem Pullover trug, wieder nach oben, bis zur Öse des BH-Verschlusses. Einen BH trug sie erst seit wenigen Monaten. Eigentlich war sie stolz darauf. Ein Zeichen des Erwachsenwerdens.

Jetzt versteifte sie. Das ging zu schnell.

Aber sie wollte auch nicht verklemmt wirken. Sie küsste ihn zurück. Vielleicht würde ihn das ablenken. Tatsächlich glitt seine Hand wieder zur Jeans hinab. Dann den Bund entlang zum Knopf, an dem er zerrte, bis er aufsprang. Dann zu ihrem Slip.

Es war, als würde bei Kira ein Schalter umgelegt. Alles, was sie sich vorgestellt, worauf sie sich gefreut hatte, fühlte sich nun, wo es passierte, völlig falsch an.

Das Handy, das neben ihr auf der Fensterbank lag, summte. Ihre Mutter wahrscheinlich. Sie wollte nach dem Telefon greifen, aber Arthur löste die Hand aus ihrem Nacken und gab ihm einen Stoß, dass es außer Reichweite rutschte und schließlich auf den Boden fiel.

»La ... la ... laaass!« Sie bekam das Wort kaum heraus. Sie kannte das. Unter Stress wurde ihre Sprachstörung sofort stärker. Sie hasste sich dafür. Arthurs Atem wurde schwerer. Sie schaffte es, ihre Hände zwischen sich und ihn zu bringen, aber je mehr sie ihn wegzudrücken versuchte, desto stärker presste er sich an sie. »A… Arthur… biii… bitte …«

»Jetzt stell dich nicht so an!«

Sie versuchte zu schreien, er hielt ihr mit der freien Hand den Mund zu. Sie drehte den Kopf zur Seite, um seinen Atem nicht mehr zu spüren, um ihn wenigstens nicht anschauen zu müssen. Aus den Augenwinkeln meinte sie eine Bewegung auf der Straße wahrzunehmen. Dunja! Eine Welle der Erleichterung fuhr durch ihren Körper. Aber an der Haustür blieb es still. Sie saß in der Falle, und Dunja würde nicht zurückkommen, um sie zu retten, nie, nie. Die Zeit war stehen geblieben. Das Einzige, was sich bewegte, waren Arthurs Hände und Finger, die jetzt zwischen ihre Beine drängten. In ihren Ohren begann es zu rauschen, dass sie seinen heftigen Atem nur noch auf der Haut spürte, nicht mehr hörte.

Plötzlich schepperte es auf der Straße. Arthur schaute auf, aus dem Fenster.

»Shit!!« Er stieß Kira von sich, dass sie hinfiel. »Meine Vespa! Was soll das?!« Er stürzte aus der Küche, aus dem Haus auf die Straße. Ein Automotor brauste auf, ein neuerliches Scheppern, dann seine wüsten Flüche. Kira kroch zu ihren Krücken hinüber, die neben dem Fenster an der Wand lehnten, zog sich zitternd hoch und stakste so schnell, wie sie konnte, zur Haustür. Der Schlüssel steckte von innen, wie immer. Sie schloss ab, wartete einen Moment, ob Arthur zurückkam, aber der brüllte immer noch herum. Das Motorgeräusch des Wagens war wieder zu hören, diesmal wurde es jedoch leiser und verklang.

Zurück in der Küche spähte sie vorsichtig durchs Fenster. Arthur schob seine Primavera gerade weg vom Haus. Der Roller war anscheinend nicht mehr fahrtüchtig. Das Rücklicht war zerborsten, ein Seitenspiegel hing nur noch lose in der Verankerung, er baumelte vom Lenker. Arthur schien es eilig zu haben, er schaute sich kein einziges Mal um. Kiras Beine gaben nach, sie ließ sich auf einen der Küchenstühle sinken. In ihrem Rücken spürte sie Stoff. Arthurs Jacke hing immer noch über der Lehne.

Als Dunja aus der Stadt kam, lag die Jacke ganz unten in der Mülltonne, und Kira saß in der Badewanne. Sie hatte die Tür zum Bad abgeschlossen und weigerte sich beharrlich, herauszukommen: »Ich nehme nu… nur ein heißes Bad!« Das Wasser war wirklich heiß; so heiß, dass sich ihre Haut orangerot färbte. Es war genau das, was sie jetzt brauchte.

Außerdem fielen Tränen im Badewasser nicht weiter auf.

***

Die Büros des KK 11 lagen schon im Dunkeln, als Antje Servatius dem Eingang zustrebte. Sie war nicht direkt nach Hause gefahren und hatte den Umweg über die Stadt gemacht, weil sie den Dienstwagen schnellstmöglich abliefern wollte. Der Lack hatte bei der Verfolgung von Norma doch einigen Schaden genommen, und sie wollte sich nicht nachsagen lassen, dass sie in ihrer Freizeit private Cross-Fahrten unternahm. Der Diensthabende in der Tiefgarage hatte den Empfang des Wagens wie auch ihre Erklärungen mit leichtem Grummeln quittiert.

Zu Hause dagegen schien alles in Ordnung zu sein. Kira selbst war nicht an ihr Handy gegangen, aber eine gut gelaunte Dunja hatte ihr mitgeteilt, dass im Garten alles erledigt sei, dass das Gartentor nun Ruhe gebe und dass Kira ganz entspannt in der Badewanne liege. Also beschloss Antje, ihrem Schreibtisch noch einen Kurzbesuch abzustatten.

Auch Seidel hatte bereits Feierabend gemacht, im Büro hing noch der Duft von einer seiner Teemischungen. Antje zog ihre Jacke gar nicht erst aus, während sie den PC hochfuhr. Sie hatte unterwegs ihre E-Mails nicht sorgfältig checken können, das holte sie jetzt nach.

Der Staatsanwalt teilte ihr in dürren Worten mit, dass der Haftrichter die U-Haft von Berit Grönewald ausgesetzt habe. Auf Antrag ihres Anwalts, der spätestens nach dem zweiten Mord, dem an Markus Fenstermann, keine ausreichenden Verdachtsmomente mehr gegen seine Mandantin sah. Albert Minkwitz konnte sich einen weiteren Erfolg an sein Anwaltsrevers heften. Der Staatsanwalt ließ in seinen Worten jedoch durchklingen, dass er selbst kurz davor gewesen war, einen entsprechenden Antrag zu stellen.

Berit Grönewald war also wieder frei. Das war jetzt wohl wirklich nicht mehr so wichtig. Dennoch versetzte die Nachricht Antjes ehrgeizigem Ermittlerherz einen leichten Stich.

Sie fuhr den PC wieder herunter und wollte schon die Schreibtischlampe ausknipsen, da bemerkte sie die Klarsichthülle in ihrer sonst so leeren Zwischenablage; versehen mit einem Klebezettel von Seidel: »Kannst du was damit anfangen?«

Ein weiteres Beweismittel? Sie hielt die Hülle ins Licht, um den Zettel entziffern zu können, der drin steckte. Es handelte sich um einen Bewirtungsbeleg. Aus einem Lokal namens *Blue Moon*.

Antje hatte plötzlich einen pelzigen Geschmack auf der Zunge. Sie musste gar nicht mehr aufs Datum gucken. Sie konnte sich denken, an welchem Abend der Beleg ausgestellt worden war.

23

Von irgendwo drang ein Licht herein, in das immerwährende Dunkel.

Es war nur ein Licht, aber er hatte das Gefühl, es sei allein das Licht, das ihn noch am Leben hielt.

Er wusste nicht, woher es kam und wie groß es war. Ob es nur ein Punkt war oder mehr. Er wusste auch nicht, wie weit es entfernt war. Er war zu schwach, um hinzukriechen. Vor langer Zeit – er wusste nicht mehr, wie lange – hatte er seine gefesselten Hände nach dem Licht ausgestreckt und dabei den Topf umgestoßen, in den er sich entleeren musste.

Der Inhalt hatte sich auf den Boden ergossen, sein Hemd, seine Hose genässt. Nun stank er wahrscheinlich wie ein Tier. Er selbst roch es nicht mehr. Aber er hatte ja auch aus einem Napf gefressen. Jetzt blieb der Napf leer. Schon lange. Er hatte am Ende doch alles gesagt. Es gab nichts mehr zu fressen. Nichts mehr zu saufen.

Das war er also. Ein stinkendes, hungerndes Tier. Er wollte lachen, aber über seine rissigen, ausgetrockneten Lippen kam nur ein raues Krächzen heraus, das in einem trockenen Husten endete.

Das Licht ging aus.

Er rollte sich auf dem kalten Beton zusammen und dämmerte weg.

24

Die Wohnung war leer bis auf einen offenen Karton, der in der Mitte der Küche auf dem frisch gewischten Boden stand. Bernd Rösing kam aus dem Schlafzimmer. Er schaute unschlüssig auf die Bücher, die er in der Hand hielt, darunter auch der Reclam-Band, dann legte er sie zu den anderen Sachen in den Karton.

»Das müsste es gewesen sein.«

Das war es also, was von Markus Fenstermanns Leben übrig blieb. Ein verlorener Karton mit Büchern und ein paar weiteren Habseligkeiten. Anscheinend wusste auch der Bruder nicht, was er mit ihnen anfangen sollte. Aber zum Wegwerfen waren sie ihm denn doch zu persönlich. Also hatte er sie bei der Haushaltsauflösung aussortiert.

Haushalt. Ein ziemlich großes Wort, dachte Antje Servatius, angesichts dessen, was Fenstermann sein Eigen genannt hatte. Da war nicht viel aufzulösen gewesen. Sie schaute sich um. Die Wohnung leer zu räumen, hatte vermutlich weniger Zeit in Anspruch genommen, als die leere Wohnung anschließend zu reinigen.

Ihr Blick begegnete dem von Seidel. Er war unbestimmt, neutral, wie schon den ganzen Morgen.

Antje hatte ihren Kollegen in knappen Worten von den Ergebnissen ihrer Dienstreise in Kenntnis gesetzt. Er hatte genickt und wieder genickt und wenig gesagt. Zu dem, was am Vorabend auf ihrem Schreibtisch lag wie auf einem Präsentierteller, hatte er gar nichts gesagt. Also hatte auch sie nichts dazu gesagt. Sie hatten sich beide auf den sicheren Boden der Professionalität zurückgezogen. Aber darunter arbeitete das Wissen, das Wissen von Dingen, die eigentlich keiner von ihnen wissen wollte. Er weiß, dachte sie; und ich weiß, dass er weiß. Und er weiß, dass ich weiß, dass er weiß. Man konnte es auch einfacher und weniger kindisch ausdrücken: Sie waren beide befangen.

Antje fragte sich zum wiederholten Mal, warum. Streng genommen hatte sie sich ja nichts zuschulden kommen lassen, sie hatte sich nichts vorzuwerfen. Sie hatte mit einem Mann geschlafen, der wenig später ermordet worden war. So what? Deshalb war sie auch mit Seidel zu Fenstermanns Wohnung gefahren, und nicht mit Heiner Gaarst. Der saß im Büro und überprüfte für alle Fälle das Münchner Alibi des Bodybuilders Duvillers. Dennoch blieb das Gefühl, sich irgendwie kompromittiert zu haben. An ihr nagte die Scham. Ganz altmodische Scham.

Und sie wusste nicht, wie sie damit umgehen sollte.

Markus Fenstermanns Bruder hatte die Wohnung einer letzten Inspektion unterzogen, jetzt schloss er den Karton und zündete sich eine Zigarette an. Er hatte auch äußerlich nicht viel mit seinem Bruder gemein: gepflegt, ein frühes Wohlstandsbäuchlein, eine beginnende Glatze, obwohl er erst Mitte 30 sein konnte. »Also«, sagte er, »was wollen Sie wissen?«

»Wir –«, setzte Antje an, da ging Seidels Handy, und sie brach ab. Er hob entschuldigend die Hand und ging, das Mobiltelefon am Ohr, nach nebenan.

»Warten wir besser, bis mein Kollege zurückkommt«, sagte Antje Servatius. Unter normalen Umständen hätte sie diese Geduld nicht aufgebracht und die Befragung allein begonnen. Aber die Umstände waren momentan nicht normal. Seidel und sie bewegten sich auf dünnem Eis.

Antjes Gedanken schweiften ab, zurück nach Hause. Auch bei ihrer Tochter wusste sie gerade nicht, wie sie sich verhalten sollte. Kira war, als sie endlich zurückkam, ungewohnt einsilbig gewesen, hatte wenig erzählt von den zwei Tagen mit Dunja, hatte auch kaum etwas von Frankreich wissen wollen. Und dann war sie früh ins Bett gegangen. Bauchschmerzen. Angeblich.

Aber Dunja wusste von keinen besonderen Vorkommnissen zu berichten. Ja, das Mädchen war eine Zeit lang allein gewesen, die Scharniere, der Baumarkt, aber als sie zurückgekommen war, hatte Kira in der Badewanne gelegen. Sonst nichts. »Also mach dir keinen Kopf. Du weißt doch, Frauen haben mal solche Bauchschmerzen, mal solche. Lass sie einfach ein bisschen in Ruhe.«

In-Ruhe-lassen jedoch war für Antje eine der schwierigen Übungen. »Bauchschmerzen wieder weg?«, hatte sie beim Frühstück gefragt. Noch während ihre Tochter irgendetwas Zustimmendes brummelte, fiel Antje auf, dass Kiras ständiger Begleiter nicht auf dem Tisch lag. Das Handy. »Was ist los, gar kein Texten mehr?« Kira hatte noch etwas mehr gebrummelt, Antje meinte ein ›Nö‹ herauszuhören.

Antje zog ihre Schlüsse. Kiras Bauchschmerzen waren möglicherweise seelischer Natur. Der erste Liebeskummer. Und sie horchte in sich hinein, was das bei ihr auslöste. Mitgefühl, sicher, aber sie war irritiert, wie viel Erleichterung auch mitschwang.

Seidel kam zurück, er steckte sein Handy weg. »Interessant. Ich hatte doch eine Ortung für das Handy von Jack Trosien veranlasst.«

»Ohne Erfolg, soweit ich mich erinnere.«

»Nicht ganz. Das war Kniebsch. Das Handy hat sich gerührt. Heute Morgen.«

»Wo?«

»Am Hauptbahnhof. Und nur kurz, dann war es wieder weg. Also unmöglich zurückzuverfolgen. Trotzdem verrückt.«

»Das könnte bedeuten, dass er noch lebt.«

»Gut.« Antje nickte, dann wandte sie ihre Aufmerksamkeit Bernd Rösing zu, der seine Zigarette mangels Aschenbecher gerade auf dem Fenstersims ausdrückte. »Hat Ihr Bruder jemals eine Frau namens Norma erwähnt?«

»Nein.« Er schloss das Fenster, etwas fester, als nötig gewesen wäre. »Ich habe Ihnen doch schon gesagt, ich weiß so gut wie nichts über Markus' Leben in den letzten Jahren. Ich weiß nur, dass er gesoffen hat. Ich wusste nicht mal, dass er immer noch seinen verdammten Kleist liest.« Seine Stimme brach, er gab dem Karton einen leichten Stoß mit dem Fuß.

»Es muss auch nicht in den letzten Jahren gewesen sein«, gab Seidel zu bedenken. »Gehen Sie mal in seine Jugend zurück.«

»Und ihr Nachname ist Dardenne«, ergänzte Antje. »Norma ist Französin. Beziehungsweise Halbfranzösin.«

»Halb –?« Plötzlich erhellte sich Rösings Gesicht. »Ach, Sie meinen Ramon!«

Antje und Seidel wechselten einen schnellen Blick.

»Sie kannten Norma Dardenne auch als Ramon?«

»Alle kannten sie als Ramon!« Rösing lachte. »Nur als Ramon!«

»Wer ist auf die Idee gekommen, sie so zu nennen?«

»Sie selbst. Von Anfang an. Deswegen konnte ich nichts damit anfangen, als Sie ›Norma‹ gesagt haben. Wahrscheinlich habe ich ›Norma‹ mal gehört, aber …« Er zuckte die Achseln. »Spitznamen haben manchmal die größere Macht, oder? Sie treffen den Nagel auf den Kopf.«

»Aber wie kam sie auf die Idee, sich selbst diesen Namen zu geben?«

»Haben Sie Ramon – Norma mal gesehen?«

Antje nickte nur.

»Dann wissen Sie die Antwort. Sie sah aus wie ein Mädchen, das eigentlich ein Junge hätte sein sollen. Ein Experiment, das gründlich in die Hose gegangen ist. Eine üble Laune der Natur. Sie war …« Er schien sich ihr Bild vor Augen zu führen und schüttelte den Kopf. »Sie war einfach nur hässlich.«

»Aber dann gehört einiges dazu, quasi selbst mit dem Finger drauf zu zeigen«, sagte Antje.

»Und sich einen Männernamen zu geben«, setzte Seidel hinzu.

»Im Nachhinein würde ich sagen, es war so eine Art von verdrehtem Selbstwertgefühl, von Stolz. Sie Ramon zu nennen war völlig okay. Sie wollte es so. Aber es markierte zugleich die Grenze. Wenn man anfing, sich über ihr Aussehen lustig zu machen … da konnte sie sehr empfindlich werden. Das war so ihre Lebensphilosophie: Wenn mich einer mobbt, dann *ich*.«

Seidel räusperte sich. »Und Norma und Ihr Bruder kannten sich also?«

»Sie waren befreundet. Sie ist bei uns ein- und ausgegangen.«

»Nur Freunde?«, hakte Antje nach – obwohl sie sich die Antwort denken konnte. Was sollte eine Teenager-Hormonbombe, die Markus Fenstermann damals wahrscheinlich gewesen war, mit einem misslungenen Experiment?

»Ich bin mir sicher, da ist nie was gelaufen.«

»Wo haben sich die beiden denn kennengelernt? In der Schule?«

»Ich glaube nicht. Das habe ich mich komischerweise nie gefragt.« Rösing sah Seidel an. »Möglicherweise in diesem Jugendzentrum, von dem ich Ihnen erzählt habe.«

»Kannten Sie noch andere, die die beiden kannten? Gemeinsame Freunde?«

Rösing schüttelte den Kopf.

»Sagt Ihnen der Name Torben Grönewald etwas?«

»Grönewald …« Rösing überlegte, dann riss er die Augen auf. »Ach, der Fernsehtyp! Der letztens auch – ich habe davon gelesen. Wie kommen Sie jetzt auf den?«

»Wir halten es für möglich, dass zwischen den beiden Morden – an ihm und an Ihrem Bruder – ein Zusammenhang besteht«, erklärte Antje.

»Echt?« Rösing schien auf weitere Erklärungen zu warten, die aber nicht kamen. »Torben Grönewald … Nein. Auf keinen Fall. An den würde ich mich erinnern. Markus und Grönewald, hm …« Er versuchte immer noch vergeblich, die beiden in einem Bild unterzubringen. »Der war doch auch älter, oder?«

»Vier Jahre«, sagte Seidel.

»Vier Jahre. Das ist in dem Alter eine Ewigkeit!«

»Wir denken nicht in Ewigkeiten«, sagte Antje. »Können Sie sich erinnern, wann Norma Dardenne nach Frankreich zurückgegangen ist?«

»In welchem Jahr das war, weiß ich nicht mehr. Aber es war im Spätsommer, direkt nach den Ferien. Oder nein, noch vor dem Ende der Ferien. Sie ist quasi zum neuen Schuljahr weggezogen.«

»Haben Sie eine Ahnung, warum?«, fragte Seidel, und Antje setzte nach: »Soweit wir wissen, gab es Ärger mit dem Vater.«

»Keine Ahnung. Den habe ich nie kennengelernt. Jedenfalls hat sie sich bei uns auf einmal nicht mehr blicken lassen. Von einem Tag auf den anderen.«

»Dann hatte sie vielleicht Ärger mit Markus?«

»Wegen ein bisschen Zoff mit meinem Bruder sollte sie zurück nach Frankreich gehen? Kann ich mir nicht vorstellen. Die beiden waren ja direkt vorher noch zusammen in den Ferien, in diesem Jugendcamp.«

»Jugendcamp?« Antje spürte, wie etwas an ihren Gedanken

zupfte. Eine unerwartete Verbindung, ein Link, der versuchte, sich bemerkbar zu machen.

»Ja. Das war auch von diesem Jugendzentrum organisiert, also von der Kirche. Aber da müssen noch andere Jugendliche dabei gewesen sein. Das war ein Riesending. Ich kann mich erinnern, wie Markus mit meinen Eltern darüber geredet hat. Er musste sie echt bequatschen, sie wollten ihn erst nicht fahren lassen, er hatte fast die Versetzung versaut.«

»Wo ging die Fahrt denn hin?«

»Nach Belgien. Tiefste Ardennen. Irgendein Fluss.«

»Die Semois?«, fragte Seidel. Und Antje fragte sich, ob es irgendetwas gab, womit sich ihr Kollege *nicht* auskannte.

»Die Semois«, bestätigte Rösing, »ganz enges Tal, Kanufahren, Höhlen und so. Ich war richtig neidisch.«

»Hat Ihr Bruder später davon erzählt?«

»Bestimmt … wird ihm schon gefallen haben.«

»Aber Norma ließ sich nicht mehr bei Ihnen blicken.«

Rösing nickte. »Aus und vorbei.«

Antje wechselte wieder einen Blick mit Seidel. Blicke funktionierten besser als Reden. »Wer könnte noch etwas wissen über dieses Camp?«

»Ich weiß nicht, wer damals mitgefahren ist. Wie gesagt, das war eine Riesensache. Es waren eine ganze Reihe Betreuer dabei.«

»Zum Beispiel von dem Jugendzentrum, in dem Markus und Norma so viel Zeit verbrachten.«

»Wahrscheinlich.«

»Wissen Sie noch, zu welcher Gemeinde das Zentrum gehörte?«

»Hm. Ich war ja nie der große Kirchgänger.« Rösing kramte in seiner Erinnerung. »Sankt Vinzenz? Ja, Sankt Vinzenz, glaube ich.«

»Fallen Ihnen irgendwelche Namen ein?«, fragte Seidel. »Zum Beispiel ein Pfarrer oder ein Pädagoge, zu dem Markus einen besonderen Draht hatte?«

»Tut mir leid, nein.«

Antje seufzte innerlich auf. Das Camp in den Ardennen lag 25 Jahre zurück. 25 Jahre waren auch noch keine Ewigkeit, aber eine lange Zeit.

Wenige Minuten später stieg Bernd Rösing mit dem, was vom Leben seines Bruders übrig geblieben war, in ein Taxi. Antje machte sich mit Seidel auf zu ihrem Wagen. Plötzlich verlangsamte sie ihre Schritte. Der mentale Link war da.

»Haben wir die E-Mails noch, die Florian Heck von Grönewalds Computer gelöscht hatte?«

»Ich denke schon. Warum?«

»Möglicherweise können wir uns den Weg zu dieser Gemeinde sparen.«

***

Der schrille Ton der Schulklingel ließ sie aufschrecken. Ende der großen Pause. Kira hörte, wie der Schülerlärm von draußen in die Flure brandete und dann in die Klassenräume strömte. Türen schlugen zu. Nach und nach wurde es still.

Sie blieb auf dem geschlossenen Klodeckel sitzen.

Morgens hatte sie noch überlegt, zu Hause zu bleiben, auf Magen-Darm zu machen. Ihre Mutter, besorgt wie sie immer war, hätte ihr unbesehen geglaubt. Aber das war keine Lösung. Sollte sie jetzt jeden Tag eine Krankheit vorspielen?

Dabei fühlte sie sich tatsächlich krank. Ihre Gefühle drückten sich in körperlichem Schmerz aus. Ihr war übel, sie fühlte sich zerschlagen, *ge*schlagen regelrecht. Zugleich war sie aufs Äußerste angespannt. Vor allem, nachdem sie *ihn* gesehen hatte. Was früher oder später geschehen musste.

Jemand kam in die Mädchentoilette. Kira drückte schnell die Spülung, damit die Nachzüglerin sich nicht wunderte, warum die

Kabine abgesperrt war. Die Krücken hatte sie auf den Toilettenkasten gelegt. So standen sie nicht auf dem Boden und niemand konnte von draußen sehen, wer da noch saß, obwohl der Unterricht schon wieder begonnen hatte.

Das Mädchen nahm eine Kabine am anderen Ende.

Die Krücken. Ihr unveränderliches Kennzeichen.

Sie fragte sich, was sie sich schon zu Beginn, sie wusste nicht mehr vor wie vielen Tagen, und während der ganzen Zeit danach immer wieder gefragt hatte; jetzt jedoch unter ganz anderen Vorzeichen. Warum ich? Er hätte doch jede haben können. Warum ich? Warum ich?? Weil ich ein Spasti bin? Weil ich mich nicht wehren kann? Hat es ihn wirklich aufgegeilt, dass ich mich nicht wehren kann? Dass ich behindert bin? Allein bei dem Gedanken spürte sie ihren Mageninhalt wieder in sich hochsteigen.

Er war mit dem Fahrrad zur Schule gekommen. Die Vespa ließ er wahrscheinlich gerade reparieren. Sie war ihm wichtig. Wichtiger als sie, Kira. Das war ihre Rettung gewesen. Was war vor dem Haus passiert? Jemand hatte den Motorroller angefahren. Aus Versehen? Oder etwa mit Absicht? Es hatte zweimal gescheppert, der Jemand war also noch einmal gegen die Vespa gefahren. Aber wer war das gewesen, und warum hatte er das gemacht? Hatte er irgendeinen Hass auf Arthur? Wollte er, dass Arthur rauskam? Wollte er etwa, dass Arthur von ihr abließ? Ihre Gedanken gelangten nicht zum ersten Mal an diesen Punkt. Es war aber auch der Punkt, an dem sie nicht weiterkamen.

Das Mädchen am anderen Ende war fertig. Eine Spülung ging, eine Tür klappte zu, Schritte verhallten auf den Fliesen.

Sie hatte ihn also gesehen. Und ganz schnell weggeguckt.

Aber Arthur hatte nichts gemacht. Er hatte nicht einmal zu ihr herübergeschaut. Dennoch – allein, dass er da war, war schlimm genug. Dass sie jetzt jeden Tag hier hinkommen und ertragen musste, dass er da war.

Auch wenn er nichts machte. Er machte auch keine Anstalten, ihr zu drohen. Als ob er sicher war, dass sie nichts erzählen würde. Warum war er sich so sicher?

Weil es keine Zeugen gab.

Weil niemand glauben würde, dass sich einer wie er mit einer wie ihr abgab.

Weil er davon ausging, dass sie sich für das, was passiert war, abgrundtief schämte. Und nichts sagen würde.

Er hatte recht. Sie würde nichts sagen. Sie würde auch ihre Mutter in ihrem falschen Glauben lassen. Die ging spätestens seit dem Frühstück davon aus, dass es Liebeskummer war.

Gut so.

Die Tränen kamen zurück. Kira vergrub das Gesicht in den Händen.

⋆⋆⋆

Antje Servatius war Protestantin, zumindest auf dem Papier; es musste mindestens zehn Jahre her sein, dass sie zum letzten Mal eine Kirche von innen gesehen hatte. Damals war eine Tante von ihr bestattet worden. Die katholische Kirche war für sie seit jeher eine noch fremdere Welt. Von daher gestand sie sich offen ein, dass vieles, was sie über diese Welt dachte, von Vorurteilen gefärbt sein mochte.

Ein guter Teil dieser Vorbehalte verflüchtigte sich bereits, als sie mit Seidel vor dem Haus in der nördlichen Neustadt stand, in dem *Himmel auf Erden e. V.* residierte. Die Einrichtung, welche die Kinder- und Jugendreisen der katholischen Kirche im Bistum organisierte, hatte ihre Räume in einem sehr modernen, von viel Glas und Licht dominierten Bürogebäude, das vielleicht nicht so hightech war wie *Cut 100*, aber entschieden weniger muffig als die Pfarrhäuser, die Antje von ihren Vorurteilen vorgegaukelt bekam. Dann der Name.

Himmel auf Erden. Da musste schon einige Selbstironie mit im Spiel sein.

Und als sie schließlich vor dem Geschäftsführer standen, revidierte sie ganz schnell ihre Vorstellung vom knöchernen, steifen, stockkonservativen Kirchenmann. Laurenz Köstner war ein zwar schon etwas angegrauter, aber sportlich gebliebener Mittfünfziger, der sie mit einem offenen, herzlichen Lächeln begrüßte. Andererseits: Köstner war auch kein Geistlicher, er war Diplompädagoge.

»Was kann ich für Sie tun?«, fragte er, nachdem Seidel sich noch einmal dafür bedankt hatte, dass sich Köstner sofort für sie Zeit nahm, ganz unbürokratisch und ohne dass sie das Wort ›Ermittlungsdruck‹ in den Mund hatten nehmen müssen.

»Seit wann sind Sie Geschäftsführer von *Himmel auf Erden*, Herr Köstner?« Antje nippte an ihrer Tasse.

»Lassen Sie mich nachdenken.« Er verrührte die Milch in seinem Kaffee und lehnte sich in seinem Schreibtischstuhl zurück, der ergonomisch so rückenfreundlich schien, dass Antje ein wenig neidisch wurde. »Sechs Jahre jetzt? Ja, etwas mehr sogar.«

»Eine reine Schreibtischtätigkeit.«

»Ja, leider.«

»Vorher waren Sie selbst als Betreuer tätig? Bei den Reisen, den Freizeiten?«

»Als pädagogische Begleitung, richtig. Sehr lange, und sehr gerne.« Es schien fast, als würde Köstner seinen alten Tätigkeitsbereich immer noch vermissen.

»Haben Sie auch Freizeiten in Belgien betreut?« Antje stellte ihren Kaffee ab und beugte sich auf ihrem ebenfalls sehr bequemen Besucherstuhl vor. »Zum Beispiel in den Ardennen?«

»An der Semois?«, ergänzte Seidel.

»Die Semois! Wir waren mehrmals da. Traumhaft! Kanufahren, Schwimmen, und noch viel mehr.« Das Gesicht des Diplompädagogen verklärte sich bei der Erinnerung, dann schaute er das Ermittlerduo an, noch neugieriger als vorher. »Aber das ist lange her, das muss in den frühen Neunzigern gewesen sein. Woher wissen Sie, dass ich damals dabei war?«

»Sagen wir, es war eher eine Arbeitshypothese. Bis vor ein paar Sekunden.« Antje lächelte dünn und legte ein Foto auf den Schreibtisch. »Kommt Ihnen dieser Mann bekannt vor?«

Köstner musterte das Bild intensiv. »Bedaure.«

»Vielleicht sagt Ihnen der Name etwas. Markus Fenstermann.«

Köstner schüttelte erneut den Kopf. »Wieso, was ist mit dem Mann?«

»Er wurde vor Kurzem ermordet, hier in Köln.«

»O Gott.« Der Pädagoge wirkte ehrlich betroffen.

»Dann vielleicht ein anderer Name«, setzte Antje an, während Köstner das Foto erneut betrachtete, jetzt mit ganz anderen Augen. »Ein Mädchen namens Norma Dardenne.«

»Dar – wie war der Name?«

»Dardenne.« Seidel buchstabierte.

»Klingt nicht deutsch. War das eine Einheimische, eine Belgierin, die in der Küche gearbeitet hat?«

»Nein«, erklärte Antje. »Eine Halbfranzösin, die auch mitgefahren ist. Sie hatte einen Spitznamen. Ramon.«

Ein, zwei Sekunden verstrichen, dann klappte dem Geschäftsführer in plötzlichem Begreifen der Mund auf. »Ich erinnere mich. Ramon, ja, sicher.« Ein dritter Blick auf das Foto von Fenstermann; er kniff die Augen zusammen. »Und jetzt erinnere ich mich auch an *ihn*. Dunkel jedenfalls. Die beiden waren viel zusammen. Und Fenstermann ist also ermordet worden.« Er seufzte tief. »Nur, was hat das mit damals zu tun, mit unserer Freizeit?«

»Das fragen wir uns auch«, erklärte Seidel. »Jedenfalls scheint ein Zusammenhang da zu sein. Wir wissen nur noch nicht, welcher Art.«

»Hm.« Köstner legte die Hände aneinander. »Ich fürchte, den kann ich Ihnen auch nicht liefern.«

»Sie haben vor ein paar Wochen eine E-Mail bekommen.« Antje wechselte unvermittelt das Thema. »Von Torben Grönewald.«

Diesmal funktionierte Laurenz Köstners Gedächtnis augenblicklich. »Der!!« Sein Gesicht verfinsterte sich. »Diese Vorwürfe waren derart aus der Luft gegriffen!«

Antje hob beschwichtigend die Hände. »Wenn ich die E-Mail richtig verstanden habe, hat es sich da nicht um Vorwürfe gehandelt, sondern nur um Fragen.«

»Fragen?!? Glauben Sie mir, ich kann eine Frage von einer Unterstellung unterscheiden!«

»Warum sollte Grönewald einer Einrichtung wie Ihrer sexuelle Übergriffe unterstellen?«, fragte Seidel.

Weil sexuelle Übergriffe in katholischen Einrichtungen leider keine Ausnahme sind, antwortete Antje im Stillen, nicht die Regel, aber auch keine Ausnahme. Köstner sah das naturgemäß anders. »Weil der Mann überall nur Schmutz gesucht hat! Ja, ich kenne seine Sendung natürlich auch. Und ja, ich weiß, dass es da nur um Quote ging. Aber nicht mit mir! Nicht mit uns! Derartige Vorfälle hat es bei *Himmel auf Erden* nie gegeben. Nicht in meiner Zeit als Betreuer und auch nicht, seit ich Geschäftsführer bin.« Köstners Gesicht war rot angelaufen, sein Blick bekam etwas Lauerndes. »Sehen Sie etwa auch einen Zusammenhang zwischen unserer Arbeit und dem Mord an Grönewald?«

»Da schreibt Ihnen einer eine Recherche-Mail«, sagte Antje. »Kurze Zeit später ist dieser Mann tot. Ermordet. Wiederum kurze Zeit später wird ein zweiter Mann ermordet, der mal bei Ihnen eine Jugendfreizeit mitgemacht hat. Das ist schon sehr merkwürdig, oder?«

»Merkwürdig, ja. Trotzdem, das verbuchen Sie besser unter ›reiner Zufall‹.«

Antje kam auf den Ausgangspunkt zurück. »Ich nehme an, Sie führen von Ihren Reisen Teilnehmerlisten?«

Köstner brachte seine Erregung unter Kontrolle; er klopfte auf den großformatigen Monitor auf seinem Schreibtisch. »Natürlich. Alles hier drin.«

»Aber wohl nicht die aus den frühen Neunzigern. Gibt es die noch in Papierform?«

»Es *gab* sie.« Köstner zuckte die Achseln. »Wir sind vor ein paar Jahren umgezogen. Da wurde alles geschreddert, was wir nicht mehr brauchten. Aber ich bezweifle ohnehin, dass Sie den Namen Grönewald da gefunden hätten.«

Während Antje und Seidel einen resignierten Blick wechselten, verlor sich der Geschäftsführer von *Himmel auf Erden* erneut in seinen Erinnerungen. »Wir hatten wirklich eine gute Zeit da unten, wissen Sie.« Er lächelte versonnen. »Ich erinnere mich wieder, so hieß die Fahrt damals: ›Eine gute Zeit‹.«

***

Das Tor zum Grundstück war verschlossen, Antje drückte den in der Mauer eingelassenen vergoldeten Klingelknopf. Auf dem Namensschild darunter stand immer noch ›T. und B. Grönewald‹; sie fragte sich, wann die Witwe das ändern lassen würde.

In der Gegensprechanlage knisterte es. »Bitte?«

»Wir sind es noch einmal. Servatius und Gaarst, KK 11.«

Aus der Gegensprechanlage war ein trockenes Klacken zu hören, dann nichts mehr. Das Tor blieb geschlossen.

»Ich bin nicht Ihretwegen hier, Frau Grönewald.« Antje Servatius gab nicht auf. »Ich bräuchte nur noch eine Information bezüglich Ihres Mannes.«

Nichts. Während sie darauf wartete, dass sich etwas tat, schaute Antje in den Himmel. Der Wetterbericht im Radio hatte eine Regenfront angekündigt, ehe ein Schwall von Polarluft am Abend die Temperaturen zurückgehen lassen sollte. Antje hatte den Eindruck, als ob sich nach Norden hin schon jetzt alles verdunkelte.

Sie fröstelte.

»Ich habe Ramon Duvillers' Alibi überprüft«, referierte Heiner Gaarst in die Stille. »Es ist mehr oder weniger wasserdicht. Diverse Zeugen haben seine Anwesenheit auf dem Münchner Contest fast lückenlos bestätigt.«

»Gut«, sagte Antje Servatius und dachte, das ist jetzt auch nicht mehr so wichtig.

»Ein kleines Zeitfenster ist offen geblieben. Aber das reicht nie und nimmer für die Strecke nach Köln und zurück.«

Die Kommissarin nickte erneut. Endlich ertönte der Summer, und das Gatter schwang auf.

Berit Grönewald empfing sie in der Tür. »Nicht meinetwegen? Das ist ja mal was Neues.« Sie ignorierte die ausgestreckten Hände ihrer Besucher.

Die Witwe wirkte blass und ausgezehrt. Von der eleganten halblangen Frisur war nichts mehr zu sehen, sie hatte ihre braunen Haare drastisch stutzen lassen. Kurz geraspelt; fast wie bei einem KZ-Häftling, dachte Antje. Sie meinte sogar ein paar graue Strähnen zu entdecken, die vor zwei Wochen noch nicht da gewesen waren. Die Zeit in der Untersuchungshaft hatte Berit Grönewald offenbar stärker mitgenommen als der Mord an ihrem Mann.

Im Haus selbst schien nichts verändert, jedenfalls nicht in dem Teil, der für Antje einzusehen war, in der Eingangshalle, die ihr immer noch zu groß vorkam. Alles war wie vorher. Und trotzdem machte alles einen verlassenen Eindruck. Hier lebte niemand mehr, auch diejenige nicht, die noch hier wohnte.

Heiner Gaarst deutete auf ein paar gepackte Koffer, die in der Ecke standen. »Sie verreisen? Wohin?«

»Weg! Einfach nur weg! Außerdem, was geht Sie das noch an?«

»Nichts«, sagte Antje Servatius freimütig und anstelle ihres ob des Tonfalls irritierten Kollegen.

Berit Grönewald blieb in der Mitte der Halle stehen und verschränkte die Arme. »Sie sagen, Sie brauchen noch eine Information?«

»Ja. Allerdings aus der Zeit, als Sie Torben noch gar nicht kannten.«

»Na, da bin ich ja genau der richtige Ansprechpartner.« Berit Grönewald schnaubte geringschätzig. »Aber gut, lassen Sie hören.«

»Hat Ihr Mann jemals von einem Urlaub in den Ardennen erzählt?«

»Da muss er knapp 20 gewesen sein«, ergänzte Gaarst.

»Mein Gott, das ist ja wirklich Steinzeit! Warum stochern Sie jetzt *da* herum?!«

»Das zu erklären, würde etwas länger dauern. Und ich habe nicht das Gefühl, dass Sie mich länger als nötig hier haben wollen, oder?«

»Touché.« Über Berits Lippen huschte ein bitteres Lächeln. »Sie haben also eine neue Spur …«

»Möglicherweise.«

Antje Servatius wartete, aber von Berit Grönewald schien nichts weiter zu kommen. Entweder weil sie nichts wusste oder weil sie das, was sie wusste, für sich behalten wollte.

»Gut, wenn Sie mir nicht weiterhelfen können …« Antje wandte sich zur Haustür. Ein Schritt. Zwei Schritte.

»Warten Sie.«

Noch einmal touché. Die Kommissarin drehte sich befriedigt wieder um, ebenso Gaarst, der ihr gefolgt war. Am Ende war die Abneigung der Witwe gegenüber einer Polizistin, die ihr das Leben schwergemacht hatte, doch schwächer als der Wunsch, den Mord an ihrem Mann aufgeklärt zu sehen.

»Er hat mal was erwähnt. Schon lange her. Da waren wir auf dem Weg in die Bretagne. Und irgendwo auf der Autobahn in Belgien erzählte er, dass er schon mal da gewesen wäre, ein bisschen weiter südlich. Mit ein paar Freunden. Ein Trip zwischen Abi und Studium. An so einem Fluss, fragen Sie mich nicht, wie der hieß.

Ich habe vorgeschlagen, wir könnten doch einen kleinen Abstecher machen. Torben wollte nicht. Er war nicht der Typ für Sentimentalitäten.«

Das glaubte Antje Servatius ihr ohne Weiteres. »Wissen Sie, wer die Freunde damals waren?«

»Woher soll ich das wissen?! Ich sage doch, er hat nur dieses eine Mal davon geredet.«

»Hat er mal den Namen Markus Fenstermann erwähnt?«

»Oder Norma Dardenne?«, setzte Gaarst hinzu. »Oder einen Ramon?«

»Nein.«

»Na schön. Danke, Frau Grönewald.«

Antje wandte sich erneut zum Gehen, als ihr Blick an den Koffern hängen blieb. Es hatte nichts mehr mit ihren Ermittlungen zu tun, aber sie konnte ihre Neugier einfach nicht bezwingen: »Verreisen Sie mit Florian Heck?«

»Florian Heck?!« Berit Grönewalds Stimme troff plötzlich von Sarkasmus. »Wer war das noch mal? Ach ja, das war der Mann, der mir zugetraut hat, dass ich meinen Mann umbringe.«

Antje ging davon aus, dass der anklagende Ton ein Stück weit auch ihr galt. »Er hat die Aussage von sich aus gemacht.«

»Ja, natürlich.« Die Stimme der Witwe schnitt durch die Luft. »Er hat getan, was er tun musste. So wie Sie auch nur Ihren Job gemacht haben. Hier macht jeder nur seinen Job. Aber um auf Ihre Frage zurückzukommen: Nein, von Florian Heck habe ich länger nichts mehr gehört. Nun gut, ich habe mich auch nicht darum bemüht.« Antje Servatius traf ein Blick, der so kalt war wie die Luft draußen. »War sonst noch etwas, Frau Kriminalhauptkommissarin?«

***

»Vous avez bien joint la boîte vocale de Norma Dardenne …«

Antje wartete erst gar nicht den Rest der Durchsage ab; entnervt drückte sie die Verbindung weg.

»Wieder nur ihr AB?« fragte Seidel, ohne aufzusehen.

»Ja! Dabei ist Dardenne die Einzige, die uns erzählen kann, was damals passiert ist.«

»Mhm«, brummelte Seidel und gab weiter in seinen Computer ein, was auch immer er da einzugeben hatte. Antje wusste nicht, womit er gerade beschäftigt war. Und Seidel seinerseits sagte es nicht.

Antje lehnte sich in ihrem Stuhl zurück und fuhr sich durch die Haare.

Norma Dardenne war ihre Brücke in die Vergangenheit, die einzige zurzeit. In ihren Händen lag der Schlüssel zur Aufklärung des Mordes an Fenstermann, vielleicht auch an Grönewald. Davon war Antje inzwischen überzeugt. Norma/Ramon und Markus fahren zusammen in eine Jugendfreizeit der katholischen Kirche. Torben Grönewald ist zur gleichen Zeit am gleichen Ort. Zufall? Unmittelbar nach der Freizeit bricht der Kontakt zwischen Norma/Ramon und Markus ab. Norma/Ramon geht zurück nach Frankreich, zu ihrer Mutter. Was ist da vorgefallen? 25 Jahre später. Grönewald und Fenstermann fallen kurz nacheinander einem Verbrechen zum Opfer. Kurz vor seiner Ermordung wendet sich Torben Grönewald an einen der pädagogischen Betreuer von damals; er recherchiert für seine Sendung mögliche sexuelle Übergriffe. Warum tut er das ausgerechnet jetzt? Besser gefragt: Warum tut er das überhaupt? Für Recherchen zu seiner Sendung hat er doch seine Leute, das wird er in der Regel nicht selbst machen.

Markus Fenstermann wiederum setzt kurz vor seiner Ermordung eine Nachricht an Norma Dardenne ab, in der er sie über den Mord an Grönewald in Kenntnis setzt. Sie weiß von nichts, beschwört Norma/Ramon; die Verzweiflung, mit der sie das sagt, straft sie allerdings Lügen. Die Tatsache, dass sie ihren Facebook-Account so plötzlich löscht, auch. Es hat die Kontaktaufnahme von Fenstermann gegeben; die erste möglicherweise seit einem Vierteljahrhundert.

»Woher wusste Markus Fenstermann eigentlich, unter welchem Namen Norma bei Facebook firmiert? ›Ramon‹, ja. Aber ›de Mariolles‹?«

»Gute Frage«, sagte Seidel.

Ja. Eine gute Frage. Und eine, über die ein Rudi Seidel an anderen Tagen zumindest laut nachgedacht hätte. Nicht heute. Schon auf der Rückfahrt von Laurenz Köstner war er immer einsilbiger geworden. Im Büro hatte er schließlich nur noch dann etwas gesagt, wenn es sich nicht umgehen ließ, und sich ansonsten hinter seinem Bildschirm verschanzt.

Antje gab sich einen Ruck. Sie waren gerade unter sich, denn Gaarst war zur Toilette – also jetzt oder nie. »Es war nur ein Mal.«

»Was war nur ein Mal?«

»Verdammt, Seidel! Du weißt genau, was ich meine. Es war nur ein Mal.«

Ihr Gegenüber gab das Versteckspielen hinter seinem Monitor endlich auf; er schob die Tastatur beiseite und schaute sie an. »Das ist nicht das Problem.«

»Was dann?! Dass ich überhaupt in so einen Laden gehe?« Einmal in Fahrt gekommen, ging sie sofort in die Offensive. »Dass ich mir meinen Sex da hole? Dass ich ab und zu Lust auf einen schnellen –«

»Antje!« Seidel hob abwehrend die Hände. »Bitte. Dein Sexleben geht mich nichts an.«

»Wär ja auch noch schöner. Also, was ist das Problem?«

»Dein Vertrauen.« Ihr Kollege atmete bedächtig aus. »Besser gesagt, der Mangel an Vertrauen. Warum hast du nichts gesagt? Warum musste ich das selbst rauskriegen? Und das auch noch durch einen dummen Zufall?«

»Weil …« Antje zögerte; Seidel war zur Kernursache ihres Verschweigens vorgedrungen. »Es – es ist nicht so leicht, so was zu erzählen, verstehst du? Immerhin ist mein Date inzwischen Gegenstand unserer Ermittlungen.«

»Und?! Hat die Tatsache, dass er *ein Mal* ein Date war, die Ermittlungen in irgendeiner Weise beeinflusst? Beeinträchtigt?«

»Nein«, entgegnete Antje und wusste, dass sie damit schon wieder nicht ganz aufrichtig war. Ihre kleine Vorgeschichte mit Grönewald hatte vielleicht nicht die Ermittlungen beeinflusst; allerdings hatte sie ihren Tonfall geprägt, zumindest gegenüber den beteiligten Frauen. »Nein, hat es nicht«, bekräftigte sie dennoch.

»Na, also. Dass du mit einem späteren Mordopfer Sex hattest – kann passieren. Auch wenn es wahrscheinlich nicht oft passiert. Dass du deinem engsten Kollegen nichts davon erzählst – unprofessionell. So sehe *ich* das.«

Seidel widmete sich wieder seiner Tastatur. Aber immerhin, er hatte geredet. Mehr als zwei Worte. Und Antje spürte, dass von ihr eine Last abfiel.

Heiner Gaarst kam von seinem Toilettengang zurück. Sie setzte eine neutrale Miene auf und griff erneut zum Telefon.

»Vielleicht geht Dardenne auch nicht ran, weil sie eine deutsche Nummer sieht. Bei allem, was mit Deutschland zu tun hat, kriegt sie Panik.« Sie wählte. »Dann muss ich eben ein bisschen tricksen.«

Der Brigadier meldete sich sofort. »Bonjour, Madame!« Und bevor Antje ihre Bitte formulieren konnte, redete er weiter, denn auch er hatte sie anrufen wollen: »Norma Dardenne a disparu.«

Norma Dardenne war verschwunden.

»Comment, disparu?« Antje kaute wütend auf ihren Lippen, während der Gendarm, mit hörbar schlechtem Gewissen in der Stimme, berichtete, wie es zu dem Verschwinden gekommen war. Norma hatte den Rest des Vortages und die Nacht im Krankenhaus verbracht, zur Beobachtung (anscheinend herrschte in den Hospitälern der nordfranzösischen Provinz nicht der chronische Kölner Bettenmangel). Eine Krankenschwester hatte später ausgesagt, sie sei nervös gewesen und habe immer wieder mit ihrem Handy herumhantiert. Am heutigen Mittag hatte sie dann entlassen werden sollen. Aber das Bett war schon vorher verwaist. Norma Dardenne hatte sich irgendwann am Vormittag selbst entlassen.

Antje machte ihrer Wut Luft. »Il y avait un gendarme devant la chambre!« Nein, bedauerte Zipperlin, den Kollegen, der vor ihrem Zimmer Posten bezogen hatte, gab es zu diesem Zeitpunkt nicht oder nicht mehr. Man habe schon grundsätzlich nicht genug Leute, um in einem solchen Fall eine Überwachung zu gewährleisten, jedenfalls nicht rund um die Uhr. Und dann habe es morgens noch einen großen Unfall auf der Route Nationale gegeben, mit einem Tanksattelzug, der Chemikalien transportierte, und das habe den Einsatz aller verfügbaren Kräfte erfordert. Nachdem Normas Verschwinden aufgefallen war, hatte sich Zipperlin sofort zu ihrem Haus begeben. Dort war sie nicht. Und ihr Kleinwagen war auch verschwunden.

Antje konnte das Achselzucken des Brigadier förmlich spüren, über die Hunderte von Kilometern hinweg. Er wusste auch nicht, wohin sie verschwunden war. »Je suis désolé.« Es tat ihm leid.

»Ja, mir auch.« Entnervt knallte sie den Hörer auf den Apparat.

Seidel und Gaarst blickten sie ahnungsvoll an. »Sie ist verschwunden.«

DAMALS (3)

Es ist dunkel geworden, auch kälter. Die Sonne ist verschwunden, die Schieferwand hat alle Wärme abgegeben, die sie über die letzten Stunden gespeichert hat.

Die Stimmen entfernen sich, gedämpft, vorsichtig jetzt, verebben draußen.

Der Salamander lugt zwischen dem Schiefer hervor. Weiter hinten, wo es stetig tropft, löst sich ein Schatten. Schnelle Schritte, die an dem Felsenaltar kurz verharren und sich dann noch schneller entfernen.

Wieder wird es still, bis ein erster nächtlicher Wind hereinweht und den Sand am Boden aufwirbelt. In das Raunen des Windes mischt sich ein zweites Geräusch, ein Stöhnen, lang und klagend, bis es abbricht.

Dann wird die Luft von einem verzweifelten Schrei zerrissen, der gar nicht mehr enden will. Ein Schrei, dessen Echo sich für alle Zeit in den Wänden festsetzt und das Tal in ein Totental verwandelt.

Der Feuersalamander schlüpft wieder in seine Spalte.

25

»Guck mal, Papa, der Hund am Baum da! Der macht Pipi!« Fiete blätterte kichernd in seinem neuen Wimmelbuch. Rudi Seidel kicherte folgsam mit, aber er war nicht ganz bei der Sache. Der Buchtitel »Leben in unserer Stadt« hatte ihn unversehens zum Grübeln gebracht.

Was bewegte eine Frau wie Antje Servatius dazu, in einer Dating-Kneipe nach einem One-Night-Stand zu suchen? Seidel wusste, dass sie allein lebte – allein mit ihrer Tochter –, aber er hatte bislang nicht gedacht, dass Alleinsein bei ihr auch Einsamkeit bedeutete. Für ihn war seine Kollegin absolut autark, im Grunde eine sich selbst versorgende Einheit, die kein Außen zur Erfüllung emotionaler oder auch nur körperlicher Bedürfnisse brauchte. Der absolute Gegenentwurf zu seiner Existenz. Aber die Kleinfamilie war eben nicht die einzige Lebensform in der Stadt. Ja, Seidel fühlte sich enttäuscht, weil Antje ihn nicht ins Vertrauen gezogen hatte. Aber im Grunde bewunderte er sie dafür, wie sie alles stemmte, den Beruf und das Leben als Alleinerziehende, obendrein noch mit einem behinderten Kind. Womöglich war es sogar Neid. Vielleicht hatte er sie aus Neid so schmoren lassen. Eine kleine Rache. Er hätte das Thema ja auch offen und von sich aus ansprechen können.

»Was ist das denn für ein komisches Auto?« Fiete riss ihn aus seinen Gedanken. Er folgte dem Zeigefinger des Jungen, zu einem Kombi, der am Rande einer belebten Straßenszene parkte. »Ja … was ist das für ein komisches Auto?!« Seidel warf, plötzlich hellwach, die Bettdecke zurück.

Fünf Minuten später stand er mit ein paar Fotos, die er schnell ausgedruckt und in eine Klarsichthülle gesteckt hatte, bei Juliane in der Küche und gab ihr einen flüchtigen Kuss in den Nacken.

»Ich muss noch mal weg. Nur was gegenchecken.«

Seine Frau drehte sich um. »Und Fiete, schläft der schon?«

»So gut wie«, sagte Seidel, sah sich im gleichen Augenblick aber Lügen gestraft, weil die anklagende Stimme des Jungen aus dem Kinderzimmer drang.

»Soso.« Juliane musterte ihn belustigt. »Nur was gegenchecken? Du siehst aus, als ob es um Leben und Tod geht.«

Eine Stunde später stand Seidel vor einer Doppelhaushälfte im Kölner Süden. Jana Frei, die Zollfahnderin, hatte ihm verraten, wo Clemens Fuchs wohnte. Er klingelte und trat ein paar Schritte zurück. Die Fassade war geklinkert wie alle anderen in der Straße, in dem kleinen, sorgsam gehegten Vorgarten duckten sich winterfeste Stauden vor dem Wind, der immer mehr auffrischte, in einem der Fenster hing eine erste weihnachtliche Lichterkette. Alles sehr schmuck. Seidel fragte sich, wie viel von diesem sauberen Familienanwesen auf unsaubere Weise verdient worden war.

Die Tür öffnete sich, die wuchtige Silhouette des Bauunternehmers hob sich gegen das warme gelbe Licht im Flur ab. Als Fuchs den Mann erkannte, der draußen stand, wollte er kommentarlos wieder zumachen. Seidel trat schnell unter das Vordach und stellte einen Fuß in die Tür. Fuchs gab seinen sinnlosen Widerstand auf. »Was wollen Sie noch?«

»Nur eine Auskunft.« Seidel begann die Fotos aus der Klarsichthülle zu fingern. »Bei der Vernehmung seinerzeit haben Sie von einem Wagen gesprochen, der Ihnen entgegenkam. Als Sie zur Baustelle unterwegs waren. Sie erinnern sich?«

»Klar erinnere ich mich. Ich wunder mich nur, dass *Sie* sich erinnern. Für Sie war das doch ausgemachter Blödsinn!«

Seidel überging den Anwurf und fächerte die Fotos mit den Händen zu einer kleinen Bildergalerie auf.

»Könnte es so ein Wagen wie dieser gewesen sein?«

Fuchs beugte sich vor und nahm die Fotografien in Augenschein. Plötzlich erhellte sich sein Gesicht. »Natürlich, das Gitter! Ich hab das Gitter gesehen, im Gegenlicht, und hab gedacht, das ist ein Bullenwagen.«

Seidel nickte. »Hätte mir auch passieren können.«

»Es waren aber gar nicht die Bullen.«

Seidel steckte die Fotos wieder weg. »Nein, es waren nicht die Bullen.«

***

Die größte Herausforderung waren die Tannenzweige. Die Tannenzweige mit dem Blumendraht so um den Adventskranz-Rohling zu wickeln, dass sie einigermaßen anlagen und nicht in alle Richtungen abstanden, kostete sie jedes Jahr allergrößte Konzentration – und wollte ihr doch nie gelingen. Auch diesmal nicht. Manchmal mangelte es ihr an Feinmotorik.

Oder auch nur an Geduld. Antje hatte mit Weihnachten und der Adventszeit nie viel anfangen können. Der Kranz war ein Zugeständnis an ihre Tochter, die sich schon als Kind nicht an den sacht flackernden Kerzen sattsehen konnte. Antje wiederum konnte sich nicht daran sattsehen, wie sich die Kerzen in Kiras Augen spiegelten. Also saßen Mutter und Tochter jedes Jahr an einem Abend Ende November zusammen, um einen Adventskranz zu binden.

Dieses Mal allerdings band nur Antje; Kira saß teilnahmslos dabei und blätterte scheinbar ziellos in der Fernsehzeitschrift, einsilbig wie die ganzen Tage schon, mit mattem Blick, und ließ die Mutter machen. Antje bezweifelte mittlerweile, dass sie nur Liebeskummer hatte. Aber Kira bestritt vehement, krank zu sein. Sie bestritt überhaupt und ganz grundsätzlich, »schlecht drauf zu sein«, wie sie es ausdrückte. Antje hatte schließlich Dunja angerufen, nachgefragt, ob irgendetwas passiert war, während ihrer Fahrt nach Frankreich. Nein, nichts war passiert. Kira blieb jedoch weiter einsilbig.

Antje war endlich mit den Zweigen fertig und streifte ihre Tochter mit einem Seitenblick. Sie ertrug das Schweigen einfach nicht. Also unternahm sie einen neuerlichen Versuch. »Was ist eigentlich mit diesem Jungen?«, erkundigte sie sich, während sie den überschüssigen Blumendraht abknipste.

»We… welcher Junge?« Kira machte sich nicht einmal die Mühe, aus der Zeitschrift aufzusehen.

»Der, mit dem ich dich letztens gesehen habe. Vor der Schule.«

»Ach, der. Nix. Was so… soll mit dem sein?«

»Na ja, ich dachte, der …« Während sie den ersten Kerzenhalter ins Tannengrün drückte, suchte sie nach den richtigen Worten. »Also, ich hatte das Gefühl, du findest ihn ganz nett. Und ich dachte, er dich vielleicht auch.«

»Der?!« Kiras Gelächter klang eine Spur zu schrill. »Was soll der denn mi… mit mir?«

Antje schwieg betroffen. Ihr fiel ein, dass sie vor ein paar Tagen den gleichen hässlichen Gedanken gehabt hatte. Kira versenkte sich wieder in die Zeitschrift, Antje kramte geistesabwesend in dem kleinen Karton mit den Dekorationen. Wieder einmal wurde ihr schmerzlich bewusst, wie wenig sie im Grunde über das Denken und Fühlen ihrer Tochter wusste. Zu wenig. Aber vielleicht sah sie auch nur Gespenster. Manchmal hatte Antje das Gefühl, eine Rabenmutter zu sein, und getrieben von ihrem schlechten Gewissen witterte sie dann Probleme, die es gar nicht gab.

»Ma… Mama?« Kiras plötzlich etwas zittrige Stimme riss sie aus ihren Gedanken. Sie blickte fragend auf. »Ich mö… möchte nicht mehr a… auf die Schule.«

»Also doch!« Antje fühlte sich zugleich bestätigt und alarmiert.

»Du bist da doch erst drei Monate! Was ist passiert? Die Lehrer? Irgendwelche Schüler? Wirst du gemobbt?«

»Nei…in. Aber … kann ich nicht zurück auf die Fö…«

»Auf die Förderschule?« Antje ertappte sich dabei, dass sie Kira in einer ihrer Wortfindungspausen unterbrochen hatte. Eigentlich ein Tabu. Aber im Moment überwog ihre Erregung. »Aber da wolltest du doch weg!«

An der Haustür klingelte es. »Wir reden gleich weiter«, sagte Antje und stand auf. Draußen stand Seidel, die Kapuze seiner Windjacke tief über das Gesicht gezogen. Antje hatte gar nicht mitbekommen, dass es zu regnen begonnen hatte. Und es war kälter geworden, die Temperatur konnte nach ihrem Empfinden nur noch knapp über null liegen.

»Stör ich?«

»Offen gesagt, ja. Was ist?«

»Es geht um meinen vermissten Architekten. Ich habe Clemens Fuchs, den Bauunternehmer, doch zu dem Abend vernommen, als er die Verabredung mit Jack Trosien auf der Baustelle hatte. Als seine Schwarzarbeiter dem Architekten eine Abreibung verpassen sollten oder was auch immer.«

»Ich weiß.«

»Trosien war bekanntlich gar nicht da. Aber Fuchs, der den Ukrainern folgte, sagte in der Vernehmung aus, er habe einen Wagen gesehen, der wegfuhr. Möglicherweise von der Baustelle.«

»Ja, und?« Antje machte sich keine Mühe, ihre Ungeduld zu überspielen. Im Moment nervte sie Seidels Weitschweifigkeit noch mehr als sonst.

»Ich glaube, ich weiß jetzt, was das für ein Wagen war.« Er holte die Klarsichtfolie hervor, die er zum Schutz vor der Nässe unter der Jacke zusammengerollt hatte.

»Schön, aber hätte das nicht bis morgen warten können?« Antje warf einen Blick zurück ins Haus, obwohl sie Kira von hier aus gar nicht sehen konnte. »Außerdem ist das doch irgendwie deine Baustelle, oder nicht?«

»Möglicherweise ist es jetzt auch deine.« Seidel hielt das oberste Foto ins Licht. »Wenn Jack Trosien an jenem Abend wirklich überwältigt und entführt wurde oder wenn er schon tot war und seine Leiche abtransportiert wurde, wir wissen es ja nicht – dann wahrscheinlich in so einem Wagen.«

Das Foto zeigte einen Kombi von hinten. Die Heckklappe stand offen. So war das Trenngitter zwischen Ladefläche und Vordersitzen gut zu sehen.

»Ich weiß, in Köln gibt es eine Menge Leute, die mit so einem Wagen unterwegs sind. Die wollen ihren Hund dabeihaben, während der Fahrt aber nicht gestört werden. Oder sie transportieren Tiere professionell. Weil sie ein Tierheim oder ein Tierasyl haben oder wie immer man das nennen will. Wie gesagt, eine Menge. Mit *einer* von diesen Personen hatten wir in den letzten Wochen aber zu tun. Komisch, nicht?«

»Svenja Gessner.« Zu sagen, dass gerade irgendwelche letzten Puzzleteile an ihren Platz fielen, wäre nicht ganz richtig gewesen. Antje hatte eher das Gefühl, dass die Teile von *zwei* Puzzles plötzlich wild durcheinanderflogen. »Aber das war der Fall Grönewald.«

»Möglicherweise haben der Fall und mein Vermisster was miteinander zu tun.«

»Hm. Ich habe Gessners Transporter nie zu Gesicht bekommen. Beziehungsweise nicht darauf geachtet, wenn er vor ihrem Haus gestanden haben sollte.« Sie schaute ihren Kollegen skeptisch an. »Ich weiß ja, dass du mit dieser Trosien-Geschichte nicht vorankommst. Aber findest du nicht, dass du da gerade nach irgendeinem Strohhalm greifst? Du sagst selbst, dass es von diesen Wagen mehr als einen gibt.«

»Ja.« Seidels Stimme klang resigniert. »Und du hast natürlich recht, wir sollten das morgen in aller Ruhe besprechen …«

Er trat den geordneten Rückzug an. Antje zögerte kurz, dann fasste sie einen Entschluss. »Warte einen Moment.«

Auf dem Weg zurück in die Küche schnappte sich Antje ihren Mantel von der Garderobe. Kira saß immer noch am Tisch. Gedankenverloren drehte sie einen Fliegenpilz, der eigentlich auf den Kranz gehörte, zwischen ihren Fingern. »Lass uns später weiterreden, ja? Ich muss noch mal weg.«

Ihre Tochter sagte nichts, nickte nur. Antje spürte, wie das schlechte Gewissen in ihr bohrte. Rabenmutter.

Für Antjes Empfinden zog sich die Fahrt zu Svenja Gessner unerträglich lange hin. Allerdings mussten sie dafür die ganze Stadt durchqueren. Und der unablässige Regen ließ Seidel noch umsichtiger fahren als sonst.

Antje starrte in die Dunkelheit und versuchte, Puzzleteilchen zu ordnen.

»Schön, nehmen wir mal als Arbeitshypothese, dass Jack Trosien auf der Baustelle von Svenja Gessner abgepasst und überwältigt wurde. Was hat sie mit ihm gemacht? Hat sie ihn nur entführt? Hat sie ihn getötet? Falls Letzteres: sofort oder später?«

Seidel setzte das Fragen-ohne-Antwort-Spiel fort. »Wenn sie ihn getötet hat, wo ist dann die Leiche? Andererseits: Wenn sie ihn ›nur‹ entführt hat, wo ist dann die Lösegeldforderung? Und in beiden Fällen bleibt die Frage: Warum?«

»Ich habe keine Ahnung.« Antje seufzte. »Ich muss zugeben, Svenja Gessner habe ich nach meinen ersten Ermittlungen nicht mehr auf der Rechnung gehabt.«

»Diese Ermittlungen drehten sich ja auch nicht um das Verschwinden von Trosien, sondern um den Mord an Grönewald. Und da war sie schnell aus dem Rennen.«

»Ja«, sagte Antje tonlos. »Vielleicht zu schnell.« Sie näherten sich dem Haus von Gessner. »Jedenfalls schließt sich ein Kreis. Ein Kreis von Personen. Torben Grönewald. Markus Fenstermann. Jack Trosien. Svenja Gessner.«

»Und Norma Dardenne. Alias Ramon.« Seidel brachte den Wagen auf dem Schotter vor dem Haus zum Stehen. Die Fassade war dunkel. Auch ein Wagen war nirgendwo zu sehen.

»Wie bist du eigentlich darauf gekommen, dass der fragliche Wagen an der Baustelle ein Tiertransporter gewesen sein könnte?«, fragte Antje.

Seidel zeigte ein kurzes, kryptisches Lächeln, als er an ihr vorbeigriff und eine Taschenlampe aus dem Handschuhfach holte. »Man muss die richtigen Bücher lesen.«

Wie fast zu erwarten, öffnete niemand auf ihr Klingeln. Alle Fenster blieben dunkel. Sie gingen zur Rückseite, wo der prasselnde Regen den Boden zu einer matschigen, teigigen Masse aufgeweicht hatte. Antje klopfte und rüttelte an der Hintertür. Nichts.

»Warst du mal drin?«, fragte Seidel, der zurückgeblieben war, die warme Jacke eng um sich gezogen.

»Nein, nie.«

»Schnapsidee. Wir versuchen es morgen noch einmal, oder?« Seidel wandte sich zum Gehen.

Antje verharrte noch. Sie erinnerte sich an ihren ersten Besuch bei Svenja Gessner. Sie erinnerte sich, wie sie das Haus – am gleichen Tag – noch einmal gesehen hatte, nun auf einem Bildschirm, im Sichtungsraum von *Cut 100.* Das Haus und davor Svenja Gessner, aufgenommen ein paar Wochen vorher. Sie erinnerte sich jetzt wieder an die flüchtige Irritation, die sich beim Sichten in ihr rührte. Das Gefühl, das sich in der Zwischenzeit etwas geändert hatte. Was hatte sich geändert? Svenja Gessner? Das Haus?

Ihr Blick ging nach oben.

Natürlich sah sie nichts, in der Dunkelheit, bei dem Regen, hob sich der Backsteinbau kaum gegen den Nachthimmel ab.

»Gibst du mir mal die Taschenlampe, Seidel?«

Antje ließ den kräftigen Lichtstrahl in allmählichem Hin und Her die rückwärtige Fassade hochwandern. Aber die Irritation stellte sich nicht wieder ein.

»Was suchst du?«

»Ehrlich gesagt, weiß ich das selber nicht«, erwiderte sie, ohne sich weiter zu erklären. Sie leuchtete hinter sich, versuchte den ungefähren Platz auszumachen, an dem seinerzeit der Kameramann gestanden hatte, und ging weiter zurück, bis die Lampe auch die Seite des Hauses erfasste.

Hier gab es überhaupt keine Fenster. Eine Krähe, die irgendwo in einer Lücke im Mauerwerk gehockt haben musste, flog auf, vom Licht aufgeschreckt. Ansonsten blieb alles leblos. Der grelle Strahl wischte über einförmige Backsteinreihen, hoch bis zum Giebel –

Antjes Hand zuckte zurück. Das zittrige Licht verweilte auf einer Stelle im Mauerwerk, direkt unter dem Giebel. Keine große Stelle, kaum größer als eine Schießscharte. Dort waren die Backsteine etwas heller, die Fugen auch.

»Siehst du das?« Antje sah ihren Kollegen an, der mit zusammengekniffenen Augen nach oben schaute.

»Ja.«

»Als das Team von *Cut 100* hier war und die Aufnahmen für die Sendung gemacht hat, war da noch ein Loch. Bei meinem ersten Besuch dann schon nicht mehr. Es muss in der Zwischenzeit zugemauert worden sein.« Sie schaltete die Lampe aus. »Wir müssen rein.«

»Moment, Antje.« Seidel hob eine Hand. »Kann ja sein, dass wir da rein *wollen.* Aber wir *dürfen* nicht. Nicht ohne Hausdurchsuchungsbefehl. Oder siehst du hier irgendetwas, was ein gewaltsames Eindringen rechtfertigen würde? Etwas, das eine Gefahr für Leib und Seele vermuten lässt?«

»Aber Svenja Gessner hat möglicherweise Jack Trosien entführt oder getötet.«

»Ja. Mit der Betonung auf ›möglicherweise‹. Allerdings ist sie offenkundig nicht da. Und ob er da ist, wissen wir auch nicht. Und nur weil da oben einer ein Loch zugemauert hat …«

Er verstummte und ließ sie selbst die richtigen Schlüsse ziehen. Seidel hatte recht. Vielleicht war das Loch nur geschlossen worden, weil es zog oder hineinregnete und nicht, um eine Zelle für ein Entführungsopfer zu schaffen. Ihnen fehlte schlicht die Befugnis, um eine Tür einzutreten. Als wolle er ihre Abkehr von einer überstürzten Aktion kommentieren, legte sich jetzt der Wind, der Regen unterbrach sein Peitschen und Prasseln. In der plötzlichen Stille fiel Antje noch etwas anderes auf. Etwas, das fehlte.

Die Tiere. Die Kakophonie der Tiere. Es war still im Hof. Auch von drinnen drang kein Ton heraus.

»Moment noch, Seidel.« Antje schaltete die Taschenlampe wieder ein und ging die rückwärtige Fassade ab. Ihr Kollege folgte ihr, anscheinend schicksalsergeben. Am linken Ende entdeckte sie ein Geländer. Ein paar Stufen führten zu einer Kellertür hinunter, die alles andere als schalldicht aussah. Sie ging zur Tür, legte ein Ohr an das schon leicht morsche Holz.

Nichts.

Wo waren all die Katzen und Hunde?

»Die Tiere sind weg«, sagte Antje. »Sie ist dabei, alles aufzulösen.«

»Na ja, vielleicht hat sie ja ein Winterquartier –«

»Das hier *ist* das Winterquartier, Seidel! Verstehst du, diese Hunde und Katzen sind alles für Svenja Gessner. Die würde sie niemals weggeben! Das stinkt hier zum Himmel.« Fragend schaute sie ihren Kollegen an. Der schüttelte den Kopf.

»Nein, das reicht immer noch nicht.«

»Für *mich* schon.« Antje tritt zwei Schritte zurück, hob das rechte Bein und trat zu. Ihre zwei Jahre Karate-Kurs lagen zwar schon lange zurück, aber mit dem Kampfsport war es wie mit dem Fahrradfahren: Man verlernte es nicht so schnell. Nach dem dritten Tritt auf die schwache Stelle knapp unterhalb der Klinke hing die Tür schief in den Angeln. Seidel mit seinem gedrungenen Körper besorgte den Rest.

Die Kellerräume waren voller Verschläge. Und die Verschläge waren allesamt nicht nur leer, sie waren auch gefegt und gereinigt. Svenja Gessner hatte gelogen, als sie beim Besuch von Antje und Kira gesagt hatte, die Tiere seien jetzt zum Teil drinnen untergebracht. Die Auflösung ihres Tierheims musste da schon in vollem Gang gewesen sein. Ihre Katzen und Hunde hatten ein neues Zuhause gefunden, privat oder in anderen Heimen.

Im Erdgeschoss dagegen hörten sie etwas. Ein furchtsames Miauen. In einer Box in einer Abstellkammer hockte ein Kätzchen neben seinem Napf, dreifarbig, schwarzbraunweiß gescheckt. Wie hatte Svenja Gessner gesagt? Tricolor. Antje lief ein leichter Schauder über den Rücken. Genau so eine Katze hatte sich Kira gewünscht.

In einer Wand im Treppenhaus fanden sie außerdem eine große Klappe, die auf einen vielleicht ein mal einen Meter fünfzig großen Schacht führte. Seidel steckte seinen Kopf in den Schacht und blickte nach oben. »Sieht aus wie ein Lastenaufzug.«

»Wenn hier mal Waren gelagert wurden«, erwiderte Antje, »dann ist das aber lange her.«

Mit gezogenen Waffen und vom Miauen begleitet, arbeiteten sie sich durch die erste und zweite Etage. Mit jedem Schritt, mit jedem Raum, den sie betraten, verstärkte sich der Eindruck, dass alles nach den Bedürfnissen der Tiere umgebaut war – Katzenklappen überall, hier ein Futterlager, dort ein medizinischer Behandlungsraum, fast wie beim Tierarzt. Von Verwahrlosung konnte man nicht sprechen, alles sah recht ordentlich aus. Aber kaum etwas ließ darauf schließen, dass hier auch und ureigentlich ein Mensch wohnte. Natürlich, es gab ein Schlafzimmer, aber das war klein und atmete nichts Persönliches. Es gab eine Küche, die mit ihren Näpfen und Kartons voller Trocken- und Nassfutter jedoch mehr auf die Verköstigung von Tieren ausgerichtet war. Und es gab, auf halber Treppe, eine Büroecke: eine auf Dreieck geschreinerte Arbeitsplatte, darauf eine Ablage mit Papieren, ein Notebook mit Bildschirm, ein augenscheinlich ausgeschaltetes Handy. Und einen kleinen schwarzen Kasten, der an das Notebook angeschlossen war.

»Ein GPS-Tracker.« Seidel runzelte die Stirn. »Wozu braucht sie einen GPS-Tracker?«

Schließlich standen sie ganz oben im Treppenhaus. Über ihnen in der Decke war die Luke zum Dachboden eingelassen. Antje schaute sich um. In einer Ecke lehnte eine Eisenstange mit einem Haken. Neben der Stange stand ein Napf mit einer fleischfarbenen Pampe, daneben wiederum ein Karton mit Rattengift. Antje nahm die Stange, setzte den Haken in den Metallring der Luke und zog. Die Luke ließ sich ohne Widerstand öffnen.

»Wird anscheinend regelmäßig benutzt«, kommentierte Seidel.

Antje zog die ausziehbare Holzleiter herunter und kletterte die Sprossen hinauf. Seidel folgte ihr.

Der Dachboden war leer und rundum mit Holz verschalt; nicht nur die Schrägen, sondern auch die Seitenwände. Aber als Wärmedämmung taugte die schon recht alte Verschalung überhaupt nicht. Es war kalt und klamm. Der Regen klatschte auf ein Fenster in der Dachschräge, das später eingebaut worden sein musste. Von den recht großzügigen Maßen her passte es nicht zum engen Baustil des Hauses. In der Holzwand zu ihrer Linken entdeckte Antje eine Klappe, wie im Treppenhaus. Hier endete der Lastenaufzug.

Seidel schaute sich um. »Und wo ist jetzt das Loch, das zugemauert wurde?«

Antje antwortete nicht. Der Boden war auffallend sauber. Und in einer Ecke stand ein Besen. »Merkwürdig. Warum fegt jemand einen alten Dachboden, auf dem nichts steht?«

Sie hockte sich hin und ließ das Licht der Taschenlampe über den Boden wandern. Wer immer den Besen benutzt hatte, er hatte keine ganz saubere Arbeit geleistet. Kaum sichtbare Schuhabdrücke führten nach rechts. Antje erhob sich wieder und folgte den Spuren. Die blasse Fährte endete vor der Verschalung. Sie bückte sich. Eine Drahtöse ragte zwischen den Brettern hervor. Der Draht bewegte sich keinen Zentimeter. Sie zog. Sie zog noch einmal, fester. Der Draht bewegte sich, und mit ihm eine weitere Luke, die mit der Verschalung derart verschmolz, dass man sie nur sah, wenn man von ihr wusste. Antje zog die Luke hoch, bis sich die Öse in einen Nagel einhängen ließ, der weiter oben ins Holz geschlagen war.

Seidel hockte sich neben ihr nieder.

Das Erste, was sie wahrnahmen, war ein beißender Gestank, von Urin, von Exkrementen, von Schweiß und von Angst. Das zweite war eine menschliche Gestalt, schmächtig, zusammengekrümmt auf dem Boden. Antje leuchtete in den lichtlosen Verschlag, denn mehr war es nicht: gerade genug zum Liegen, aber nicht hoch genug zum Stehen. Dann senkte sie den Lichtstrahl auf das ihnen halb zugewandte Gesicht, ausgemergelt, von einem Bart zugewuchert, die Augen geschlossen. »Trosien?«

Ihr Kollege nickte nur.

26

»Ganz oben, unterm Dach.« Rudi Seidel zeigte die Treppe hoch. Der Notarzt nickte den Sanitätern zu, und die drei Männer schoben sich mit dem Spineboard weiter nach oben, der schmalen Kunststofftrage, mittels derer der fixierte Jack Trosien auch mehr oder weniger senkrecht durch die Dachluke abtransportiert werden konnte. Zwei Minuten vorher waren bereits zwei Streifenbeamte die Treppe hochgestapft, mit einer Flex unterm Arm, um den Architekten von seinem Joch zu befreien. Seidel wog das Mobiltelefon in der Hand, das auf der Arbeitsplatte gelegen hatte. Er schaltete es ein und wandte seine Aufmerksamkeit Kniebsch zu, der an Svenja Gessners Notebook saß.

»Wenn die Strecken nicht gelöscht sind, kann ich dir gleich sagen, wen oder was sie mit dem Tracker gesucht hat.«

»Ist das Gerät neueren Datums?«

»Nicht unbedingt. Aber es bietet die üblichen Möglichkeiten. Lässt sich per Magnet an jedem Wagenboden anbringen. Und du kannst das Ding über den Zigarettenanzünder laden, bist also auch mobil.«

»Das heißt, ich könnte einen anderen Wagen mit meinem eigenen verfolgen.«

»Du hast es erfasst. Schau an, da haben wir was. Ist allerdings schon ein paar Wochen alt.« Der Kriminaltechniker drehte das Notebook so, dass auch Seidel freien Blick hatte. Der Monitor zeigte den Plan einer Stadt; Köln, wie er unschwer erkannte. Eine Zickzacklinie zog sich vom Zentrum in den südöstlichen Teil des Stadtgebietes.

»Vergrößere mal bitte.«

Kniebsch zoomte die Zickzackstrecke heran. »Kannst du was damit anfangen?«

Seidel beugte sich vor. »Allerdings. Die Linie endet an der Baustelle. Das beweist, dass Svenja Gessner Jack Trosien verfolgt hat. Sie muss den Tracker unter seinem Wagen angebracht haben.«

»Ich schau mal weiter«, sagte Kniebsch.

Seidels Handy klingelte. Er ging ein paar Stufen die Treppe hinunter. »Ja?«

»Guten Abend. Schorfgen, Einsatzzentrale.« Seidel kannte die Stimme. Als Junggeselle schob Schorfgen häufig Nachtdienst. »Wir sollten Sie ja immer auf dem Laufenden halten, wegen der Handyortung. Also, wir kriegen gerade wieder ein Signal.«

»Okay.« Seidel ging noch weiter nach unten, weil oben die Flex angeworfen wurde. Er hielt sich das freie Ohr zu. »Haben Sie schon den genauen Standort?«

»Ja. Das Signal kommt aus dem südlichen Bereich der Steinfeldstraße, knapp vor der Stadtgrenze, Hausnummern 120 bis 150. Soll ich mich melden, wenn es sich bewegt?«

»Nicht nötig. Danke Ihnen.« Seidel drückte die Verbindung weg. Er war sich ziemlich sicher, dass Jack Trosiens Handy an seinem Platz bleiben würde, denn er wusste, wo es lag: neben dem Notebook von Svenja Gessner. Er hatte es gerade selbst eingeschaltet. Seidel ging wieder zu Kniebsch und nahm das Handy.

Der Jack Trosien, der oben auf dem Dachboden lag, war in den letzten Tagen definitiv nicht in der Lage gewesen, sein Telefon zu benutzen. Also kam dafür nur Svenja Gessner infrage.

Seidel ließ seinen Blick über die Arbeitsplatte wandern, ohne zu finden, was er suchte.

»Kannst du das Notebook mal umdrehen, Raimund?«

Kniebsch kippte das Gerät folgsam. Am Boden klebte ein Zettel mit einer vierstelligen Nummer. Seidel löste das Blättchen unter dem fragenden Blick des Kriminaltechnikers. »Die PIN für dieses Handy«, erläuterte er. »Hoffentlich.«

Er hatte Glück. Wenige Sekunden, nachdem er die Ziffernkombination eingegeben hatte, leuchtete das Display mit den üblichen Logos auf. Seidel durchsuchte zunächst den chronologischen Verlauf in der Anrufliste. Er stieß auf diverse Anrufe in den letzten Tagen, immer von der gleichen Nummer. Keiner war beantwortet worden. Die Nummer hatte die Ländervorwahl 33.

Frankreich.

Seidel wechselte ins WhatsApp-Menü. Hier fanden sich Nachrichten von der gleichen Nummer. Und diese Nachrichten waren beantwortet worden. Er wollte gerade zu lesen beginnen, da wurde er von Kniebsch unterbrochen. »Ich glaube, ich habe noch was gefunden.«

Im Verschlag roch es jetzt nur noch nach verbranntem Metall. Die Flex hatte die Ketten säuberlich von den Eisenringen getrennt, an die Trosien gefesselt gewesen war wie ein Hund. Die Ringe mussten ebenfalls frisch eingemauert worden sein, der helle Putz hob sich deutlich von der schmutzigen fleckigen Wand ab. Svenja Gessner hatte für ihre Entführung einige bauliche Veränderungen vorgenommen.

Der Verschlag selbst war jedoch älteren Datums, davon zeugte nicht nur das schon sichtlich verwitterte Holz, das den winzigen Raum vom Rest des Dachbodens abgeteilt hatte. Während sie auf den Notarzt wartete, hatte Antje Servatius neben Trosien gesessen. Als Erstes hatte sie ihren Mantel ausgezogen und dem Entführungsopfer unter den Kopf geschoben. Eine eher symbolische Geste; Trosien war so schwach, dass er nicht einmal mehr zittern konnte, geschweige denn reden. Also hatte sie sich umgesehen. An der Wand hingen Reste einer Karte, vergilbt und zerfleddert. Eine Karte von Europa, mit Deutschland in den Grenzen von 1937. Der Verschlag war möglicherweise also schon vor dem Krieg eingerichtet worden; vielleicht als Versteck für einen Juden.

Merkwürdig, dass etwas, was vielleicht einmal ein Leben gerettet hatte, jetzt den Tod hatte bringen sollen. Denn Jack Trosien sah nicht so aus, als ob er noch lange am Leben bleiben sollte.

Antje kroch auf allen vieren aus dem Verschlag und richtete sich auf. Einer der Polizeibeamten maß gerade das Fenster in der Dachschräge aus. Trosien lag inzwischen auf dem Spineboard, immer noch reglos, und in eine Decke gehüllt. Er war an ein mobiles EKG-Gerät angeschlossen. Einer der Sanitäter maß seinen Puls, der andere legte gerade eine Infusion. Der Notarzt maß Trosiens Körpertemperatur mit einem Ohr-Infrarot-Thermometer.

»Wie geht es ihm?«, fragte Antje Servatius.

»Er ist schwer unterkühlt. Er muss schon mehrere Tage so leicht bekleidet da gelegen haben.« Der Arzt zog das Thermometer aus dem Ohr und las den Wert ab. »28,5. Da vergisst man sogar das Zittern. Außerdem zeigt er deutliche Zeichen von Exsikkation, von Austrocknung. Schneller Puls, niedriger Blutdruck, trockene Schleimhäute ... und schauen Sie sich die rissigen Lippen an. Wenn er in den letzten Tagen etwas zu trinken bekommen hat, dann gerade so viel, dass er am Leben bleibt.«

Der Beamte am Fenster ließ sein Maßband zusammensurren. »Ich glaube, das wird gehen. Soll ich die Feuerwehr rufen?«

»In Ordnung. Wir sind bald fertig hier.« Der Notarzt wandte sich an Antje. »Wir müssen ihn durch das Fenster rausholen. Er darf so wenig wie möglich bewegt werden. Also auf keinen Fall die Leiter und die Treppen runter. Sonst vermischt sich das kalte Blut aus der Körperperipherie mit dem restwarmen Blut im Körperkern. Und dann haben wir schnell einen Fall von Bergungstod. Herzrhythmusstörungen, Kammerflimmern. Sie sagen, das Haus gehört einer Frau? Wie hat sie ihn bloß hier hochgeschafft?«

»Es gibt einen Lastenaufzug.« Antje nickte zur gegenüberliegenden Wand, dann betrachtete sie den Mann auf der Trage. Trosien war so schmächtig, wie Seidel ihn beschrieben hatte. Eine athletische Frau wie Svenja Gessner sollte kein Problem gehabt haben, ihn aus dem Wagen ins Haus zu schleppen und dann in den Aufzug zu verfrachten. Sie deutete auf zwei Verfärbungen an seinem Hals. »Was ist das?«

»Brandmarken. Möglicherweise von einem Elektroschocker.«

»Das würde erklären, wie sie ihn auf der Baustelle überwältigt hat.« Sie sah, dass Trosien den Kopf bewegte, aber wie in Zeitlupe. »Ist er ansprechbar?«

»Versuchen Sie's.«

»Herr Trosien?« Antje Servatius beugte sich zu dem Entführungsopfer hinunter. »Können Sie mich hören, verstehen Sie mich?«

Trosiens Augäpfel bewegten sich unter den Lidern, aber das blieb, wenn überhaupt, die einzige Reaktion. In diesem Moment tauchte Rudi Seidels Kopf in der Luke auf. »Antje, du musst dir was ansehen.«

Sie folgte ihrem Kollegen die Stiege hinunter und die Treppe hinab bis zu Svenja Gessners Büroecke. Kniebsch saß immer noch vor dem Notebook. Seidel nahm das Handy, das auf der Arbeitsplatte lag, und gab es seiner Kollegin.

»Das gehört Jack Trosien. Es gab regen Nachrichtenverkehr. Seit gestern.«

Antje begann zu lesen.

Die erste Nachricht datierte auf gestern Nachmittag. *»Hallo Ramon. Hier Jack. Du erinnerst dich noch?«* Trosien kannte Norma Dardenne also auch. Und er kannte sie ebenfalls als ›Ramon‹. Antje wunderte sich darüber nicht länger. Gestern Nachmittag; da hatte Norma Dardenne noch im Krankenhaus gelegen. Norma ließ sich Zeit mit der Antwort – mehr als zwei Stunden. Dann: *»Ja. Wie hast du mein Nummer?«* Trosien antwortete prompt: *»Ein bisschen herumgeforscht. Du weißt, was passiert ist? Torben ist tot, Markus auch.«* Norma antwortete nur zögernd und einsilbig: *»Ja. Schrecklich.«* Für jemanden, der behauptete, kein Wort Deutsch zu verstehen, machte Norma Dardenne erstaunlich wenige Fehler.

Antje schaute auf. »Svenja Gessner hat also unter Trosiens Namen Kontakt zu Norma aufgenommen.«

»Aus heiterem Himmel.« Seidel nickte. »Und anscheinend das erste Mal seit langer Zeit.«

Die nächste Nachricht klang wie eine Drohung: *»Ramon, ich gehe zur Polizei.«* Danach musste Norma versucht haben, anzurufen, denn nun – das war bereits am Vormittag gewesen, also erst zwölf Stunden her – schrieb Gessner unter Trosiens Namen: *»Tut mir leid, ich konnte nicht rangehen. – Also, ich muss zur Polizei gehen.«* Diesmal kam die Reaktion sofort, auch die folgenden Nachrichten, alles Schlag auf Schlag: *»Nein!!! Warum???«* – *»Ich will alles loswerden. Und ich habe Angst. Hast du keine Angst?«* – *»Sie weiß nicht, wo ist mein Haus. Und* *wenn sie dich auch töten will, hat sie das schon lang gemacht. Sie weiß vielleicht nicht, wer alles war dabei.« – »Trotzdem, ich gehe zur Polizei. Ich werde alles erzählen.« – »BITTE NICHT! J'ai honte! Jeden Tag seit damals!«* J'ai honte. Ich schäme mich. Norma Dardenne war für einen, für den vielleicht entscheidenden Satz in ihre Muttersprache zurückgefallen.

Antje dachte laut nach: »Svenja Gessner eignet sich also die Identität von Jack Trosien an, um Norma Dardenne eine Information zukommen zu lassen.«

»Die aber gar keine ist«, stieg Seidel ein. »Nämlich dass Trosien, getrieben von Angst und Gewissensbissen, zur Polizei will, um dort etwas zu erzählen.

»Norma Dardenne wird panisch, sie versucht Trosien davon abzuhalten. Aus Scham. Warum? Weil auch sie ein schlechtes Gewissen hat.«

»Dann ist da noch ›sie‹, die Trosien vielleicht ›auch‹ töten will. Das heißt, sie hat bereits getötet.«

»Nach Lage der Dinge wohl Svenja Gessner«, sagte Antje und las eilig weiter.

Auf die letzte Nachricht antwortete Gessner nicht, dafür meldete sich erneut Norma Dardenne, um 13.17 Uhr, also nachdem sie in Maroilles aus dem Krankenhaus verschwunden war: *»Wir müssen sprechen. Ich komme nach Köln.« – »Auf keinen Fall«,* antwortete Gessner, *»das ist gefährlich für dich.«* Als Norma erneut schrieb, war es bereits Nachmittag: *»Ich bin unterwegs. Wo können wir uns sehen?«*

»Gessner tut so, als wolle Trosien auf keinen Fall, dass Norma persönlich nach Köln kommt.« Servatius schaute ihren Kollegen an. »Perfide Lockmethode.«

»Aber wirkungsvoll. Kurze Zeit später ist Dardenne unterwegs.« *»Du bist nicht an den Telefon gegangen«,* schrieb die Halbfranzösin am frühen Abend. *»Also wo?«* Svenja Gessner ließ noch einmal eine Kunstpause verstreichen, dann antwortete sie: *»Na gut. Am Pilz.«*

»Am Pilz?« Antje Servatius schüttelte den Kopf, sie war aus mehr als einem Grunde ratlos. Zugleich merkte sie, wie etwas in ihr zu gären begann. »Warum hat Gessner den Kontakt zu Norma nicht schon eher aufgenommen, warum erst gestern?«

»Vermutlich, weil sie ihre Handy-Nummer nicht hatte«, erklärte Seidel. »Und weil sie Dardennes genauen Aufenthaltsort nicht kannte. Den musste sie erst in Erfahrung bringen. Auf anderem Wege.« Bei den letzten Worten schaute er zu Kniebsch.

»Auf anderem Wege?« Antjes Blick fiel auf den GPS-Tracker. Und die Erkenntnis, die in ihr gegärt hatte, breitete sich plötzlich mit heißem Brennen über ihren ganzen Körper aus. »Sie hat mich benutzt! Mich und den Tracker!! Sie ist mir nach Frankreich gefolgt. Ich habe Svenja Gessner zu Norma Dardenne geführt!«

Kniebsch nickte unmerklich und drehte das Notebook so, dass Antje die GPS-Karte auf dem Monitor sehen konnte. Südbelgien. Nordfrankreich. Und den Endpunkt der Linie. Maroilles.

Antje schaute noch einmal aufs Handy, sie hatte die letzte Nachricht von Norma Dardenne nicht gelesen: *»Bin da.«* Sie war um 21.29 Uhr abgeschickt worden, zehn Minuten bevor sie mit Seidel hier am Haus eingetroffen war. Sie hatten Svenja Gessner nur knapp verpasst.

»Der Pilz. Was könnte der Pilz sein?« Antje sah, dass ihre Kollegen darauf auch keine Antwort wussten. Sie hastete die Treppe nach oben.

Auf dem Dachboden stand mittlerweile das Fenster wieder offen, draußen irrlichterten die Blaulichter über den Wolkenhimmel. Die Sanitäter fixierten Jack Trosien gerade auf dem Spineboard. Der Architekt war inzwischen bei Bewusstsein.

»Ich muss ihn was fragen«, keuchte Antje. Der Notarzt öffnete den Mund, aber sie unterband jedwede Einwände mit erhobener Hand. »Ich muss ihn etwas fragen. Nur kurz. Herr Trosien, verstehen Sie mich?«

Trosien schaute sie wortlos an. Antje beschloss einfach weiterzumachen. »Ich bin Antje Servatius von der Kripo Köln. Svenja Gessner will Norma Dardenne in ihre Gewalt bringen. Wir müssen sie finden. Sie wollen sich an einem Pilz treffen. Wo oder was ist das?«

Trosiens Blick blieb leer.

»Bitte überlegen Sie, Herr Trosien! Damals, als Sie mit Norma und Svenja befreundet waren, hatten Sie da einen Treffpunkt, der Pilz hieß? Oder so aussah? Bitte versuchen Sie sich zu erinnern!«

Der Mann auf der Trage bewegte den Mund, ohne dass Antje einen Laut hörte. Sie brachte ihr Ohr ganz nah an seine Lippen.

»Pa… Park«, sagte Jack Trosien kaum hörbar.

»Park? Was für ein Park?«

»Der Schellingpark«, ließ sich Seidel vernehmen. Er war ihr gefolgt. »Da gibt es einen Pilz. Schon lange. Das ist so ein Aussichtspunkt, oben auf dem Hügel.«

»Los!« Antje kletterte schon wieder die Leiter hinab.

Als sie in den Wagen stiegen, fuhr der Feuerwehrwagen, der die gesamte Straße blockierte, gerade die Drehleiter aus. Antje hatte keine Augen dafür. Sie rief Heiner Gaarst an und beorderte ihn mit zusätzlichen Einsatzkräften zum Park.

Seidel wendete, um ins Stadtzentrum zurückzufahren. Während er alles aus dem Wagen herausholte, beobachtete er seine Kollegin aus den Augenwinkeln. Sie stierte regungslos durch die Frontscheibe, nur ihre Hände waren in Bewegung. Es sah aus, als würde sie einen unsichtbaren Rosenkranz herunterbeten. Seidel kannte Antje gut genug, um zu wissen, dass sie sich Gefühle nur selten äußerlich anmerken ließ. Daran gemessen musste sie im Moment unter Hochspannung stehen.

»Sie wusste von meiner Fahrt nach Frankreich«, erklärte sie jetzt ungefragt. »Ich war am Abend, bevor ich gefahren bin, bei ihr. Mit meiner Tochter. Wir wollten eine Katze kaufen.«

»Hast du Gessner erzählt, was du in Maroilles wolltest?«

»Nein! Aber Kira hat Andeutungen gemacht. Ich glaube, sie hat was erzählt, dass ich da einen Verdächtigen suchen will. Und da hat Gessner wohl zwei und zwei zusammengezählt und die Gelegenheit genutzt. Ich nehme an, bis dahin wusste sie nur, dass Norma Dardenne irgendwo in Frankreich lebte …«

»Und das wusste sie von Jack Trosien.«

»Ja. Trosien muss ihr Informant gewesen sein. Warum sollte sie ihn sonst entführt haben? Sie wollte kein Geld, sie wollte ihn nicht töten – jedenfalls nicht direkt –, sie wollte Informationen. Wir wissen immer noch nicht genau, worum es hier geht. Aber was immer es ist – Trosien wusste Sachen, die sie nicht wusste. Deswegen hat sie ihn dahinvegetieren lassen, vermute ich. Für jeden Brocken Information gab es einen Brocken Nahrung.«

»Wegen Trosien hat sich Gessner wahrscheinlich auch den GPS-Tracker angeschafft«, sagte Seidel. »So konnte sie ihn gut verfolgen. Aber wann und wo hat sie den Tracker an deinem Dienstwagen angebracht?«

»In der Nacht vor der Fahrt. Er stand ja vor meinem Haus. Ich erinnere mich, dass ich von irgendwelchen Geräuschen wach geworden bin. Aber ich habe nichts gesehen. Wann sie ihn abmontiert hat … wahrscheinlich noch in Frankreich, während ich bei Norma Dardenne im Krankenhaus war. Sie hatte ja, was sie wollte. Die Adresse. Und darüber die Telefonnummer. Beziehungsweise die Handynummer, die Dardenne freundlicherweise nennt, wenn man bei ihrem Anrufbeantworter landet.«

Antje flüchtete sich in Sarkasmus. Seidel konnte sich denken, warum. Sie hatte Schuldgefühle.

»Du musst dir keine Vorwürfe machen.«

»Nein?! Was glaubst du, warum sie Norma Dardenne nach Köln gelockt hat?! Weil sie einen Glühwein mit ihr trinken will?« Antje verpasste dem Armaturenbrett einen kräftigen Schlag.

Seidel versuchte, sie in ihrer Selbstgeißelung zu bremsen. »Wie kann man so was denn ahnen? Wer kommt auf so eine Idee?«

»Jemand, der sich sehr sicher fühlt. Und Svenja Gessner konnte sich in dem Moment sicher fühlen. Ich war Kundin, ohne kriminalistische Hintergedanken. Ich war harmlos, ich wollte nur ein Kätzchen kaufen. Und weil es funktioniert, weil sie jedenfalls glaubt, dass es funktioniert, fühlt sie sich jetzt wahrscheinlich noch sicherer. – Verdammt, geht das nicht schneller, Seidel?«

»Es geht so schnell, wie es geht.« Seidel, der bereits bei der Abfahrt das Blaulicht aufs Dach gesetzt hatte, ließ nun zusätzlich das Martinshorn aufheulen, um über das trotz des Wetters stark befahrene Kreuzungsgewirr am Barbarossaplatz zu setzen.

Antje war gedanklich schon wieder woanders, sie griff plötzlich zu ihrem Handy. »Mein Gott, Kira sitzt die ganze Zeit allein zu Hause!«

Hastig tippte sie eine Nachricht ein. Währenddessen dachte Seidel über Svenja Gessners Aktion nach – beziehungsweise über Antjes Version der Geschehnisse. »Angenommen, Gessner will Norma Dardenne töten. Warum hat sie das nicht in Frankreich gemacht, an Ort und Stelle? Warum diese umständliche Aktion, warum muss sie Dardenne dafür nach Köln locken? Sie geht absolut planmäßig vor, und auf einmal ist sie so irrational …«

»Seit wann ist planmäßig und rational das Gleiche? Ihre Aktionen sind vielleicht planmäßig, das Ziel, das sie damit erreichen will, ist irrational.« Antje wandte ihm zum ersten Mal ihr Gesicht zu, sie dachte jetzt laut. »Wir können im Moment annehmen, dass sie zwei Morde verübt hat.«

»Ich finde das immer noch eine gewagte Hypothese.«

»Lass uns dabei bleiben. Als Arbeitshypothese. Svenja Gessner ist schließlich der Punkt, an dem alle Fäden zusammenlaufen. Also: zwei Morde. Wenn wir nicht rechtzeitig kommen, passiert gerade ein dritter. Einen vierten – an Jack Trosien – hat sie zumindest geplant.«

Seidel nickte. »Einverstanden. Weiter.«

»Was verbindet die vier Opfer? Eine Jugendfreizeit in Belgien vor einem Vierteljahrhundert.«

»Dass Trosien dabei war, wissen wir nicht.«

»Wir nehmen ihn mal dazu. Arbeitshypothese. Jedenfalls, Ferien in den Ardennen, das klingt erst mal nach Friede, Freude, Eierkuchen. Nur dass eins der Opfer sich plötzlich, 25 Jahre später, nach möglichen sexuellen Übergriffen bei solchen Jugendfahrten erkundigt. Sex. Interessantes Stichwort. Jetzt die Morde. Das folgt doch einem Muster. Wie haben wir Torben Grönewald vorgefunden, wie lag er da?«

»Wie ein Embryo.«

»Genau. Zeugung, Embryo, Schwangerschaft. Ist damals jemand schwanger geworden? Nächstes Opfer. Markus Fenstermann ...«

»Der wie beim Frauenarzt da lag...«

»Genau. Schwangerschaft, Frauenarzt ...« Sie verstummte.

Seidel spürte ihren fragenden Blick. »Abtreibung?«

»Beispielsweise. Hat jemand, der schwanger wurde, abgetrieben, weil er, das heißt sie nicht schwanger werden wollte?«

»Du gehst davon aus, dass Svenja Gessner damals das Opfer war.«

»Ist das so abwegig?«

»Nein. Im Gegenteil.«

»Aber warum ist Trosien dann noch am Leben? Als Informant braucht sie ihn jetzt nicht mehr. Und was hat sie mit Norma Dardenne vor, das nur hier, in Köln, passieren kann?«

»Das finden wir hoffentlich gleich raus.« Seidel bremste scharf neben zwei Einsatzwagen, die auf dem Seitenstreifen der vierspurigen Straße standen. Heiner Gaarst wartete mit zwei Beamten auf dem Fußweg. Hinter ihnen zog sich ein Waldstück einen Hügel hoch, der, soweit Seidel wusste, keine natürliche Erhebung war, sondern ein sogenannter Trümmerberg, aufgeschüttet nach dem Zweiten Weltkrieg.

Es hatte aufgehört zu regnen. Aber es war spürbar kälter geworden. Gaarst nahm sie fröstelnd in Empfang. »Der Wagen steht hier.« Der Polizeihauptmeister deutete auf einen Kombi, der nur 20 Meter weiter geparkt war. Svenja Gessner musste sich wirklich sicher fühlen. Und es war ein Golf III Variant, wie Arsen Rychkov ganz richtig erkannt hatte. »Aber am Pilz oben ist niemand.«

»Wir gehen trotzdem hoch«, entschied Antje. Sie schaute die Beamten an. »Einer von Ihnen bleibt hier.« Ein breiter Pfad zog sich in einem Bogen den Hügel hinauf. Sie entschied sich für den direkten Weg, durch das nasse Gras. Seidel, Gaarst und der zweite Beamte folgten ihr.

Oben, unter dem Pilz, wartete die Besatzung des zweiten Streifenwagens. Um den dicken Stiel des Betongebildes zog sich eine altersschwache Holzbank. Ein Mülleimer hing nur noch lose in seiner Verankerung, Bierdosen und leere Zigarettenpackungen lagen auf dem Boden.

Antje sah sich um. »Sie kann nicht weit sein. Norma Dardenne ist bestimmt nicht in der Lage, eine große Strecke zu laufen. Wie groß ist das Waldstück?«

»Es geht ungefähr noch 100 Meter weiter«, erklärte einer der Beamten, die oben gewartet hatten. »Dann fällt das Gelände steil zur Bahntrasse ab.«

»Es gibt eine Fußgängerbrücke über die Bahn«, sagte Seidel. »Die ist meines Wissens aber gesperrt, sie ist dringend sanierungsbedürftig.«

Antje zog die Augenbrauen hoch. »Wie kommen wir zu der Brücke?«

»Da lang.« Gaarst deutet auf einen der beiden Wege, die vom Pilz weiter in den Wald führten.

Antje setzte sich sofort in Bewegung.

Das Waldstück war einigermaßen heruntergekommen und wurde kaum genutzt. Es wirkte auch bei Tageslicht abweisend, wie sich Seidel erinnerte. Auf dem Weg standen große Pfützen. Antje lief einfach hindurch, ohne auch nur einen Schritt zur Seite zu machen. Bald blinkten Lichter zwischen den Bäumen hindurch, von dem Wohngebiet auf der anderen Seite der Trasse. Davor hoben sich die Umrisse der Brücke ab.

Kurz bevor der Weg den Wald verließ, blieb Antje abrupt stehen. Auch Seidel hatte es gesehen, gegen die Lichter der Wohnhäuser. Auf der Brücke bewegte sich etwas. Jemand. Zwei Menschen.

Antje drehte sich zu den Männern hinter ihr um. »Sie bleiben zurück!« Dann wandte sie sich an Seidel. »Und du lässt sofort den Zugverkehr stoppen.«

Der Weg zur Brücke war abschüssig, das Gelände jenseits der Bahn lag ein ganzes Stück tiefer als der Hügel auf dieser Seite. Die eigentlichen Bauarbeiten hatten noch nicht begonnen, sah sie, als sie näher kam; die Brücke war bislang lediglich durch Maschendraht abgesperrt. Auf dieser Seite klaffte ein Loch im Zaun. Wie mit einem Bolzenschneider aufgetrennt.

Antje konnte die beiden Frauen jetzt erkennen. Sie standen nicht mehr auf der eigentlichen Brücke, sondern jenseits des Geländers auf einer breiten Abdeckung, einer Art Vordach, das auf die Bahngleise hinausragte. Norma Dardennes Mund war mit einem Streifen Klebeband verschlossen; ein Klebeband, wie es wohl auch schon Markus Fenstermann zum Schweigen gebracht hatte. Ihre Hände waren auf dem Rücken gefesselt. Sie wand sich unter dem Griff von Svenja Gessner, die diese Fesseln gerade mit einem Messer lösen wollte. Vor den Gesichtern der beiden Frauen schwebten milchige Atemwolken. Es war noch kälter geworden. Genau diese Kälte vereitelte jetzt den Plan der Kommissarin, in der Dunkelheit unbemerkt wenigstens bis zum Zaun zu kommen. Ihr linker Fuß erwischte eine Stelle, wo die Nässe gerade anfror. Sie rutschte weg. Rechtzeitig fand sie ihr Gleichgewicht wieder, aber das Schürfen der Sohle auf dem Asphalt hatte Svenja Gessner alarmiert. Sie riss Norma Dardenne an sich und hielt ihr das Messer an die Kehle.

»Tun Sie's nicht!«, rief Antje Servatius.

»Ich tu gar nichts!« Svenja Gessners Stimme wurde von einer triumphierenden Euphorie in die Höhe getrieben, sie überschlug sich regelrecht. »Sie wird von selber springen. Ich will, dass sie von selber springt!!«

Antje glaubte keinen Moment, dass Norma Dardenne sich freiwillig vor einen Zug stürzen würde. Gessner würde sie stoßen müssen. Und genau davon musste Antje sie abhalten.

Gerade tauchte ein Güterzug unter der Brücke auf. Norma Dardenne begann unter dem Klebeband erstickte Schreie auszustoßen, Svenja Gessner presste ihr das Messer noch fester an den Hals und schaute kurz in die Tiefe. Antje nutzte die Gelegenheit und zwängte sich durch das Loch im Maschendraht. »Wollten Sie selber auch schon mal von dieser Brücke springen?«

Wenn die Tierpflegerin von Antjes Gedankensprung überrascht war, so ließ sie sich nichts anmerken. »Sie sind ganz schön clever, das wusste ich vom ersten Moment an. – Ja, lange her, dass ich hier stand.«

Die Kommissarin konnte die Gesichter der Frauen erkennen. Beider Augen waren unnatürlich weit aufgerissen; Dardennes vor Entsetzen, aus denen von Svenja Gessner strahlte ein inneres Licht – das der Rache. »Warum haben Sie es nicht getan?«

»Ich hab den verdammten Jogger nicht gesehen. Der hat mich einfach festgehalten. Hat mir zwei Jahre in der Geschlossenen eingebracht, sonst nichts.«

Die Lichter des Güterzuges verschwanden hinter der nächsten Kurve. Zugleich tauchte das nächste Scheinwerferpaar aus der Gegenrichtung auf.

»Warum jetzt, Svenja?« Antje Servatius machte einen Schritt aufs Geländer zu. Sie konnte sich denken, warum Svenja Gessner damals nichts unternommen hatte – jedenfalls warum sie nicht zur Polizei gegangen war. Die Scham. »Wieso nicht eher, wieso nicht schon damals?«

»Weil ich nicht wusste! – Falsch!! Natürlich WUSSTE ich. Aber ich wusste nicht, wer. Scheiß K.-o.-Tropfen! Die ganzen Jahre nicht. Bis ich das Mal gesehen habe.« Ihr Blick begann in der Erinnerung zu flackern.

Antje Servatius brauchte ein paar Sekunden, um zu verstehen. »Das Muttermal. Grönewalds herzförmiges Mal unter dem Kinn.«

Svenja Gessner nickte. »Gut versteckt. Aber das Fernsehen deckt ja bekanntlich alles auf. Und BINGO!! Komisch, woran man sich nach so vielen Jahren noch erinnert, was? Ich wusste die ganzen Jahre nicht, welche Arschlöcher ihren Schwanz in mich reingerammt hatten – aber das Scheißherz, das war plötzlich wieder da! Die K.-o.-Tropfen haben wohl nicht hundertprozentig gewirkt.«

Antje Servatius warf einen Blick über Gessners Schulter. Die Scheinwerferlichter in der Kurve bewegten sich nicht mehr. Der Zug war stehen geblieben. Seidel hatte schnell und mit Nachdruck gehandelt.

»Trotzdem brauchten Sie eine Bestätigung. Von Jack Trosien.«

»Jack!! Der liebe Jack, der keiner Fliege was zuleide tun kann! Zu mir war er immer soooo freundlich! Auch danach noch, war ja nur kurze Zeit, man lebt sich auseinander, wie es so schön heißt. Dabei stellt sich raus, er hat selbst mitgemacht. Okay, das Reden hat er jetzt nachgeholt. ALLES hat er erzählt.« Sie presste Dardenne enger an sich, die zog panisch die Luft durch ihre Nase ein.

»Wie sind Sie bei Torben Grönewald reingekommen?«

»Wie wohl?! Sex! Er hat mich eingeladen. Als Wiedergutmachung für die Sendung. Sagte er. Er war so unglaublich arrogant! Er war so sicher, dass ich ihn nicht wiedererkenne, echt kaltschnäuzig. Ich hab mitgespielt. Hab so getan, als ob ich ihn noch nie gesehen hätte, und mich aufgebrezelt wie nur was. Sex war immer noch seine

Schwachstelle. Eine heiße Nummer mit 'ner Frau, die er schon mal vergewaltigt hat?! Wie geil ist das denn??!!«

Antje Servatius verspürte plötzliche Übelkeit in sich aufsteigen, eine Übelkeit, die schmeckte wie in der Nacht, als sie Grönewalds Leiche am Boden gesehen hatte, die Leiche und das Muttermal. Sie schluckte den Speichel herunter. Hinter sich, am Zaun, hörte sie ein leises metallenes Rütteln. Seidel, vermutete sie. Sie machte noch einen Schritt und stand jetzt fast am Geländer.

»Und Norma, was hat die damit zu tun?«

»Die hier?! Die hat alles gewusst. Und nichts gesagt!«

Unter Svenja Gessners festem Griff begann Norma Dardenne wild zu zappeln. Svenja Gessner musste, damit sie nicht stürzte, ein, zwei Ausfallschritte zur Seite machen. Nach einem kurzen Moment war ein leises Knirschen zu hören. Die Stahlplatte, auf der sie nun stand, neigte sich mit einem Ruck nach außen und nach unten, der Oberleitung und den Gleisen zu. Die Träger, die sie hielten, mussten völlig verrottet sein.

Und auf der Platte glänzte ein dünner Eisfilm.

Svenja Gessner ließ das Messer los und stieß, um ihr Gleichgewicht zu halten, Norma Dardenne von sich. Dardenne drehte, gefesselt, wie sie war, eine ebenso hilflose wie kunstvolle Pirouette, ehe sie mit Kopf und Oberkörper gegen das Geländer prallte. Bevor sie auf der vereisten Platte dem Abgrund entgegenschlittern konnte, griff Antje Servatius zwischen zwei Eisenstreben hindurch. Sie bekam die Halbfranzösin an einem Oberarm zu fassen. Unten kam das Messer mit einem leisen Klappern auf dem Gleisschotter zu liegen. Im gleichen Moment war jemand bei ihr und packte mit an. Heiner Gaarst.

»Ich hab sie.«

Antje Servatius ließ Dardenne los. Während Rudi Seidel, jetzt ebenfalls hinzugekommen, seinem Kollegen half, stieg sie über das Geländer.

Svenja Gessner lag am Seitenrand des Vordachs. Ihre Beine baumelten über dem Nichts. Eine Hand suchte rudernd nach einem Halt, den sie nicht fand. Die andere, die linke, klammerte sich an eine schräg stehende Metallstange, die das Vordach seitlich begrenzte. Die Fingerknöchel traten schon weiß hervor. Lange würde sie sich dort nicht halten können. Antje Servatius robbte zu ihr hinüber und streckte die rechte Hand aus, die Svenja Gessner schließlich mit ihrer freien ergriff.

Das zusätzliche Gewicht begann sofort am Arm der Kommissarin zu ziehen. Sie tastete mit der freien Hand hinter sich und bekam eine Strebe des Geländers zu fassen. Durch die Hand zuckte ein stechender Schmerz. Sie musste in eine überstehende Schraube oder sonst etwas Spitzes gegriffen haben, nur Augenblicke später rann eine warme Flüssigkeit über ihr Armgelenk herunter. Blut. Sie biss die Zähne zusammen und begann Svenja Gessner Zentimeter für Zentimeter zu sich zu ziehen. Aber es schien, als ob sich die Tierpflegerin absichtlich schwer machte und hängen ließ. Und die linke Hand umklammerte immer noch die Metallstange.

»Gib mir deine Hand!«, ächzte Antje Servatius. »Gib mir die verdammte Hand!!«

Seidel tauchte erneut hinter ihr auf, um zu helfen.

Endlich ließ Svenja Gessner die Stange los – aber ohne nach Antjes Hand zu greifen.

Ihr Blick war mit einem Mal ganz klar. Antje Servatius meinte sogar so etwas wie Wärme in den Augen zu entdecken.

»Passen Sie gut auf Ihre Tochter auf«, stieß sie hervor.

Dann ließ sie auch die andere Hand los.

EPILOG

Antje war gerade dabei, den Verband an ihrer Hand zu wechseln, als ihr Handy ging. Es war Rudi Seidel.

»Scheffler war hier. Er sagt, wir haben keine disziplinarischen Maßnahmen zu erwarten, weil wir bei Svenja Gessner eingedrungen sind.«

»Erstaunlich. Wo wir doch, wie du so schön gesagt hast, keine Gefahr für Leib und Leben vermuten konnten.«

»Ganz recht«, sagte Seidel, ohne Antjes Sarkasmus weiter zu kommentieren. »Aber auch ein Kriminaldirektor muss zugestehen, dass mit der Aktion letzten Endes zwei Leben gerettet wurden.«

»Manchmal ist es doch ganz gut, wenn man die Geschichte vom Ende her liest.«

»Ja. Wie geht es der Hand, was hat der Arzt gesagt?«

»Sieht alles gut aus, aber der Verband bleibt noch dran.« Antje schaute nach draußen. Vereinzelte Schneeflocken taumelten schwer und nass durch das Licht, das aus dem Küchenfenster fiel. Auf dem Boden schmolzen sie sofort weg.

Seidel räusperte sich. »Aber einen Dienstwagen nimmst du so schnell nicht mehr mit nach Hause. Die Leute vom Fuhrpark haben den Wagenboden untersucht. Jede Menge Kratzspuren. Ob da welche von dem Magneten dabei sind, mit dem sie den GPS-Tracker befestigt hat, können sie auch nicht sagen. Du hast in Frankreich ja einen ziemlich wilden Ritt hingelegt. Am Wagen von Svenja Gessner haben wir übrigens auch was gefunden. Ziemlich frische Unfallspuren, am vorderen Kotflügel rechts.«

»Vielleicht hat sie es auf der Fahrt zum Pilz etwas eilig gehabt?«

»Gemeldet wurde nichts. Kann auch keine große Sache gewesen sein, sieht eher nach einem Blechschaden aus. Sie kann es uns jedenfalls nicht mehr verraten.«

»Nein, das kann sie nicht.«

»Gut«, sagte ihr Kollege, »dann schönes Wochenende.«

»Bis Montag.«

Antje erwartete, dass Seidel auflegen würde, aber der setzte noch einmal neu an: »Wir sollten uns ein bisschen Mühe mit unserem neuen Kollegen geben.«

»Ich weiß.«

»Auch wenn er nicht gerade ein Kommunikationswunder ist. Ein bisschen mehr unter die Fittiche nehmen.«

»Ich arbeite dran«, sagte Antje. »Ab Montag.« Sie legte das Handy weg und widmete sich wieder ihrem Verband.

Im Grunde war die Verletzung an der Hand fast weniger schmerzhaft gewesen als der Lichtbogen, der ihre Augen nachhaltig geblendet hatte. Beim Fall nach unten war Svenja Gessner auf die Oberleitung geschlagen. Den Kontakt nur mit der Leitung hätte sie überlebt. Aber eine Hand, ein Arm, ein Bein musste zugleich einen Isolator berührt haben, und die 15000 Volt, die daraufhin durch ihren Körper schossen, fügten ihr nicht nur schwere Verbrennungen zu; sie zerrissen buchstäblich ihr Herz. Als sie zwischen den Gleisen aufprallte, musste sie schon tot gewesen sein.

In gewisser Weise war der Suizid folgerichtig. Svenja Gessner hatte ihr Ziel, die vollkommene Rache, nicht erreicht. Andererseits hätte sie ihrem Leben wohl auch ein Ende gesetzt, wenn sie dieses Ziel erreicht hätte. Darauf ließen die verwaisten Verschläge hinter und in ihrem Haus schließen.

Warum sie Jack Trosien noch am Leben ließ, nachdem er doch alles gesagt hatte, was er wusste, konnte man nur vermuten. Trosien hatte ausgesagt, dass er Nahrung nur im Austausch gegen Informationen bekam. Womöglich wollte sie ihn buchstäblich verhungern lassen, so wie er sie einstmals hatte verhungern lassen, auf der Suche nach Antworten. Womöglich hatte sie auch ein schnelles Ende im Sinn, dafür sprachen der Napf und das Rattengift, das sie gefunden hatten. Eine Henkersmahlzeit für das Entführungsopfer?

Inzwischen jedoch erholte sich Trosien, ebenso wie Norma Dardenne, relativ schnell. Körperlich jedenfalls, das Seelische stand auf einem anderen Blatt. Von Seidel hatte sie gehört, dass Frank Henning sich nach seinem ersten Besuch am Krankenbett, nachdem er also alles erfahren hatte, nicht mehr bei seinem Lebensgefährten hatte blicken lassen. Eine späte Quittung für das, was passiert war. Was *damals* passiert war.

Trosien war es, der als Erster zu reden begann. Norma Dardenne wollte zunächst nicht, wie in Frankreich. Als sie dann aber einmal damit anfing, schien sie doch erleichtert, sich alles von der Seele reden zu können. Jetzt, allein am Küchentisch, sah Antje Norma Dardenne noch einmal vor sich, wie sie von dem Drama berichtete, das sich an der Semois vor 25 Jahren abgespielt hatte. Wieder und wieder hatte Antje die Aussage gelesen, bereinigt um Dardennes französische Einschübe, um ihre gelegentlichen Deutschfehler, um die vielen Pausen, die sie machen musste, um die Tränen, die immer wieder kamen …

»Als wir in Köln in den Bus stiegen, war noch alles gut. Urlaub mit Svenja! Ich habe mich total gefreut. Ich hatte endlich eine Freundin. Und Svenja war so cool. Jack Trosien kannte ich auch schon ein bisschen. Jack war immer lustig. Markus Fenstermann habe ich erst im Bus kennengelernt.

Die ersten Tage waren richtig schön. Wir haben im Fluss geschwommen, wir sind Kanu gefahren, wir haben am Lagerfeuer gegrillt und belgisches Bier getrunken. Nachts waren wir auch unterwegs, die Betreuer haben nicht alles mitbekommen. Da haben wir dann die Höhle entdeckt, an einem Berghang. Eigentlich war es ein alter Stollen, früher wurde dort Schiefer abgebaut. Aber für uns war es eine Höhle. Dort hatten wir unsere Ruhe.«

In der Höhle, so hatte Dardenne weiter ausgesagt, stießen sie Tage später auf Torben Grönewald und seine Freunde, die ebenfalls am Fluss zelteten. Markus und Jack suchten sofort Anschluss bei den Älteren. Und fanden ihn auch. Jedenfalls bei Grönewald.

»Torben war scharf auf Svenja, er wollte unbedingt an sie ran. Markus auch; er hatte nur Augen für sie. Svenja hat sich nichts anmerken lassen. Sie hat mit den Jungs gespielt.«

Sie schien auch mit Norma gespielt zu haben. Nach wenigen Tagen veränderte sich ihr Ton der Deutsch-Französin gegenüber; er wurde spöttisch, geringschätzig. Norma begehrte aber nicht auf.

»Ich hatte Angst, Svenjas Freundschaft zu verlieren. Aber sie wollte nichts mehr von mir wissen. Die anderen auch nicht. Und weil ich auch sonst keine Freunde im Camp hatte, bin ich die ganze Zeit im Zelt geblieben. Es war die Hölle! Ich habe sie gehasst! Alle!! Dann habe ich auf den Toiletten mitbekommen, wie die Jungen draußen vor dem Fenster reden, das war schon am letzten Tag. Torben hatte ein kleines Fläschchen dabei und sagte, damit würden sie Svenja, die dumme Zicke, endlich rumkriegen. Abends, in der Höhle. Ich hätte Svenja warnen können. Ich hätte sie warnen MÜSSEN!! Aber ich habe es nicht getan!«

Stattdessen schlich sie sich am Abend zur Höhle. Sie wollte sehen, was passierte, und versteckte sich weiter hinten, im Dunkeln.

»Svenja war schon betrunken. Sie waren alle betrunken. Torben hat ein paar Tropfen von der Flüssigkeit in ihren Drink gemischt. Kurz darauf war sie bewusstlos. Torben hat sie auf diesen Fels gelegt, dann hat er ihren Minirock hochgeschoben und ihren Slip zerrissen.«

Nachdem Grönewald das Mädchen vergewaltigt hatte, forderte er die anderen auf, es ihm gleichzutun.

»Markus wollte erst nicht, das habe ich gemerkt. Aber dann hat er es auch getan. Und dann Jack! Ich glaube, er hatte sogar Tränen in den Augen. Und ich musste alles mit ansehen! ALLES!! Dann dachte ich, es wäre endlich vorbei. Aber Torben hatte noch nicht genug. Es war so furchtbar!«

Grönewald vergewaltigte Svenja ein zweites Mal. Die erwachte da schon fast aus ihrer Bewusstlosigkeit. Als sie endgültig zu sich kam, war sie allein in der Höhle. Auch Norma hatte sich davongestohlen.

»Auf der Rückfahrt haben wir alle woanders im Bus gesessen. Svenja ganz hinten. Markus und Jack hatten Riesenangst, dass sie alles erzählt. Aber sie hat die ganze Zeit nur aus dem Fenster geguckt, sie war völlig teilnahmslos. Als wir schon in Köln waren und unsere Koffer hatten, habe ich es nicht mehr ausgehalten: ›Ihr Schweine!‹, habe ich gezischt. Da hatten sie wohl Angst, dass ICH sie verrate. Aber ich konnte nicht. Ich war doch schuld! Ich habe mich so geschämt!!«

Nein, es war keine gute Zeit gewesen. Im Gegenteil; mit jenem Abend begann die Hölle. Svenja Gessner wurde schwanger und ließ abtreiben. Anvertrauen konnte sie sich niemandem. Die Ungewissheit, was eigentlich passiert war (bei der Flüssigkeit in dem Fläschchen, vermutete Antje, musste es sich um K.-o.-Tropfen der ersten Generation gehandelt haben, um Liquid Ecstasy oder GHB). Und die Scham. Irgendwann dann der Selbstmordversuch – davor lagen womöglich einige gescheiterte Beziehungen – und am Ende die Flucht vor den Menschen, zu ihren Tieren.

Für Norma Dardenne war das Leben danach eine einzige Flucht vor ihren Schuldgefühlen. Natürlich wollte sie nicht, was schließlich passierte. Aber sie fühlte sich schuldig, dass es so gekommen war.

Torben Grönewald wurde beruflich erfolgreich, emotional jedoch blieb er verkrüppelt. Antje hatte sich wieder an die Worte von Berit Grönewalds bester Freundin erinnert. Aber der Bruch in Grönewalds Leben, von dem Fee Mohnhaupt gesprochen hatte, war nicht das lange Leugnen der leiblichen Tochter gewesen, sondern der Abend in der Höhle.

Markus Fenstermann hatte auf lange Sicht nur einen Ausweg aus dieser Hölle gesehen: den Alkohol.

Jack Trosien hatte womöglich schon damals kein so großes Interesse an Mädchen mehr. Er habe mitgemacht, weil er musste, sagte er jetzt. Er hatte nicht als Schwächling dastehen wollen.

Das mochte sogar stimmen. Aber für Svenja Gessner war er genauso Täter wie die anderen. 25 Jahre waren eine lange Zeit. Aber wenn es um Schuld und Sühne ging, um Scham und Lügen und Schweigen, waren sie alles andere als eine Ewigkeit. Da waren sie nichts.

Antje versuchte immer noch, die grundverschiedenen Bilder, die sie von Svenja Gessner hatte, in Einklang zu bringen. Es wollte ihr nicht gelingen. Hier die planmäßig vorgehende Mörderin, der Racheengel; dort die Frau, die sich so liebevoll um ihre Tiere kümmerte, die einzigen Wesen, denen sie blind vertrauen konnte. Und die Frau, die so viel Anteilnahme für Kira gezeigt hatte.

Aus dem Flur war leises Tippeln zu hören. Antje schaute auf. Die Katze lugte um die Ecke, ängstlich und neugierig zugleich.

»Sie ha… hat Hunger.«

Kira stand in der Tür, sie war der Katze gefolgt. Antje leerte einen der Blechnäpfe, die sie gekauft hatten, von Resten und stellte ihn auf die Fliesen. Ihre Tochter schüttete eine Portion Nassfutter hinein, über das sich die Katze mit Heißhunger hermachte. Kira versuchte sie zu streicheln, woraufhin sie sofort zurückwich. Anfassen ließ sich das vielleicht drei Monate alte Tier noch nicht. Vertrauen brauchte Zeit.

Im E-Mail-Account von Svenja Gessner hatten sie die Nachricht eines Tierhändlers gefunden. Er habe eine Katze für das Mädchen, schrieb er, genau wie Svenja Gessner sie suche. Drei Monate alt, dreifarbig. Ich informiere sie sofort, schrieb Svenja zurück. Die Datei datierte auf den Nachmittag, als Antje noch auf dem Rückweg aus Frankreich war. Svenja schien da schon zu Hause zu sein. Aber die Zeit, Kira zu benachrichtigen, hatte sie dann nicht mehr gefunden. Eine entsprechende Frage ihrer Mutter hatte das Mädchen jedenfalls verneint, wenn auch erst nach kurzem Zögern. Die Katze, die Antje und Seidel im Keller gesehen hatten, war also tatsächlich für Kira gedacht gewesen. Und bevor sie erneut an irgendeinen Tierhändler weitergegeben wurde, hatte Antje sie mitgenommen.

Die »Kleine«, wie Antje und Kira das Kätzchen mangels besserer

Ideen einstweilen nannten, hatte genug gefressen. Sie trollte sich aus der Küche und Richtung Wohnzimmer, wahrscheinlich unters Sofa, zu ihrem vorläufigen Lieblingsschlafplatz. Kira folgte ihr. Seit die Katze im Haus war, hatte sich die Stimmung ihrer Tochter deutlich gebessert. Auch vom Schulwechsel war keine Rede mehr – für den Moment, das konnte sich natürlich jederzeit wieder ändern.

Antje begann das Verbandszeug wegzuräumen. Sie musste an die rätselhaften Worte von Svenja Gessner denken. Passen Sie gut auf Ihre Tochter auf. Antje schüttelte den Kopf und schaute wieder aus dem Fenster. Es war wohl kälter geworden, die Flocken fielen feiner. Jetzt begann der Schnee doch alles zuzudecken.

DANKSAGUNG

Unser Dank geht zuerst einmal an unsere kritischen ersten Leser für ihre Kommentare, Korrekturen und Anregungen: Paul Berf, Ulrich Brandt, Dina Diercks und Stefan Lux. Weiterhin danken wir für ihre fachspezifischen Hinweise Céline Deligny (Französisches), Peter Elkin (Baustellentechnisches), Oliver Feste (Polizeiliches), Horst Schnepper-Fries (Computer- und Handy-Technisches), Christina Schüftan (Medizinisches).

HINWEIS

Unsere Geschichte spielt zwar in Köln. Die einzelnen Schauplätze sind jedoch nicht fest in unserer Heimatstadt verortet.

Annette Neubauer und Peter Strotmann